단어를 디자인하라

미묘한 차이가 만드는 감정의 방향

이석현 지음

다반

단어는 사람의 인격을 대표한다

사람마다 고유의 생김새를 가지고 태어나, 자신만의 운명을 개척하며 살아가듯 우리가 쓰는 말도 사람과 비슷한 운명을 지닌다. 우리는 어쩌다 이 세상에 사람으로 태어나서 말이라는 수단을 쓰게 되었을까? 말이란 지적인 능력을 선물한 신의 의도는 과연 무엇일까? 그만큼 당신과 나를 이어주는 말은 오직 인간만이 유일하게 쓸 수 있는 심대한 축복이다. 따라서 우리는 기꺼이 신의 은총을 받아들이고 즐겁게 사용할 수 있는 능력을 길러야 한다.

문장을 구성하는 단어는 말의 가장 작은 단위로서 자생한다. 단어는 누군가에게 종속되지 않고 살아가고자 하는 인간의 자유로운 의지를 대표한다. 단어는 기생하지 않는다. 독립적인 개체로서 인격을 지니며 사용하는 사람이 살아온 인생을 반영한다. 다시 말하지만, 단어는 사용하는 사람의 인격을 대표한다. 같은 듯 다른 듯 미묘한 단어의 사용으로 인격도 달라지며 인생조차 변한다. 우리가 쓰는 단어는 내면의 깊이를 비추는 거울이며 내면이 따르는 삶의 지표인 셈이다.

우리는 단어의 쓰임새에 각별히 유의해야 한다. 말 한마디가 사람을 죽일 수도 살릴 수도 있는 세상에 우리는 살고 있다. 물론 단어 하나로 세상의 섭리를 설명하고 섬세한 인간의 내면을 설명할 수 없다. 다만, 단어는 복잡한 세상의 이치를 설명할 내적 힘을 가지고 있으며 삶을 이끌어가는 힘을 보유한다. 그러한 단어들이 모여 삶의 새로운 지평을 연다. 또한 우리는 단어에 내포되어 있는 긍정적이고 부정적인 메시지를 인식함으로써 세상을 올바르게 살아갈 희망과 용기를 터득하게 된다.

이 책의 기획은 우연과 인연에서 출발했다. 낮에는 직장인, 밤에는 작가로 이중생활을 즐기며 살다 특별한 인연을 만났다. 이중생활이라는 다소 원색적인 표현을 쓰긴 했지만, 사실 과장은 아니다. 직장은 여전히 대부분의 시간을 보내는 곳이다. 안정적인 생활을 누리도록 권리를 보장하는 곳이 직장이다. 하지만 밤이 되면 다른 사람이 된다. 직장인이라는 가면을 벗고 작가로서 완전히 다른 삶을 살아간다. 낮에는 컴퓨터의 언어를 다루는 직장인으로 밤에는 사람의 언어를 꾸준히 다루는 쳇바퀴의 삶 속에서 우연한 계기로 출판사와 인연을 맺고, 출간까지 이어지게 되었다.

두 가지 삶은 서로 연결되어 있기도 하고, 완전히 다르기도 하다. 글을 쓰면서 나에게는 늘 어휘에 대한 갈증이 있었다. 단어 하나를 쓰더라도 문장과 절묘한 배합을 이루는 단어를 발굴하기 위하여 고민했고 천착했다. 깊은 고뇌가 단어에 관한 이야기를 쓰도록 나를 유도했다. 몇 개월 동안 밤과 낮, 생각을 할 수 있는 여건이 허락되는 모든 시간에 나는 단어의 바다에서 유영했다. 그리고 기존에 즐겨 쓰던 단어의 숨은 뜻, 낯선 단어를 낚는 재미에 빠졌다. 깨어 있을 때, 심지어는 잠든 꿈속에서도 나는 단어를 공상했다.

언젠가는 혼자가 되는 인간의 존재와 단어의 삶은 무척 닮아 있다. 인간에게도 저마다의 삶과 사정이 있듯이 단어 또한 한 가지로 정의된 뜻이 아닌 더 다양하고 폭넓은 뜻을 가지고 있다. 단어는 바다와 같다고 해야 할까? 끊임없이 새로운 물결을 만들며 대양을 꿈꾸는 작은 파도 하나하나를 단어라 부르겠다. 단어는 변화무쌍한 존재다. 같은 단어라도 쓰는 사람에 따라 모양도 달라지고 그 단어를 듣는 사람에게 다른 의미를 전달한다. 우리는 말을 할 때마다, 단어를 이어 붙인 문장을 나열하고 상대방에게 의사를 전달한다. 《여자의 뇌》를 쓴 학자 루안 브리젠딘에 의하면 남자는 하루에 7,000 단어, 여자는 그보다 많은 20,000 단어 이상을 사용한다고 한다. 많은 단어를 반복적으로 사용하다 보면 같은 단어라도 타인에게 묘한 어감을 전달한다. 말에 담겨 있는 소리와 전달하는 사람의 표정과 제스처에 따라 의미가 반전될 수도 있다. 그러한 것을 말맛이라고도 부른다. 우리는 그런 말맛을 실어 나르는 존재이다.

사람마다 자주 쓰는 단어가 있다. 자기도 모르게 쓰는 단어 중에는 나쁜 말도 있고 좋은 말도 있다. 부정적인 단어는 다른 사람에게 상처를 입히기도 하지만 자신을 무너뜨리는 화살로 되돌아오기도 한다. 단어 하나를 사용하더라도 주의를 기울여야 하는 것은, 자기도 모르게 부정적인 의식에 지배를 당할 수 있기 때문이다. 단어는 나를 비롯한 내 주변의 다른 사람에게도 많은 영향을 미친다. 그래서 우리는 평소에 즐겨 쓰는 단어가 어떤 모양인지 한번 살펴보고 버릇처럼 사용하는 좋지 않은 단어가 있다면 그것을 긍정적 방향으로 디자인할 필요가 있다.

이 책은 총 4가지 네 가지 영역으로 구성되어 있다. 1부에서는 서로

닮은 듯 다른 듯 비슷한 뜻을 가지고 있지만, 미묘하게 긍정과 부정의 의미를 내포하고 있는 단어 두 가지를 사용한 이야기를 다룬다. 2부에서는 한 가지 단어를 다룬다. 하지만 그 단어를 어떻게 활용하느냐에 따라 타인에게 긍정의 메시지를 전달할 수도 그렇지 않을 수도 있다. 3부에서는 정반대의 뜻을 가진 두 단어를 통하여 긍정과 부정 사이에서 방황하는 우리의 삶을 이야기한다. 마지막으로 4부에서는 두 가지 서로 다른 단어가 어떻게 구별이 되고 서로 소통하는지 그것을 이야기한다.

우리가 익히 알고 있었으나 제대로 돌보지 않았던 단어의 의미를 새겨보고, 즐겨 쓰던 단어 몇 가지만 바꿔도 삶이 어떻게 달라지는지 여러 이야기를 나눈다. 생각을 바꾸면 말이 달라지고 사람을 보는 시선도 달라지고 마지막에는 당신의 미래까지 바꾼다.

이미 알고 있었으나 단어에 숨겨진 다른 뜻에 대하여 지적 호기심을 가지고 있는 사람, 긍정과 부정이 교차하는 삶에서 조금이라도 밝은 생각을 나누고 싶은 사람, 무엇보다 자신을 소중하게 여기고 나아가서는 타인과 소통하는 방법에 고민하는 사람, 인생은 어두움보다 별처럼 빛나는 부분이 더 많다는 생각을 가지고 있는 사람, 가정에서 직장에서 사회에서 고단한 하루를 마친 후 쉼을 생각하는 사람, 무엇보다 바다처럼 넓은 단어의 세계에서 여행을 다녀오고 싶은 사람에게 이 책이 조그마한 도움이 되기를 바란다.

차례

제2부 당신과 나를 이어주는 단어

제3부 감정의 방향을 바꾸는 상반된 단어

제4부 나를 단단하게 만드는 단어

제1부

닮았지만 색다른 단어

01. '설익은' 나에겐
'무르익을' 시간이 필요하다

다큐 프로그램에서 화전민으로 살아가는 할아버지의 삶을 보았다. 가족들마저 떠나버린 첩첩산중에서 홀로 사는 할아버지는 산기슭에 땅콩이나 감나무 등을 재배하여 열매를 거두면 그걸 시장에 내다 팔기도 하고, 마을에 내려가 다른 곡식으로 바꿔가며 연명하고 있었다. 할아버지는 높다란 감나무 끝에 매달려 있는 감을 따기 위해 기다란 장대를 이용했다. 기후 조건이 잘 맞지 않았던지 그해 겨울의 수확은 좋지 않았다. 몇 개 건져 올린 감을 실에 꿰어 지붕 위에 매달아 놓는데 겨우 한 줄에 불과했다. 혼자 사는 할아버지의 고독한 삶의 조각만큼만 열매가 열린 것 같았다. 얼마나 더 기다리면 감이 곶감으로 새로 태어나 할아버지의 배고픔을 달래줄까.

열매가 익기 위해서는 시간이 필요하다. 기다림과 노력이 필요할 것이다. 씨앗을 뿌리고 물을 주고 때로는 비료도 주어야 하고, 사랑하는 눈빛으로 열매를 바라보아야 할지도 모른다. 조급해서는 안 된다. 묵묵히 관심을 기울여주고 사랑을 쏟아주고 적당한 고난을 겪도록 훈련도 시켜야 한다. 매서운 비바람과 혹독한 추위를 견디고 나면 따스한 봄이 찾아오듯이 열매도 알맞게 익기 위해서라면 시련과 고비를 넘겨야 한다.

'익다'라는 동사는 '열매나 씨가 여물다'라는 뜻과 '사물이나 시기 따위가 충분히 마련되거나 알맞게 된다'라는 뜻을 가지고 있다. 다만, 익다는 말에는 두 가지 경계가 있다. '설익다'와 '무르익다' 두 가지가 있다. '설'은 순우리말로서 '충분하지 못하게'라는 접두사다. 익다와 같이 사용되어 덜 익다는 뜻으로 익다의 왼쪽에 서있다. '무르익다'는 무르다와 익다 두 가지가 합쳐진 단어다. 무르다는 '여리고 단단하지 않다'는 뜻인데 익다와 합쳐 '과일이나 곡식 따위가 충분히 익다' 또는 '시기나 일이 충분히 성숙되다'라는 뜻으로 익다의 오른쪽에 서 있다. 설익다는 덜 익어서 더 제철을 기다려야 하고 무르익다는 알맞게 익은 경계를 넘어서 충분히 성숙되었음을 의미한다.

급하게 서두르면 어떤 일이 벌어질까? 겉으로 보기에는 열매가 잘 익은 것처럼 착각을 안긴다. 이쯤이면 완성이 됐을까, 라고 조급한 마음을 품는다. 빨리 맛을 보고 싶은 마음에 아직은 부족한데, 속은 완벽하게 영글지 않았는데, 열매를 따버리는 것이다. 겉과 속이 모두 골고루 익어야 완벽한 열매로 탄생하는 것인데, 겉만 보고 속까지 익었다고 경솔한 판단을 한다. 열매를 따 한입 베어 물어본다. 아뿔싸, 속이 덜 익었다. 덜 익은 열매는 결국 버릴 수밖에 없다. 익으려면 더 많은 기다림과 인내의 시간이 필요한 것이구나, 라며 후회를 한다. 덜 익은 열매를 나무라지만 선택은 되돌릴 수 없다. 무르익으려면 열매에게도 보이지 않은 노력과 시간이 필요한 건데, 설익은 열매를 두고 한숨만 나온다.

설익은 것에 집착하는 사람들은 곳곳에 있다. 고기나 배불리 먹으며 쌓인 스트레스를 풀자고 모인 회식자리, 익기도 전에 젓가락으로 들추어보는 것을 반복하다 이쯤이면 충분하겠다며 입으로 욱여넣는 사람. 대학교 갓 졸업한 신입사원에게 10년 경력급의 실력을 요구하는 사람. 살아가는 것 자체가 고통인 사람에게 덜 노력했으니 힘든 거라고 더 노력하라고 부추기는 사람. 가정을 돌보지 않더라도 더 회사에 충성하라고 강요하는 사람. 우리는 설익은 열매에 집착하며 사는 사람들 틈바구니 속에 있다. 충분히 기다려야 함에도 빨리 익을 수 있는 방법을 찾으라고 강요당한다. 수단과 방법을 가리지 않고 가용한 물자를 투입해서라도 열매가 더 빨리 익도록 해야 한다는 것이다. 만약 부족하다면 겉이 잘 익은 것처럼 보이도록 색칠이라도 하라고 그렇게 해서 상품처럼 보일 수 있다면 그만이라는 소리까지 듣고 산다. 당장 판매할 수 있는 상품으로 포장해야 하는 시대, 더 빨리 생산하고 빨리 소비해야 하는 질주의 시대를 지나고 있다. 아직 준비가 되지 않았는데, 더 시간이 있어야 하는데, 더 익은 것처럼 행세를 해야 한다. 그런 우리는 자본주의가 낳은 미완성의 열매다. 예쁘고, 보기 좋은 진열대에 포장되어야 하는.

어쩌면 우리는 아직 완벽한 어른이 되지 못한 건 아닐까? 아직 덜 익은 어른, 정신적으로 더 배워야 하는 어른 아이인데, 어른처럼 살아가야 한다고 급하게 시장에 내몰린 덜 익은 열매는 아닐까? 하지만 변화는 시작되고 있다. 설익은 사람들을 중심으로 과거의 병폐, 조급한 삶, 무조건적인 강요 등에 맞서는 움직임이 일어나고 있는 것이다. 이것은 제대로 삶을 살아야겠다는 몸부림이다. 우리는 모두 덜 완벽하다. 무르익은 것처럼 완벽해지고 싶다고 생각하지만 그 기준은 누가 만든 것인가? 우리가 설익어서 연약하다고 말할 수 있어야 한다. 충분히 익지 못해서 당당하지 않을 이유는 없다. 우리는 그만큼 가능성을 가지고 있기 때문이다. 그래서 알맞게 익어서 올바른 곳에, 필요한 곳에 사용될 수 있는 어른이 되었으면 좋겠다. 강요하는 사람이 있다면, 더 빨리 익어야 한다거나 이 정도면 충분히 무르익었다고 성급한 잣대를 들이미는 사람이 있다면, 아직 설익었으니 나중에 찾아달라고 말했으면 좋겠다. 나에게도 따뜻한 햇살 같은 보살핌이 필요하다고 말했으면 좋겠다. 내일은 무르익은 어른으로 살아갔으면 좋겠다.

02. 나의 '노랑'은 왜 '누렇게' 변했을까?

　사물이 빛을 받으면 그것을 자신에게 흡수하거나 외부로 반사하는데, 반사하는 빛의 세기가 우리가 보고 느끼는 색色이다. 사물이 지니고 있는 '색'과 순수 우리말인 '깔'이 만나면 색이 가지고 있는 어떤 맵시, 즉 본래의 아름답고 보기 좋은 모양새를 세상에 발산한다. 하지만, 색깔이라는 개별적인 특성을 갖추고 있다 하더라도 빛을 받지 못하면 자신의 정체성을 드러낼 수 없다. 사람마다 다른 성격이나 우리가 지니고 있는 내적 가치도 마찬가지다. 관심을 가져주지 않고 세심하게 들여다보지 않으면 그 사람의 색깔은 빛나지 않는다. 즉 아무리 노력해도 스스로의 힘만으로는 세상에 자신의 색을 반사시킬 수 없다는 이야기다. 그런데, 어떤 사람들은 스스로 색깔을 왜곡시키기도 한다. 보이는 것을 보지 않으려 하고 자신이 보고 싶은 것만 보려 하기 때문이다. 그런 사람들은 부정적인 빛, 즉 어둠을 숨기고 있다. 비슷한 색상이라 할지라도 마음의 깊이에 따라서 밝고 어두움에 차이가 있는데, 그런 사람들은 마치 '노란 것'도 '누런 것'으로 본다. '누렇다'를 사전에서 검색하면 '노랗다'와 동일한 뜻을 가지고 있다. 예를 들어, '영양 부족이나 병으로 얼굴에 핏기가 없고 노르께하다'라는 뜻 말이다. 다만 두 가지가 서로 다른 것은 밝기의 차이다. '노랗다'는 밝고 선명한 색이고, '누렇다'는 다소 탁하고 어두운 느낌이다. 어둡다는 것은 빛을 충분히 받지 못하여 침울하고 마음이 무거운 상태를 뜻한다.

어릴 적, 노란색을 유달리 좋아했다. 좋아한 나머지 세상에 존재하는 색이 전부 노란색이길 바랐다. 어느 날 하굣길에 데리고 왔던 노란 병아리가 생각난다. 노랗고 부드러운 병아리의 솜털처럼 온 천지가 노랗게 물들었으면 좋겠다고 생각했다. 노란색은 마음을 차분하게 가라앉혔고, 얼굴을 보드랍게 쓰다듬어 주었다. 노란색은 집 안에 가라앉은 암울한 공기를 깨끗하게 씻어줄 것 같았고, 어두운 곳까지 밝게 비추어줄 것 같았다.

초등학교 저학년 미술 시간이다. 선생님은 '엄마'의 얼굴을 도화지에 그릴 것을 아이들에게 주문했다. 나는 그림에는 영 소질이 없는 아이였다. 한참을 고민하다 색칠을 시작했다. 아마도 그림 그리는 실력으로 눈에 뜨이는 아이가 되고 싶지는 않았을 것이다. 어쨌든 그날도 즐겨 사용하던 노란색을 쓰기로 했다. 따스한 느낌이 나는 엄마의 얼굴은 틀림없이 노란색이었다. 얼굴의 대략적인 윤곽을 잡고, 형태를 완성시켜 가며 색칠을 하기 시작했다. 그렇게 노란색에 열중하고 있을 때, 뭔가 잘못되고 있는 기운을 감지했다. 나를 제외한 다른 친구들은 모두 살색으로 엄마를 그리고 있는 것이 아닌가? 엄마의 얼굴은 살색이란 말인가? 크레용에 살색이 있던가? 그걸 왜 뒤늦게 깨닫게 되었을까? 부끄러움이라는 색깔이 얼굴에 칠해지는 순간이었다.

"석현아, 너는 이게 뭐니? 얼굴을 이런 색으로 칠하는 사람이 어디 있어? 호호호."
"풋! 내가 기억하는 엄마의 얼굴은 분명 노랑이라고!"

선생님은 깔깔거리며 한바탕 웃음을 터뜨렸다. 그 웃음이 비웃음이라는 것은 철이 덜든 아이도 충분히 알 수 있었다. 나는 도화지를 찢어 버리고 싶었지만, 그럴 용기도, 교실을 뛰쳐나갈 용기도 없었다. 하지만 그 치욕스러운 감정을 아무에게도 들키고 싶지 않았다. 나는 더 청개구리처럼 엉뚱한 소리를 하고 있었다. 하지만 9살짜리 소년이 내민 저항이라고 해봤자, 그리 통쾌한 것은 되지 못했다.

"선생님, 생각해보니 울 엄마 얼굴은 분명 노란색이었어요!"

위와 같은 말을 했거나 아니면 얼굴이 붉어져서 아무 말도 못 했을지도 모른다. 워낙 오래되어 자세히 기억나지는 않지만, 지금도 정확하게 기억나는 것이 있다. 그것은 마치 구경거리라도 난 듯이 선생님이 내 그림을 펄럭거리며, 급우들에게 광고를 했다는 것이다. 여기 와서 재미난 그림 좀 보라고, 희한한 색상 좀 보라고 말이다. 나는 그 치욕스러운 경험을 잊기 위해, 부단히 애썼지만 머릿속에서 트라우마로 누렇게 변질됐다. 내 삶이 밝은 노란색에서 어두운 누런색의 지배를 받게 되는 순간이었다.

나중에 자라났을 때, 왜 노란색에 집착했으며 엄마의 얼굴조차 노란색으로 색칠을 했는지 분석했다. 어릴 적 너무 일찍 철이 들었던 탓은 아니었을까? 우리 집은 다른 집과 비교하여 가난했다. 가난하다는 현실은 내가 버리고 부정하려고 하여도, 항상 따라다니는 굴레였다. 그리고 그 가난이란 것은 내 일상을 누런 빛깔로 휩싸이게 했다. 가난이 부끄러운 것은 아니었지만, 사람의 성격을 어둡게 만든다는 것은 일찌감치 깨닫고 있었다. 집엔 음울한 기운이 가득 차 있었다는 것을 익히 알고 있었던 것이다. 그런 어두운 감정이 어느새 우리 집을 차지하여 삶의 의미를 꺼뜨리고 있음을 느꼈다. 가난한 마음에서 벗어나기 위하여, 떨어진 자신감을 회복시키기 위하여 밝게 빛나는 노란색에 집착했다. 노란색은 어린아이에게 희망, 생명의 기운, 태양의 에너지를 전했지만 반면 불안, 질투와 같은 모순된 감정도 동시에 전했다.

봄이 오면 제주도에는 유채 꽃이 만발한다. 노랑의 세상이 시작되면 얼어붙었던 몽우리가 세상을 뚫고 자신의 가치를 뽐내는 것이다. 노랑을 좋아하는 사람은 독창적이라고 한다. 창의성을 가지고 있지만 동시에 논리적인 사고도 한다고 한다. 그리고 현실적인 환경에서 꿈을 잃지 않고 자신의 가능성을 찾는다고 한다. 무엇보다 자신의 감정을 제어할 수 있는 사람이 노란색이 대표하는 사람의 특성이라고 한다. 시간이 지나, 가난과 희망, 현실과 꿈 사이를 오고 가던 내가 노란색에 집착할 수밖에 없었음을 이해한다. 희망이 없는 현실이었지만, 노란색을 떠올리면 활력이 되살아났다.

노란색이 싫은 때도 있었다. 남자에게는 어울리지 않은 색이라 놀림을 당할까 봐, 우울했던 시절을 들춰내는 것 같아서 억지로 부정했던 적도 있었다. 지금은 다른 색으로 취향이 변하긴 했지만, 과거 노란색에 집착했던 어두운 시절도 사랑하기에 '누런색의 삶'도 굳이 부정하지 않는다. 이제는 노란색과 누런색이 공존할 수 있는 화합의 시대를 꿈꾼다. 어느 한쪽으로 기우는 것보다는 균형 잡힌 감각을 찾고 싶다. 파란 하늘과 그 가운데 비추는 노란 햇살을 맞으며 밝은 생각을 품어본다.

03. '주둥이'로 말할래, '입'으로 말할래

사람의 입은 유인원의 주둥이처럼 앞으로 돌출된 형태에서 현재 인류의 모습으로 진화되었다. 단순하게 먹는 것을 떠나서 언어를 쓰면서 입은 사람과 사람을 연결하는 의사표현을 위한 도구로 사용되었다. '입'은 '입술에서 후두까지의 부분, 음식이나 먹이를 섭취하며 소리를 내는 기관'이다. '주둥이'는 사람의 입을 '속되게 이르는 말'이다. 주로 짐승이나 물고기의 뾰족하게 튀어나온 코나 입 주변을 그렇게 부른다. 사람의 입을 때로 주둥이라고 낮춰 부르는 경우가 있다. 그것은 사람의 인격을 인정하지 않는 태도를 의미한다.

누군가 내 입을 힐끔 쳐다보다 오리 주둥이 같다고 장난친 적이 있다. 농담인 줄 알면서도 기분이 상당히 나빴다. 자본주의 사회에서는 누구나 표현의 자유가 있다고 하지만, 내 소중한 신체를 유인원과 같은 짐승에 비유하는 것 같아 불쾌했다. 빨대로 아이스커피를 흡입하던 상황이었다. 입 모양이 불쑥 앞으로 우스꽝스럽게 튀어나왔을 것이다. 물론 그 말을 듣고 커피 맛이 더 쓰게 느껴졌다. 기분이 안 좋으면 언짢은 마음이 밖으로 배출이 된다. 나는 참는 재주가 없어서 기분 나쁜 표정 같은 걸 안으로 숨기질 못하는 편이다. 하지만, 장난을 건 사람은 뭐 농담 한마디 가지고 언짢아 하냐며 오히려 내 어깨를 툭툭 건드렸다.

그 사람이 나보다 직급도 높았고 나이도 많았기 때문에 기분 나쁜 표정 이외에 속으로 욕이라도 한마디를 덧붙여 주고 싶었다. 아무 말이나 함부로 지껄이는 당신이야 말로 입이 아니라 '주둥이' 또는 아가리를 달고 다니지 않느냐고 말이다. 그 주둥이나 좀 갈아치우라고 말이다.

사람은 누구나 입을 가진다. 입이 두 개인 사람은 없다. 입은 음식을 먹는 첫 창구이기도 하지만 밖으로 말을 배출하는 마지막 출구이기도 하다. 머릿속에 맴돌던 생각이 다른 사람에게 말이라는 수단으로 다가서는, 세상과 맞닿아 있는 최전선이기도 하다. 입이 주둥이로 전락할 것인지, 사람의 입으로 유지될 것인지 선택은 자신에게 있다. 주둥이라는 말을 듣지 않으려면 말을 쓸 때 유의해야 한다. 나쁜 말은 그 사람의 정돈되지 않은 품성이나 부실한 인격에서 출발한다. 생각이 더러운 사람에게서 깨끗한 말이 나올 수 없다.

입에서 나온 말은 사람을 살릴 수도 죽일 수도 있다. 생각 없이 말을 내뱉었다가 후회한 일은 없는가. 내 입에서 나온 말들 때문에 다른 사람에게 상처를 입힌 적은 없나. 가까운 사이라 하여 상대방을 배려하지 않고 아무 말이나 튀어나오는 대로 지껄인 적은 없나. 살다 보면 입이 주둥이가 된다. 의도치 않았는데, 많은 말을 하다 보니 경솔한 주둥이가 되기도 하는 것이다. '주둥이가 가볍다'는 말이 있다. 입은 무거운 것이 원칙이나 하늘과 가까워서일까? 가벼움을 참기 힘들어 공중에 말이 둥둥 떠다닌다. 입에서 나오는 것 중에는 햇살 같은 말도 있다. 하루가 시작할 때, 그런 말을 들으면 얼었던 마음이 녹는다.

출근길, 지하철이었다. 모자란 잠을 채울 길 없어 가방 속에 졸음을 담아두고 출근하는 길이었다. 가야 할 길은 멀고 시간에 쫓겼다. 문득, 지하철 기관사의 음성이 다가왔다. 그것은 낯선 음성이 아니라 라디오 디제이가 던지는 조곤조곤한 말이었다. 귓가를 적신 말은 대충 이런 내용이다.

"승객 여러분, 날씨가 갑자기 추워졌습니다. 감기 예방을 위하여 장갑도 꼭 끼시고, 목도리도 따뜻하게 두르고 다니시기 바랍니다. 그리고 오늘 따뜻한 차 한 잔 하시면서, 사랑하는 분과 행복한 시간 보내시기 바랍니다."

피곤한 하루는 늘 옆에 있다. 작은 충돌에도 예민한 반응을 보이다 입이 험한 주둥이가 되기도 한다. 그러다 선하게 바뀔 차례를 기다린다. 그날은 코끝이 찡해지는 순간이 무방비 상태에서 찾아왔다. 기관사의 입에서 나온 말들은 그러했다. 따뜻한 하루를 보내라는 말, 날씨가 추워졌으니 목도리를 꼭 두르고 다니라는 말, 개별적인 얼굴들을 진심으로 대하는 말이었다. 생각을 잃은 채 사는 사람들, 나쁜 말을 스스럼없이 던지는 주둥이를 단 인간들, 왜 바삐 달려가는지도 모른 채 속도전을 하고 있는 사람들, 시퍼렇게 날이 선 채 서로를 노려보는 사람들을 누그러뜨리는 말이었다. 부끄러웠다. 나는 누구를 생각하며 살아가는지, 얼마나 진심으로 대하는지, 만나는 사람에게 얼마나 따뜻한 사람이었는지 돌아보게 되었다.

거위 털 패딩보다, 소가죽 장갑보다, 캐시미어 목도리보다 더 온기가 도는 말이다. 주둥이, 아니 인간의 입에서 나온 말 중에서 가장 따뜻한 것이다. 사람이 던지는 말들엔 날카로운 칼과 창 같은 것이 서려 있어서 상처를 입히기도 하지만 그날처럼 포근한 말로 마음을 어루만진다는 것도 느꼈다. 무심한 출근길에서 가슴이 뜨끈해지는 말 한마디와 흐뭇한 미소를 덤으로 받았다. 치열한 일상은 눈을 감으면 사라지지만 눈을 뜨면 무섭게 달려들곤 한다. 눈을 뜨고 감는 것을 습관적으로 반복하는 우리는 현실과 이상, 그 어떤 세계에도 실존하는 인물이 아닌 가상의 존재는 아닐까? 그 세계에는 절대 좁힐 수 없는 간극이 살고 있는데 그것은 주둥이와 입의 중간쯤 된다.

눈을 감았다. 지친 얼굴이 사라지고 낭송가의 육성만 또렷하게 들렸다. 기관사의 음성은 여러 칸을 씻고 다녔다. 세상에는 기관사처럼 하는 사람이 있고 그렇게 하지 못하는 사람이 있다. 내가 그곳에 있었기 때문에 기관사의 말은 나만의 전유물이 아니었다.

04. '돌덩어리'의 강함은 왜 '스펀지'의 약함을 이기지 못할까?

'스펀지'는 생고무나 합성수지로 해면체처럼 만든 물건으로 탄력이 있고 수분을 빨아들여 다른 물건을 닦는 용도로 쓰인다, 라고 정의한다. 스펀지는 가능성을 지닌 재료다. 무엇이든 흡수할 수 있고 자신과 다른 점까지 받아들일 수 있는 넓은 공간을 가지고 있다. 당신은 어떠한 유형의 사람인가? 스펀지처럼 수용성이 있는가? 아니면 돌덩어리처럼 밖으로 튕겨내는 사람인가?

스펀지처럼 무엇이든 흡수하는 사람이 되는 건 어려운 일일까? 원래의 틀을 유지하면서도 좋은 점은 받아들이고 나쁜 점은 고쳐서 내 것으로 만드는, '스펀지처럼 탄탄하지만 신축성이 있는 사람'이 되어보자. 자신의 모양을 바꾸지 않으면서도 다른 형태로 얼마든지 변신할 수 있는 스펀지, 타인에게 상처를 받아 마음이 위축되었다가도 원래의 상태로 돌아갈 수 있는 '회복탄력성'이 뛰어난 스펀지라면 인생을 더 유연하게 살아볼 수 있지 않을까?

애플의 성공을 이야기할 때 스티브 잡스를 빼놓을 수는 없다. 그는 마케팅이나 디자인뿐만 아니라 물류 분야에도 천재였다고 한다. 애플과 넥스트에서 함께 일했던 르윈은 스티브 잡스를 '스펀지' 같은 사람이라고 평했다. 그는 자신이 관심 있어 하는 분야의 지식을 스펀지처럼 흡수했다고 한다. 르윈의 말에 의하면 스티브 잡스는 사물을 세심하게 관찰하고 그것의 장점을 자신에게 수용하여 새로운 제품을 만들어내는 데 탁월한 재주가 있는 사람이라고 했다. 스티브 잡스가 가장 좋아했던 인물은 화가 피카소였으며, 피카소의 유명한 명언인 베끼는 건 2류고 훔치는 게 1류다, 라는 문장을 특히 좋아했다고 한다. 사실 스펀지야말로 훔치는 분야의 일인자가 아닌가.

스펀지의 강점은 포용하는 능력이다. 세상의 장점을 수용하여 자기 것으로 만든다. 그 행동은 새로운 가능성을 열어두는 행위이며 다양한 것을 배우면서도 자신의 성향을 지키는 것이다. 스펀지는 비축해 두었던 자원을 모두 소모하여도, 아무 데나 던져 놓아도 모양을 유지한다. 때로는 단점까지 흡수하기도 하지만 자신의 근본을 지키기 위하여 불필요한 것을 짜내어 버릴 줄도 안다. 스펀지의 장점은 처음에 가지고 있는 것이 다소 적을지라도, 세상의 장점을 천천히 수용하면서 점차 몸집을 불려 나가는 데 있다. 겉으로는 가볍게 보일지 모르지만, 시간이 갈수록 스펀지의 내공은 쌓여만 간다.

하지만, 세상엔 스펀지보다 '돌덩어리' 같은 경직된 사람이 더 많다. 그들은 날카롭고 모난 성질을 가지고 있다. 바꾸는 것에는 큰 희생이 따를 것이라 미리 판단하고 바꾸려 하지 않는다. 정작 돌덩어리에게 변화가 필요할 때, 제 살이 깎이고 파괴되는 고통을 견디어야 한다는 문제가 따른다. 최악의 상황은 서로 다른 모양의 돌덩어리들끼리 충돌할 때 발생하는 막대한 비용의 출혈이다. 자신의 생각이 무조건 옳다고 생각하는 사람들은 막대한 손해가 일어나더라도 주장을 절대 굽히지 않기 때문이다. 자신의 의견을 굽히는 것이 싸움에서 패배하는 것이라고 착각하며, 상대방의 말이 옳음에도 불구하고 거친 싸움을 마다하지 않는다. 이와 같은 기나긴 자존심 싸움에는 막대한 비용이 소모된다. 같은 배를 탄 회사에서도 조직 간, 개인 간의 이익을 두고 싸움이 벌어진다. 누가 잘났는지 싸우는 통에 회사가 산으로 올라가는 사태도 벌어진다. 이것은 모두가 망하는 지옥행 열차에 동승한 것과 마찬가지다.

돌덩어리 같은 사람의 유형에는 꼰대가 많다. 꼰대는 자신의 몸이 차갑고 딱딱한 돌덩어리로 변해간다는 것도 모른다. 하지만, 언제든지 마음만 먹는다면 스스로를 바꿀 수 있다고 자신한다. 그리고 자랑스럽게 떠들어댄다. 새로운 사람으로 태어나기 위하여 뼈를 깎는 고통 따위는 능히 견디어낼 수 있다고 말이다. 물론 그것이 착각인 줄도 모르고 말이다. 그러나 변화는 허공에 떠도는 말뿐이다. 돌덩어리 같은 꼰대가 던지는 말은 우습게도 가볍다.

오래도록 조각해온 삶의 기저를 바꾼다는 것에는 희생이 필요하다. 무엇보다 자신이 돌덩어리인지 스펀지인지 깨달음이 먼저다. 돌덩어리는 자신이 스펀지인 줄 착각하며 산다. 하지만 타인의 다양한 의견은 당신의 닫혀 있는 마음과 충돌하고 튕겨 나간다. 자신은 무엇이든 받아들이고 변화할 수 있다고 생각하지만 바뀌는 것은 아무것도 없다. 돌덩어리는 그저 돌덩어리일 뿐인 것이다.

　스스로에게 질문을 한번 해보자. 당신은 어떤 유형의 인간인가? 무엇이든 배워 그것을 자신의 장점으로 흡수하는 사람인가? 다른 사람의 의견에 귀를 기울이지 않고 쳐내는 인간인가? 자신의 내면을 거울에 한번 비추어보자. 변화하겠다고 말은 쉽게 하지만 생각이 닫혀 있기만 한 딱딱한 돌덩어리인지, 타인의 의견과 내 생각을 적절하게 배합하여 자신만의 가치를 생산할 수 있는 부드러운 스펀지인지.

05. 회사에서 '쫓겨나기' 전에
　　직접 내 발로 '나갈' 용기 정도는 있다

"저 그렇게, 월급에 저당 잡힌 인생으로, 그렇게 사는 게 싫어요."

"나 그렇게 살고 싶지 않단 말이야. 날마다 똑같은 공간에서 똑같은 시간에 일어나 똑같은 장소로 헐레벌떡 뛰어나가 날마다 똑같은 일하면서 통조림 인생으로 살고 싶지 않다고!"

　어느 한 방송국에서 방영했던 드라마 〈그래 그런 거야〉에서 막내아들 유세준(정해인 분)이 내뱉은 대사다. 유세준은 자신의 인생이 어디로부터 와서 어디로 가는지 철학적인 질문에 대한 대답을 찾겠다고 주장했다. 그것도 사막 한가운데서 별을 바라보며 말이다. 그의 주장을 논리적으로 이해할 수 없어도 가슴으로는 받아들일 수 있었다. 나야말로 똑같은 자리, 시간에 일어나 헐레벌떡 어딘가로 달려가는 인생이 아니었나? 하지만, 전쟁터와 같은 직장에서 허우적대는 것보다 예측 불가능하더라도 방황하며 사는 것도 젊음이 선택할 수 있는 특권이 아닐까, 라고 응원하고 싶었다. 그의 모습에서 미래를 꿈꾸며 그것을 펼치겠다는 당찬 의지를 보았다. 비록 그 꿈으로 가기 위한 여정이 불확실하고 투박할지라도, 꿈을 펼쳐 나가겠다는 의지만 있다면 해내지 못할 일이 무엇일까? 그리고 그 극한을 경험한 사람이 무슨 일이든 못할까?

서점에서는 회사를 박차고 뛰어나와 유세준이 원했던 삶을 선택한 사람들의 이야기를 흔히 볼 수 있다. 그들은 회사라는 남들이 정한 규칙에 얽매이는 것이 아닌, 낯선 곳에서 삶의 의미를 찾는다. 그들에게 여행은 관광이 아닌 낯선 체험을 하고, 자신이 하고 싶고 사랑할 수 있는 일이 무엇인지 깨달음을 얻는 과정이다. 그들은 강제로 쫓겨나는 것이 아니라 스스로 나가겠다고 결정한다. 어디든 찾아서 떠난다는 말에는 식어버린 열정을 끓게 하는 힘이 있다. 행복을 나중으로 미루고 사는 것이 아닌 당장 찾겠다는 결의가 있다. '쫓겨나다'라는 동사는 '어떤 장소나 직위에서 강제로 퇴출을 당한다'라는 뜻이다. 반면에 '나가다'라는 단어는 '일정한 지역이나 공간에서 벗어나거나 집이나 직장 따위를 떠나다'라는 뜻을 가지고 있는데, '쫓겨나다'와 다른 차이점은 자신의 주체적인 결정에 따른다는 점이다.

김제동의 〈걱정말아요 그대〉에 출연한 젊은 부부의 사연을 들었다. 그들은 다니던 직장을 그만두고 1년 동안 여행을 다녀왔다고 했다. 동료의 죽음을 목격하고 그 이야기가 자신의 것이 될 수도 있겠다는 위기감이 들어 중대한 결정을 한 것이다. 일을 함으로써 얻는 돈도 중요하지만, 먹고 싶을 때, 자고 싶을 때, 쉬고 싶을 때와 같은 인간의 기본적인 권리조차 선택할 수 없는 삶에서 나가고 싶다고 했다. 타인에게 억압당하는 삶을 더 이상 살 수 없는 것이다.

나 역시 20년 넘게 직장생활을 하며 가장 크게 늘어난 버릇은 현실에 대한 불평, 불만이다. 아내에게 종종 이 바닥에서 나가고 싶다는 푸념을 늘어놓았다. 그럴 때마다 아내는 내가 실수라도 저질러 직장에서 쫓겨나는 건 아닌지, 쫓겨나간 후 급하게 자영업에 뛰어들었다가 쫄딱 망하는 상상을 했다고 한다. 남편의 다급함, 미래에 대한 걱정이 가득한 아내의 표정 사이에는 낯선 기류가 흘렀다. 직장은 감정을 널뛰게 하는 재료다. 재료를 조심해서 다루지 않으면 상처를 입는다. 상처에는 꼰대와 같은 상사가 안기는 것, 남들이 기대하는 만큼 능력을 발휘하지 못해서 열등감에서 비롯되는 것, 과도한 업무로 인한 스트레스와 압박에서 발생하는 것이 있다. 도망치고 싶다는 생각을 하면서도 견디어 왔지만, 내가 무엇을 위해 고통을 참았는지 판단을 내리기 어렵다.

남들처럼 열심히 살다 가도 '당장 쫓겨날지도 모른다는 두려움'이 몰려온다. 평범하게 살고 싶은데, 그 기준도 명확하지 않으며 평범하게 사는 것의 정의가 무엇인지도 불확실하다. 늘 피곤하며 원인 모를 두통에 시달리고 있지만, 회사에서 퇴사하기도 쉽지 않다. 그렇다면 남은 인생을 어떻게 살아야 하는지, 나갈 용기가 없다면 미래를 향한 해법은 무엇인지 구체적인 처방이 필요하지 않을까.

사람들은 스스로 뛰쳐나갈 자신이 없다고 한다. 그런 결정은 능력이 있는 사람이나 가능한 일이다. 하지만 안일한 마음을 먹다 갑자기 쫓겨나게 되면 어떻게 될까? 바닥에 주저앉아 버릴까? 그것보다는 나만의 힘으로 세상을 살아가겠다는 용기가 필요하다. 걱정을 하며 결정을 미룰 것인가, 결정부터 하고 나서 걱정을 할 것인가, 그것은 선택의 문제다. 스스로 문을 여는 용기, 지금까지 선택했던 것을 버리는 용기, 현실에서 내 주관을 지키려는 용기 모두 마땅한 가치가 있다. 사람마다 환경이 다르고 사는 방식도 다르지 않은가? 모두에게 나름의 이유가 있는 것이다.

멕시코의 어느 마을에 일주일에 2~3일 정도 바다에 나가 물고기를 잡고, 그것을 팔아 가족들과 오순도순 사는 어부가 있었다. 근처를 관광하던 컨설턴트가 어부에게 이런 말을 했다. "왜 그러고 살아요? 6일을 나가서 일하고 돈을 모은 다음, 좀 더 큰 어선을 구입하세요. 돈이 모이면 직원을 뽑고 큰 공장을 지으면 훨씬 더 많은 돈을 모을 수 있어요. 나중에는 홍보팀을 꾸려서 매체에 광고를 하면 승승장구할 수 있어요."라고 말이다. "그 다음에는요?" 어부가 말했다. "여생을 즐길 만큼 충분히 많은 돈을 모으면 일주일에 2~3일만 나가서 취미로 물고기를 잡고 가족과 함께 행복한 삶을 누릴 수 있겠죠." 라고 컨설턴트가 말했다. 그 말에 어부는 이런 답을 했다. "지금도 그렇게 살고 있어요."

인간은 자신만의 용기를 먹고 산다. 자신과 타인을 비교하는 삶은 무가치하다. 어리석은 사람은 자신의 처지와 타인을 비교하면서 상대적인 위안을 받는다. 타인의 떡이 커 보이고, 타인의 결정은 위대한 것처럼 보이지만, 그것은 착각이다. 주체의식을 바탕으로 결정의 순간마다 내면의 소리에 귀를 기울이는 것, 타인이 만든 순리를 따르지 않는 것, 가지고 있던 프리미엄을 버리는 것, 이것에 정답은 없다. 쫓겨나가던 제 발로 나가던 각자의 선택에는 희생과 용기가 따른다. 후회 없는 삶을 위해서 저마다의 용기가 필요한 것이다. 나는 직장이든 어떠한 영역이든 내 자유의지대로 나갈 수 있는 힘을 가지고 있다고 믿는다.

06. '걱정'과 '고민' 사이의 간극

중요한 행사를 앞두고 있으면 긴장에 빠져 침이 바짝 마르고 심장이 급격히 뛰는 증상이 일어난다. '준비했던 시나리오대로 하지 못하면 어떡하나?', '기억했던 것을 까먹으면 어떡하나?', '사람들이 비웃기라도 하면 어떡하나?', 이런저런 걱정거리에서 헤어 나오지 못한다. 걱정이란 것은 안심이 되지 않아 속을 태우는 것이라고 정의되어 있다. 문제는 걱정이 생산하는 신체의 부작용이다. 아랫배가 묵직해지고 편두통도 일어나며 신체에 여러 가지 이상 현상이 일어나는데, 걱정이 깊을수록 증상이 더 악화되어 간다.

걱정은 두려움을 몰고 온다. 예측하지 못했던 실수를 불러오고 반복했던 기억을 지워버리며 침착함도 잊게 한다. 걱정은 문제를 해결하겠다는 의지보다 일어나지도 않을 상황에 대한 부정적인 감정의 표출이다. 두려움에 빠지면 보통 사람은 도망칠 궁리부터 한다. 차라리 '계단에서 굴러버릴까?', '발표장에 드러누워 버릴까?'와 같은 최악의 상황을 가정하며 말이다. 하지만, 걱정은 거의 일어나지 않는다. 심리학자 어니 젤린스키에 의하면 걱정의 대부분은 일어나지 않으며 오히려 과거에 일어난 일에 대한 후회가 많다고 한다. 더군다나 4퍼센트 정도는 걱정해도 바꿀 수 없는 일이라고 하니, 걱정이 얼마나 쓸데없는 일인지 우리는 알 수 있다. 걱정에 대한 이런 가사도 있지 않은가.

그대여 아무 걱정하지 말아요

우리 함께 노래합시다

그대 아픈 기억들 모두 그대여

그대 가슴에 깊이 묻어버리고

지나간 것은 지나간 대로

그런 의미가 있죠.

—전인권의 〈걱정 말아요 그대〉 중에서

걱정은 사소한 일이며, 과거에 대한 후회인 경우가 많다. 그럼에도 불구하고 우리가 걱정에 휩싸이게 되는 원인은 무엇일까? 그것은 미래가 어떻게 펼쳐질지 알 수 없기 때문이다. 앞날에 대한 불안한 감정은 일어나지 않은 사건까지도 걱정하게 하는데, 결과를 아무리 가정해봤자 그 결과 자체도 불확실한 상태로 남아 있는 경우가 많다. 그런 면에서 걱정은 불안한 감정을 반영하는 마음의 거울이다. 걱정을 많이 하면 걱정 전문가만 된다. 걱정하는 방법에 대한 노하우만 늘어나는 것이다.

걱정은 또 다른 걱정을 낳고, 자신의 가능성을 걱정이라는 틀에 가둔다. 걱정의 영어 단어인 'Worry'를 살펴보자. 그 단어의 어원이 war에서 왔다는 주장이 있다. 걱정은 마음의 전쟁이라는 뜻이다. 걱정이 마음에 스트레스라는 벽을 쌓아 건전한 마음이 행동하지 못하도록 한다는 것이다.

고민은 마음속으로 괴로워하고 애를 태우는 감정이라고 정의되어 있지만, 감정이 정적인 상태에 머물러두지 않도록 실천한다는 점에서 걱정과 차원이 다르다. 우리는 고민이 생기면 어딘가에 그것을 털어놓기도 한다. 인터넷의 익명 커뮤니티가 좋은 예다. 우리는 자신을 드러내지 않고도 고민이나 고충을 털어놓을 수 있다. 사람들을 만나지 않고도 해결책을 찾는다. 이렇듯 걱정이 내적인 방황에 자신을 매어두는 것이고, 발생하지 않은 미래의 특정 상황을 내다보거나 부정적인 감정 때문에 마음을 애태우는 상황이라면, 고민은 걱정에서 머무르지 않고 구체적인 해결 방법을 찾아 나서는 적극적인 마음의 활동이다.

예를 들어, '걱정'은 중대한 발표를 앞두고 사람들 앞에서 말을 더듬거나 질문에 제대로 답변하지 못할까 두려워하는 감정이며, '고민'은 실수하지 않기 위해서 발표를 어떻게 해야 하는지 각본을 치밀하게 짜도록 마음을 유도하는 것이며, 예상 질문을 나열해놓고 응수할 방법을 연구하는 것이다. 또한 걱정은 중요한 시험을 앞두고 당일 컨디션이 나빠질까 두려워하고 늦잠을 자서 시험장에 지각할까 봐 두려운 상상을 하지만, 고민은 나쁜 컨디션을 방지하기 위하여 어떻게 체력을 준비해야 하는지 방법을 고민하고 시험장에 늦지 않기 위한 방안을 찾는다.

인간은 걱정을 떠나서 살 수 없다. 걱정과 불안은 인간이 약육강식의 환경에서 생존할 수 있는 바탕이 되었다. 권력과 부를 쥐고 있는 사람에게는 걱정이 없을까? 전혀 그렇지 않다. 인간은 물질적인 계급, 사회적 지위에 상관없이 누구나 자신만의 걱정을 달고 산다. 적당한 걱정은 내면을 긴장시킨다는 장점을 지니지만 과도한 걱정은 당신이 삶의 방향타를 잃고 좌초하도록 방치한다.

세상은 의지와 관계없이 걱정을 가지고 살 수밖에 없는 구조다. 사피엔스가 채집 생활을 하며 걱정 없이 살던 방식에서 벗어나, 한곳에 정착을 하고 미래의 먹을 것을 비축하면서 인류의 걱정이 고민으로 전환되기 시작했을 것이다. 죽음에 대한 두려움, 불확실한 미래, 언제 잘릴지 모르는 직장 등, 미래에 대한 걱정은 행복한 미래를 막는 나쁜 촉매제 역할을 한다.

걱정으로 내 삶을 채울 것이 아니라 건전한 고민으로 채워보는 게 어떨까? 한 치 앞도 모르는 미래만 걱정하지 말고 그것을 고민으로 바꿔보는 건 어떨까? 고민은 불안한 걱정을 긍정적인 에너지로 변하게 하는 힘을 가지고 있다. 자신의 상태를 따뜻하게 들여다보자. 마음에 폭력을 가하고 있던 것은 아닌지, 자신을 과거의 상처에 구속시키고 있는 것은 아닌지 말이다. 누구나 마음먹은 대로 생각을 바꿀 수 있다. 걱정 따위의 하찮은 것들을 벗어버릴 수 있다면 삶을 제어할 수 있는 능력도 자연스럽게 생겨난다.

실천이 우선이다. 가만히 생각해보자. 당신이 생각해도 어떤 걱정 때문에 힘들어했는지 별로 기억나는 게 없을 것이다. 걱정이 이렇듯 쓸데없다. 그리고 걱정이 실제로 현실화된 적도 그다지 없다. 걱정거리를 능동적인 고민으로 바꾸면 세상이 달라지는 경험을 할 수 있다. 생각에 따라 미래가 바뀌는 경험을 해보자.

방탄소년단의 노래 〈고민보단 GO〉라는 노래가 있다. 걱정만 하기엔 우리의 삶이 짧으니 지금 무엇을 할 수 있을지 그것부터 찾으라는 응원의 가사다. 걱정에서 헤어 나와 자신이 하고 싶은 것을 당장 실천하라는, 인생은 짧으니 당장 무엇이든 도전하라는 가사다. 당신도 가사처럼 고민을 충분히 겪었다. 이제 달릴 일만 남지 않았는가.

07. '경쟁'이 아닌
짓밟고 올라서는 '다툼'의 최후

하나뿐인 자리를 두고 여러 사람이 그것을 차지하려는 다툼이 벌어지면 비극이 필연적으로 펼쳐진다. 왕위를 차지하기 위하여 형제, 자매, 부모와 자식 지간에도 죽음의 쟁탈전이 벌어진다는 것은 이미 피의 역사가 증명했다. 다툼은 서로 다른 의견이나 이해의 대립으로 발생하며 이권을 독차지하려 따지며 싸우는 일을 말한다. 문제는 자신의 욕망을 채우기 위하여 상대를 헐뜯거나 죽음으로 파국을 맞는 것이다. 고대 그리스 작가인 소포클레스의 비극 《안티고네》에서는 이러한 상황을 적나라하게 드러낸다. 안티고네의 아버지인 오이디푸스 왕은 자신의 어머니와 동침을 하게 된 비극적인 사실을 깨닫고 두 눈을 찔러 스스로 실명을 택한다. 오이디푸스가 왕좌에서 물러난 후, 두 아들은 왕위를 차지하려고 전쟁을 일으키고 다툼 끝에 둘 다 목숨을 잃는데, 이 모든 비극 끝에 살아남은 여인이 안티고네다. 하지만 안티고네는 자신의 오빠인 폴로니케스의 장례를 몰래 치러주다 새로운 왕인 크레온의 미움을 사게 되어 생매장에 처한다. 대체 권력이란 것이 무엇이기에, 형제간에 죽음을 건 다툼까지 벌어지는지, 삶이 이토록 비극적인 것인지 신에게 묻고 싶었다.

경쟁이라는 단어를 살펴보자. 경쟁의 사전적인 뜻은 같은 목적에 대하여 이기거나 앞서려고 서로 '겨루는 것'이라고 정의되어 있다. 다툼이 이해관계 때문에 '싸우는 일'까지 불러온다면 경쟁은 서로 겨루는 것에 집중하는데, 두 가지 뜻에는 미묘한 차이가 담겨 있다. 물론 경쟁도 싸우는 상황까지 치달을 수 있지만, 상대방보다 전략적으로 앞서려는 목적에서 차이가 있다.

한 회사가 사업계획을 발표하는 장면이다. 부서별로 목표했던 실적의 달성 유무를 확인하고 새로운 다짐을 나누는 자리였다. 그들은 지난 일 년 동안 수고했다고 덕담을 주고받았고 새로운 한 해도 더욱 분발하자고 목소리를 드높였다. 그리고 목표했던 것보다 높은 성장을 거두었다고, 어두운 경제 전망 속에서도 타 부서보다 탁월한 성과를 거두었다는 자랑도 이어졌다. 다른 부서의 팀장은 경쟁에서 패배했지만, 다시 분발하여 다음번에는 1등을 차지하자고 팀원에게 사기를 불어넣었다. 한쪽이 무너져야 하는 다툼보다는 건전한 경쟁을 펼치는 그림이 보기 좋았다.

경쟁은 사회적 동물인 인간과 연관성이 크다. 우리는 경쟁을 통하여 집단에서 승리를 취하고자 한다. 그 결과에는 성취감과 만족이 따라다닌다. 다만, 그것의 목표는 수단과 방법을 가리지 않고 이기려는 것에 있는 것이 아니라 건전한 경쟁을 통하여 목적하는 바를 같이 실현하는 데 있는 것이다. 이러한 관계가 추구하는 것은 상대방보다 앞서고 싶다는 동기를 가지고 있지만, 다투어서 상대를 굴복시킬 것인지 유기적으로 협력할 것인지, 적수로 판단하고 다툼만 할 것인지로 맥락이 결정된다.

다툼이나 경쟁 관계는 여러 곳에서 일어난다. 과도한 목표의 달성 유무만을 최우선으로 생각하는 사회에서는 목표를 단순한 과녁으로 판단한다. 남들보다 더 빨리, 경쟁에서 이기기만을 위해서, 밤낮없이 싸우라는 압박을 받는다. 이기는 것이 최고라는 사회에서 우리는 살고 있다. 상생하는 것보다는 상대방의 허를 찔러 비겁하게라도 이겨야 한다는 부담감 속에 우리는 살고 있다.

같은 사회의 다른 그룹은 서로 경쟁관계이자 보이지 않는 위험 요소 취급을 당한다. 자신의 목적에 방해가 될 만한 요소들은 사전에 제거해야 한다. 동료가 적으로 둔갑하는 현상은 흔히 볼 수 있다. 우리는 다른 사람의 다툼 상대가 아니길 원한다. 하지만, 사회는 다툼을 유도한다. 과연 그렇게 끌려가며 사는 것이 정답일까? 누군가와 다투고 꺾어 이기는 것이 목표 달성을 위해 효과적인 방법이라 할지라도, 그것보다는 서로 앞서거니 뒤서거니 하면서 건강한 경쟁 체계를 갖추는 것이 집단의 이익을 위한 근본적인 방법이 아닐까?

사회는 타인을 이기려면 빨리 달려야 한다고 속도를 강조한다. 시장에서 승리자가 되고 싶다면 남들이 쉬는 시간에 선제공격을 펼쳐야 한다고 말이다. 그것에는 노력보다 사실 운이 따른다. 당신이 남들과의 다툼에서 승리했다고 하여 싸움이 끝난 것은 아니다. 그러니 누군가를 찍어 누르고 올라섰다고 그것을 자만하지도 말고 자랑하지도 말자. 남들보다 유리한 위치에 위치했다고 하여 건방진 생각은 하지 말아야 한다.

우리는 누군가의 경쟁 상대이다. 경쟁에서 살아남을 수 있도록 힘을 키울 책임이 마땅히 있다. 다만 각자가 믿는 삶의 철학이 있을 것이다. 그 철학만을 믿고 나가려다 퇴출당할 수도 있다. 그렇게 되는 한이 있어도, 현재의 패배의식을 마음에 가득 채워 미래를 무모한 경쟁심으로 치닫게 하지 말자. 우리는 치열한 생존 환경에서 어떻게 살아남아야 할까? 우리는 누구와 싸워야 하고 이겨야 하는 걸까? 보이지 않는 대상과 펼치는 다툼 또는 경쟁, 그것과 정면승부를 펼쳐 이길 수 있을까. 삭막한 환경에서 우리는 조화로운 관계를 펼쳐나갈 수 있을까? 줄다리기는 계속 있어야 한다. 하지만, 무조건 팽팽한 관계만을 유지할 수 없다. 때로는 힘을 풀어 자존심을 굽혀야 할지도 모른다. 일보 후퇴하고 더 부끄러운 이보를 택해야 하기 때문이다.

자신만의 가치관이 먼저다. 속도보다는 내실이 중요하다고 다짐한다. 물론 그 다짐이 전적으로 지켜질 것이라고는 믿지 않는다. 하지만 스스로에게 세뇌한다. 다투어서 이기는 것보다는 경쟁하여 큰 이익을 같이 나눌 수 있는 관계를 만들어가자고.

08. 충성의 '앞잡이'와 등대의 '길잡이'

'잡이'라는 접사는 명사 뒤에 붙어서 무엇을 잡는다는 뜻으로 쓴다. 보통은 칼이나 활 같은 무기를 다룬다는 의미로 활용하지만 사람을 상대하는 뜻으로도 사용한다. '앞'이라는 명사 뒤에 붙으면 부정적인 뜻으로, '길'이라는 명사 뒤에 붙으면 긍정적인 형태로 말이다. '앞잡이'라는 단어는 사사로운 이익을 목적으로 외국에 나라를 팔아먹은 인간, 영혼 없이 윗사람에게 충성만 하던 일제의 매국노 같은 부류를 일컫는다. 일제 강점기, 반민족 행위에 앞장섰던 '순사'라는 단어를 혹시 들어본 적이 있는가? 일제에 나라를 빼앗겼을 때, 일제를 주인으로 섬기며 영혼까지 팔아먹은 매국노 경찰 말이다. 그들은 일본인보다 더 극악무도하여 죄 없는 우리 동포를 체포하고 고문하는 데 앞장섰던 인간 말종이었다. 그들은 일제를 위해 복종하던 가장 악질적인 앞잡이 중에 하나였다.

허영만의 만화《각시탈》에서는 일본 순사와 민족의 앞잡이를 처단하는 이야기가 펼쳐진다. 각시탈을 쓴 주인공은 원래 우리 민족을 수탈하고 배반했던 일본의 앞잡이였지만, 각시탈을 쓴 자신의 형을 사살한 이후로 각성하여 스스로 각시탈이 된다. 그리고 친일 앞잡이를 처단하는 데 앞장선다. 만화나 드라마에서는 멋진 주인공이 일제의 앞잡이를 통쾌하게 처단하지만 현실은 안타깝게도 반대다. 친일파 앞잡이의 후손들은 이 땅에서 떵떵거리며 권력과 부를 움켜쥐고 살고 있으며 여전히 그들의 재산은 국고에 환수되지 못하고 있는 실정이다. 프랑스가 나치에 부역했던 앞잡이들을 처단했던 것처럼 우리는 민족반역자를 처단하지 못한 것이 한으로 남았다.

　　반면, '길잡이'는 사람을 앞에서 이끈다는 면에서 앞잡이와 뜻이 비슷하다. 두 단어는 얼핏 유사해 보이지만, 길잡이는 앞잡이보다 긍정적인 의미를 가지고 있다. 길잡이는 다른 사람을 이끄는 사람이나 사물을 의미한다. 앞잡이가 개인의 이익을 위해서 다른 사람에게 과잉 충성한다고 하면, 길잡이는 다른 사람의 이익을 위해서 자신을 희생하고 양보한다. 길잡이는 당신이 올바른 방향을 찾을 수 있도록 앞에서 끌어주는 사람이다.

　　가끔 숲에서 산책을 즐긴다. 부산했던 도시인의 삶을 뒤로한 채, 느릿느릿 숲길을 걷다 보면 마음이 차분하게 가라앉는다. 혼자 걷는 것보다는 다른 사람과 같이 걷는 걸 선호하는 편인데, 초행길에서는 길잡이와 같은 사람에게 의지하기도 한다. 길에 익숙지 않아도 방향을 잡는 길잡이가 있기에 불안을 놓는다. 숲의 향기와 주변에 존재하는 갖가지 풍경을 천천히 감상할 수 있는 것은 우리가 길잡이에게 의지할 수 있기에 가능한 일이다.

세상에 길잡이만 있다면 좋겠지만 현실은 암울한 구석이 더 많다. 일본으로부터 해방된 지 오래되었지만, 앞잡이는 아직 흔하다. 그들의 주군이 일본에서 다른 권력으로 바뀌었을 뿐이다. 앞잡이는 역사적인 현상이다. 잘못된 악습이 고쳐지지 않고 지금까지 살아남아 적폐가 된 것이다. 옳지 않다는 걸 알지만, 그것을 종교처럼 믿으려는 그릇된 믿음에서 비롯되었다. 누군가를 지나치게 흠모한 나머지 그 사상이 변질된 것이 앞잡이다.

우리 주변에는 필요 이상으로 충성하는 유사 앞잡이들이 많다. '충성'만 외치는 정치인처럼 대놓고 권력층에게 아부하는 인간들 말이다. 직장에서도 앞잡이는 쉽게 볼 수 있다. 내부의 정보를 외부기관에 팔아먹는 스파이도 배신자라 칭할 수 있겠지만, 앞잡이는 회사의 발전보다는 자신의 목숨을 지키기 위해서 동료든 고객이든 닥치는 대로 이용한다. 사람들 사이에서 이간질을 하거나 왜곡된 정보를 상사에게 전달하여 숙적을 제거하도록 유도한다. 권력의 밑에서 아부하는 자는 완장이라도 찬 듯한 행동을 한다.

길잡이는 등대와 같은 존재다. 집을 떠나 먼 길을 여행하고 돌아올 때, 잃었던 길을 비춰주는 등대가 있어서 우리는 안심한다. 언제나 든든하게 한 장소를 떠나지 않는 등대처럼 당신도 남들이 믿고 기댈 수 있는 길잡이와 같은 사람인가. 아니라면 타인의 말을 자기 주관 없이 따르거나 이기적인 목적 때문에 불의를 자처하는 앞잡이인가? 혹시 잘못된 길로 들어섰다는 것을 알면서도 앞잡이로 살겠다고 잘못된 판단을 하고 있는지 모르겠다. 뒤를 돌아보고 후회하며 가만히 서있는 것보다, 뭔가 잘못되었다는 판단이 들었을 때라도 바로잡으면 된다. 미련이 남아 있지 않는 삶을 살기 위해, 지금까지 영혼 없는 앞잡이 인생을 살아온 건 아닌지 돌아보자.

　　인생은 오르고 내려가기도 하고, 멀리 돌아가기도 한다. 삶은 숲처럼 푸르기도 하지만 겨울을 맞아 제 빛깔을 잃기도 한다. 겨울이 지나고 때가 되면 봄이 찾아와 본래의 색상을 되찾지 않는가. 인간은 누구나 길잡이처럼 선한 속성으로 태어난다고 믿는다. 원한다면 당신도 길잡이가 된다. 힘들 때는 누군가에게 의지하는 삶이 편하겠지만, 인생은 혼자 살아갈 수 없지 않나. 더불어 살아가는 세상, 당신이 먼저 길을 이끌어보는 건 어떨까? 조금은 여유를 갖고 내가 아닌 다른 사람의 손을 잡고 끌어줄 수 있는 길잡이가 되어보는 것은 어떨까?

09. '모방'은 창조의 어머니,
　　'도둑질'은 그냥 죄인

　　인간은 자신보다 나은 사람을 닮고 싶어 한다. 특히 누군가를 존경하거나 사랑할 때, 그 사람의 방식을 나도 모르게 따라 하는 습성을 가진다. 우리는 타인의 습관을 따라하는 것이 성공을 배우는 길이라 생각한다. 그들의 인생을 모방하다 보면 우리도 비슷한 처지가 될 것이라는 기대감 때문이다. '모방'이라는 단어의 뜻은 '다른 것을 본뜨거나 본받는 것'이라고 한다. 타인을 의식적으로 따라 하기도 하고, 무의식적으로 따라 하기도 한다.

모방을 측정하는 좋은 예가 있다. 그것은 인공지능과 인간의 유사성을 테스트하기 위하여 진행하는 '튜링 테스트'라는 판별 프로그램이다. 천재 과학자 앨런 튜링의 업적을 다룬 영화 〈이미테이션 게임〉의 제목과 동일하다. 튜링 테스트는 인간과 인공지능이 채팅을 진행하고 심판은 누가 인간이고 인공지능인지 대화를 분석하여 판단한다. 만약 인간과 인공지능을 구별할 수 없다면 해당 인공지능은 인간의 지능을 갖추었다고 판별한다. 이것은 인공지능이 얼마나 인간을 모방하는 데 성공했는지, 즉 인간의 지적인 영역까지 도달했는지 객관적으로 판단하는 것이다.

얼마 전부터 캘리그래피를 연습하고 있다. '모방한다'는 표현을 쓰기에도 한참 부족하지만 시간이 날 때마다 연습하고 있다. 미적 감각이 없다며 재능 탓도 하고, 쓰지 않던 근육을 활용하려니 손가락에 쥐까지 난다고 푸념도 섞는다. 시작하자마자 큰 그림부터 그리는 버릇 때문에 포기하고 싶은 생각이 앞서기도 한다. 무엇을 새롭게 배운다는 것은 이렇듯 힘들다. 낯선 것과 편안한 것에 안주하려는 생각이 충돌하기 때문이다. 처음 글을 쓸 때도 그랬다. 몇 줄 써넣고 나는 안 될 거라 집어치우려 했으니.

창작은 모방에서 시작한다고 아리스토텔레스는 말했다. 플라톤은 모방을 부정적으로 보았다. 왜냐하면 사물에 담겨 있는 본질을 발굴할 수 없다고 보았기 때문이다. 하지만 아리스토텔레스는 달랐다. 인간은 타인의 습관을 따라 하는 것으로 재미를 느낀다고 말했다. 당장 시작한다고 하여 누구나 전문가가 될 수는 없다. 더 이상 독창적이고 창의적인 것을 찾기도 쉽지 않다. 하지만, 기나긴 고통의 과정을 견디고 포기하지 않고 나아가다 보면 원하는 바를 달성할 수 있다. 처음 시작할 때, 따라 하고자 하는 대상이 있는 것과 없는 것에는 큰 차이가 있다. 자신이 그려야 할 미래를 모방하고 싶은 대상에게는 무언가 특별함이 있다.

글쓰기를 배울 때 '필사'라는 기법을 쓴다. 김승옥 작가의 《무진기행》을 많이 따라 한다. 잘 쓰고 싶다면 다른 사람을 글을 베껴 쓰는 '모방' 작업이 첫 번째 단계인 셈이다. 하지만 모방과 훔치는 것은 엄연히 다르다. '훔치는 것'은 남의 것을 몰래 가져다가 내 것인 것처럼 위장한다. 한마디로 도둑질이다. 얼마 전 누군가 내 글에 담긴 독창적인 아이디어를 훔쳐서 자신의 책에 교묘히 삽입하는 사건이 일어났다. 글쓰기 플랫폼에서 일어난 사건이었는데, 그 작가는 처음에 강하게 부인하다 나중에 사실을 인정했다. 콘텐츠를 만드는 창작자 입장에서 도둑질은 맥이 빠지는 짓이다. 남의 작품을 그대로 베껴서 내 작품인 양 행세하는 것은 창작자의 생산적인 활동을 모독하는 행위이며 스스로 발전할 수 있는 가능성도 추락시키는 행위다.

배움은 새로운 창작을 유도한다. 그것에는 중독이 따른다. 삼 일간의 중독은 누구나 가능하지만 삼 일 동안의 작심作心이 끝나면 짧은 중독조차 망각하는 인간의 뇌가 문제다. 인간의 뇌는 삼 일이 지나면 다른 곳으로 관심을 옮길 수밖에 없는 구조라고 한다. 처음에 먹었던 감정이 지속되지 않는 것은 에너지를 최소로 활용하려는 뇌의 특성 탓이라고 과학자들은 말한다. 배움을 지속적으로 유지하고 싶다면 삼 일간의 중독을 반복하면 된다.

　손 글씨를 좋아하던 시절이 있었다. 좋아하는 일은 싫증도 나지 않고 시간도 잘 흘러간다. 감정을 내 마음속에 간직만 하며 실천하지 않는다면 소원은 이루어지지 않는다. 변화는 작은 행동에서부터 시작한다. 배움에 대한 갈망이 있다면, 달성을 위하여 목표를 높게 설정하지 말라고 한다. 자신에겐 아이디어도 없고 감각도 신통치 않고 재능조차 없다고 자괴감에 빠져 있으면 아무것도 도전하지 못한다. 왜 시작하기도 전에 안 된다는 생각부터 먼저 찾을까. 모두 자신감 부족이 원인이다. 새로운 것을 시작할 용기가 부족하기 때문이다. 그것도 아니라면 어릴 적 받았던 트라우마 때문일 수도 있다.

　어릴 적 즐겨보던 《소년중앙》이라는 잡지에 만화 캐릭터 브로마이드가 들어 있었다. 그것을 펼쳐 놓고 도화지에 태권브이를 따라 그렸다. 처음엔 습자지를 펼쳐 놓고 선만 따라 그렸으나 나중엔 따로 그렸다. 어떤 날은 생각보다 비슷하게 그렸다. 부모님께 자랑삼아 보여드렸는데 믿지 않으셨다. "설마 네가?"라는 뭐 그런 반응이었다. 반응이 냉정하니 침울했다. 벅벅 그림을 찢어 버리고 다시는 그림을 그리지 않겠다고 종이를 구겨 던져버렸다. 트라우마가 미래의 도전을 차단한 사건이었다.

　습관이 하나둘 쌓이면 자기계발 서적에 기록된 성공 스토리처럼 우리에게도 다른 길이 나타나지 않을까? 비록 성공이 운일지라도 지푸라기라도 잡고 싶은 심정이다. 그런 작은 동기부여도 지겨워지는 날이 올 것이다. 사는 것도 지겨운 날이 가끔 있는데, 새롭게 배우려는 마음은 말할 것도 없다. 하지만 아무것도 안 하고 있으면 얻는 것도 없듯이 작은 거 하나부터 천천히 하면 된다. 멋진 작품을 남기자는 거창한 생각보다 멋진 작품을 모방하는 것부터 시작하자고 마음먹으면 그뿐이다. 특별한 의미를 부여하기보다는 하나씩 하나씩 따라 하며 내 것을 만들면 된다.

꿈꾸는 세상은 먼 곳에 있지만, 멈추지 않고 나아간다면 꿈을 펼칠 날이 올 것이라 의심하지 말자. 오늘도 우리는 새로운 도전을 하다 쓰러지지만 다시 일어선다. 창조는 배움으로 시작하며 남의 것을 훔치는 '도둑질'이 아니라 따라 하는 '모방'에서부터 시작하는 것이다. 그것이 타인의 마음까지 얻을 수 있다면 금상첨화다.

10. 전쟁터에서 '도망'은 수치이지만, '후퇴'는 전략이다

얼마 전 법정 근로시간을 단축한다는 뉴스를 접했다. 현행 주 68시간에서 52시간으로 업무시간을 단축하는 것이 핵심이었는데, 이미 준비 작업에 착수한 기업이 있다고 보도했다. 직장인의 입장에서 업무시간이 줄어든다는 것은 분명 환영할 만한 일이긴 하다. 법적으로 근로시간이 단축될 경우, 개인은 보다 많은 여유시간을 누릴 수 있기 때문이다. 문제는 그러한 혜택이 소규모 사업장에 근무하는 직장인에게까지 도달할 수 있느냐는 것이다. 더욱 문제인 것은 고쳐지지 않는 회사의 정체된 문화다. 회사는 잘 바꾸려고 하지 않는다. 변화와 혁신을 강조하지만 대부분의 조직은 낡은 습관을 반복한다. 업무시간을 줄이려는 노력보다 업무시간에 집중할 수 있는 환경을 조성하는 것이 더 먼저 아닐까? 요컨대, 지루한 회의 시간을 줄이고, 야근이나 주말 근무까지 할 정도의 과도한 업무량을 줄이는 노력이 더 중요하다.

나와 같은 IT 개발자들은 살인적인 근무환경에 매일 노출되어 있다. 마감을 앞두고 '크런치 모드'라는 극악의 업무환경으로 내몰리는 것이 개발자의 운명이다. 이러한 근무 환경은 IT 개발자에게 관행으로 여겨졌다. 우리는 그래서 늘 이 바닥에서 언제쯤 도망갈 수 있을까, 라는 꿈을 꾼다.

'도망'이라는 단어는 달아날 도逃와 망할 망亡을 쓴다. 뜻을 풀이해 보자면, '망하기 전에 지옥 같은 환경에서 달아나자'라는 뜻이다. 하지만 세상은 변하지도 망하지도 않는다. 그 세상에 속해 있는 우리라는 존재가 멸망할 뿐이다. 하지만 도망가는 선택을 하기도 쉽지 않다. 사슬에 강제로 묶여 있는 기분에서 벗어나지 못하기 때문이다. 또한 도망가는 선택이 스스로 비겁한 인간이라 낙인이 찍힐까 두려워하는 마음도 있다. 결국 최악의 상황을 극복하지 못하고 극단적인 선택을 하기도 한다. 그래, 도망가는 것이 자존감을 부수는 것이라면 후퇴는 어떨까? '후퇴'라는 단어는 뒤 후後와 물러날 퇴退를 사용하는데, 잠시 뒤로 물러나는 것을 뜻한다. 후퇴는 당장은 비굴할 수 있지만 미래를 도모한다는 측면에서 볼 때, 도망간다는 것보다는 나은 선택이다.

회사는 우리에게 감당하기 힘든 스트레스를 안긴다. 연일 계속되는 야근은 습관으로 굳어졌다. 여기 쌓여 있는 일들을 내팽개치고 여유로운 저녁을 보낼 수 있는 사람이 얼마나 될까? 정시에 퇴근하겠다는 말은 직장이란 곳에서 금기의 대상이다. 편안한 생각, 희망조차도 이곳에서는 수치의 영역, 광기 의식이 서린 종교다. 딜레마에 빠진 레밍처럼 절벽을 향해 무작정 뛰어가다가 목숨을 버리는 현상이 벌어진다. 성실하게 일하면 언젠가 보답을 받을 수 있으리라는 믿음이야말로 종교가 아니면 무엇이란 말인가? 물론 그 믿음대로 버티면 성공할지 모른다. 당신의 직장이 합리적인 곳이라면.

상사와 당신 사이에서 눈치싸움이 벌어진다. 쌓여 있는 일은 가족과의 시간을 버리라 명한다. 우리는 왜 현재의 행복을 미래에 양보하며 치인 삶을 사는 걸까? 얼마나 더 많은 실적을 거두어야 행복이 찾아올까? 우리는 언제 올지 모르는 순간을 기다리며 불안하게 산다. 모두 기다림에 취해 있다. "모두가 겪는 스트레스야. 그 정도는 아무것도 아니야."라는 말을 듣고 산다. 우리는 소모하면 다른 것으로 대체될 부품이다. 노력 끝에 나타나는 유효기간이 짧은 보상이 문제다. 보상받지 못한 헛된 노력은 어찌해야 하는가? 다른 카드를 만지작거리며 꿈을 생각하며 '노력 또 노력'에 헌신해야 한다. 노력만 하면 누구나 결실을 맺을 수 있을까? '노력×열정×시간 = 성공'이라는 공식을 적용할수록 가치에 대한 욕망은 동반 상승한다.

세상은 노력을 성공으로 바꿀 수 있다며 끝없이 희생할 것을 주문한다. 가정을 해체시키며 미래의 성공을 위해서 우리를 막다른 곳으로 내몰고 있다. 노력은 한계점 없이 달릴 것을 원한다. 노력에도 불구하고 실패는 낙인으로 찍힌다. 오늘도 새로운 경계를 뛰어넘으라는 지시가 내려온다. '노력, 열정, 끈기'와 같은 단어는 사라지지 않는다. 어쩌면 야근하지 않고 정시에 퇴근을 하는 우리는 죄인이다.

사람은 저마다 고유의 색깔을 지니고 있다. 획일적인 모습을 강요하는 것은 전체주의적 발상이다. 본래의 색을 버리고 같은 색으로 포장하려는 의도야말로 폭력이다. 직장과 개인 간의 시각차는 여전히 멀다. 전쟁터 같은 이곳, 강한 자가 살아남는 것이 아니라, 살아남는 자가 강하다고 한다. 꼭 이 세계에서 살아남아 강자가 되어야 하는 걸까. 직장 자체가 문제가 아니라 '열정으로 포장된 강요'와 '강제적인 문화'가 문제다. 강요당하는 우리에겐 잘못이 없다. 저항하지 못하도록, 스스로를 버리도록 강요하는 직장의 문화가 문제다. 살기 위해서 버티는 우리에겐 잘못이 없다.

노력은 당연한 것이며, 아는 게 오직 노력뿐이라면 할 말은 없다. 목적을 행해서 오직 달리는 것이 특기라면 말릴 생각도 없다. 앞으로도 지금처럼 속도전만 하며 살면 된다. 단, 절대 넘어져서도 안 되고, 막다른 골목 끝에 접어들었다고 불평불만해서도 안 된다. 하지만, 이제 그만하면 안 될까? 앞으로는 천천히 가도 되지 않을까? 지금까지 노력했으면 충분하지 않을까? 다른 사람이 그어놓은 기준에 무조건 따를 필요는 없지 않을까? 그럴 자신이 없다면, 의심이라도 품고 새로운 가능성이라도 찾아야 하지 않을까? 다시 한 번 말하지만, 후퇴하는 것은 도망치는 것이 아니라 다음 기회를 도모하는 것이다.

피로를 정리하고 잠자리에 드는 시각이 찾아왔다. 내일은 또 어떤 난관이 기다리고 있을까? 아니 어떤 기회가 기다리고 있을지 가능성을 품어보는 건 어떨까? 내일은 노력과 책임감을 지워보자. 눈을 감고 마음과 잠시 대화를 주고받아 보자. 오늘도 우리는 최고였으며, 살아남았으니 장하다고, 스스로에게 격려의 말 한마디를 던져보자. 이 순간만큼은 괴로움을 잊고 편안한 숙면에 빠질 것을 주문하자. 지친 자신을 안아주자. 지금은 잠시 후퇴하는 것뿐이라고. 필요하다면 어떤 결정이든, 아무것도 아니라고 말이다.

11. 당신의 인생은 '기생'인가, '공생'인가?

얼마 전 괌의 특급 호텔에서 벌어진 사건이다. 체크아웃을 남긴 마지막 밤, 일이 벌어졌다. 짐을 꾸리고 시간이 약간 남게 되어 동료가 머무는 옆방을 찾았다. 하우스 키핑을 제때에 받지 않은 탓인지 그 방에는 과자 부스러기 같은 것이 치워지지 않고 있었다. 지저분한 것이 '시커먼 벌레 한 마리라도 튀어나오겠는걸?'이라고 공상했다. 그런데 거짓말처럼 바퀴벌레가 기어가는 게 보였다. 한 마리가 인간의 눈에 뜨였다는 것은 비단 그것이 전부가 아니라는 것을 의미한다. 동족들이 여기저기 숨어 있을 것이 분명했다. 나는 눈을 의심하지 않을 수 없었다. 아니 특급호텔에서 그것도 객실 내부에서 바퀴벌레라니 있을 수 없는 일이 아닌가. 숱하게 해외로 출장을 다녀봤지만 객실내부에서 바퀴벌레를 본 것은 단연코 처음이었다. 체크아웃하고 바로 탈출하기 망정이지 정말 다행이었다.

바퀴벌레는 인간의 영역에서 기생하는 해충이다. 기생은 남에게 피해를 주거나 가진 것을 빼앗으려하는 속성을 가지고 있다. 바퀴벌레는 인간에게 몹쓸 병균을 옮기고 겉모습만으로도 혐오를 안긴다. 기생의 사전적인 뜻은 서로 다른 종류의 생물이 함께 지내지만 한쪽은 이익을 얻고 다른 쪽은 해를 입는 상태를 말한다. 반면 공생은 서로 돕는 관계이다. 기생이 한쪽이 일방적으로 이익을 취하는 형태라면 공생은 함께 어우러져 성장하는 관계를 말한다. 일반적으로 우리가 알고 있는 공생은 '상리공생'을 말한다. 양쪽이 서로 도움을 주는 관계라는 것을 설명하는데, 대표적으로는 개미와 진딧물의 관계가 그렇다. 진딧물이 나무 수액을 빨아먹고 배출하는 분비물은 개미에게 중요한 식량으로 쓰인다. 따라서 개미는 생존하기 위하여 진딧물을 보호해야 한다. 진딧물은 개미에게 식량을 공급하고 개미는 진딧물에게 위급상황이 펼쳐졌을 때마다 진딧물을 지킨다. 더불어 살아가는 좋은 예라 할 수 있겠다.

충격적인 기생 방식도 있다. 1987년에 개봉했던 리들리 스콧 감독의 영화 〈에이리언〉에서는 외계 생명체가 인간을 숙주로 삼는다. 외계 행성을 탐험하던 대원들의 얼굴에 흡착한 외계인은 자신의 씨앗을 인간의 몸속에 주입시킨다. 작은 생명체는 인간의 몸속에서 기생하며 자신의 몸집을 키우다 나중에는 인간을 죽음에 이르게 하고 몸 밖으로 탈출한다. 숙주를 이용하는 것을 넘어서 파괴까지 하는 사례다.

그렇다면 우리는 기생과 공생 중 어떤 인생을 살고 있을까? 현재 모습을 생각해보자. 우리는 타인에게 손해를 끼치는 인간인가. 그렇지 않은가. 어떤 이익을 취하기 위하여 타인에게 빌붙으려 하거나 에이리언처럼 힘으로 빼앗으려 하지는 않았는가, 라고 말이다. 우리는 무엇을 줄 수 있고 무엇을 받아올 수 있을까. 타인에게 어필할 수 있는 "내적인 힘과 자원을 가지고 있는가?"라고 질문을 던지지 않을 수 없다. 여기서 직장과 우리의 관계를 빠뜨릴 수 없다. 직장에서 처한 현실과 위치를 보며 기생과 공생의 관계를 떠올렸다.

직장은 우리가 일한 만큼 가치와 값어치를 평가받고 그에 합당한 비용을 지불하는 교환 사회다. 기생과 공생을 판단하는 기준은 오너와 우리의 관계가 전적이다. 근본적으로 오너와 우리가 생각하는 방식은 다를 수밖에 없다. 우리는 공생의 신분이다. 기생이 아님을 다행으로 생각하라. 우리는 회사에서 주어진 일을 성공적으로 해내어 성과를 인정받고 그것으로 자신의 능력을 보이면 그뿐이다. 그리고 직원이 달성한 실적은 연봉과 비례한다. 쉽게 생각해도 서로 공생관계처럼 보인다. 하지만 오너는 공생과 같은 관계보다 더 많은 이득을 취하려 직원을 노예처럼 부리기도 한다. 그들이 외치는 공생 또는 상생이라는 단어는 일방적이다. 우리는 상상 이상으로 시간과 영혼까지 바쳐야 하는 위기에 늘 처해 있기 때문이다.

문제는 서로 생각하는 목표의 수치가 가끔 어긋난다는 데 있다. 목표가 구체적이지 못할수록 생각도 서로 비틀어진다. 그러한 괴리감은 오해를 불러일으킨다. 오너는 목표를 한없이 끌어올리고 직원은 성과를 맞추기 위해 자신을 극한의 환경으로 내몬다. 목표만을 좇는 환경에 놓인 사람들은 때로 절망에 빠져든다. 불가능한 것은 어차피 시도해도 안 되는 것이니 차라리 놓아버리는 것을 선택한다. 그런 식으로 조직의 일부는 스스로 '월급 루팡', 즉 타인에게 기생하는 해충으로 전락한다. 그런 일이 벌어지면 우리는 벌레와 비슷한 신세가 된다. 어디론가 자꾸 숨거나 어둠 속에서 은거하려 한다. 눈에 뜨이게 되면 별 볼일 없는 우리의 실력이 드러나기 때문이다. 존재를 드러내지 않는 것이 편하게 사는 비결이라 생각한다.

어떤 조직에서는 별다른 성과를 내지 않아도 해당 직원을 탓하지도 않고 자르지도 않는다. 낡은 조직의 습성 때문이다. 좋은 성과를 내는 일부 직원이 나머지 해충과 같은 직원을 먹여 살린다. 성과를 내지 못하는 직원에 대하여 정량적으로 평가할 수 있는 시스템도 없으며 그러한 직원을 관리 감독할 관리자의 능력도 모자라기 때문이다. 더 문제인 것은 해충과 같은 직원이 일할 수 있는 환경을 개선할 의지도 없는 것이다. 자신도 모르게 벌레가 되어간다.

우리는 기생의 삶을 살지 공생의 삶을 살지 선택이 필요하다. 스스로 약자로 규정하고 사는 삶이 편하다고 생각할지도 모른다. 그렇게 사는 것이 책임을 떠맡지 않아도 되니 강자에게 기대어 사는 기생의 삶을 선택한 것이다. 기생은 편하다. 하지만 힘이 없어 눈치만 보고 살아야 한다. 그래서 힘을 길러야 한다. 힘의 균형이 깨지면 언제든지 기생의 삶으로 전락한다. 힘을 키워 모두가 잘 살 수 있는 공생의 삶을 희망해보는 것이 좋지 않겠는가.

12. 남이 하면 추한 '짓', 내가 하면 사소한 '일'

'짓'이라는 명사는 몸을 놀려 움직이는 동작으로 좋지 않은 행위를 나타낸다. '짓'은 '어리석은, 부끄러운, 미친, 몹쓸, 나쁜'과 같은 형용사와 함께 사용되어 부정적인 뜻을 대표한다. 요즘 여기저기서 권력층에 대한 성추행 고발이 봇물 터지듯 쏟아져 나왔다. 얼마 전 여성 시인 한 명이 원로 시인이 벌였던 과거의 추악한 짓을 털어놓았다. 성폭력을 당했던 피해자로서 쉽게 밝힐 수 없는 사건이었다. 그러나 원로 시인은 침묵으로 일관하다 언론을 통하여 비겁한 입장을 늘어놓았을 뿐이었다. 그것은 자신이 부끄러운 짓을 하지 않았다며 앞으로도 작품 활동을 지속적으로 펼치겠다는 주장이었다.

미투 운동이라는 사회적인 이슈가 터지면서, 감추어져 있었던 가해자들의 민낯이 대중에게 공개되었다. 가해자들의 신분은 대개 권력을 쥐고 있는 사회 지도층이 대부분이다. 하지만, 부끄러운 짓거리에 대한 진정한 사과보다는 잘못을 감추는 데 급급한 사람이 많다. 애초에 부끄러운 짓거리를 하지 않으면 되지 않을까? 그들은 과거에 벌였던 나쁜 짓거리가 영원히 감추어질 것이라 믿었던 걸까? 권력이란 것이 사람의 이성을 잃어버리도록 만드는 건 아닐까?

에이브러햄 링컨은 다음과 같이 말했다. "인간의 본성을 알고 싶다면 손에 권력을 쥐어줘 보라."고 말이다. 자신은 절대 추한 짓거리를 하지 않는다고 주장하는 사람도 권력의 맛을 보는 순간 숨겨왔던 본성이 튀어나온다는 것이다. 그것은 스스로도 절제할 수 없는 인간의 전형적인 습성이다.

작은 실수 하나 벌인 것이 문제가 아니다. 부끄럽고 추한 짓이라는 것을 알면서도 잘못을 저지르는 것이 문제다. 그리고 그런 인간에게 권력을 쥐어주는 낡은 시스템이 문제다. 실수 하나가 사람을 망가뜨린다고 생각하는가? 천만의 말씀이다. 권력을 쥐고 있는 사람은 더 겸손하고 행동에 주의를 기울여야 한다. 그래서 작은 실수 하나에도 주의를 기울여야 한다. 당장 권력을 보유하고 있어서 온갖 악행들을 감출 수 있을지 모르지만, 언젠가는 그 짓거리들이 드러나고 말 것이다. 그의 본성이 수면 위로 드러남으로써 더 이상 추악한 짓거리를 하지 못하도록 방어하는데 미투와 같은 운동이 효과를 발휘한다.

어떤 사람들은 쓸데없는 분란을 일으켰다는 말을 한다. 미투 운동을 악용하여 없던 일을 만드는 인간도 있다고 전해 들었다. 하지만 어떤 사회적 운동이든지 그것에는 가끔 부작용이 따른다. 가짜 피해자들이 자신의 이익을 실현하는데, 운동을 그럴싸하게 포장하기 때문이다. 따라서 우리는 결론을 쉽게 내는 것보다는 신중할 필요가 있다. 누가 피해자이고 가해자인지 정확히 잘잘못을 가려내기 위함이다.

사회적인 이슈를 떠나서 개인으로 화제를 돌려보자. 누구나 잘못을 저지르고 산다. 잘못의 무게 차이는 있겠지만, 실수에서 자유로운 인간은 없다. 신입사원이었던 시절, 전산실에서 어리석은 짓을 저질렀다. 서버를 점검하다 중요한 파일 하나를 생각 없이 지워버리고 말았다. 고객사로부터 프로그램이 작동이 되지 않는다는 연락과 함께 난리 북새통이 일어났다. 누가 저지른 짓이냐며 회사가 뒤집어졌다. 호기심이 벌인 사건치고는 수습해야 할 일이 너무 컸다. 다행히 선배가 문제를 단시간에 봉합하긴 했지만, 당분간 나는 사고뭉치로 낙인이 찍히고 말았다.

수습 딱지를 막 떼고 나온 직원이 어리석은 짓을 저질렀으니 어땠을까? 그냥 아무 짓도 안 하고 가만히 있는 편이 차라리 팀에 보탬이 되겠다 싶었다. 생각하고 행동하는 하나하나가 실수로 이어지는 건 아닌지, 작은 행동을 할 때마다 마음이 위축될 수밖에 없었다.

"저 인간 쯧쯧쯧, 하는 '짓' 좀 봐라. 또 지난번처럼 철없는 '짓' 하는 거 아니겠지?"
"인간이면 같은 '짓거리'를 반복하지는 않겠지."

마음이 약한 사람은 고난을 쉽게 견디지 못한다. 어떻게 이날의 악몽으로부터 벗어날 수 있을지 하루가 지옥 같기만 했다. 과거의 저지른 짓을 만회하기 위해, 더 열심히 어떤 일이든 해야 했다. '짓'이 부정적인 행동이라면 '일은' 어떤 사람이 행한 어떤 행동이지만, 긍정적인 의미로 사용한다. 과거의 무모한 짓이 자신을 괴롭히지 않도록 그냥 평범한 '일'이 되도록 하기에는 많은 시간과 노력이 투입된다. '짓'을 '일'로 바꾸기에는 적잖은 에너지가 소요되는 것이다.

과거에 벌인 일에서 벗어나야겠다고 다짐하면서도 다시 악몽이 현실처럼 떠오른다. 마음이 비어 있는 듯한 느낌, 괴롭던 기억이 다시 살아나 아무것도 집중할 수 없는 날이 찾아온다. 그런 날은 편안한 집에 있어도, 일에서 멀리 벗어나도 과거의 통증이 되살아나 우리를 괴롭힌다. 이것저것 새로운 일거리를 벌여놓으려 해도 당장 성과가 나오지도 않고 마무리하기도 힘들어 보이고, 다시 사고를 칠 것 같은 두려움이 찾아오기 마련이다.

경험과 실력이 쌓여서 과거처럼 어리석은 짓은 저지르지 않지만, 과거의 벌였던 애먼 짓거리가 그냥 단순한 일일뿐이었다는 것으로 생각을 바꾸기에는 내공을 더 길러야 한다. 우리는 완벽한 사람이 아니기 때문이다. 그리하여 어리석을 짓을 저지르기도 하고 또 반성하며 새로운 내일을 설계하기도 하는 것이다.

그렇다면 생각을 어떻게 바꾸는 게 좋을까? 지나간 과거에 계속 얽매이고 당신이 벌였던 일들을 한낱 쓸데없는 짓거리로 방치해 두어야 할까? 과거를 반성하고 현재 당신이 살아가는 방식을 개선하는 것도 물론 좋다. 무엇보다 현재를 개선할 수 있는 방법, 비슷한 실수를 반복하지 않는 방법이 더 중요하지 않겠나. 시간이 지나서 현재의 나를 미래의 내가 돌아볼 때, 나의 행동이 '나쁜 짓'이 아닌 '좋은 일'이 되도록 말이다.

생각을 개선하고 몸을 그에 따라 반응해보자. 몸에서 땀이 나고 가슴속에서 심장이 뛰는 소리가 들릴 것이다. 괴로운 과거에서 벗어나 기 위하여 내가 벌였던 짓들에 집착하는 것보다는 다른 생산적인 일을 새로 찾으며 나쁜 과거를 긍정적인 미래로 바꿔보는 거다. 새로운 일 에 익숙해진다는 것, 그 일에 한동안 집중한다는 것은 범했던 짓에서 벗어나 나를 정화할 수 있는 밑거름이 된다. 스스로를 한번 믿어보는 건 어떨까? 나에게 오명으로 남았던 부정적인 짓이 긍정적인 일이 될 수 있도록 말이다.

13. 말 많은 '말쟁이'가
'달변가'가 되는 법

몹시 수다스럽게 말을 떠벌이는 사람을 '수다쟁이'라고 부른다. 말이 많아서 마치 말을 잘하는 것처럼 사람을 현혹시키지만, 실제로는 속 빈 강정인 경우가 많다. 그런 사람을 '떠버리'나 '잔소리꾼'이라고 부르기도 한다. 수다쟁이는 이곳저곳으로 소문이나 나쁜 말을 옮겨 분 쟁을 조장하기도 한다. 이렇듯 수다쟁이에는 다소 부정적인 어감이 담 겨 있다. 콩글리시로 '투 머치 토커'라는 말도 있다. 한국말로 수다쟁이 와 비슷한 말이다. 말 많은 사람에게 붙여진 별명인데, 요즘에는 수다 쟁이를 대체한다. 그런데 어쩌다가 박찬호의 별명으로 굳혀졌다. 인터 넷에서 말 많은 사람을 대표할 때마다 박찬호의 사진이 응용된다. 박찬호와 함께 있으면 말 때문에 지쳐서 나가떨어진다는 이야기까지 나온다.

말이 많은 것이 과연 좋을까? 나쁠까? 수다쟁이는 약간 귀여운 애칭을 가지고 있다. 비슷한 말로 '말쟁이'라는 단어도 있다. 그런데 이 단어의 뉘앙스가 참으로 묘하다. 말쟁이는 사람과 사람 사이에 분쟁을 조장하는 사람이다. 특히 '거짓'이라는 단어가 붙어 '거짓말쟁이'라는 말로 파생된 사례가 대표적으로 부정적 의미를 함축한다. 말쟁이는 실수가 많다. 말이 많을수록 내면에 감추어져 있던 민낯이 세상 밖으로 드러난다. 사람의 마음속에는 좋은 것만 들어 있지 않다. 위선이 밖으로 나타날 때 사람과 싸움을 조장하는 것이다.

말쟁이는 허점이 많은 사람이다. 어떤 주장을 공개적으로 선언하지만 실천은 없다. 떠벌인 말들을 세세히 기억하지 못하기 때문이다. 그래서 '떠버리'라고 불린다. 반면, 말은 잘하나 허점이 많은 사람을 말쟁이라고 한다면, 말 잘하는 것은 기본이고 방대한 지식을 갖추어 탄탄한 논리까지 구사하는 사람을 '달변가'라고 부른다. 달변가로는 유시민 작가가 대표적이다. 토론에 임할 때마다, 해당 분야를 철저히 분석하고 이해한다. 그리고 자신의 지식으로 녹아들 때까지 배움을 멈추지 않는다. 먼저 말부터 하는 것이 아니라 공부가 먼저인 셈이다. 일반인이 유시민 작가처럼 능수능란하게 말을 하며 빈틈없는 논리력까지 갖추기란 쉽지 않다. 웬만한 노력으로도 불가능할 것이다. 사람들에게 자신의 의사를 정확하게 전달하려면 방대한 지식보다, 쉬운 말이 먼저다. 어렵게 말을 하는 사람은 해당 분야에 지식이 부족한 경우가 많다.

부족한 지식을 어려운 말로 포장하려 하기 때문이다. 유시민 작가는 말을 쉽게 하면서도 말을 많이 하지 않는다. 적당하게 필요한 말만 가려 하면서도 자신의 의사를 완벽하게 전달한다.

수다쟁이나 말쟁이가 아닌 달변가가 되려면 어떻게 해야 할까? 지식을 쌓는 일이 우선이다. 자신만이 가질 수 있는 독보적인 개성 하나쯤은 있어야 한다. 해당 분야로는 남들보다 몇 차원은 앞서 있다 자부할 수 있을 정도로 전문적인 지식을 보유하고 있어야 달변가가 될 자질도 생긴다. 말을 잘하려면 반복적인 훈련을 하거나 스피치 학원에서 배우는 방법도 좋겠지만, 스스로 깨치는 것이 이론적인 걸 익히는 방법보다 더 좋지 않을까? 머릿속에서 한 가지 주제를 떠올릴 때, 연관된 이야기들을 술술 풀어낼 수 있는 능력은 되어야, 말쟁이가 아닌 달변가가 될 자격이 생기는 것이다. 그다음은 실천과 진실성이다. 사람을 단순히 현혹시키기 위해서 말이 먼저 앞선 것은 아닌지 반성이 필요하다. 공연히 말부터 터뜨렸다가 수습하지 못하는 경우도 많이 보았다.

요즘 유행하는 말로 '어그로'라는 말이 있다. 이 말은 영어의 'Aggravation' 또는 'Aggression'에서 왔다. 첫 번째는 남들에게 도발을 끈다는 뜻이고 두 번째는 공격성이라는 뜻을 가지고 있다. 말쟁이들이 주로 써먹는 수법이 타인에게 도발하는 행위다. 자신의 주장을 강조하기 위하여 주위를 산만하게 만들거나 어지럽혀야 하기 때문이다. 하지만 그들의 수법은 겉만 그럴듯하고 속이 비어 있는 경우가 많다. 인기를 끌기 위해서, 자신이 잘났다고 거짓 행세를 하기 위해서 말로써 주위를 환기시키면 안 된다. 기껏해야 어그로나 끄는 말쟁이가 될 뿐이다.

어릴 적, 아버지는 남자가 무서워해야 할 것은 '입'이라고, 드러내지 않아도 될 말, 세상에 태어나지 말았어야 할 말, 그런 말이 타인에게 상처를 줄 수 있다고 말씀하셨다. 말을 흘리고 다니는 가벼운 사람이 되지 않으려면 입을 조심히 다루어야 한다고 강조하셨다. 말은 때로 가벼운 나머지 성질을 사람에게 상처를 주는 말로 날개를 달고 훨훨 날아다닌다. 말 잘하는 사람 중엔 타고난 사기꾼이 많다고 한다. 대중을 현혹시켰던 정치인 중에는 유달리 사기꾼이 많지 않나. 속이는 정치인, 당하는 대중이 있기에 말만 앞세우는 '거짓말쟁이'가 세상에서 판치는 건 아닐까? 자신의 말에 대해서 책임지지 않는 말쟁이보다는 무거운 입이 되어보는 것도 좋다. 다만, 말쟁이와 달변가 사이에서 우리는 어디로 가야 할까? 달변가가 되기란 실로 어렵다. 그렇다고 벙어리처럼 과묵하게 살 수도 없다. 어려운 길이니 그만큼 도전하는 재미도 있지 않을까? 물론 말쟁이와 달변가 사이에서 살아보는 것도 나쁘지 않겠다. 선택은 당신에게 있다. 무엇보다 어떤 삶이 사람답게 사는 길인지 스스로에게 물어보자.

14. 이 '만큼' 노력했는데
결과가 고작 이것 '뿐'이라고?

'만큼'은 조사로서 체언의 바로 뒤에 붙어 앞말과 비슷한 정도나 한도임을 나타낸다. '뿐'은 조사로서 '그것만이고 더는 없음' 또는 '오직 그렇게 하거나 그러하다는 것'을 나타내는 보조사로 활용된다. '만큼'과 '뿐'의 차이는 그것 외에 다른 수단은 없는지, 오직 그것 하나밖에 수단이 없는지, 선택의 차이다. '만큼'은 높낮이의 차이는 있지만 조금 더 가능성이 내포되었다는 의미이고 '뿐'은 다른 대안이 없다는 뜻으로 한정하여 사용한다.

우리는 많은 에너지를 얻고 소비하며 산다. 쏟아부었던 양적인 노력만큼 긍정적인 결과가 나타났으면 하는 바람이 있지만, 세상일이 마음먹은 대로 흘러가지는 않는다. 우리가 품었던 기대만큼, 불가능이라 여겼던 목표와 사투한 밤만큼 긍정적인 보상이 따랐으면 한다. 하지만 결과는 성공보다는 실패가 대부분이다. 실패하면 자리에 주저앉는다. 실패한 원인이 무엇일까. 한참을 생각해보아도 노력이 부족했던 건 아니다. 그렇다면 도대체 문제가 뭘까. 결론은 운이 없었다는 것으로 나온다. 충분히 준비가 되어 있었지만 우리에겐 단지 운이 없었기 때문이다. 물론 노력한다고 운이 따라오는 것은 아니다. 극히 미미한 확률에 소수점 하나 찍는 것과 비슷하다고 할까.

어떤 날은 생각만 했을 뿐, 행동도 노력조차 하지 않은 날도 있다. 마음속으로 소원을 빌거나 운이라도 따라주면 좋겠다, 라고 하늘만 바라보기도 한다. 누울 자리를 보고 다리를 뻗어야 하는데, 뻔뻔한 생각일까? 목표는 높고 취향은 자꾸 바뀌니 골인 지점도 자꾸 틀어진다. 시행착오만 반복하다 이 숙제는 평생 풀어야 한다는 사실을 깨닫는다. 더 오래 고민해야 하는, 풀리지 않는 수수께끼들이 얽혀 있어서 내 것을 찾기까지 적잖은 시간들이 필요하다. 시간을 돌리고 싶은 날도 많다. 과거로 돌아간다면 어느 시점으로 가는 게 좋을까, 라고 상상해보자. 잘못 꿴 구슬을 하나하나 제자리에 돌려놓고 침착하게 다시 연결하는 공상도 해본다. 하지만, 풀어도 끝이 없다. 시간을 과거로 돌릴수록 새로운 욕심이 생겨서 끝도 없이 과거를 바꾸겠다는 생각만 한다.

처음에 품었던 꿈을 다시 생각해보자. 하늘에서 찾을까, 산에서 찾을까, 먼 곳에서 찾으려니 그 깊이만큼 고민이 늘어난다. 그걸 찾기 위해 정처 없이 방황도 한다. 나도 그래서 어느 날부터 걷는 걸 시작했다. 학교에서 집까지, 회사에서 집까지, 한강을 건너고 도로를 가로지르기도 했다. 고약한 습관이었다. 길바닥에서 몇 시간을 흘리고 다녔으니 말이다. 발바닥에 물집이 잡히다 터지고 상처가 아물기를 반복했다. 무조건 걸어보면 바닥까지 내려갈 수 있지 않을까, 그렇게 되면 다시 어디든 올라갈 수 있지 않을까, 기대를 했던 것이다. 아무도 맡아보지 못했던 순결한 새벽 공기를 혼자 차지하면서 말이다. 발바닥이 땅과 부딪혔던 마찰을 기억한다. 마찰이 머리끝으로 전달될 때 찾아왔던 서늘한 감각이 여전하다. 늦은 밤이 찾아오면 그날의 '나'를 다시 찾는다. 그때의 순수했던 시간만큼, 다시 모든 걸 걸고 투쟁할 수 있을까, 라는 생각이 찾아온다. 깊고 푸른 물속으로 뛰어들 수 있을까. 그런 기회가 다시 주어진다면 짧은 시간만큼 내 바람도 간절해질 수 있을까.

살아보니 다 욕심이다. 우리가 이만큼이나 노력했는데, 주어진 결과가 고작 이것뿐이냐고, 짜증을 부려도 달라지는 것은 없다. 주어진 결과가 중요한 것이 아니라 얼마만큼의 노력을 기울였는지가 아니라,

그 과정이 중요하다는 걸 알아야 한다. 가끔 내가 가진 걸 타인과 비교하고, 조금이라도 더 얻기 위해 뺏고 있지 않나. 하지만, 얼마나 간절히 바랐던가, 바랐던 만큼 우리는 후회하지 않을 자신이 있는가? 우리는 혹시 남들보다 뒤처지지 않기 위해 욕망만 꿈꾸었던 건 아닐까. 버릴 때, 희생해야 할 때는 과감한 결단이 필요하다. 영화 〈U-571〉에서는 다수를 살리기 위해 한 사람의 목숨을 버려야 하는 절체절명의 순간이 닥친다. 침몰 위기에 처한 잠수함을 구하려면 한 사람의 희생이 꼭 필요했는데, 함장은 한 치의 흔들림도 없이 한 승무원을 지목한다. 결국 승무원은 함장의 기대대로 잠수함을 구하고 목숨을 잃는다. 우리는 긴박한 상황에서도 신속한 의사 결정을 내려야 하며 때로는 누군가의 희생을 무릅쓰는 결단도 내려야 한다. 그러한 결단은 전쟁처럼 마음의 적으로 나타나 우리를 괴롭힌다. 우리는 정해진 패턴과 발생하는 상황에 따라 규칙적으로 행동하고 싶다. 어느 곳에서든 우리는 수많은 적들과 전쟁을 펼쳐야 한다. 전쟁에서 이기기 위해서는 마음을 가볍게 해야 한다.

욕심일 뿐, 더 소유하고 싶다고 하여도 손에 들 수 있는 것에는 한계가 있다. 더 많이 얻고 싶어서 스스로를 몰아세우는 것보다, 욕심의 기준을 내려놓아야 한다. 그리고 그것을 잘 지키도록 응원해주자. 우리는 누군가가 원할 만큼 고도로 정밀한 존재가 아니다. 지금도 오류를 범하고 있지만 학습할 수 있는 능력을 갖췄기에 지속적으로 배우고 또 익히며 그만큼 지식이라는 것을 먹고 자랄 뿐이다.

스스로에 대한 기대치를 너무 높게 설정해도 안 된다. 왜냐하면

기대가 높은 만큼 실망감도 적지 않게 따라오기 때문이다. 능력이 그
것뿐이냐고 분발하라는 말보다 용기를 심어주는 말 한마디가 더 힘이
된다. 삶을 관대하게 살아갈 필요가 있다. 게으르다는 판단은 주관적
이다. 문제를 고민하고 해결할 수 있는 길을 보여주도록 노력하자. 스
스로 상처받지 말고, 길을 찾을 만큼 자유를 누리자. 우리는 끝없이 펼
쳐진 기회들을 조금씩 아주 조금씩 주워 담을 것이다. 기회란 것은 때
로 모래처럼 내 손위에서 부서질지도 모른다. 그것은 신기루일지도 모
른다. 다만, 모래 한 줌이라도 건질 수 있다면 누군가 내 머릿속에 강
제로 입력한 의무란 것들을 지울 수 있다. 내가 거쳐 간 길들이 언젠가
아름답게 비칠 날도 올 것이다. 지금 내가 한 말이 헛된 메아리가 되지
않기 위하여, 당신에게 돌아올 결과가 고작 한 움큼뿐이라도 변화하기
위하여 싸우길 비란다. 단 한 번뿐인 삶, 자신과의 싸움에서 지지 말아
야 한다. '얼마큼'의 노력을 쏟아부어서 내 손에 얻는 것이 고작 글자
한 글자일 '뿐'이라도 말이다. 가족들과 행복하고 건강하게 살아가기
위한 삶의 '소확행(작고 확실한 행복)'을 생각하자. 노력한 만큼 삶이 개선
될 거라는 희망, 그런 깨달음의 문화가 확산되기를 바란다. 인문학적
인 지성이 바탕이 된다면 우리의 삶도 보다 윤택해지고 건강해지지 않
을까?

15. 반'이나' 남았다는 긍정과
반'밖에' 안 남았다는 부정의 이분법

오래전 한 회사에서 면접을 보았다. 이런저런 질문과 답변이 오고 갈 때쯤, 갈증이 나지 않냐, 라며 면접관이 물 한 컵을 가져다주었다. 경황이 없었으나 준 것이니 반쯤 마셨던 것 같다. 잠시 후, 면접관은 난데없는 질문 한 가지를 던졌다. 마시고 있던 컵에, 남은 물이 반 이상인지 반 이하인지 어떻게 판단할 수 있냐는 질문이었다. 실생활에서 문제를 해결하고자 하는 나의 알고리즘적 사고방식을 테스트하려는 의도 같았다. 긴장했지만 침착하게 생각을 했다. 그러다 문득 아이디어 한 가지가 떠올랐다. '물 컵을 살짝 기울이면 되지 않을까'라는 단순한 생각이었다. 물 컵을 옆으로 살살 기울이면 입구와 바닥, 양쪽 대각선 끝에 물이 닿게 된다. 먼저 바닥과 옆면이 만나는 끝 선에 수위를 맞추고 그다음 반대쪽 끝의 수위가 어디쯤 찼는지 판단하면 된다. 입구 쪽에 물이 닿거나 넘친다면 반 이상이 남았다는 얘기이고 입구쪽에 수위가 미치지 못한다면 반 이하만 남았다는 얘기이다.

"반밖에 안 남았네요?" 아니라면 "반이나 남았네요?"

두 가지 대답을 할 수 있었지만, 나는 "반이나 남았네요."라고 대답했다. 면접관의 예기치 않은 질문에 긍정적인 사람이라는 인식을 심어주고 싶었던 탓이었다. 알고리즘적인 사고를 하는지 테스트하기에는 문제가 너무 가벼웠다. 긍정적인 사람인지 부정적인 사람인지 의도적으로 시험하려는 것 같아 잠깐 고민했지만, 회사가 원하는 답안이 무엇일까, 라고 판단을 했던 것 같다. 이후에 그 회사와는 인연이 닿지 않아 입사에는 실패했지만, 면접 후에도 물 한 컵에 남아 있던 깊이가 의미하는 것이 무엇일까 생각해보게 되었다.

우리는 긍정과 부정 두 가지의 이론 사이에서 살고 있다. 부정은 무조건 나쁘고 긍정만 옳다고 강요당하기도 한다. 그래서 우리는 긍정의 힘을 종교처럼 믿으며 성공한 사람이 정한 교과서적인 삶을 따라 하기도 한다. 그렇게 하다 보면 자신에게도 성공의 기회가 주어지지 않을까, 라는 기대감 때문이다. 하지만, 부정적인 생각이 긍정을 낳는다는 역발상은 할 수 없을까? 부정적인 생각 때문에 더 치밀한 대비를 한다고 생각하면 어떨까? 물론, 부정적인 생각은 어떤 일에 임하든지 다 실패하고 말 거라는 패배 의식을 앞세우기 때문에 경계해야 한다. 시작하기도 전에 "우린 안 될 거야. 우린 실패하고 말 거야."와 같은 주장을 하는 사람들이 있는데, 그런 부정적인 생각은 삶의 의욕을 떨어뜨리기 마련이다. 하지만 부정적인 생각을 역이용한다면, 굳이 지나친 긍정으로 삶을 포장하지 않아도 된다. 예를 들어, '오늘 면접에서 실패하면 어떡하지?'와 같은 생각이 들었을 때는, 치밀한 준비를 하면 된다. 예상하지 못하는 질문에 대한 적절한 대답은 수많은 시뮬레이션의 반복에서 온다. 경험치가 쌓이면 실패에 대한 걱정은 사라진다. 따라서 부정적인 생각을 하지 않으려고 애쓰는 것보다, 그것을 역으로 이용하도록 하는 편이 마음 건강에 좋겠다.

만약, 컵에 물이 정확하게 반만 남았다고 가정해보자. 이때 판단할 근거가 명확하게 없다고 한다면 어떤 주장을 해야 할까? 긍정적으로 생각하는 자세가 중요하다고 하지만, 뭔가 만들어진 대답을 억지로 강요당하는 것 같아 불편하지는 않나. 상황에 따라서는 "반밖에 안 남았다.", 라고 솔직하게 말할 수도 있는 거 아닌가? 정말 반에 미치지 못하는데도, 반 이상 남았다고 무조건 긍정을 강요당하는 게 싫다. 세상을 무조건 두 가지 관점으로 나누고, 이분법적으로 사고하라는 것 같아서 반발감이 생긴다.

세상은 두 가지 관점으로 판단할 만큼 단순하지 않다. 내가 바라보는 세계는 모호하고 추상적인 세계로 둘러싸여 있다. 컵을 기울여 물의 깊이를 개량한다고 하지만, 당신의 눈이 정확하다고 신뢰할 수 있는가. 당신은 미세한 단위까지 잴 수 있을 만큼 '현미경 시력'을 가지고 있는가? 세상이 물 반 컵의 깊이를 판단하는 알고리즘만큼 그렇게 단순하게 구성되어 있는가. 하지만 세상은 우리에게 분명한 대답을 원한다. "우리 쪽인가 아니면 저쪽인가?"처럼 편을 가르기도 한다. 어느 줄에 서는 것이 맞는지 경험해보지 않으면 알 수 없는 것이 삶이다. 물 컵에 담긴 물을 정확히 잴 수 없는 것처럼 삶은 복잡한 것 투성이다. 우리는 세상을 늘 고정된 시각으로 보려는 경향이 있다. 편협한 시간은 우리가 가진 그릇이 남보다 작은 것 같다는 고민을 안긴다. 늘 그 이유로 골치가 아프다. 우리가 가진 컵에 부족한 물을 더 채워보겠다고 타인이 가진 걸 소유하고 싶어 한다. 물론 "반이나, 반밖에"라는 문장에는 긍정적인 뜻과 부정적인 뜻이 포함되어 있다. 어떤 선택을 하는 것에 따라 사람의 성향을 결정짓는 것이 무리인 것도 안다. 하지만 세상은 그렇게 판단하도록 유도한다. 그런 프레임에 둘러싸이는 것보다 나만의 생각을 확고하게 다지는 것이 더 중요하다. 확고한 생각을 위해서는 자꾸 충돌하고 혼란을 겪어야 한다. 그 과정 속에서 자신만의 철학이 완성되기 때문이다.

사람은 자신이 보유한 경험, 수집한 정보, 얻은 지식과 지혜를 토대로 세상을 본다. 얻은 결론은 양쪽에 치우치지 않는 경우가 대부분이다. 두 가지 생각으로 세계를 나누려는 관점은 사람의 복잡한 뇌구조와 맞지 않는 일이며, 사고의 다양성을 침해하는 것이다. 무조건 긍정하는 것보다는 자신이 처한 상황을 명확히 깨닫는 게 더 중요하지 않을까? 긍정할 수 없는 사람에게, 긍정적인 자세로 살아가라는 말은 폭력이 된다. 자신의 주체적인 생각에 따라 결정하면 된다. '반밖에'든 '반이나'든 말이다.

16. '인간'을 '벌레'와 동급으로 만드는 '00충'

"악, 벌레다!"

둥근 달이나 구경하자며 베란다 앞에 선, 어느 여름밤이었다. 변덕스러운 날씨 때문에 달은 잘 보이지 않았고, 대신 방충망에는 시커

먼 물체가 떡 하니 붙어 있었다. 정체가 무엇인지 알쏭달쏭했지만 설마 바깥쪽에 붙어 있겠지, 라며 안심하고 있었다. 하지만, 녀석은 나의 예상을 뛰어넘어 방충망 안쪽까지 비집고 들어와 슬금슬금 기어다니고 있었다. 아내는 '벌레'가 집 안에 들어왔다며 난리를 쳤다. 우리는 그 벌레를 집 안에서 몰아낼 때까지 몇 시간 동안 사투를 했다. 정체 모를 혐오스러운 벌레 단 한 마리 때문에….

'벌레'라는 단어는 한자로 '충蟲'이라고 표기한다. 이 한자는 뱀이 웅크린 모양을 연상시킨다고 하는 벌레 훼虫 세 개를 겹쳐 사용하여 징그럽고 기다랗게 생긴 벌레의 형상을 나타낸다. '벌레'는 순우리말이다. '곤충을 비롯하여 기생충과 같은 하등 동물을 통틀어 이르는 말'이기도 하다. 물론 벌레는 좋은 뜻으로 활용하기도 한다. "어떤 일에 열중하는 사람을 비유적으로 공부벌레, 일벌레"라고 부르기도 한다. 벌레라는 단어가 품고 있는 뜻이 혐오스러운 것은 맞지만, 본래의 뜻보다 더 자극적인 뜻으로 사용된다. 그 역사를 더듬어보면, 사전에 등재된 '무뇌충'이라는 단어가 모 연예인을 비하하려는 의도로 처음 사용될 즈음이다. '충', 벌레라는 단어는 자신이 비하시키려는 대상을 무시하는 표현으로 시작되어, 현재는 자신의 편이 아닌 다른 집단을 한꺼번에 혐오하는 단어로 널리 사용하고 있다. 맘충, 급식충, 식충, 설명충, 진지충, 꼰대충, 한남충, 들딱충, 부먹충 등등 우리는 온갖 '충'이라는 프레임에 둘러싸여 있다. 멀쩡한 사람 찾기가 더 어려운 세상이다. 사람이 언제부터 벌레와 동급이 되었는지 왠지 서글프기까지 하다. 남녀노소를 막론하여 '충'에 끼지 않는 사람이 없을 정도라 하니 말문이

막힐 지경이다.

'충'에 있어서 접점에 서있는 것은 바로 남자다. 2010년 뉴욕 타임스는 '맨스플레인'이라는 신조어를 그해의 단어로 선정했다. '맨스플레인'은 남자$_{Man}$와 설명하다$_{Explain}$가 합쳐진 단어다. 권위주의적인 남성의 행태를 반영한 단어로, 우리의 '설명충'이라는 단어와 맥락이 닿아 있다. 이 단어는 레베카 솔닛이 처음 탄생시켰다. 이 단어가 한편으론 남성 혐오를 조장하기는 하지만, 물어보지도 않은 사실에 대하여 설명하려 드는 행태를 비꼰 거라고 받아들이면 될 것 같다.

유태계 독일 작가인 프란츠 카프카의 소설 《변신》에서는 하루아침에 벌레로 변신한 남자가 등장한다. 주인공인 그레고리는 꿈자리에서 깨어나자마자 자신이 벌레로 변신한 것을 깨닫는다. 자신의 방에 갇힌 채 밖으로 나오지 못하는 주인공은 가족에게까지 괄시를 당하다 결국 외롭게 죽음을 맞는다는 이야기다. 누군가에게 우리는 벌레일지도 모른다. 타인에게 혐오스러운 존재가 된다는 것, 즉 타인에게 증오의 대상이 된다는 것이 나의 의지와 상관없이 펼쳐진다는 점이 너무 무섭게 다가온다.

'충'이라는 말에는 사람을 혐오하고 사람과 사람 사이에 분란을 조장하려는 의도가 숨겨져 있다. 나와 의견이 다른 사람에 대한 무시, 나보다 못한 사람에 대한 우월감, 경쟁자에 대한 까다롭고 예민한 마음이 담겨 있다. 자신과 생각이 조금이라도 다른 사람을 두고, 간단하게 '충'이라는 단어로 편을 가른다. 이러한 말은 SNS에서 쉽게 볼 수 있는 말이다. 유튜브, 페이스북, 트위터에는 악성 댓글과 혐오의 글자가 넘쳐흐른다. 먹방 유저가 음식에 소스를 발라 먹으면 '소스충', 제품을 리뷰하는 유저에게는 '설명충', 카페에서 우는 아기를 달래지 않는 엄마를 가리켜 '맘충'이라고 부른다. 충은 습관처럼 다양한 분야에서 분노를 표출하고 있다. 사람을 '충'이라는 말로 그룹을 짓는 행동은 세대와 성별, 집단을 간단하게 규정지어서, 특정 인물을 지목하는 것뿐만 아니라 집단 전체를 혐오하는 방식으로 악용된다는 면에서 사회적인 문제로 볼 수 있다. 하지만, 사람들은 '충'이라는 말이 가진 해악을 느끼지 못할 정도로 둔감해져 있다. 일상에서 아무렇지도 않은 듯 농담 삼아 '충'을 사람 뒤에 붙여 신조어를 만든다. 사람들은 '충'이라는 단어를 실수와 잘잘못을 떠나 사람 간의 편을 가르고, 열등한 사람을 비하시키는 목적으로 활용하고 있는 셈이다.

퇴근길, 지하철 창문에 비친 내 얼굴을 들여다보았다. 피곤에 지쳐 당장 쓰러질 듯한 남자가 있었다. 누군가에게 나는 혹시 '충'으로 불리는 것은 아닐까, 라고 생각을 하니, 정말 벌레가 된 기분이 들었다. 내가 그레고리가 될 수도 있다는 상상을 하니 몸서리가 쳐졌다. 우리가 사용하는 말과 글은 부메랑 같은 속성을 지니고 있다. 무심코 내뱉은 말은 사라지지 않고 세상을 돌아다니다 언젠가 우리에게 되돌아온다. 사람에게 '충'이라는 말을 붙이며 업신여길 때마다, 그 말은 남의 말로 머물러 있는 것이 아니라 언젠가 내 목을 칠 칼이 되어 온다. 그것이 말이 가지고 있는 무서운 속성이다. 벌레의 잘못이란 지구에서 못생긴 모습으로 태어난 것뿐인데, 흉물스러운 것의 대명사로 취급당하는 것 같아 억울할 것이다. 우리는 인간이지 벌레가 아니다. 우리는 인간답게 살고 싶을 뿐이다. 벌레는 아닌 것으로.

17. '질투'는 화를 부르고, '부러움'은 열정을 부른다

대형서점에 자주 가는 편이다. 한 달에 너덧 번 정도는 찾는 편인데, 다양한 코너를 찾는다. 글을 쓰면서 아이디어를 채우기 위한 목적도 있지만 부족한 지식을 얻기 위한 목적도 크다. 특별하게 원하는 책을 찾기도 하지만 평대에 쌓여 있는 신간이나 베스트셀러 코너 주위에서 선택을 당하기도 한다.

어느 날은 독자들에게 큰 인기를 끌고 있었던 책 한 권을 들었다. 어떤 이유 때문에 그 책이 베스트셀러까지 오르게 되었는지 독자 입장에서 호기심이 들었다. 작가의 비결이 무엇인지 알고 싶었지만, 방법을 쉽게 찾기 어려웠다. 책의 저자처럼 먹히는 글을 쓰는 비결을 알았다면 진즉에 성공했을지도 모르겠다. 평대에 전시되어 있는 것 자체도 부러웠지만, 첫 페이지에 찍힌 20쇄 같은 높은 숫자가 부러웠다. '부러움'이란 '남의 좋은 일이나 물건을 보고 자기도 그런 일을 이루거나 그런 물건을 가졌으면 하고 바라는 마음'이라고 한다. 어떤 것을 소유하기를 바라는 마음이라고 할까? 바란다는 것은 나도 누군가처럼 되고 싶다는 마음이다. 부럽다는 말에는 어떤 힘이 있다. 원하는 것을 얻기 위해서 무엇을 배워야 하고 따라 해야 하는지 우리 마음에 동기를 유발한다.

블로그에서 글을 쓰기 시작했고 글쓰기가 카카오 브런치로 이어졌다. '브런치'라는 글쓰기 플랫폼 역시 여타 SNS들이 가지고 있는 구독 시스템이 있다. 내 글을 구독하는 사람은 일반 유저가 대부분이지만, 글을 쓰는 다른 작가들도 있다. 내 글을 구독하는 작가의 글을 읽고 마음에 들면 나도 간혹 구독을 하기도 한다. 일종의 '품앗이'라고 보면 된다. 작가의 꿈을 꾸는 동료로서의 감정이라고 할까? 비슷한 감정을 느끼며 글을 읽고, 댓글을 통하여 응원을 주고받고 있다. 그러던 중, 친한 작가 한 명이 고충 하나를 털어놓았다. 그가 전해준 이야기는 다음과 같았다.

"어느 날 앱에서 알람이 하나 울렸어요. 오랜 시간 동안 글을 쓰던 A 작가의 새로운 소식이었죠. 출판사에서 연락을 받고 출간을 하게 되었다는 기쁜 내용을 구독자에게 알렸어요. 저는 축하의 메시지를 남겨주었지만, 동시에 질투의 감정도 느꼈어요. 제 상황을 그와 비교하게 되었기 때문이었죠. 저도 열심히 쓰고 있고, 그와 못지않은 실력을 갖추고 있는데, 왜 그는 선택을 받고 저는 그렇지 못하는지 열등감에서 헤어 나올 수 없었어요."

'질투'는 미워할 질嫉, 샘낼 투妬 한자를 쓴다. '미워하고 샘나다'라는 뜻에서 '샘'은 힘이나 기운이 솟아 나오는 원천을 비유하는 순우리말이다. 미워하는 마음이 샘에서 끊임없이 솟아오르는 것을 상상해보자. 샘에서 깨끗한 물이 아니라 남을 미워하고 시기하는 물이 솟아오른다는 것은 미워하는 마음이 그만큼 깊다는 것이다. 질투는 남과 나를 비교하는 것에서부터 출발하여 타인과의 비교 우위에서 밀릴 때, 절망감을 안긴다. 질투는 타인의 능력과 자신을 비교하면서 열등감으로 나타나기도 하고, 스스로 우월하다는 마음에서 출발하기도 한다. 우월한 자신이 타인보다 못 가졌다는 것에서 미움이 폭발하기 때문이다. 따라서 타인과 나의 다름을 인정하지 못한 채, 서로의 자아를 동일시하는 오류를 범하게 되는 것이 질투의 감정이다.

한국 속담에 '사촌이 땅을 사면 배가 아프다'라고 했다. 여기서 우리가 주목할 사실이 하나 있다. 질투의 감정은 나와 가까운 친척, 친구, 이웃이나 나와 처지가 비슷하거나 관계가 있는 사람과 비교할 때, 나타나는 감정이다. 예를 들어, 위의 작가가 A 작가의 출간 소식을 듣고 경쟁심과 질투를 느꼈던 것이나, 우리가 이웃의 복권 당첨 소식이나, 좋은 직장에 취업한 친구의 소식을 듣고 느끼는 감정 같은 것들 말이다. 빌 게이츠나, 스티브 잡스의 부와 성공을 두고 질투를 느낀다고 생각하지 않는다. 그와 우리는 범접할 수 없는 거리를 두고 다른 세상에서 살고 있다고 느끼기 때문이다.

질투가 극에 달하면 상대방을 파괴하는 상황까지 치닫는다. 1984년도에 개봉한 영화 〈아마데우스〉에서는 질투의 화신이 등장한다. 주인공인 살리에리는 궁정 음악가로 왕에게 신뢰가 깊은 사람이다. 그런 그에게 어느 날 천재 모차르트가 나타난다. 목숨을 걸 정도로 노력에 집착하는 살리에리와 달리 모차르트는 매일 화려한 파티를 벌이고 여자들과 방탕한 생활을 누리면서도 음악을 장난치듯 다룬다. 살리에리가 작곡에 열중하고 있을 때에도 모차르트는 여자와 즐긴다. 그리고 그런 방탕한 생활을 하면서도 틈틈이 작곡한 그의 음악은 세간에서 명성을 얻는다. 모차르트는 살리에리가 오랫동안 다졌던 입지를 하나하나씩 뺏으려 한다. 살리에리는 모차르트의 천재성에 질투심을 느끼고 열등감에서 빠져나오지 못하다 결국 모차르트를 독살한다. '살리에리 증후군'이라는 말이 영화 이후 탄생했다. 2인자는 영원히 1인자를 따라갈 수 없다는 질투심을 대표하는 말이다. 모차르트를 따라갈 수 없었던 살리에리처럼 천재에 대한 열등감, 질투심을 가지는 심리를 살리에리 증후군이라는 말을 낳았다.

부러움의 감정은 질투와 차이가 있다. 부러움은 질투에서 분리된 '건전한 가치'의 한 종류다. 부러움은 내면에 긍정적인 자극을 가한다. 타인이 거둔 어떤 상태를 시기하거나 질투만 할 것이 아니라, 어떻게 하면 그를 따라갈 수 있는지 구체적인 방안을 찾게 한다. 부러움은 반드시 노력을 부른다. "부러우면 지는 거다."라는 말이 있다. 부럽다는 말은 나도 마음먹으면 할 수 있다, 굴복하지 않는다는 마음이 담겨 있는 것이다. 마음속에서 뜨거운 것이 용솟음칠 때, 부러운 마음은 목표를 설정한다. 그것을 어떻게 달성할지 구체적인 아이디어를 생각한다. 부러운 마음이 한자리에 머물지 않을 때, 우리는 성장한다. 그런 면에서 부러움은 긍정적인 에너지를 부른다.

질투는 상대방의 처지를 부러워하다 증오하는 단계까지 이어지기 때문에 경계해야 하는 감정이다. 질투는 모두를 파괴시킨다. 미워하는 감정만 증폭시키다 결국 타인이 가진 것을 소유할 수 없다는 결론을 언을 때, 다 같이 멸망하는 결과로 빠질 수 있다. 질투는 사람이기에 버릴 수 없는 감정일지도 모른다. 하지만, 그 감정을 부러움으로 바꿀 수만 있다면 행동도 같이 변화할지도 모를 일 아닌가. 생각을 전환하면 질투는 부러움으로, 나아가 타인을 응원하도록 감정을 확장할 수 있다. 사람을 너그럽게 보는 훈련이 필요하다. 그리고 겸손한 삶의 자세를 가지는 연습도 필요하다. 타인도 나의 성공을 두고 질투를 느낄 수 있기 때문이다. 내가 품었던 질투는 언젠가 나에게 부메랑처럼 돌아올지도 모를 일이기에, 타인에게 쏟은 감정 하나도 조심할 필요가 있다. 동료 작가에게 질투는 자연스러운 것이라고, 다만 질투가 증오로 변질되지 않도록 생각하자고 얘기했다. 그리고 그 감정을 역이용해 보자고, 자기계발을 할 수 있는 계기로 삼아보자고 말했다. 당장 펜과 종이를 들고 글을 쓰자고 했다. 느꼈던 질투의 감정조차도 활자로 바꿔보자고 말이다.

18. '과정'을 무시하고 '결과'만을 바라는 이상한 나라의 윗사람

"과정은 필요 없고 결과를 보여줘."

원하던 목표를 제대로 달성하지 못했다. 그런 까닭에 대하여 변명이라도 하고 싶지만, 상사의 질문은 예상보다 완고하다. 위와 같은 결과를 묻는 질문에 대하여 우리가 내릴 수 있는 대답은 거의 없다. 실패도 아닌 성공도 아닌 중간 어디쯤 서있기 때문이다. 중간은 물론 의미가 없다. 회사와 같이 이익을 추구하는 집단에서는 결과의 달성 여부가 제일 중요하다. 과정에서 겪었던 여러 시행착오를 극복하여 다음번에는 꼭 성공하자, 라고 외치는 게 잘 통하지 않는다. 따라서 어떻게 돌아가든 결과를 성공적으로 만들던가, 누군가와의 싸움에서 이겨서 이익까지 내야 한다.

자기만족보다는 다른 사람에게 보여주고 오케이 서명을 받아야 먹고살 수 있는 시대이기도 하다. 이해할 때까지 설명하고 납득할 때까지 드러내도 내 잘못만 가득한 것 같은 기분, 자신이 얼마나 빛나는 존재인지 보여주기 힘든 세상에 우리는 살고 있지 않은가? 그렇다고, 겸손하게 뒤로 물러나 있는 건 바보 같은 짓에 불과하다. 우리는 오늘도 원하는 목표를 달성하기 위하여 끊임없이 과정에 노력을 투입해야 하는 삶을 살고 있다. 동시에 결과만 인정받아야 하는 모순적인 삶일지라도.

회사에서 주최한 새벽 등반을 경험한 적이 있다. 꼭두새벽부터 산밑에 모인 직원들은 머리에 랜턴 하나만을 두른 채 산행을 강요당했다. 입에서 육두문자가 튀어나올 것 같았지만, 맘대로 할 수도 없었다. 옆에서 대표와 이런저런 말을 계속 주고받고 있었기 때문이다. 몇 시간에 걸쳐 생사의 고비를 넘기며 힘들게 바위산을 기어오르다, 가까스로 정상에 오를 수 있었다. 떠오르는 아침의 태양을 보며 고생했던 순간들이 잊히는 기분이 들었다. 언급했던 새벽 등산의 경험은 과정과 결과가 긍정적으로 이어졌다. "고생 끝에 낙이 온다."는 속담과도 제법 일치했다. 한편으로는 한순간뿐인 감정을 위하여 몇 시간에 걸쳐 노력을 기울였다는 것이 이해가 되지 않기도 했다. 어쨌든 결과를 위하여 고통스러운 과정이 존재해야 한다는 이론은 명확했다.

물론, 결과도 중요하지만, 과정에서 얻어지는 경험도 그에 못지않게 소중하다. 삶은 수많은 실패의 반복 속에서 원하는 결과에 근접하도록 가능성의 오차를 줄여 나가는 데 있다. 하지만, 목표를 실현하기 위하여 투입된 노력, 성공이든 실패든 그곳까지 소요된 시간은 눈에 잘 뜨이지 않는다. 오직 결과 하나를 놓고 한 사람의 가치와 상품성을 판단하는 사회에서 우린 살고 있기 때문이다. 그런 생각을 갖고 있는 사람과 일을 하면, 과정은 보이지 않아도 당연한 가치로 여겨진다. 단 한 번의 실패조차 용납하지 않은 환경에 놓인 우리들은 매일 과정에 충실하지만 사람들은 결과에 주목할 뿐이다. 뼈를 깎는 고통을 이해하고 그런 아픔을 치유할 수 있는 사람도 나뿐이다. 세상 사람들은 눈에 보이는 결과물만을 냉정하게 판단한다. 어쩌면 그들이 과정에 점수를 매길 수 없는 이유는, 평가하는 사람이 과정을 이해 못 하는 까닭이 아닐까?

내가 몸담고 있는 소프트웨어 개발도 과정이 중요하다. 개발을 하기 전에 해야 할 일은 밑그림(얼개, 플롯과 비슷)을 그리는 것이다. 구체적인 동작에 대한 구현은 나중 일이다. 뼈대를 설계할 때, 구현할 객체를 모델링한다. 만들어야 할 객체의 겉모습과 특성을 디자인하는데, 그 세계는 실제적인 모습이 없는 추상적 차원Dimension이다. 커다란 세계관을 먼저 디자인하고 그 하부의 다른 차원을 점진적으로 디자인한다. 각 차원의 부품들이 서로에게 영향을 미치지 않을수록 좋은 모델링이라 할 수 있다. 물론 각 체계를 연결할 수 있는 수단이 필요한데, 그것을 인터페이스(소통)라 한다. 인터페이스는 부품 간의 가교 역할을 하며 실제 내부가 어떤 원리로 동작하는지 알 필요는 없다. 그리고 인터페이스에 따라 원하는 기능(살)을 붙여 나간다. 마지막이 코딩 작업이다. 그것이 전부다. 위와 같은 과정으로 객체의 실제 모습을 구현해나간다. 작업 과정 중에 단 하나라도 빠뜨리면 소프트웨어는 제대로 동작하지 않는다. 공학적이면서도 예술적인 행위가 과정에 녹아들어야 원하는 결과를 만들어낼 수 있다.

낙천적인 사람은 때로 위와 같은 과정을 잘 해낸다. 대부분이 그렇다. 실패를 경험할 때마다 좌절하여 쓰러지는 것이 아니라 다음번에 다시 도전하겠다는 불꽃같은 의지를 마음에 태운다. 그리하여, 마음속의 좌절을 활력으로 바꾼다. 과정에서 결과로 이어지는 길은 자신이 이기고 타인이 져야 하는 제로섬 게임이 아니다. 동료를 물리쳐야 이익을 독차지하는 이기적인 다툼도 아니다. 그것은 과거의 자신을 이기기 위한 방법을 찾는 과정이다. 그런 사람은 예술가가 될 자격이 있다. 꿈을 실현한다는 것은 불가능한 상황과 예측하지 못했던 상황까지 끌어안는 행위이다. 과정에서 행복을 찾지 못해도 희망은 꽃을 피운다. 꿈은 자신과의 고독한 싸움을 벌여 나가는 과정에 주목한다. 실패는 두려움이 밑거름처럼 쌓여 어떠한 어려움조차 이겨낼 수 있는 힘을 만든다. 실패한 경험은 형태는 다를지라도 한 단계 앞으로 전진하기 위한 당신의 자산이 된다. 하지만, 사실을 설명하는 것조차 힘들 때가 있다. 누군가를 납득시켜야 할 때마다, 말은 초라한 변명이 되기도 한다. 열심히 노력하고 있다고, 과정을 충실하게 밟고 있다고 하여도 당신은 오직 결과를 원한다. 하지만, 과정은 절대 빼놓을 수 없다. 그렇게 되면, 우리는 알맹이가 사라진 껍질 신세가 되기 때문이다.

강요하지 않아도 우리는 주어진 목표에 집중한다. 몰입하다 보면 시간의 흐름에서 한 발짝 벗어난다. 아침은 오후가 되고, 오후가 다시 밤이 되는 것에 무디어진다. 피로와 함께 살아가지만, 원하던 가능성에 근접했을 때의 희열감도 있다. 자의적이든, 타의적이든 몰입하다 보면 시간의 흐름조차 망각한다. 결과를 보장할 수 없음에도 불구하고 혹사가 따르는 것은 결과의 단맛과 관련이 있다. 예측한 대로 결과가 나오면 좋겠지만, 현실은 그렇지 않은 경우가 많다. 그것이 우리가 전문가가 되려는 이유이며, 더 빠른 시간에 결과를 내려는 탓이기도 하다. 결과 지상주의, 속도 우선주의에서 벗어나 과정을 살피는 사회가 되길 바란다.

19. '리더'라고 착각하는
'꼰대'들의 세상

'꼰대'는 경험이 쌓인 리더가 아닌 단순히 늙은 사람이다. '리더'는 조직이나 단체 따위에서 전체를 이끌어가는 위치에 있는 사람으로 흔히 지도자라고 불린다. 커다란 가마 위에 앉아서 채찍질을 하거나 부하 탓을 하는 사람이 바로 꼰대다. 리더는 팀원과 함께 일을 나누고 운명을 개척하는 사람이다. 꼰대는 하고 싶은 말만 반복하는 사람이다. 나르시시스트 같은 윗사람이 자기도취에 빠지면 꼰대가 될 확률이 높다. 꼰대는 따가운 말과 화로써 사람을 휘어잡으려 한다.

자본주의 사회에서는 폭력을 휘두를 수 없잖은가? 대신 꼰대는 말로써 폭력을 위장한다. 꼰대는 경력이 화려하며 지식도 방대하고 현장 경험도 풍부하다. 자신이 과거에 열심히 일만 하고 살았다 하여 낡은 습관을 우리가 똑같이 따라 해야 할 이유는 전혀 없다. 20년 전쯤에 인기를 끌던 프로그래밍 언어가 있었다. 한때, 전 세계에서 유행했으나 이제 개발자들이 가장 싫어하는 언어로 최상위 랭킹에 자리 잡고 있다. 프로그래밍 언어처럼 당신도 그런 과거의 습관에서 빠져나오지 못하고 있다면 꼰대가 될 확률이 높다.

경험이 축적된 꼰대에게 팀원은 부족해 보인다. 따라오지 못한다 하여 몰아붙인다고 없던 역량이 생기는 것도 아니다. 조급한 생각은 팀원의 역량을 위축시킨다. 리더는 팀원의 잠재성을 끌어올리고 꼰대는 존재하던 능력까지 추락시킨다. 리더는 조직의 밸런스를 맞추고 필요한 곳에 인원을 배치하지만 꼰대는 밸런스를 무너뜨리고 유능한 인재가 떠나도록 내버려 둔다. 리더는 잘하는 직원과 못하는 직원을 가리고, 모자라는 직원이 배우고 익힐 수 있도록 동기부여를 하고, 그것을 통하여 팀원의 역량을 끌어올려야 한다. 그것이 꼰대가 아닌 리더가 해야 할 역할이다.

일은 혼자 해결할 수 없다. 혼자서 모든 일을 슈퍼맨처럼 처리했던 과거의 방식은 현시대에 맞지 않다. 생각보다 많은 걸 챙겨야 하는 리더의 입장에서 작은 일까지 세심하게 신경 쓰지 못하는 경우가 대부분이다. 그런데 너무 밑바닥까지 챙기다 보면 자신도 모르게 꼰대가 된다. 일을 직원들에게 나눠줄 재주가 없기에 결국 스트레스와 짜증만 가득한 꼰대로 변신을 한다. 팀원에 대한 믿음은 현재보다 미래의 가능성을 엿보는 것이며, 대표를 비롯한 리더들은 직원에게 비전을 제시하고 스스로 학습할 수 있는 환경을 제공해야 한다. 그것이 리더와 팀원이 모두 살 수 있는 길이다.

긴장감에 빠져 있는 조직, 꼰대 때문에 스트레스를 받는 조직은 성장하지 못한다. 실수를 거듭하지만 개선할 수 있는 분위기가 보장이 안 되어 있으면 개인의 능력은 오히려 퇴보한다. 방황 속에서도 키를 발견하지 못하고 오류만 생산할 뿐이다. 실수와 실패는 용납되지 않으며 물론 자비도 없다. 실수하지 않기 위하여 조직은 건강한 사고를 하지 못하고 실패에 대한 두려움에서 헤어 나오지 못한다. 팀원은 꼰대의 눈치를 보기 시작하며 살 궁리만 한다.

김창옥 교수는 〈더 나은 삶을 원한다면〉이라는 제목으로 포프리쇼에서 다음과 같이 말했다. 어떻게 하면 "팀원을 살릴 수 있을까?"라는 질문을 두고, 팀원이 주인이라는 의식을 심어주라고 했다. 말로만 떠드는 죽은 경구는 도움이 되지 않는다. 팀원이 스스로 살아있음을, 스스로 결정할 수 있는 권한을 부여하라는 이야기다. 팀원 앞에 서서 카메라를 얼굴에 들이밀며 일거수일투족을 감시하려 들지 말고 뒤로 빠져서 지원을 해야 한다. 그 이야기는 책임이나 비난보다 권한을 부여하라는 의미다. 그렇게 하면 팀원은 작동할 수 있는 시스템을 만들고 스스로 움직인다. 누군가에게 의지하거나 비난을 받던 과거의 책임감에서 벗어나 무엇이든 성취할 수 있는 기회를 만들어 간다는 의미다.

꼰대는 나이를 최고라 여긴다. 특히 직장에서는 나이와 경력으로 서열을 구분 짓는다. 어떤 직장에서는 군대식 직급 체계를 타파했다고 들었다. 영문으로 이름을 정하고 직급을 더 이상 호칭하지 않으며 모든 직원들이 존댓말로 소통을 한다. 그런데 그런 문화가 어느 곳이나 통할까? 우선해야 할 것은 낡은 사고방식에서 벗어나는 것이 아닐까. 꼰대는 무엇이든 가르치려 든다. 팀원이 꼰대보다 똑똑한 경우도 있는데, 꼰대는 팀원의 역량을 파악하지 못한다. 팀원의 능력을 무시하는 방법으로 자신의 지식을 과대 포장한다. 꼰대는 쓸데없이 관심도 많다. 궁금해하지도 않는 사실까지 알려고 달려든다. 그리고 타인의 인생을 두고 무언가를 코칭하려 한다.

우리는 꼰대에게 멘토가 되어 달라고 부탁한 적도 없고 상담을 들을 생각도 없다. 무엇보다 술 한잔하자고 주말에 전화하지 말았으면 좋겠다. 우린 일찍 퇴근하여 쉬고 싶다. 꼰대가 회사에서 놀고 있을 때 우리는 열심히 일했단 말이다. 꼰대가 집에서 한가할지 모르겠지만, 우리는 퇴근 후, 할 일이 많다. 회사에서 하루 종일 괴롭혔으면 이제 놓아주면 안 될까? 꼰대의 권위는 나이와 직급에서 오는 것이 아니다. 도와주고 싶으면 말없이 하면 된다. 그리고 잘난 체하지 말라. 일일이 가르치려 말고 큰 그림을 보여주고, 영감을 불어넣어 줄 방법을 연구하

라. 업무에 집중할 수 있는 환경을 어떻게 만들까 고민하고, 잘못을 꾸짖으려 말고 같은 실수를 반복하지 않도록 코칭을 해주면 된다. 그것이 꼰대와 리더의 차이다.

자신이 꼰대인지 한 번쯤 의심해야 한다. 마음을 객관적으로 볼 수 있어야 하는데, 그 방법으로는 자신을 객관적으로 돌아보는 것인데, 그것에는 글쓰기만 한 것이 없다. 글을 쓰면 알 수 있다. 자신이 평범한 윗사람인지 아니면 꼰대인지. 일기라도 좋다. 어떤 방식으로든 내면으로 한걸음 다가서야 한다. 꼰대는 세월에 따라 발생하는 자연의 현상이 아니다. 자기 주도적인 능력은 꼰대가 아닌 리더로서 한 발짝 뒤로 물러서는 것으로 시작한다. 변화는 팀원으로부터 출발하는 것이 아니라 리더로부터 시작하는 것이다. 리더가 변화하지 않으면 조직은 위기 앞에서 무너진다. 고비를 넘기지 못하고 늘 한계선에서 좌절한다. 실패를 두려워하면 다시 도전할 수 없다. 실패는 원인 분석을 통하여 다음 도전 때 만회할 수 있는 대책을 마련하고 다시 시도하면 되는 것이다. 글로벌 기업들은 수많은 실패를 거치며 조직의 근육이 탄탄해진 축적의 역사를 가지고 있다.

현재 조직을 북한식 공연처럼 운영하고 있지는 않은가. 일을 편안하게 할 수 있는 분위기의 조성보다 누가 불만을 가지고 있는지 첩자가 될 가능성이 있는지 팀원의 색깔을 결정하고 있지 않은가. 팀원의 동태를 매일 감시하고 누가 뛰쳐나가는 건 아닌지 노심초사하고 있지 않은가. 권위주의적인 사고방식에 지배당하는 조직은 글로벌 경쟁 시대, 투명 사회, 4차원 산업 혁명 시대에서 살아남을 수 없다. 한 사람의 독불장군식 전략으로 꼰대가 전쟁을 주도하는 시대는 이제 끝났다. 리더의 믿음으로 직원의 마음도 변한다. 팀원이 한계점을 넘을 수 있도록, 실패에도 굴하지 않도록 실패의 경험을 보장하라. 과거의 명에로 팀원을 감옥에 가두지 말라. 자기 주도적인 마인드는 조직이 스스로 살아 움직이도록 하는 '자유'에서 시작할지도 모른다. 이제 꼰대는 없어도 된다.

20. 돌아보니, 아버지 '탓'이 아니라
아버지 '덕분'이었습니다

어린 시절 우리 집은 지독하게 가난했다. 그 시절 내 마음은 암흑으로 가득 찼다. 밖에서도 안에서도 마음은 바닥으로 가라앉았고, 세상의 모든 괴로움을 혼자 짊어지고 사는 듯했다. 아버지는 가족보다 돌을 깊이 사랑했다. 검은색과 하얀색으로 빛이 나는 매끄러운 돌, 가문비나무로 제작된 묵직한 바둑판을 가족보다 더 각별히 여겼다. 문제는 그 깊었던 외사랑이 가정을 무너뜨리고 말았다. 어머니는 아버지를 찾기 위해 늘 거리로 나서야 했는데, 아버지를 찾은 곳은 다름 아닌 담배연기가 자욱한 기원이었다. 잿빛의 안개와 홀아비 냄새가 뒤섞인 곳에서 아버지는 이길 수 없는 전투를 치르고 있었다. 우리 집은 결국 망했다.

오랫동안 아버지를 용서하지 않았다. 우리 집이 몇 달을, 아니 몇 년을 살고도 충분한 재산을 날리고도 뻔뻔하기만 한 아버지의 표정이 싫었다. 아버지가 차라리 없는 것이 더 좋겠다고 생각했다. 바둑이 도박이라는 사실을 철들기도 전에 나는 깨달아버렸다. 바둑이 단순한 취미가 아닌 것은 내기 판에 걸린 돈의 규모다. 내기 판돈이 점차 커지고 잃는 액수도 기하급수적으로 늘어난다. 자신이 도박판에 걸려들었다는 것을 인정하지 않는데, 전 재산을 잃고 나서도 잘못을 깨닫지 못하고 호구가 되는 것이 도박의 위험성이다. 친구들의 아버지를 볼 때마다 떳떳하지 못한 아버지의 모습이 나를 더 움츠려 들게 했다. 아버지에 대한 원망 그리고 가난은 의욕을 상실하게 했다. 그때부터 나는 미래를 계획하며 가난으로부터의 탈출을 꿈꿨다. 꿈은 현실적인 것들로 자리를 바꿨고, 어떻게든 성공을 해야겠다는 굳은 마음만 다졌다. 세월이 흐른 먼 훗날, 나도 아버지처럼 어른이 되었다. 미움의 감정도 연민의 감정도 모두 식은 어느 날, 헬쑥해진 아버지가 한마디 말을 꺼냈다. "미안하다, 아들⋯." 그 말이 내가 기억하는 아버지의 마지막 사과였다. 그 유언과도 같은 말에 무표정한 얼굴로 대신 답을 건넸다. 그러고 아버지께서는 얼마 후 돌아가셨다.

글을 쓰기 시작하면서 과거를 다시 돌보게 됐다. '미움으로 가득 찬 이 감정을 어떻게 풀어야 할까', 생각을 버릴 수 있으면 좋겠지만 버리려 할수록 더 번뇌에 빠졌다. 억지로 잊는 것보다 '차라리 정면으로 맞서는 건 어떨까'라는 생각이 들었다. 실패할 때마다 아버지 탓만 하며 사는 것도 한계가 있었다. 이유를 묻고 싶어 용기를 내야 했다. 어느 날 꿈을 꾸었는데, 어린 시절로 다시 돌아가 익숙했던 집으로 찾아갔다. 기억하고 싶지 않은 장면도 있었지만, 잠깐 발걸음을 멈추게 하는 따뜻한 그림도 보였다.

　말이 없는 아버지에게 손을 내밀었다. 차가운 손이 낯설었다. "미안하다."라고 말했던 아버지가 다시 어떤 말을 하려는 듯했다. 아버지는 모든 게 자신 탓이라며 미안하다는 말을 하고 싶어 하는 것 같았다. 나는 대답 대신 쭈글쭈글해진 아버지 손의 따뜻함이라도 느끼고 싶었다. 하지만 감각을 느낄 수 없었고 시간은 문을 닫으려 했다. 나는 가슴 속에 감추어 두었던 말 한마디를 쭈뼛쭈뼛 내밀었다. 그것은 "아버지 탓이 아니라"는 말이었다. 내가 번듯하게 성장하여 지금처럼 글을 쓰며 과거를 돌아볼 수 있게 된 것도 어쩌면 아버지 덕분이라고, 응어리진 과거에서 벗어날 수 있었던 것은 아버지의 마지막 사과 덕분이라고 말이다. 아버지는 대답이 없었지만, 미소로 화답했다. 부자는 짧은 침묵 속에서 화해를 나눴다. 아버지 탓이라고 잘못의 원인을 과거로 돌렸던 원망이 정화되었다. 과거의 아버지를 용서하는 덕분에 긴긴 고통의 씨앗은 마음속에서 사라졌다

　짧은 꿈에서 깨어났다. 어두웠던 일상이 환하게 빛났다. 아버지 탓이라고 허송세월을 보내던 시간도 구원이 됐을까? 그저 안으로 삼키기만 했던 고통의 시간도 의미가 있었을까? 지난한 세월을 넘긴 덕분에 용서가 가능했을까? 사람마다 차이는 있겠지만 무수한 시간을 버티면 모두 용서하게 되는 걸까. 아버지와 마지막 인사를 나눴다. 내 삶이 윤회하지 않는 이상, 부자간의 인연은 이대로 끝일 것이다. 다시는 아버지의 아들로 또 과거처럼 잔인한 시간을 살아가야 하는 운명도 경험

하지 못한다. 그래도 희망적인 것은 다른 사람 탓하지 않고 내 힘으로 일어설 수 있는 힘을 갖게 되었다는 사실이다.

아버지를 용서했다. 아니 아버지 탓만 했던 나의 과거를 용서했다. 어쩌면 받아들이기 힘든 나를 다시 찾은 걸 수도 있다. 글은 의기소침하게 굳어버린 표정을 다시 밝게 다듬었다. 글은 '나'를 용서하는 것이며 가까이하기 힘든 과거의 고통까지도 감싸 안는 신비함을 가지고 있다. 부정적인 탓이라는 사슬에 얽매였던 나를 밝은 곳으로 끌어당긴 것도 글이다. 자신을 제대로 들여다보고, 내면의 깊은 상처를 이해하며 과거의 어두운 부분까지 포용하는 글. 글 덕분에 우리는 다시 태어날 수 있고 원망도 버릴 수 있다. 당신도 나도 과거의 탓과 선 긋기를 하고 다시 출발해 보는 건 어떨까?

제2부

당신과
나를
이어주는
단어

01. '울다', 행복해지고 싶어서

'울다'는 '기쁨, 슬픔 따위의 감정을 억누르지 못하거나 아픔을 참지 못하여 눈물을 흘리다 또는 그렇게 눈물을 흘리면서 소리를 내다'라는 뜻이다. '울다'는 '눈물을 짓다'라는 문장과도 연결되어 있다. 눈물은 카테콜아민이라는 신경전달 물질을 분비하는데, 이 호르몬은 스트레스를 억제하는 효과가 있다. 실컷 울면 스트레스가 날아간다는 것이다.

하지만 남자로서 살아가고 있는 나는 울 수가 없다. 강인해야 하고 단단한 내면을 가지고 있어야 하는 남성으로서는 아픈 감정을 외부에 드러낼 수 없기 때문이다. 그래서 울고 싶어도 울음을 안으로 삭히고 참는다. 울기라고 하면 "사내새끼가 비겁하게 눈물이나 질질 짜고 있어"와 같은 말을 오랫동안 듣고 살았기에 눈물을 흘릴 수도 울 수도 없다. 운다는 의미를 상실한다. 울고 난 이후에 펼쳐질 상황을 감당하기도 어렵다. 그렇게 살다 칠레의 시인 네루다의《질문의 책》에서 아래의 문장을 접했다.

"구름들은 그렇게 많이 울면서 점점 더 행복해질까?"

'울면 행복해진다'는 말은 누가 시작했으며 그 생각은 어디에서 온 걸까? 물론 이 문장에 대해서 글을 쓰겠다고 달려든 것은 위대한 시인 네루다가 던진 말이기 때문이다. 평범한 사람이 이런 질문을 던진 다면, 비아냥거리거나 그냥 흘려버렸을 것이다. 이 말은 네루다가 던 졌기 때문에 소홀히 할 수 없었다. 마음을 이렇게 움직이고 있으니 말 이다. 네루다는 사람이 아니라 구름이 운다고 얘기했다. 그 말을 따라 가 본다면, 네루다가 최초로 한 말은 아닐 테다. 많은 사람들이 주고받 던 흔하디흔한 문장일지도 모른다. 이 문장은 다만, 네루다가 질문을 했기에 그 힘이 더 강해졌다.

시인의 눈으로 구름을 한번 바라보자. 우리는 스스로를 가혹하게 몰아치기도 한다. 마음속에서 울더라도 겉으로는 절대 울면 안 된다 고. 평정심을 늘 유지해야 한다고. 눈물을 참으면서 마음과의 거리는 더 벌어지고 냉정한 현실은 더 가까워진다. 우리는 메마른 짐승이 되 어 간다.

남자로서 우는 것에 익숙지 않아서, 그 질문을 완벽히 이해하지 못했다. 울고 나면 행복해진다는 뜻을 얼핏 알 것도 같은데 가슴으로 는 받아들여지지가 않았다. 누구나 슬퍼할 때는 있다. 우리가 살아가 는 날들 중에 마땅히 울어야 하거나, 속에서부터 울고 싶다는 욕구가 치밀어 오르는 날이 많다는 건 당신도 안다. 세상을 살다 보면 울고 싶 어도 참아야 할 날이 훨씬 많다는 게 문제 아닌가? 슬픔이란 건 슬며시 가슴속으로 스미는 건데, 우리의 현실은 느린 걸 가만두지 않는다. 운 다는 일 자체가 남들에게 때로 비웃음 당하는 일이기도 하려니와, 어 려서부터 울면 "남자가 아니야."라는 말을 귀가 따갑도록 듣고 살아온 탓에, 우는 게 난해한 수학 문제 풀이 같은 것이 되어버렸다. 나는 결국

'슬픔 포기자'가 되었다.

　가끔 남몰래 울 때가 있긴 했다. 슬픈 드라마나 영화를 볼 때, 내가 아닌 다른 존재가 되어 실수로 눈물을 흘린다. 하지만 흐르다 금세 말라버린다는 게 문제다. 혹시나 내 마음 가운데에서 물기가 사라진 건 아닐까 걱정을 한다. 더 이상 공감 못 하는 사람이 되어버린 건 아닐까, 무섭기도 하다. 박준 시인은 눈물에 대하여 다음의 문장을 남겼다.

　눈이 작은 일도
　눈물이 많은 일도
　자랑이 되지 않는다.

　하지만 작은 눈에서
　그 많은 눈물을 흘렸던
　당신의 슬픔은 아직 자랑이 될 수 있다.

　　　　　　－ 박준의 《당신의 이름을 지어다가 며칠은 먹었다》 중에서

　가만히 생각을 해봤다. 나는 언제 눈물을 흘려야 했을까? 과거에 실컷 울었다면 조금 더 행복과 가까워질 수 있었을까? 힘들었던 날도 많았고, 좌절하다 죽음 직전까지 내몰린 나날도 있었는데, '나는 그것을 어떻게 견디었을까'라고 말이다. 눈물 한 방울도 흘리지 않는 내가 고통을 어떻게 참았는지 신기했다. 기억하는 아주 오래전의 나는 우는

걸 포기한 아이였다. 또래에게 약한 모습을 보이는 게 싫었던 거다. 감정에 다가서는 것, 자신에게 솔직해야 한다는 걸 부정하고 살았던 거다. 억지로 웃으려 하거나, 본능에 충실하지 못한 아이였다. 얼굴이 굳어 있다는 말을 듣고 자랐다. 환경이 어둡다거나 집안이 넉넉하지 못했다는 말은 스스로를 가두는 변명에 지나지 않았다. 어두운 생각은 마음을 괴롭히고 그 감정은 얼굴에 드러난다. 의도대로 되지 않는 게 표정이다. 마음을 비추는 거울이 얼굴이라고 하는 걸 늦게 깨닫게 되었다. 그걸 관조하며 생각을 조금 고쳐야겠다는 마음을 먹었다.

바쁘게 살다 보면 무엇이든 잊는다. 가끔은 밥 먹는 일도 잊고 산다. 세상이 그렇게 살아가라고 우리에게 강요한다. 명령을 받으면 무엇이든 지키며 살아야 한다는 게 정답인 줄 알고 살아야 한다. 학교에서도 직장에서도. 이런 글을 쓰며 현실을 파헤치는 내가 얻는 것이 무엇이 있을까, 회의감도 든다. 구름이 운다는 것을 조금 이해하겠다.

구름은 울고 싶을 때 실컷 울 수도 있고 표정을 일그러뜨릴 수도 있다. 얼굴색을 검게 칠할 수도 있고 새까만 눈물을 펑펑 쏟아낼 수도 있다. 그렇게 한바탕 퍼붓고 나면 가슴이 시원해질 테다. 마음을 비울 수 있으니 깨끗해질 가능성도 있다. 그렇게 퍼붓고 나서 뒤끝은 없을 것이다. 너무 많은 세속적인 이유 때문에 눈물이 굳어버리지 않길 바란다. 슬픔의 감정이 영영 잠들어 버리지 않기를 바란다. 그런 변명이라도 풀어놓으면 마음속 어딘가에 뜨거운 것이 다시 울컥하리라 기대라도 남겨둔다.

시인의 말처럼 슬픔이 자랑이 될 수 있으면 좋겠다. 아무렇지 않게 펑펑 우는 일이 부끄럽지 않은 일이 되었으면 좋겠다. 우리가 실패해서 일어날 수 없더라도, 힘을 모두 잃어버릴지라도, 실컷 울음이라도 터뜨려버려 남은 울분을 깨끗이 씻어낼 수 있으면 좋겠다.

우는 일이 떳떳함이 아니라는 망상 탓에, 숨죽인 채 등을 돌리거나 속으로만 울지 않았으면 좋겠다. 그래서 그런 감정이 근육으로 커서, 다른 사람의 슬픔과 만나 감정의 바다 한가운데 물길을 터줬으면 좋겠다. 그래, 내일부터는 좀 당당하게 굴어보자. 화가 날 때는 얼굴을 찌푸리기도 하고, 큰 소리도 쳐보고 도저히 안 될 것 같으면 구석에 처박혀서 실컷 울어보자. 더 행복해지기 위해서 말이다. 해보지 않아서 잘 모르겠지만, 그렇게 하면 분명 마음이 깨끗해질 거다. 이제 스스로를 좀 믿어야겠다. 구름처럼 많이 울면 더 행복해질 것이라.

02. 모든 '계단'은 저마다 존재의 이유가 있기에 천천히 하나씩

얼마 전 놀라운 뉴스를 접했다. 중국에서 발사된 우주정거장이 통제 불능 상태가 되어 지구에 추락할지도 모른다는 사실이었다. 중요한 것은 추락한다는 사실보다 어디에 추락할지 모른다는 불확실성이 더 공포였다. 만약 우리 집 안방에 추락이라도 한다면 내 인생은 어찌되는 것이란 말인가. 이런 날벼락이 또 어디 있겠는가. 뉴스에서 가끔 이러한 이야기를 접하고 우리는 아무런 사건이 벌어지지 않아 다행이라며 안도한다. 우주정거장이든 인공위성이든 불시착할지도 모른다는 뉴스를 들을 때마다 이런 생각을 한다. '그래 또 하나의 생명이 막을 내리는구나'. 생각을 해보니 우리도 지구의 궤도를 도는 인공위성과 같은 존재는 아닐까? 자신의 역할을 수행하다 임무를 마치게 되면 다시 고향으로 돌아와 죽음을 맞아야 하는. 하루에 지구를 15바퀴씩 돌아야 하는 인공위성처럼 어딘가를 반복해서 돌아야 하는 인간도 그것과 비슷한 운명은 아닐까.

우리는 언제 수명을 다할지 모르지만 계속 돌아야 하는 존재다. 쳇바퀴 속에서 돌기도 하지만 끝없이 계단을 오르기도 한다. 수없이 많은 계단을 오르며 높은 세계를 동경한다. 그 과정을 인공위성이 지구를 바라보듯 꿈을 바라보며 순환한다. 언젠가 여정이 끝나면 우리에게도 긴 휴식이 오겠지, 고생한 만큼 웃으며 과거를 회고할 날이 오겠지, 라며 말이다. 또 지구를 도는 인공위성처럼 제 역할을 다하고 언젠가 멋진 추락을 기대한다.

그날도 여느 때와 다름이 없는 퇴근길이었다. 횡단보도 앞에 서서 다음 신호를 기다리고 있었는데, 붉은색으로 넘어가는 신호등의 변화가 마치 초고속 카메라 영상이 흐르는 것처럼 보였다. 그때, 어디로 튀어야 할지 모르는 럭비공처럼 횡단보도 앞에서 중심도 방향도 잃었다. '그래 맞아, 집으로 가고 있었지?'. 잠시 필름이 끊겼다가 섬광이 번쩍하고 생각이 돌아왔다. 걸어가든 달려가든 어느 방법이라도 익숙한 풍경이 눈앞에 펼쳐져 있었지만 어느 것도 결정할 수 없었다. 마치 장애가 일어난 것처럼.

선택은 물론 없었다. 불확실한 미래는 계속 이어지겠지만, 복잡한 생각을 앞에 두고서도 무시한 채 걸어야 했다. 느릿느릿 누군가와 보조를 맞추고 싶었지만, 떠나버린 길모퉁이엔 나 혼자뿐이었다. 의심조차 거두고 지나가야 했다. 늘 다니던 곳이니 주위를 두리번거리지 않아도 되는 것이 그나마 다행이었다. 앞으로 벌어질 사건을 예측하거나 타인의 시선을 의식하지 않아도 문제없다. 낯선 곳에서 걱정거리를 짊어지고 걸어간다는 건, 피로한 마음과 전쟁을 벌이는 것이나 마찬가지다. 그것이 내가 익숙한 길만 고집하려고 하는 이유였다.

스스로에게 질문을 던졌다. '나는 과연 누구의 명령을 따르나?'라고 말이다. 가슴을 따르는 건가? 머리가 시키던가? 그 말에 대답할 자신이 없었다. 우리는 어떤 믿음에 근거하여 삶을 이끄는가, 라는 질문이 머리를 스쳤다. "당신의 생각은 어디로부터 와서 어디로 가는가?", 라는 질문을 받는다면, "잘 모르겠다.", 라는 대답뿐, 그것 외에 어떤 자신 있는 문장은 떠오르지 않았다. 답을 찾아 헤매다 보니 사시나무 떨 듯 몸이 떨렸다. 오래도록 몸에 밴 습성이었다. 전형적인 양식대로 행동하지 않는 것이 현재 할 수 있는 최대의 변칙인 셈이었다. 생각을 억지로 짜내려고 길 한가운데 멈춰보았다. 모른 척하고 무시하려 했는데, 당장 대답하지 않고는 견딜 수가 없었다. 목구멍에서 울컥 솟아오르는 걸 어떻게 무시하겠는가. 적당한 거짓말이나 핑곗거리라도 꺼내지 않으면 영원히 대답을 못 하고 살아야 하는 운명을 맞을 것 같았다.

잠시 발걸음을 멈추고 가면을 벗어보았다. 얼굴에 쩍 달라붙어 떨어질 생각을 하지 않았다. 억지로 벗어놓은 가면이 스스로 말을 하고 있었다. "지금 정신을 차려야 한다."고 말이다. 그래. 반쯤은 제정신이 아닌 건 맞을 것이다. 완전히 정신을 놓았냐고 한다면 그건 수긍하지 못하겠다. 삶이 여러 갈래로 나누어 우리에게 불가피한 선택을 강요하는데, 그런 결정을 할 때마다 어떻게 미치지 않고 멀쩡하게 살아가겠는가. 반은 정상, 반은 비정상 그런 반쪽자리 인생을 살고 있는 내가 혹은 당신이 애처롭다. 모든 선택은 후회를 남기고 만족을 남긴다. 만족보다 회한에 어려움을 호소하는 사람은 다음 결정에 장애를 빚는다. 선택하고 후회할 것이 아니라 밀고 나가자고 자신의 결정을 믿어보자고. 프로스트가 남긴 시가 떠올랐다.

훗날에 나는 어디선가 한숨을 쉬며 말할 것이다.
숲속에 두 갈래 길이 있었다고,
나는 사람이 적게 간 길을 택하였다고,
그리고 그것 때문에 모든 것이 달라졌다고.

현재의 생이 그토록 당신이 원했던 모습이었냐고 스스로 질문한다면, 시작할 때는 그랬을지 몰라도 지금은 좀 달라져서 애매하다고 대답할지도 모른다. 자신 있는 대답은 다음으로 미루는 게 나을까? 당신이 모자란 잠을 때워가며 진행하는 어떤 목표에 재미를 붙여가고 있어서 원하던 퍼즐을 이제 맞춰가고 있다고 긍정하는 건 어떨까. 그럼에도 불구하고 실패에도 자신이 있냐고, 언제든지 일어날 자신이 있냐고, 물어본다면 대답은 달라진다. 지금 당신이 하는 일은 오랫동안 해오던 일이라 실패에는 이골이 나서 어떤 역경이든 버틸 요령은 되었겠다 싶을지도 모른다. 하지만 어떤 일이든 새로 시작하는 일은 실패라는 부담이 따른다. 한번 추락하면 끝없이 바닥으로 꺼져서 다시는 회복할 수 없을 것 같은 느낌. 그래서 잠에 들 때마다 두렵다. 우리가 만들고 있는 세계가 미완성의 상태로 계속 남아 있을 것 같아서, 잠에 드는 것도 아침에 정신을 차리는 것도 모두 두렵다.

아, 생각 조금 했을 뿐인데, 참 많은 것들을 지나치고 건너뛰었다. 녹색이 적색으로 바뀌는 흐름에 멈춰 서있었던 것 같은데 정신을 수습하고 나니 목적하던 곳에 도착했다. 많은 것을 지나쳤고 많은 것을 흘렸다. 아무것도 완성한 것이 없는데, 또 계단을 올라야 한다. '계단'이라는 단어의 뜻이 '어떤 일을 이루는 데에 밟아 거쳐야 할 차례나 순서'라고 하지 않았나. 우리는 어떤 순서에 따라 움직이고 있는 것이다. 그리고 우리는 생각보다 단단한 내면을 가지고 있다. 오늘은 엘리베이터를 이용하지 않고 순수한 내 힘으로 올라가 볼까? 어디까지 오를 수 있을지 모르겠지만 계단 하나씩을 밟아본다. 오르고 오르다 힘이 들면 잠시 멈추기도 하겠지만 계속 올라야 한다. 가다 보면 어디에 닿을 수 있을까. 열심히 한 계단씩 오르면 원하는 꿈에 조금이라도 근접할 수 있겠지, 라는 희망을 버리지 않고 오른다. 그래 하늘은 멀지 않을 것이다. 구름도 곧 가까워져 우리와 대화를 나눌 수 있을 것이다. 불가능하겠지만 도달할 수 있는 높이까지 천천히 올라가야겠다.

03. 커피도 삶도 '쓰다'

쓴맛은 오래 명치에 남는 법이죠.

그 쓴맛 때문에 희망이라는 말도 떠올리고

동시에 절망이라는 말도 지나가잖아요.

— 이병률의 《안으로 멀리뛰기》 중에서

진한 커피 한 잔을 우려놓고 물끄러미 연기煙氣가 피어오르는 걸 지켜볼 때가 있다. 은은한 커피향이 공기 중으로 부유하는 무늬를 지켜보며 생각이란 걸 잠시 멈추어본다. 고단한 오전 그리고 쓴 커피, 어울리지 않을 것 같은 두 가지 원료의 배합을 조절한 후, 우리는 그것을 무한 흡입한다. 커피 한 잔을 내리기 위해 약간 수고로운 노동이 소요된다. 싱싱한 원두를 갈고 드리퍼를 준비하고 거름종이를 바닥에 깔아야 한다. 고소한 커피를 위해 물 온도를 90도 부근으로 맞춘 다음 물을 아래로 서서히 흘려보내야 한다. 그것에는 침착함이 필요하다. 커피가 물에 닿아서 비로소 인간이 음미할 수 있는 풍미를 갖추기까지 적잖은 노력과 시간이 투자되는 셈이다.

어느 날부터 커피를 마시기 시작했다. 커피의 대명사인 믹스 커피가 황제 취급을 받던 시절도 있었다. "커피는 단맛이다"라는 공식이 정답인 줄 알았다. 삶의 맛이 쓰다는 걸 깨닫지 못할 때까지는…. 하지만, 믹스 커피의 단점은 마실 때의 단맛보다 마시고 난 후의 쓸쓸한 뒷

맛이었다. 예전 싫어했던 직장 상사가 그랬다. 믹스 커피를 마신 후, 내 옆에서 떠들 때마다 풍기던, 그 찌든 냄새가 싫었다.

스타벅스와 같은 브랜드 커피가 우리나라에 유입되고 나서, 미국물을 먹은 친구의 추천으로 아메리카노를 처음 마셔보았다. 그때의 쓰디쓴 맛을 기억한다. 처음에 기억했던 커피는 분명 지독히 쓴 흙의 맛이었다. 이런 걸 왜 마실까? 이해할 수 없었지만, 나도 모르게 매일 찾다 보니 중독되었다. 단맛에서 쓴맛으로 자연스럽게 넘어간 셈이었다. 왜 우리는 쓴 커피를 찾는 걸까. 그 맛에는 우리가 알지 못하는 신비스러운 묘약이라도 숨어 있는 걸까. 인생에서 이미 쓴맛을 보고 있는데, 커피에서까지 맛보고자 하는 쓴맛의 정체는 무엇이란 말인가?

삶도 쓰고 커피도 쓰다. 두 가지 쓴맛을 느끼며 작가는 글을 쓴다. 삶도 그렇고 커피도 그렇고 글도 모두 '쓰다'라는 동사를 사용한다. '쓰다'라는 동사는 다양한 의미로 활용이 된다. 달갑지 않고 괴로운 맛을 뜻하기도 하지만, 나와 같은 작가에겐 글을 기록한다는 의미로도 쓰인다.

또한 어떤 물건을 사용한다, 라는 뜻으로 확장이 된다. 삶, 작가, 커피 세 가지는 서로 어울릴 듯하면서도 이질적이다. 삶을 좀 살아보니 단맛보다는 쓴맛이 유익하다는 걸 터득했고, 커피를 들이키며 쓴맛의 매력에 더 빠져들었다. '쓰다'라는 단어에 함몰될수록 글을 써야겠다는 마음으로 번져갔다. '쓰다'라는 맛을 보며 이병률 작가의 말처럼 희망과 절망을 동시에 맛보고 있다.

커피 한 잔의 가격은 삶을 음미한다는 차원으로 확장할 때, 사치스럽지 않다는 걸 깨닫게 된다. 우리의 삶은 가까이 보면 처절한 사투로 보일지도 모르겠지만, 조금 멀리 떨어져 보면 평화로운 풍경으로 비친다. 삶이 커피와 함께 어우러질 때, 우리는 복잡한 현실에서 멀리 떨어질 듯한 착각을 경험하기 때문이다.

커피 한 모금을 더 음미해보자. 뜨거운 기운이 목구멍을 타고 가슴 밑바닥까지 흘러가는 것을 느껴보자. 치열한 삶에서 잠시나마 맛볼 수 있는 여유가 아닌가. 일에 지치고 사람에 치이며 시간에 쫓겨 다니는 직장인에겐 직접 내려 마시는 커피의 사소한 시간조차 행복이 된다.

발자크는 빚에 쫓겨 글을 썼다고 했다. 작은 책상에 앉아, 살기 위해 죽도록 글을 썼다. 그는 커피를 마시며 글에 폭주했다. 하루 30잔 이상의 커피를 흡입하다 결국 커피 쇼크로 사망했다고 하니 커피가 그를 살리고 죽음으로 내몰기도 한 셈이다. 커피는 다시 시간을 환기시킨다. 시간은 상상하는 것 이상으로 바삐 흐르고 있다. 자욱하게 깔려 있는 커피의 잔향을 바라보며 여유로움을 만끽한다. 커피 한 모금을 넘기자, 세상을 향한 날선 푸념들, 세상 밖으로 탈출하기 위하여 어딘가에서 서성이는 표정이 보이다 연기처럼 사라진다.

무거운 생각을 벗고 빼곡한 시간에서 빠져나오게 되면, 발걸음은 커피를 향하도록 이끈다. 원두의 진한 내음을 따라 발걸음을 옮기는 것이다. 각각 자신의 영역에서 살아가는 우리도 헤세의《싯다르타》주인공처럼 적지 않은 고뇌, 방황, 충돌, 깨달음을 얻고 있지 않나. 고통에서 벗어나기 위해, 세상의 더러운 욕망의 찌꺼기를 씻어내기 위해, 삶과 죽음의 원리를 깨닫기 위하여 우리는 모두 싯다르타처럼 쓴맛을 경험하고 있는 건 아닐까? 쓴맛이 진정 어떤 느낌인지 그 깊은 맛을 우려내기 위해.

04. 영원한 것은 없기에 '영원'을 추구하다

삶은 짧은 여행의 연속이다. 우리는 여행을 계획하다 가끔 짧은 고민에 빠진다. 낯선 대륙 또는 바다를 생각하며 무엇을 챙겨갈 것인지, 아니면 무엇을 버려야 할 것인지 혼란을 겪는다. 고민에 빠지다 보면 왜 떠나겠다고 결심을 한 것인지 그것의 당위성을 잃게 되어 차라리 현재에 머무는 편이 낫겠다는 결론을 내린다. 짐 몇 가지를 더 챙겨가야 할 것인가 고민하며 무엇이든 들었다 놓았다를 수차례 반복, 결국에는 작은 가방 대신에 창고 깊숙이 처박혀 있던 무거운 가방을 꺼낸다. 삶에 있어서 짧은 순간에 불과한 떠남을 조각하면서도 우리는 영원할 것 같은 착각 탓에 무거운 짐에 얽매인다.

머릿속에 먼지가 잔뜩 낀 탓일까? 생각조차 낡았다는 답 외에는 꺼낼 말이 없다. 생각이든 짐이든 닦고 털어내기를 반복하다, 다시 무언가를 차곡차곡 채운다. 한 치의 빈틈이라도 허용하지 않겠다는 치밀한 생각도 같이 꾸리며 말이다. 어딘가를 향하여 떠난다는 것은 게으른 마음을 일으켜야 하기에 힘든 것이다. 한곳에 머무르려 하는 생각이 불안한 표정을 지었다.

니체는 《즐거운 학문》에서 한곳에 정체된 인간을 향해 다음과 같은 말을 했다. "우리는 육지를 떠나 출항했다! 우리는 다리를 건너왔을 뿐만 아니라, 우리 뒤의 육지와의 관계를 단절했다! 그러니 우리의 배여, 앞을 바라보라! 네 곁에는 대양이 있다. 대양이 항상 포효하는 것은 아니며, 때로 그것은 비단과 황금, 자비로운 꿈처럼 그곳에 펼쳐져 있다. 하지만 언젠가 이 대양이 무한하다는 것을, 그리고 무한보다 더 두려운 것은 없다는 것을 깨달을 때가 올 것이다."라고 말이다.

'무한', '영원'이라는 단어를 생각할 때마다 가슴에서 슬픔이 흐른다. 삶이 찰나이기 때문에 아름다움은 인간의 마음에 스미고 영원한 자리를 새기는 것이다. 아름다움은 누구에게나 잠시 찾아왔다 떠난다. 그래서 슬프고 고독한 것이다. '영원'이라는 단어는 어떤 상태가 끝없이 이어짐을 뜻한다. 세대와 시간을 초월하여 변하지 않는 보편적인 진리, 예술적인 아름다움을 뜻한다. 당신은 어떤 아름다움을 현재의 인생에서 가꾸고 있는가?

불안한 마음, 비겁에 숨은 용기는 헛된 상상을 한다. 이를테면 오늘 외딴곳으로 출발하면 다시 돌아오지 못할지도 모른다거나, 계속적으로 떠남을 선택해야 하는 운명을 맞는 건 아닌지 말이다. 어쩌면 인간에겐 집시의 본능이 흐르고 있는 건 아닐까? 그래서였을까, 떠날 때마다 가방의 부피는 거추장스러웠고 모든 의무를 감당해야 할 만큼 무게도 절망적이었다. 담아야 할 것과 버려야 할 것을 구분하지 못한 어리석음 때문에 애꿎은 가방만이 많은 부담을 져야 했다. 어지간히 쓸데없는 짓이었다. 챙겨갔던 대부분의 짐은 활용되지 못하고 포장해갔던 그 상태로 집으로 돌아왔다.

인간에게 주어진 시간은 영원하지 않은 백 년 남짓이다. 짧은 시간을 살면서도 영원히 살 것처럼 끝없이 욕망하며 소유하려 하는 인간, 우주의 영원성과 비교할 때 인간이야말로 보잘 것 없는 존재가 아니면 무엇일까. 그럼에도 불구하고 우리는 인간이라는 한계를 벗어나 초월적인 세계관을 구축하고 싶어 한다. 우리는 무엇이든 시작하겠다고 결심을 할 때, 마치 자신이 영원을 얻은 것처럼 세상을 본다. 세상을 자신의 틀에 모두 담을 수 있겠다고 착각한다.

인간은 가끔 시인이 된다. 인간의 영역에서 삶을 아름답게 창조하며 순간에서 의미를 발견한다. 시인은 수백 수천억 광년을 초월하는 존재로서 살아간다. 물리적인 세상에서 시인이 절대자는 아니지만, 원한다면 극한의 영역조차 넘나들 수 있다는 점에서 겸손함은 관념적인 세상에서 필수가 된다. 당신은 당신만의 가치로 영원을 꿈꾼다. 낡은 규율, 고여 썩은 물, 논리적인 것, 형식적인 것, 날지 못하는 것, 스스로를 가두는 것, 상처를 방치하는 것, 울지 못하는 것, 체계적인 것을 파괴하여 재창조한다.

밀란 쿤데라의 《참을 수 없는 존재의 가벼움》의 한 문장이 생각났다. "인생이란 한번 사라지면 두 번 다시 돌아오지 않기 때문에 한낱 그림자 같은 것이고 그래서 산다는 것에는 아무런 무게가 없고 우리는 처음부터 죽은 것과 다름없어서, 삶이 아무리 잔혹하고 아름답고 혹은 찬란하다 할지라도 그 잔혹함과 아름다움과 찬란함조차도 무의미하다는 것이다." 밀란 쿤데라는 니체에게 깊은 영향을 받았다. 그는 인생은 한번 사라지면 다시 돌아오지 않는 것이라고 정의했다. 그 문제에 대해서는 당신도 이미 알고 있다. 우주의 관점으로 볼 때, 시간이 무한하다고 하지만 짧은 인간의 생각에서 영원히 존재할 것이 있겠는가. 누구나 삶을 시작하면 언젠가 끝날 수밖에 없다. 시작과 마무리가 이미 결정되어있는 운명의 연속에서 삶의 의미를 어떻게 찾을 수 있단 말인가. 하지만 이 모든 한계에도 불구하고, 영원할 것 같은 인생이 끝날지라도 우리는 영원을 추구해야 한다. 그것이 이 땅에 우리가 생명을 갖고 태어난 이유다.

05. 구속된 '열정'은
나를 완전히 태울 뿐이다

'열정'이라는 단어는 태울 열熱 자와 마음 정情 자를 사용하여 '어떤 일에 열렬한 애정을 가지고 열중하는 마음'이라고 한다. 열정은 우리가 하고 싶은 일에 마음을 쏟는 생산적인 활동이기도 하다. 열렬히 사랑하는 마음이 한계를 뛰어넘어 무아지경에 빠지게도 하며 꿈꾸던 일을 끝끝내 해내기도 한다. 그런 감정 때문에 우리는 열정을 꿈과 연결한다. 열정을 쏟은 후에 성취라는 결과를 얻었을 때 우리는 행복한 감정에 도취되고, 그 기쁨 때문에 우리는 매일 열정을 마시고 취하며 산다. 하지만 우리의 열정이 노력으로 둔갑하는 경우에 삶의 오류가 발생한다. 견디는 분야라면 없던 재능까지 생길 지경이다. 견디는 것이 겉으로 보기에 아무것도 안 하고 있는 것처럼 보일 수 있지만, 가만히 서있는 것조차 많은 에너지를 요구한다. 따라서 버티는 삶을 살고 있는 사람에게 노력까지 강요하는 것은 불난 집에 부채질하는 것과 같다.

열정을 단순하게 노력으로 평가하는 것은 옳지 못하다. 노력은 사람마다 상대적인 기준이기 때문이다. 재능이 있는 사람은 말콤 글래드웰이 말하는 1만 시간 이상의 노력 없이도 성공할 확률이 높겠지만, 그렇지 않은 사람은 자신의 적성에 맞는지도 모른 채 노력에 시간을 투자해야 한다. 그리고 노력해도 안 된다고 꺼져가는 자신의 불꽃만 원망한다.

타오른다 불꽃이 타오른다 검은 하늘 위

우리 추억이 터져 오른다

화려했던 너와 나의 지난 시간이

짙은 어둠 속으로 사라진다

지워진다 뿌옇게 흐려진다 작열하는

불꽃 아스라이 스러져간다

화려했던 너와 나의 지난 시간들처럼

짙은 어둠 속으로 사라져간다

– 랄라스윗의 〈불꽃놀이〉 중에서

가사처럼 열정은 불꽃이다. 불꽃은 영원할 수 없다. 그래서 불씨를 마음에서 소중하게 품어야 한다. 언젠가 당신이 그토록 찾아 헤매던 이상과 맞닥뜨렸을 때, 그 순간을 완벽한 불꽃으로 태워야 하기 때문이다. 열정으로 승부해야 할 타이밍을 기다리고 또 기다려야 한다.

직업상 야근이 잦은 삶을 살았다. 주말마다 회사에서 일하면서도 바쁜 일정 때문에 어쩔 수 없는 일이라 생각했고, 빨리 끝내지 못한다는 상사의 압박에 시달리면서도 모두 내 부족한 능력 탓이라고 치부했다. 그래서 야근과 주말 근무는 일상이 되었고 스트레스 때문에 몸과 마음이 만신창이가 되어도 더 열정을 쏟아부어야 한다는 생각만 했다. 직장이 전부이며 다른 삶은 없다고 생각한 나는 일에 미친 삶을 살았다. 새벽까지 일을 해도 원하던 데이터를 얻었다는 생각에 피곤함도 잊었다. 미래의 분명하지 않은 행복을 위하여 '행복=열정 X 노력'이라는 공식을 만들어놓고 지키려 했다. 그리고 마음이 느슨해질 때마다 자신을 더 강하게 몰아붙였다. 미치도록 일하다가 직장에서 별을 보는 일이야말로 진정 가치 있는 일이라 믿었다. 다른 사람도 동일한 가치로 내몰았다. 열정을 태울 수 있는 가능성을 가진 사람이, 게으른 걸 보면 참을 수가 없었다. 현실에 안주하려는 삶에서 깨어나야 한다고 마치 꼰대처럼 열정을 가르치려 했다. 열정이라는 것은 필요성에 따라 터득하는 수단이 아니며 무조건 배워야 한다고 강조하며 말이다.

열정이라는 무기만 장착한다면 꿈꾸던 것을 얻을 수 있을까? 책상 앞에 오래 앉아 있는 것과 같이 한 가지에 정신을 집중하면 꿈이 이루어지나? 목표했던 결과를 얻어낼 때까지 꾸준히 몰입하고, 밥과 물조차 멀리한 채 자신과 치열한 승부를 펼친다. 하지만, 지나친 열정은 부작용이 따른다.

우리는 기계가 아님에도 불구하고 쉬지 않고 365일 작동할 것을 강요당한다. 짧은 휴식의 시간, 뜨겁던 열정은 어디로 보내 버렸느냐고 꾸지람을 듣는다. 우리는 피곤하여도 과부하 상태를 유지해야 한다. 결국 지나친 열정은 번아웃, 에너지가 완전히 소실된 상태로 우리를 망가뜨린다. 다시 태우고 싶어도 그럴 수 없는 영원히 꺼진 상태가 되는 것이다. 열정을 언제나 활활 태울 수 있을까? 에너지는 소진되면 결국은 재로 변한다. 가슴속에 불태우던 열정도 사용하면 언젠가 소멸된다. 번아웃 상태가 되면 감정이 무기력해진다. 그렇게 되면, 살아가야 하는 명분조차 잃는다. 삶이 망가지지 않도록 마음을 아껴야 하는 이유는 여기에 있다. 그렇다면 우리는 우리의 삶이 열정이라는 공식에서 벗어날 수 있을까? 아래는 《그리스인 조르바》의 한 문장이다.

> 아니요. 당신은 자유롭지 않아요. 당신이 묶인 줄은 다른 사람들이 묶인 줄과 다를지 모릅니다. 그것뿐이오. 두목, 당신은 긴 줄 끝에 있어요. 당신은 오고 가고, 그리고 그걸 자유라고 생각하겠지요. 그러나 당신은 그 줄을 잘라 버리지 못해요. 그런 줄은 자르지 않으면….
>
> – 니코스 카잔차키스의 《그리스인 조르바》 중에서

조르바의 말대로 우리는 줄에 묶여 있다. 여기서 줄은 살기 위해서 놓지 못하는 삶을 향한 열정이라고 해석한다. 그래서 끊고 싶어도 그럴 수 없다. 열정이라는 프레임에 갇혀 헤맬 수밖에 없다. 하지만 욕심을 버린다면 열정이라는 끈을 놓더라도 문제없다. 언제든지 다시 잡고 싶을 때 잡으면 그뿐이기 때문이다. 끈은 어디에도 있다. 그리고 적당히 벌고 잘 살면 그뿐이다. 우리가 잡고 있던 끈이 결국 욕심이라는 사실을 인정하면 열정 있는 삶을 살아야 한다는 프레임에서 벗어날 수 있다. 열정을 끝끝내 지키고 있어서 그것을 태울 기회를 만난다면 삶이 달라질 것 같지만, 그 순간은 영원히 오지 않을 수도 있다. 오지도 않을 기회를 기다리며 사는 것보다 지금 이 순간을 즐기며 사는 것이 더 소중하지 않을까? 그리고 그 순간이 온다면 열정을 실컷 태워버리면 그뿐이다.

인생은 기다림의 연속이다. 당신은 언제나 빛나는 순간을 찾기 위해 열정을 다하고 살았다. 마라톤의 꾸준함처럼, 삶이 끝없는 버티기의 연속이라면 당신은 열정보다 평범한 온도를 유지해야 한다. 기회가 찾아올 때를 기다렸다가 끓는점을 간혹 올리면 된다. 절정의 순간에 꽃을 피우기 위하여 기다림이 필요하다.

자본주의 사회에서 생존해야 하는 당신은 오늘도 쉴 틈 없이 일하고 있다. 싫어도 살아남으려면 그렇게 할 수밖에 없었다. 미지근한 상태는 상품가치가 없는 것으로 취급받기 때문이다. 당신이 지금 이 순간, 모든 역량을 투입하고 있음에도 불구하고 인정받는 길은 멀다. 소모된 에너지의 충전을 위하여 대기시간이 필요하듯 당신이 소모한 에너지는 회복의 시간을 기다린다. 무의미한 인생으로 끝나는 것을 막기 위하여 당신은 오늘도 열정을 잠시 충전하고 삶의 전장으로 뛰어든다.

지나친 열정은 잘못된 시스템을 방치한 사회의 모순이다. 당신이 그것을 따를 이유는 없다. 가슴 깊이 사랑하지만, 가장 소중한 것을 내어줄 정도로 열정을 완전히 불태우지 말아야 한다. 적당한 순간을 위하여. 긴 인생을 차분하게 이어 나가야 한다. 언젠가 영롱히 빛날 순간을 위하여.

06. 마음의 '근육'을 키우는 운동이 필요할 때

바쁘게 살다 보면 운동할 시간은 뒷전으로 밀린다. 새해가 시작되면 헬스클럽의 종신회원으로 가입할 태세라도 취할 것처럼 마음을 가다듬기도 하지만, 그런 결심은 한 달을 넘기지 못하는 것이 보통이다. 다이어트는 평생 두고 해야 할 숙명이라고 생각하면서도 운동은 다른 우선순위에서 밀린다. 그렇게 책상에 앉아서 일만 하는 삶은 엉덩이의 부피만 키울 뿐이다.

'운동'이라는 단어를 생각할 때, 반대쪽에서 떠오르는 단어는 '귀찮음'이다. 운동은 '사람이 몸을 단련하거나 건강을 위하여 몸을 움직이는 일'이다. '귀찮음'은 게으른 사람이 중독되기 쉬운 감정이다. 운동이라는 단어는 동사적 사고를 원한다. 동사는 스스로 살아 움직이기 때문이다. 한곳에 머무르지 않고 지속적으로 변화하는 것이 동사의 성질이다. 하지만 귀찮은 감정이 우리의 삶을 동사적 사고에서 멀리 떨어져 있도록 조종하고, 변화하려는 우리의 자세를 나쁘게 내몰고 있는 건 아닐까?

헬스 트레이너의 조언을 받은 적이 있다. 다이어트를 위해서는 유산소 운동도 중요하지만 기초대사량 증진이 더 중요하다고 했다. 트레이너는 근육 운동을 권했다. '근육'은 힘줄 근筋과 고기 육肉이 합쳐진 명사다. 말 그대로 힘줄과 살이 뭉쳐져 있는데, 놀랍게도 대부분을 차지하는 것은 수분이었다. 물이 우리 몸을 지탱하는 것이었다니 놀라웠다.

근육은 신체를 구성하는 핵심 요소다. 우리가 건강하게 살아갈 수 있는 에너지를 공급하는 역할을 근육이 담당하는 것이다. 우리는 근육을 키우는 일에 때로 소홀하다. 근육을 키우는 일이 살을 빼는 것과 연관성이 크지 않다고 생각하기 때문이다. 오히려 식사를 거르거나 소식 위주의 식단 그리고 유산소 운동에 병적으로 투자한다. 하지만 공부를 좀 해보니 트레이너의 조언이 맞는 말이었다. 그의 말대로 근육 운동과 유산소 운동을 병행했더니 다이어트에 더 효과가 있었다.

모 프로야구 선수가 스테로이드라는 약물을 복용하여 적발이 된 사건이 있었다. 사건이 드러나 징계를 받았지만 제재가 풀리고 나서 그는 리그를 평정했다. 약물로 키운 근육의 힘을 바탕으로 말이다. 전문가의 얘기를 들어보니 한번 생성된 근육은 약물의 복용을 중단해도 사라지지 않는다고 한다. 그 선수가 게임에서 활약을 펼칠 때마다 야구 게시판에는 비난의 글이 폭주한다. 지금까지도 그가 팬들에게 지탄을 받거나 특급 선수로서 인정을 받지 못하는 이유는 과거 약물로 인하여 발달했던 근육과 그것을 바탕으로 얻은 우수한 성적 때문이다.

전문가가 말한 것처럼 근육이 한번 만들어지면 오래도록 유지가 된다는 원리. 그래서 관리에 소홀하거나 잊어버리고 살아도 조금만 관심을 기울여주면 다시 예전의 근육으로 환원된다는 그런 원리가 궁금했다.

근육 운동을 하게 되면 근 세포에 상처가 난다. 그 상처가 아물고 다시 새살이 돋아나면 근육은 더 단단해진다. 아프고 낫는 것을 수없이 반복하면 신체에 완전히 새로운 살이 생기는 원리인데 이 원리가 마음에도 적용이 가능할까? 우리의 마음에 근육이 다져지면 어떤 일이 벌어질까?

사람이 던지는 말이 상처를 주지만 그 아픔을 견디다 보면 마음에도 근육이 생기는 걸까? 마음의 근육을 키울 수 있는 영양제는 없을까? '아프니까 청춘이다'라는 말이 명언이라고 생각한 적이 있었다. 나도 젊은 시기에 충분히 아팠으니까. 하지만 성장하기 위하여 반드시 아파야 한다는 이론은 틀렸다. 아프다는 말에는 사람마다 아픔을 받아들일 수 있는 '마음 그릇'의 크기가 모두 다르기 때문이다. 어떤 사람에게 가벼운 고통도 다른 사람에게는 무겁다. 아픔은 상대적이다. 그냥 아파야 마음에 근육이 생긴다고 추상적으로 말하는 것보다, 어떤 아픔을 겪어야 자신이 성장할 수 있는지 사람마다 맞춤 제안이 필요한 시대다. 또한 마음의 근육을 쌓는 일은 아픔을 겪는 것보다, 스스로 아픈 마음을 돌아보는 일이 중요하다. 내가 아프다는 상황을 인지하고 그것에서 벗어날 수 있는 구체적인 행위를 찾는 일이야말로 마음의 근육을 키우는 일이다.

우리는 인생에서 고난과 좌절을 겪으며 산다. 평탄하게 살고 싶지만 그렇게 사는 것도 쉽지 않다. 태어났더니 만수르처럼 부모가 금수저라 별다른 노력을 안 하고 살아도 되는 부류는 거의 없다. 마음에 근육을 쌓으면 고난과 위기를 무사하게 넘길 수 있을 거라 믿는다. 어떤 어려움이 찾아와도 무너지지 않고 다음 기회를 생각할 수 있을 것이다.

희망을 보자. 침침한 어둠 속에서도 굴하지 않고 빛을 떠올릴 수 있다는 것은, 근육으로 다져진 마음에서 출발한다. 마음의 근육을 만들기 위한 방법은 여러 가지가 있다. 작가처럼 글을 꾸준히 쓰면서 내면의 힘을 키우는 방법, 독서를 하면서 지혜를 터득하는 방법, 음악을 들으면서 마음에 위안을 찾는 방법, 명화를 감상하면서 평화를 찾는 방법 등등이 있다. 무엇이든 배운다는 것은 마음의 근육을 쌓는 길이다. 배우며 어떤 일에 집중하다 보면 괴로움도 잊을 수 있다. 한 분야에서 전문가로 성장하기 위해서는 노력이 수반되지만, 그 과정을 포기하지 않고 꾸준히 이어나간다면 마음은 저절로 튼튼해지지 않을까?

내면을 본다는 것은 깊이 감춰진 자아를 세상 밖으로 배출시킨다는 의미다. 마음과 대면하는 일이 두려울지도 모른다. 스스로를 미워하다 보니 애써 거부하는 걸지도 모른다. 많은 사람들과 친밀한 관계를 쌓으면 무슨 소용일까? 단 하나뿐인 자신과의 관계는 서투른데 말이다. 한번 길러진 마음의 근육은 쉽게 사라지지 않는다. 필요할 때마다 나타나서 우리를 위험에서 구출해줄 것이다. 그리고 몸과 마음은 서로 연결되어 있다. 마음에 근육이 쌓이면, 건전한 생각이 길러지고 그것은 건강한 몸을 만들고 다시 긍정적인 삶을 만드는 과정으로 삶을 순환시킬 것이다. 스트레스 없이 세상을 살 수 없지 않은가. 다만 마음에 근육이 축적된다면 무엇이든 이겨낼 수 있는 '회복탄력성'이 생겨나고, 그것은 죽음이 눈앞에 닥칠 그날까지 우리를 보호해줄 것이다.

07. '사과'를 과일로만 여기는
세상의 모르쇠들에게

마트에서 아내가 겪었던 사건이다. 계란도 떨어졌고 마침 특가 세일도 한다기에, 수량이 떨어지기 전에 아침 일찍부터 발걸음을 서두른 모양이었다. 마트 여는 시간이 10시이니 시간에 맞춰 도착했는데, 이미 수백 명이 계산대 앞에서 장사진을 펼치고 있었다. 그런데, 아내가 계란 코너로 이동하는 도중 난데없는 카트가 아내의 허리와 뒤꿈치를 연속으로 강타했다. 아픈 허리를 감싸며 시선을 뒤로 돌렸으나 가해자는 사과의 말은커녕 모른 척하고 슬쩍 사라지려 했다. 가해자는 사과의 말도 미안한 표정도 없었다. 마치 아무것도 모른다는 듯이 모르쇠로 일관했다.

'모르쇠'란 순우리말로 '아는 것이나 모르는 것이나 다 모른다고 잡아떼는 것'을 말한다. '모르쇠'는 '모르'와 '쇠'로 구분된다. '모르'는 알지 못한다는 뜻이고 '쇠'는 말 그대로 쇠, 즉 철이다. '모르'와 '쇠'가 만나 어떻게 모른 척한다는 뜻이 되었을까? 유사한 단어로 철면피가 있다. '쇠로 만든 낯가죽'이라는 뜻으로 염치가 없고 뻔뻔스러운 사람을 낮잡아 부르는 말이다. 철鐵은 아주 단단하여 무엇이든 강하게 반발하는 성질을 가지고 있다. 따라서 '모르다'와 '쇠'가 만나면, 모른다고 강하게 잡아떼는 뜻으로 쉽게 유추할 수 있다.

아내는 분개한 나머지 다친 상처를 확인하는 것보다 가해자를 먼저 쫓아갔다. 가해자는 아까 사과했다고 말을 얼버무렸다. 아내는 제대로 사과하라고 말했다. 사과라는 것은 당한 사람이 납득해야 끝나는 것이라고, 진심 어린 말과 행동이 먼저라는 말을 똑 부러지게 했다. 가해자는 뭐 그런 일은 마트에서 흔히 일어나는 사소한 사건이 아니냐는 황당한 표정으로 모르쇠로 일관했다. 부딪혀서 얼마나 아팠는지, 상처가 나지는 않았는지 피해자의 상태나 억울함을 모른 척했다. 사과의 말 한마디 듣는 것이 이렇게 힘든 일일까?

가해자의 행동을 보고 역사적 사건이 떠올랐다. 위안부 피해자 할머니에게 제대로 사과하지 않는 일본의 모르쇠 말이다. 단돈 10억 엔(우리나라 돈으로 100억)을 주고 "그 정도면 사과의 의미로 충분한 거 아니냐.", 라며 퉁 치려고 한 일본의 저급함이 생각났다. 그들은 언제 돌아가실지도 모르는 피해자 할머니들에게 찾아가 진심 어린 사죄를 한 적이 있단 말인가? 보상금 몇 푼 던져주고 그 정도로 만족하라고 했다. 그들의 비열한 짓거리에 발맞추어 썩어빠진 몇몇 정치인과 기득권 세력들은 일본과 동조했다. 내부적으로 어떤 밀약이 이루어졌는지 모른다. 하지만 과거처럼 정보가 은폐된 시대가 아니기 때문에 이제는 누구나 진실을 알고 있다. 모르쇠가 통하는 시대가 아니다.

잘못을 저지른 역사는 현재도 여전히 흐르고 미래를 반영한다. 아픔은 여전히 살아남아서 지나간 잘못을 책망한다. 역사는 후회를 남기고 숙제의 답은 후손에게 주어진다. 가해자는 여전히 모르쇠 하며 편하게 살고 있고 피해자는 고통에서 벗어나지 못한다. 피해자를 돌보지 않고 모르쇠로 오랫동안 살아왔지 않은가. 그들은 고개 숙여 사죄를 해야 한다. 피해자의 마음을 위로하고 어루만질 수 있다면 수만 번이라도 미안하다, 잘못했다 말해야 한다. 우리가 적극적으로 역사를 공부해야 함은 비슷한 치욕을 경험하지 않기 위해서다.

제때 사과하지 않거나 잘못을 인정하지 않으면 조롱을 당할 수도 있다. 한 트로트 가수는 이전 대통령 비서실장의 모르쇠를 풍자하는 곡을 발표했다. 가사를 일부 소개하면 "일곱 시간 행적도, 올림머리 사연도 / 나는요, 모릅니다, 정말 몰라요 / 내 이름은 법꾸라지, 나는 뻔뻔 모르쉽니다."였다. 국회 청문회에서 모르쇠로 일관했던 비서실장의 태도를 비판한 곡이었다. 제대로 사과하지 않으면 이런 우스운 꼴을 당한다. 잘못을 범한 사람이 어떻게 행동해야 할지 보이지 않는가?

잘못의 인정이나 사과는 가해자가 마지못해 하는 말이 아니다. 사과했으니 받아들이라 요구하는 것도 잘못됐다. 피해자의 상처가 회복될 때까지 계속적으로 잘못을 수습하려 노력해야 한다. 사과라는 것은 피해자가 납득이 될 때까지 하는 것이다. 필요하다면 수십 번, 아니 수백 번이라도 반복해야 한다. 그렇게 하여 피해자의 앙금을 풀어줄 수 있다면 가해자는 어떠한 방법이라도 동원해야 한다. 그리고 그 마음을 행동으로 옮겨야 한다. "내가 사과했는데 왜 마음을 받아주지 않아?", "그 정도면 사과는 충분해"와 같은 강요는 상황을 개선하지 못한다. 시간이 다소 걸릴 수 있다. 당장 사과를 받아들이라는 것은 피해자에게 2차적인 모욕이 된다. 사과를 하고 몇 날 며칠이라도 피해자의 마음이 누그러질 때까지 기다려야 한다. 그리고 자신이 어떤 잘못을 했는지 과거를 정확히 짚어야 한다. 그리고 사과는 구체적으로 해야 한다. 내가 어떤 부분에서 실수를 했고 피해자에게 어떻게 상처를 주었는지 조목조목 말해야 한다. 그것이 사과하는 사람의 자세다.

마지막으로 잘못을 반복하지 않겠다는 다짐도 필요하다. 자신의 행동을 돌아보고 잘못을 저지르게 된 원인을 분석해야 한다. 사과는 잘못을 저지르게 된 배경의 인식과 사후 처리 방법으로 이어진다. 피해자에게 사과를 한다면 금전적인 보상 절차가 필요할 수도 있고 상황에 대한 공개적인 설명과 그에 따르는 절차가 필요할 수도 있다. 가해자의 자존심 따위는 중요하지 않다. 피해자의 마음을 달래기 위한 어떠한 방법이라도 동원해야 한다. 모르쇠는 이제 그만하자. 마음속에서 우러나오는 사과가 필요한 시대다.

08. 타인의 감정'읽기'에
지쳐가는 당신에게

'블루투스Bluetooth'는 근거리에서 무선 통신을 하기 위한 국제 표준 기술이다. 우리가 사용하는 무선 헤드폰, 무선 마우스, 스마트폰 등이 블루투스 기술을 사용하는 대표적인 장비다. 재미있게도 블루투스(한국어로 번역하면 '푸른 이빨')는 덴마크의 바이킹에서 유래했다고 전해진다.

북유럽을 평화롭게 통일시켰던 덴마크 왕인 '블라톤$_{Harald Blåtand}$'의 업적을 기리기 위하여 한 연구원의 아이디어로 '블루투스'라는 이름을 사용했다고 한다.

우리 팀도 블루투스를 핵심 기술로 사용한다. 바이킹을 연상하면 야만적인 모습이 떠올라서일까? 사용자는 푸른색의 블루투스를 켜는 것에 다소 거부감이 있다. 우리 앱은 블루투스 상태를 지속적으로 알 수 있어야 하지만, On/Off 상태를 무분별하게 확인해서도 안 된다. 그 행동이 배터리의 소모를 유발할 수 있기 때문이다. 읽고 싶지만 그럴 수는 없는 것이 큰 제약사항이다.

'읽다'는 능동적인 행동을 뜻하는 '동사적인 구조'를 가지고 있다. '글이나 글자를 보고 그 음대로 소리 내어 말로써 나타낸다는 뜻'과 '문맥에 담긴 어떤 뜻을 헤아린다는 것'과 '어떤 대상이 갖는 성격을 이해한다', 라는 등의 다양한 의미를 내포하고 있는 것이 '읽다'라는 단어다.

하지만 컴퓨터 시스템을 제어하는 운영체제는 환경이 바뀌는 상태를 감시하다 개발자에게 자동으로 알려줄 수 있다. 우리가 알려고 하지 않아도 기다리고 있으면 척척 알려준다. 인간관계에서도 운영체제와 같은 신적인 존재가 있어서, '타인의 변화하는 감정을 바로 알려준다면 얼마나 좋을까?' 그래서 '소통이 원활하게 흐를 수 있다면 얼마나 좋을까?', 라는 생각이 들었다. 예를 들어 '블루투스' 상태의 변화를 감지하는 기능처럼 타인의 감정이 분노로 치닫거나 우울함으로 빠져들 때마다 자동으로 알려주는 것이다. 그 사람과 거리를 벌리거나, 그 사람을 붙잡아 주기 위하여. 다른 사람의 감정을 실시간으로 파악할 수 있다면 인간관계의 개선에 더 도움이 되지 않을까?

우리는 직장, 학교, 어느 곳에서든 여러 사람과 관계를 맺으며 산다. 힘든 것은 과중한 업무보다 다양한 유형의 사람과 개별적인 방식으로 소통하는 것에서 발생하는 스트레스다. 사람마다 호불호가 다르기에 비슷한 방식으로 소통해서는 안 된다. 시시각각 변하는 사람의 감정을 잘 읽어야 원만한 인간관계를 맺을 수 있다. 그런 생각까지 하며 살아야 하는지 푸념해보지만, 더불어 살아가려면 어쩔 수 없는 노릇이기도 하다. 그런 상황을 맞닥뜨릴 때마다 우리는 다른 사람의 마음을 읽는 능력이 필요하다. 이런 능력을 눈치라고 해두자. 하여간 민감한 안테나를 쫑긋 세워두고, 사람의 감정을 살펴야 하는 시대에 살고 있다. 그런 처세술까지 공부해야 하는 것이 호모사피엔스가 사는 사회란 곳이다.

예를 들어, 괴팍한 성격의 직장 상사가 한 명 있다고 하자. 요일에 따라, 시간에 따라 시시각각 감정이 요동치는 상사 앞에서 당신은 매 순간 긴장을 놓을 수 없다. 그렇다고 그런 상사가 무서워 퇴사를 매번 선택할 수도 없는 노릇이다. 다니는 직장마다 그런 사람은 꼭 있다. 무서워 도망만 다닌다면 그 사람은 늘 도망자의 신분으로 살아야 한다. 상사의 감정이 어떤 상태인지 쉽게 파악하면 좋겠지만, 당신이 그리 눈치가 빠르지 못하다면 그렇게 하기에는 시간과 노력이 필요하다. 인공지능 흉내라도 내려면 충분한 데이터가 필요한데, 아직까지 당신에겐 그것 또한 부족하다. 역으론 당신의 감정을 다른 사람에게 읽히지 않았으면 하는 심리도 있다. 포커 게임을 할 때 무표정한 얼굴로 게임에 참여하는 사람이 있다. 그들은 자신의 감정을 숨기는 데 도가 튼 사람들인데, 자신의 패를 읽지 못하도록 방어해야 하기 때문이다. 감정을 타인에게 들킨다는 것, 이를테면 분노하거나 슬프다거나 이런 감정을 다른 사람에게 보여준다는 것에는 수치심이 따른다.

다른 사람의 감정을 분석하는 것이나 내 감정을 드러내지 않으려 애써 감추는 것 모두 피로를 부른다. 차라리 운영체제가 블루투스의 변경 상태를 알려주는 기능처럼, 인간의 마음에 이식할 수 있는 '블루투스'가 있으면 좋겠다. 그래서 관계가 보다 개선됐으면 하는 바람이 있다.

그 기능은 이렇다. 사람과 사람을 연결하지만 보이지 않는 터널같이 당신이 연결하고 싶은 사람에게 닿을 수 있지만 들키지 않아도 되는 'API'가 되는 것이다. 다른 사람의 감정을 살펴야 할 상황은 좋은 것보다 나쁜 것이 많다. 치열한 삶에서 생존하기 위하여 이런 것까지 연구하는 작가가 우습기도 하고, 머리 위에 안테나라도 쫑긋 세워놓고 살아야 할 것 같은 기분도 들 것이다. 다른 사람의 감정에 너무 휘둘리는 것 같아서 주체 의식부터 세워야 하는 건지 모르겠다. 세상이 늘 평화롭거나 좋은 사람으로만 가득하다면 이런 고민은 쓸데없는 짓이 되겠지만 말이다. 당신이 내 이야기에 귀가 솔깃해졌다면, 당신 역시 다른 사람의 감정을 애타게 읽고 싶은 사람일 게다.

09. 나를 믿지 못하면,
나의 삶이 '열등감'을 믿는다

'열등감'이라는 단어는 못할 열劣, 무리 등等, 느낄 감感 자로 이루어져 있다. 열등감은 '무리에서 자기를 남보다 못하거나 무가치한 인간으로 낮추어 평가하는 감정'이다. 열등감을 영어사전에서 검색하면 첫 번째 단어로 나오는 것이 'Complex'라는 단어다. Complex는 여러 가지 뜻을 가지고 있지만 정신분석학에서 인간의 마음속에 들어 있는 복잡한 상태를 의미한다는 뜻으로도 해석이 된다. Complex의 첫 번째 뜻은 '복잡한' 것이다. 인간의 마음도 복잡하다. 사람마다 마음 그릇의 크기도 다르지만 깊이를 헤아릴 수 없을 정도로 복잡한 것이 인간의 마음이다. 콤플렉스란 인간마다 보유하고 있는 복잡하고 다변한 마음을 대표한다. 그것에는 불안한 마음, 무언가를 두려워하는 마음, 타인이 가지고 있는 것을 부러워하는 마음, 자신의 약점을 감추고 싶어 하는 마음들이 있다. 우리는 모두 저마다의 콤플렉스로 아프다.

열등감은 사람마다 모두 제각각이다. 어떤 사람은 가난이 열등이고 어떤 사람은 학력이 열등이다. 사람은 누구나 자신과 타인의 처지를 비교하는 것에서 열등감을 생산한다. 그 열등감의 모양이나 크기는 사람마다 다르지만 열등감이 없는 사람은 거의 없다.

세계적인 갑부인 빌 게이츠도 열등감을 가졌다. 어릴 적 안경잡이로 놀림을 당했던 빌 게이츠는 열등감을 세상에 대한 도전으로 불태운 사람이다. 심리학자인 '아들러'는 열등감은 자신이 모자란 구석이 있다는 현실을 인정함으로써 시작한다고 말했다. 하지만, 모자란 부분을 채울 것인지 그것을 역으로 발판 삼아 성장과 노력을 기울일 것인지 전적으로 개인에게 달려 있다고 이야기한다. 스스로 용기를 버리거나 삶의 열정을 포기한다면 열등감이라는 늪에 빠지고 말 것이고 그런 나약한 마음은 자신을 거짓으로 포장하게 된다. 마치 자신이 우월한 것처럼 포장하고 스스로도 그렇다고 믿게 된다.

대학생 시절, 필리핀에 봉사활동을 다녀왔다. 마지막 날, 동료들과 바닷가를 앞두고 있는 작은방에 모였다. 희미한 촛불 하나를 켜놓고 오밀조밀 모여 앉아 서로에 대한 생각을 쪽지로 나누었다. 나는 별빛이 쏟아지는 해변 어딘가에 자리를 잡고 앉아, 여러 번 접힌 종이를 조심스럽게 폈다. 종이에 적힌 글은 이러했다.

"선배는 표정이 너무 굳어 있어요."
"처음에 크게 기대하지 않았는데, 해내시는 거 보고 좀 놀랐어요."
"인상이 좋으신데 좀 더 웃으면 좋겠어요. 가끔 무서웠어요."

사람들이 아무렇지 않게 함부로 말을 내뱉었다고 생각했다. 쪽지에 담겨 있는 것은 그 사람에 대한 타인의 객관적인 평가다. 물론 그 말은 별 뜻이 없었다고 할 수도 있다. 다만, 숨기고 싶었던 열등감을 들춰냈다는 사실 때문에 아팠다. 열등감이란 녀석은 끝없이 내 영혼을 바닥으로 추락시켰다. 새로운 열정을 불태울 때마다 녀석은 뒷덜미에 싸늘한 속삭임을 불어넣었다. "너는 절대 열등감에서 헤어 나올 수 없을 거야."라고 말이다.

심리학에 '피그말리온 효과Pygmalion Effect'라는 용어가 있다. 그 뜻은 우리가 어떤 기대를 품게 될 때, 그것을 의심하지 않고 믿고 따른다면 실제 기대했던 일이 현실이 된다는 이야기다. 고대 그리스 신화의 피그말리온이라는 예술가가 있었다. 그는 어느 날 세상에서 가장 아름다운 여인을 조각했는데, 스스로 그 아름다움에 도취되어 사랑에 빠지고 말았다. 조각상과 사랑에 빠진 나머지 사물이 실제 여인이라고 믿게 되었다. 이를 가엾이 여긴 여신 아프로디테가 조각상에 생명을 불어넣어 주어 실제 사랑을 이루었다고 하는 신화가 전해진다. 신화의 바탕은 원한다면 열등감을 이용하여 자신을 성장시킬 수 있다는 얘기다. 자신을 의심하지 않고 존중한다면, 그리고 믿음대로 행동한다면 당장은 바뀌지 않더라도 투자한 노력만큼 미래가 달라질 수 있다고 믿는다.

열등감의 포로가 되어 자신을 파괴시키는 우를 범하지 말자. 앞에서 언급했듯이 열등감이 없는 사람은 없다. 그 종류도 수만 가지에 이를 정도로 다양하다. 스스로 자신의 열등감이 무엇인지 이미 알고 있지 않은가? 열등감이 심한 사람은 타인에게 칭찬을 구걸한다. 칭찬이 자신을 움직이는 원동력이라 착각하는 것이다. 그래서 끊임없이 타인의 관심과 칭찬을 갈구한다. 나의 모자란 구석을 타인의 관심으로 채워줄 수 있을 거라 생각하지만, 타인은 자신과 관계가 없다. 관계가 끊어지는 순간, 자신이 가지고 있었던 허무한 마음만 깨달을 뿐이다.

물론 열등감을 버리고 싶다고 마음대로 되는 것도 아니다. 그것이 어려우니 수많은 심리학 서적에서 열등감을 언급하고, 자존감에 대한 이야기를 설파하는 것이 아닐까? 하지만 열등감을 이용할 줄 아는 사람은 성장의 기반이 된다. 자신의 약점을 인지하고 그것을 키울 수 있는 방법을 연구하는 것이다. 부정적인 생각이 긍정적인 행동으로 이어지는 결과다. 배우 윤여정은 신이 자신에게 목소리와 피부, 코도 안 주셨다고 인터뷰했다. 그래서 그런 열등감을 극복하기 위하여 더 열심히 노력했다고 말했다. 그리고 지금도 모자란 걸 채우기 위해서 무엇이든 최선을 다한다는 말도 했다.

열등감은 죽을 때까지 숙제가 될 것 같다. 지금 이 순간, 당신이 신음하는 열등감들을 마음속에서 꺼내어 노트에 하나하나 적어보자. 그리고 그 옆에는 열등감에서 벗어날 수 있는 방법들을 적어보자. 분명 다양한 아이디어가 떠오를 것이고 구체적인 실행 방법도 만들 수 있을 것이다. 이제 그것을 어떻게 실천할 것인지 계획들을 쓴다. 그리고 지치더라도 절대 중간에 포기하지 않고 실천들을 습관으로 변화시켜 보자. 노력과 시간이 흐르다 보면 열등감의 색깔이 점차 옅어지는 것을 볼 수 있을 것이다. 당신은 나약한 영혼이 아니다. 스스로를 구제할 수 있는 힘을 지녔다. 당신 스스로에 대한 믿음이 우선이다. 믿음을 의심하지 않는다면 열등감 따위가 당신의 삶을 좌지우지하지는 못할 것이다.

10. 시작은 언제든지 할 수 있어 '시작'이다

　모처럼 독서에 집중하고 있었다. 문득, 눈에 안개가 낀 것처럼 글자가 잘 보이지 않았다. 침침한 느낌이 들어 눈 가장자리를 비벼 댔다. 옆으로 번져 있던 글자들이 잠시 선명해지는 것 같았으나 다시 두 겹, 세 겹으로 겹쳐 보였다.

　'그새 눈이 나빠진 건가?', '안경을 다시 맞춰야 하는 건 아닌가?', 라고 고민했다. 그렇다고 새 눈을 사서 바꿀 수 없는 노릇이 아닌가… 눈을 공연히 비비기도, 멀쩡한 안경을 열심히 닦아보기도 했다. 그러다 나도 모르게 게슴츠레 눈을 떠보았다. 썩 좋은 방법은 아니었지만, 임시처방으로는 나쁘지는 않았다. 모든 행위를 옆에서 지켜보던 아내가 한마디했다.

　"왜 갑자기 인상을 써?"

　아… 눈을 찡그리니 얼굴 전체가 일그러졌던 모양이었다. 표정을 다시 고치며 말했다.

　"어… 잘 안 보여서 말이야. 이렇게 눈을 게슴츠레 뜨니 잘 보이네…."
　"눈이 나빠진 것 같으면 안과를 가든가, 안경을 새로 맞춰야 하는 거 아닌가? 글 쓰는 사람이 눈을 소중하게 생각해야지. 주말에 안과 가보자."

신문기사를 읽었다. 야생의 침팬지가 나이를 먹게 되면 동료의 털을 골라주기 위해 점점 몸을 뒤로 이동한다는 내용이었다. 가까운 것이 잘 안 보이는 증상, 그것이 바로 노안의 증상인데 영장류인 침팬지도 인간과 비슷한 고초를 겪게 된다는 것이었다. 내가 침팬지가 아니라는 것이 그나마 위안이랄까? 나에게는 모자란 눈을 보충할 수 있는 안경이라는 도구가 있으니 말이다. 그때였다. 안경이 두꺼워서였을까? 아니면 피곤해서였을까? 콧등에 걸쳐 있던 안경이 스르르 미끄러졌다. 그리고 끝에서 움직임을 멈추자 세상이 달라졌다. 깜깜한 감옥에서 탈출한 기분이 이런 걸까. 콧등에서 약간 미끄러진 안경 덕분에 글자들이 제법 또렷해졌다. 하지만, 뒤죽박죽 섞여 있던 글자가 분명해진 것은 좋았지만, 마냥 즐겁지는 않았다. 내가 그만큼 나이를 먹었다는 증거일 테니깐. 그런 사실을 깨닫는 순간 왠지 서글퍼졌다.

그래도 멈출 수 없다. 다른 동력을 찾아야 한다. 멀리 달려왔고 앞으로도 달려갈 길이 많이 남았기 때문이다. 안경을 고쳐 쓰거나 눈 비비는 습관은 아무것도 아니다. 안경이 콧잔등에서 밀려나도 시야가 분명해진다면, 그리고 더 좋은 글을 쓸 수만 있다면.

우리는 욕심이 많다. 욕심은 많지만 부족한 시간 때문에 타인보다 뒤처진 것은 아닌지 늘 불안하다. 문제는 시간 탓이라는 쉬운 변명보다, 시작 단계에서 멈추는 경우가 많다는 게 문제다. 욕심 탓에 무수히 많은 시작을 잉태하지만 생각처럼 끝을 보지 못하는 나약한 마음도 도사리고 있다. 시작은 아침에 새 옷으로 갈아입는 산뜻함과 비슷하다고 할까? 그것이 우리가 시작에 끌리는 주요 이유이다.

우리는 시간의 흐름도 잊고 열심히 산다. 마음은 항상 파릇파릇하고 열정적이지만 몸은 시간이 갈수록 생기를 잃는다. 세월의 흐름을 거역할 수 없다고는 하지만 시작이라도 다시 해보는 것으로 정체된 시간을 되돌리고 싶어 한다. 남아 있는 인생을 즐겁게 살기 위하여 새로운 시작을 꿈꿔보자. 우리가 처한 현실을 부정하는 것보다는 새롭게 닥친 변곡점을 지혜롭게 넘어가야 한다. 모든 것은 의지에 달려 있다. 앞으로 남은 인생을 '나'답게 살기 위하여 그럴싸한 미래의 비전보다, 현재 마음의 상태 확인, 가치관의 재확립, 미래를 대비하는 새로운 시작이 중요한 시기가 되었다.

한번 시작하면 실패는 용서되지 않는다고 미리 겁먹는 사람도 있다. 하지만 우리에게는 재시작이라는 또 다른 옵션이 있다. 미래를 위한 전략이 불명확하다면 과정은 계속 바뀐다. 나를 위한 계획인데 중간에 바뀌면 뭐 어떻겠나. 따라서 남을 위해서 삶을 가득 채워서는 안된다. 내 것을 위한 삶이 사라지기 때문이다. 또한 불안한 마음에 기인한 선택은 실패를 낳을 수 있다. 한순간에 실패자로 낙인이 찍히는 것도 우리의 현실이다. 전부라 믿었던 곳에서 길을 잃어버리면 어떻게 될까? 우린 모두 열심히 살았을 뿐이다. 더 인정받고 싶었고 꼭 성공하고 싶었다. 하지만 행복을 양보하며 삶의 균형을 무너뜨려야 할까? 쌓았던 스펙, 명예, 돈이 전부가 아니다. 마음을 가볍게 하기 위하여 버릴 수 있는 용기가 필요하다. 버린다면 다시 출발할 수 있다. 그리고 자신의 한계를 인정하는 것이 중요하다. 타인 지향적인 삶에서 좀 떨어질 수 있는 독립적 세계관을 키워야 한다. 내가 존재하는 의미를 찾도록,

그것을 잃지 않도록 당신에겐 새로운 시작이 필요하다.

출발선에서 어긋나 있다는 느낌이 들 때가 있다. 그럴 때마다 시작은 삶을 이끈다. 과거에 어떻게 살았건 간에 다시 초기화할 수 있는 기회를 준다는데, 그것을 마다할 이유는 없다. 시작은 무한한 가능성과 비슷한 말일지도 모른다. 시작은 과거에 정했다가 흔들리는 자신을 바로잡고 잡생각까지 지워버리는 힘을 갖고 있다. 우리는 시작과 함께 새로 태어난다. 어제가 슬프건, 기쁘건, 앞으로 무한히 반복되더라도 상관없다. 우리는 언제든 시작할 권리가 있으니….

똑바로 걷고 싶어도 엉뚱한 곳으로 빠지는 경우가 있다. 처음에 정한 스스로와의 약속을 잊어버리고 만다. 그것이 고의는 아니다. 자신도 모르게 차츰 중력의 법칙에 이끌리게 된다. 내가 정한 것이 아니라 누군가 그어버린 지점으로 돌아가는 것이다. 그 법칙은 우리보다 강한 힘을 가지고 있는 사람이 정한 규칙이다. 우리가 그것에 휘말릴 필요는 없다. '언제든 다시 시작할 수 있어!'라고 스스로에게 말할 수 있다면 언제든지 잘못된 시작을 버릴 수도 있고 새로운 시작을 선택할 수도 있다.

11. 삶은 '연습'이 아닌 실전이다

별일 없던 주말, 아내가 게임 한판을 하자고 덤볐다. 보통 아내는 내기를 즐겨 하지 않지만, 그런 아내가 긴급 제안을 하는 걸 보니 나름 승산이 충분했던 모양이었다.

"어. 이거 내가 페이스북 하다가 본 건데 단순한 순발력 게임이야. 아주 쉬워."
"숫자가 1부터 50까지 나오거든. 그냥 순서대로 빨리 클릭하면 되는 거야. 쉽지?"

아내는 불쑥 화면을 내밀었다. 모처럼 일이 아닌 다른 것에 심장이 두근거렸다. 작동하는 것을 얼핏 살펴보았지만 아내의 말대로 게임은 무척 단순해 보였다. 5 X 5 사각형 안에 숫자가 임의로 배열되어 있고 숫자를 순서에 따라 클릭해서 없애면 된다. 단 아주 재빠르게 눌러야 한다는 게 문제였는데, 오래간만에 머리를 굴릴 만한 순간이었다.

"연습부터 먼저 해보고 도전해보는 게 어때?"

아내가 자존심을 살짝 긁었다. "도전이라니." 나는 전투력이 앞선 나머지 이성을 상실하고 있었는데, 그렇게 해서는 안 되는 일이었다. '그깟 연습은 필요 없다. 이런 게임은 그냥 평상시 실력으로 하는 거다', 라는 해괴한 논리를 앞세우며 호기롭게 스타트 버튼을 꾹 눌렀다. '아…' 무심하게도 시간은 흘러갔고, 내 손가락은 방황만 하고 있었다. 손가락이 마비된 것인지, 머리에 쥐가 난 것인지 땀까지 뻘뻘 흘려가며 집중했으나 내 기록은 처참했다. 바보가 된 기분이 들었다. 쉬운 것 하나조차 못 해내다니.

아내는 자기 차례라며 손에 꽉 쥐고 있던 스마트폰을 낚아 채갔다. 그리고 게임이 시작됨과 동시에 흔들림도 없이 숫자를 하나씩 지워갔다. 아내의 기록은 59초였다. 말없이 돈을 건넸다. "연습해보고 다음에 다시 도전해봐."라는 수모의 말도 들었다.

문득 TV에서 보았던, 침팬지의 숫자 반응 실험이 생각났다. 일본 교토 대학의 마쓰자와 교수팀은 침팬지를 상대로 영상 기억력을 실험했다. 침팬지에게 특정 숫자가 찍힌 사각형을 모니터에 보여준 후, 사각형만 남겨놓고 숫자를 지운다. 그러면 침팬지는 숫자의 위치를 기억하여 순서대로 사각형을 클릭한다. 이 실험에서 침팬지는 사람보다 월등한 기억력과 순발력을 보여준다. 실험 결과에서 침팬지는 일반 대학생보다 훨씬 정확한 능력을 보여줬다. 그래 나 역시 침팬지보다 못한 인간이었다. 순발력이 문제일까, 기억력 감소가 문제일까?

나이를 먹을수록 눈썰미가 점점 떨어진다. 신체 능력이 감퇴하기 시작하는데, 제일 먼저 무너지는 것은 인지능력과 그에 따른 행동능력이다. 대뇌의 세포는 점점 죽어가고, 신체의 근육량도 젊은 시절보다 줄어든다. 그러다 보니 기민하게 반응하는 속도도 예전 같지 않다. 의욕은 젊은 시절과 다를 바 없다고 자신하지만 실제는 그렇지 않다.

연습으로 퇴행한 능력을 다시 회복할 수 있을까? '연습'이라는 단어는 익힐 연練, 익힐 습習을 쓴다. 익히고 또 익혀야 한다는 뜻이다. 우리는 태어나자마자 배움을 시작한다. 엄마의 행동을 모방하여 세상을 인식하고 수없이 연습하며 성장하기를 반복한다. 하지만 삶은 실전이다. 연습은 사실 존재하지 않는다.

연습이라는 단어를 떠올릴 때마다 수행이라는 단어를 동시에 생각한다. '수행'은 '생각하거나 계획한 대로 일을 해낸다'라는 의미이다. 우리가 연습하는 이유는 목적하는 바를 실현하기 위해서다. 갈고 닦은 것을 구체적으로 검증하고 싶은 것이다. 무엇이든 연습하면 특이점이 온다. 우리는 언제 찾아올지 모르는 특이점의 순간을 맛보기 위해 인생을 연습처럼 살고 있는 건 아닐까?

어느 날, 그런 생각을 했다. 아침에 일어났을 때, 지금까지의 인생은 모두 연습이었고 이제 실전을 시작한다고 말이다. '실전'은 실제의 싸움이 벌어지는 것이다. 하지만 삶은 짧다. 연습만 하다가는 실전이 없는 삶을 보낼 것 같아서 두렵다. 그러한 삶이 만약 영원히 반복된다면 어떻게 하겠는가.

밀란 쿤데라의 《참을 수 없는 존재의 가벼움》 첫 번째 문장이 생각났다. "영원한 회귀란 신비로운 사상이고, 니체는 이것으로 많은 철학자를 곤경에 빠뜨렸다. 우리가 이미 겪었던 일이 어느 날 그대로 반복될 것이고 이 반복 또한 무한히 반복된다고 생각하면! 이 우스꽝스러운 신화가 뜻하는 것이 무엇일까?"라는 문장 말이다. 삶이 영원히 반복된다는 가정을 하면 우리는 아직도 연습에서 벗어나지 못하고 있는데 대체 언제 실전에 돌입한단 말인가. 또한 그러한 삶이 영원히 반복된다면 앞으로도 연습만 하고 있어야 하는가. 벤저민 프랭클린은 이런 말도 했다. "당신에게 한 번 지나간 시간은 아무리 노력을 하여도 다시 되돌릴 수는 없는 법이다. 삶을 연습처럼 대하지 말라. 삶에는 연습이란 없는 것이다. 늘 실전만이 있는 것이다. 당신의 삶을 늘 연습이 아닌 실전이라는 생각으로 대하라." 우리는 더 이상 연습만 하고 살아서는 안 된다. 연습을 이제 실전으로 옮길 때가 되었다. 다만 불협화음이 아닌 멋진 화음을 내기 위해서 말이다.

게임을 다시 실행했다. 아내에게 들킬까 문도 닫았다. 정말 80세 수준의 노인이 된 것은 아닌지 다시 테스트를 해보고 싶었다. 물고 늘어지는 끈기는 여전한데… '아직도 생각이 이렇게 젊은데 조금 노력해보면 달라질 거야' 그렇게 믿고 싶었다. 게임에서 몇 가지 패턴과 트릭을 발견했다. 기록은 점점 단축이 되었고 자신감도 붙었다. 아내를 불렀다. 다시 내기를 해보자고 제안을 했다. 하지만, 연습과 실전은 역시 달랐다. 선전했지만, 또 아내에게 굴복하고 말았다. 젊은 아내에게는 역부족이었다. 순발력이라는 것은 쉽게 되돌릴 수 없는 자연의 섭리인가 보다. 내가 젊어 보겠다고 잠시나마 의욕을 불태웠지만, 시간은 되돌릴 수 없었다.

나이에 맞는 습관을 찾아서 자신에게 맞추는 것이 더 중요함을 깨닫는다. 인생은 연습이 아니고 실전이다. 억지로 안 되는 것을 시도하는 것보다 지금 잘할 수 있는 걸 찾는 게 더 우선이다. 머릿속엔 채워야 할 다른 실전이 남아있다. 물론 지금 이 시간처럼 별일 없이 아내와 즐기는 시간도 가치 있다. 조금 더 노력해서 시간을 단축시켜 보겠다고 다짐했다. 다만 아내의 기록에는 근접할 수 없을 것이라고, 아내가 대단하다고 칭찬했다. 아내는 이겼다는 우월감보다, 남편에게 으스댈 수 있는 한 가지가 생겼다는 사소한 사실에 기뻐했다.

12. 겨울밤의 추위를 버틴
사람들의 '따뜻함'

여름엔 겨울을 그리워하고 겨울엔 여름을 그리워하는 것이 이기적인 인간의 모습이다. 어쩌면 인간은 청개구리와 같은 습성을 지니고 있을지도 모른다. 자신이 처한 현실을 받아들이기보다는 그곳에서 탈출하고 싶어 하는 본능이 더 큰 탓은 아닐까? 인간은 겨울이 오면 지난여름의 따뜻함을 상기한다. 따뜻함이라는 형용사가 얼마나 고마운 단어였는지 새삼 느끼게 된다. '따뜻하다'의 사전적인 뜻은 '덥지 않을 정도로 알맞게 온도가 높다'라는 것이다. '알맞다'라는 형용사가 참으로 추상적이고 주관적이다. 하지만 겨울 추위가 찾아와 비로소 몸이 얼 지경이 되었을 때, 우리는 그 주관적인 따뜻함의 기준, 즉 '알맞다'라는 단어의 뜻을 이해하게 된다. '따뜻하다'라는 뜻은 추위에 대한 반대의 감정도 있지만, 사람과 사람 사이에 머무는 감정이나 태도, 분위기가 정답고 포근하다는 의미도 있다. 겨울이 포근한 것은 따뜻한 안방 때문이기도 하지만, 사람과 주고받는 따뜻한 말 때문이기도 한 것이다.

덴마크어로 'Hygge(휘게)'라는 단어가 있다. '휘게'는 편안함, 따뜻, 포근함을 의미하는데, 겨울밤의 추위를 버티어낸 덴마크 사람들의 오랜 지혜가 결집된 단어다. 유튜브에서 마이크 비킹의《휘게 라이프》에 대한 인터뷰를 보았다. 그가 말하는 '휘게'는 '삶을 간소하게 보내기 위하여 주변의 번잡한 것을 버리고 느리게 사는 방식을 추구하는 것'이라고 했다. 그렇게 하는 것으로 큰 만족보다는 작은 것에 행복을 찾고 가족이나 친구와 함께 시간을 보내는 데에서 삶의 의미를 찾는다. 일상의 소소한 일과 이웃 간의 따뜻한 말로 행복을 추구하는 라이프스타일인 셈이다.

눈이 오는 밤이면 나는 창문을 열어 지나가는 겨울바람과 하얀 눈에게 인사를 한다. 그리고 사랑하는 사람과 함께 풍경을 감상하며 도란도란 따뜻한 말을 주고받는다. 피곤한 일상을 잊고 먼 산을 찾아 시선을 떠나보낸다. 내리는 눈꽃을 벗 삼아 마음에 쌓였던 찌꺼기를 멀리 날려 보내는 것으로 쓸쓸한 마음을 달랜다. 그렇게 하면 마음에 남아 있던 통증마저 말끔히 가시는 순간이 찾아온다. 한쪽 구석에 내버려 두었던 희망이 다시 꿈틀거려, 삶을 계속 이어 붙일 수 있다는 자신감도 함께 온다. 담요 한 장을 사랑하는 이와 함께 어깨에 걸치고 눈 덮인 순백색의 세상을 바라보는 것만으로도 마음은 정화된다.

문득, 어린 시절의 누렇게 탄 장판 한구석이 떠올랐다. 안방 아랫목에 깔려 있던 두꺼운 이불 한 장과 그 온기에 식구가 함께 엎드려 추위를 이겼던 가난한 시절도 같이 왔다. 온기가 넘치던 아랫목에서 등을 지지고, 군고구마를 까먹고, 귤을 까먹고, 동화책을 읽었던 늦은 밤도 생각났지만, 춥기도 했던 그 시절의 겨울은 멀리 달아났다. 자라나면서 세상에서 가장 따뜻한 집이라고 생각했던 그 시절의 왜소한 집도 없어졌다. 외풍이 가득 찬 보잘것없는 집이 아니라 따뜻한 집에 살고 싶다고 꿈꾸던 시절이 있었다. 춥지 않은 곳에 살던 친구가 부러운 시절도 있었다. 어렸지만, 철이 덜 들어서 남의 집과 우리 집을 비교하는 게 부모님에게 상처가 되는지도 모른 척하고 지나가던 시절도 있었다.

나이가 차면서 겨울은 가끔 잔인한 얼굴로 찾아온다. 가장 추웠던 군대에서의 겨울도 지금보다는 덜 혹독했다. 이제는 견디어야 할 일들이 추위보다 무수히 쌓였다. 물론, 그때는 젊었고 추위 외에는 버틸 일들이 별로 없었으니까. 영하 20도의 강추위 속에서 벌거벗은 몸으로 체력훈련을 받았던 일, 소총을 들고 진흙탕에서 뒹굴었던 일, 새벽 근무를 서기 위해 막사 앞에서 두 시간을 와들와들 떨었던 일도 이제는 싸늘한 기억이 아니다.

어른이 된 후 낭만적 겨울의 풍경은 가끔 얼굴을 감추었다. 몇 개월 급여가 밀렸던 겨울이 있었다. 통장의 잔고는 바닥을 뚫었고, 변변한 월급봉투 하나 아내에게 건네지 못했던 남편은 무력증에 빠졌다. 그해 겨울은 부부에게 매서운 추위를 안겼다. 그저 이 악물고 겨울이 빨리 지나가기만을 애타게 기다릴 뿐이었다. 하지만, 가난 때문에 몸은 얼어붙었지만 마음은 따뜻했다. 서로를 지켜주는 사랑이라는 감정이 있었기 때문이었다. 지갑을 탈탈 털었더니 천 원짜리 몇 장이 나왔다. 우리는 가벼우면서도 무거운 그 돈으로 초코파이를 구입했다. 그리고 초코파이 가운데 작은 초를 꽂아 놓고 기도했다. 고통스러운 겨울이 빨리 끝나 따뜻한 봄이 찾아오기를 학수고대하며 말이다. 따뜻했던 우리의 마음은 어느 해보다 매섭던 그해 겨울을 버티게 해준 힘이 되어주었다.

　과거의 혹독한 추위를 겪었기 때문일까? 이젠 우리 집 자그마한 창문으로 겨울을 감상하는 여유도 생겼다. 왠지 오늘 밤은 따뜻한 눈 소식이 있을 것 같다. 기다리던 바람도 눈도 사랑하는 사람의 따뜻한 귓속말도 함께 있다. 우리는 기다린다. 매일 밤마다, 잊지 않고 묵묵히 때를 기다린다. 혹독했던 그 시절의 가난했던 밤과 따뜻했던 초코파이의 맛을 생각하며, 언젠가 고난과 추위에서 벗어나 따뜻한 햇살을 기대하며 말이다.

13. 당신과 나의 '결로'

　'결로'란 실내 온도와 바깥의 온도 차이 때문에 유리창이나 내벽에 이슬이 맺히는 현상이다. 난방을 하는 겨울에 특히 자주 발생하는데, 방치하면 곰팡이의 서식지가 되기 때문에 관리에 신경을 각별히 기울여야 한다. 지난겨울 어느 날, 시베리아급 추위가 서울에 맹위를 떨쳤다. 우리는 추위를 견디기 위하여 실내 온도를 계속 올려야 했다. 창가에는 이슬방울들이 전선 위에 오순도순 앉아 있는 참새처럼 맺혀 있었다. 결로를 예방하기 위하여 환기하는 것도 쉽지 않았다. 바깥공기가 너무 매서웠기 때문이었다.

　창문에 맺혀 있던 이슬방울을 닦아내면서 순간 이런 생각을 했다. '사람과 사람 사이에도 서로 다른 감정의 차이 때문에 결로가 생기지 않을까? 우리가 서로 어울리지 못하는 건, 한쪽은 너무 뜨겁고 나머지는 지독하게 차가운 탓이 아닐까'라고 말이다. 그런 차이를 극복하지 못하면 인간관계에 틈이 벌어지고, 축축한 습지가 형성되어 두 사람의 소통을 방해하는 건 아닐까? 만약 우리가 어떤 사람과 가까워지고 싶다면 먼저 마음을 열고 자신의 온도부터 그 사람에게 맞춰야 한다. 그 것엔 유별난 다짐과 노력이 소요되지 않을까. 내가 선호하는 방식이 일방적인 것이거나 내 마음만 뜨겁게 데워져 있다면 소용없는 것이 아닐까?

마음의 결로 현상이 발생하는 이유는 무엇일까? 현실적으로 체감하는 심리적 추위 탓이 아닐까? 사회적인 유대감으로 서로 연결되기에는 각자가 살아가는 현실이 너무 각박하다. 삶의 무게 차이는 있겠지만, 냉정한 사회적 분위기가 마음을 더 차갑게 가라앉게 하는 것이다. 우리는 세대별, 성별, 직업별로 마음의 온도 차가 유별나다. 청춘의 온도는 평균 영하 16.5도로 직장인의 평균치인 영하 11.9도 보다 훨씬 낮다고 한다. 이러한 온도 차는 세대 간의 오해와 불신을 양산한다. 미래에 대한 불안과 스트레스는 기성세대에 대한 불신으로 나타나 서로를 존중하려는 마음에 결로를 일으킨다.

결로의 가장 큰 문제점은 곰팡이의 발생이다. 높은 습도는 곰팡이가 서식할 만한 최적의 환경을 제공한다. 곰팡이는 벽을 갉아먹고 변색시키며 안 좋은 냄새를 풍긴다. 사람 사이의 결로는 결국 마음을 썩게 한다. 오해와 불만을 일으키고 소통의 문을 닫아버리게 한다. 결로는 외부와 내부의 세상이 차단되어 자신의 세계만을 고집할 때 일어난다. 다른 사람을 배려하지 않겠다는 생각은 문을 안에서 걸어 잠그는 행동이다. 그러한 행동은 자신을 버리는 것이다. 마음이 눅눅하고 찐득하도록 버려두는 행위다.

결로를 없애기 위해서 상대방의 온도가 올라가길 막연히 기다릴 것이 아니라, 자신의 온도를 먼저 알아야 한다. 자신과 상대방의 격차를 알 수 있을 때, 조금이라도 가까워질 가능성을 찾는다. 하지만 그것은 어렵다. 그래서 혼자 하는 사랑은 고독하고 외롭다. 당신의 온도가 상대방에게 닿을 수 없으니 여전히 차가운 세상에서 기다리고 있어야 한다. 그리고 마음의 문을 열어야 한다. 그것은 규칙적으로 환기하는 것과 비슷하다. '환기'는 탁한 공기를 맑은 공기로 바꾸려는 구체적인 행위이다. 당신의 마음에 찌든 공기가 들어차 있다면 외부로 그것을 배출해야 한다. 세상은 당신의 나쁜 공기를 흡수할 것이기 때문이다.

그래, 열심히 마음을 데우면 언젠가 온도의 격차를 줄일 수 있을까. 멀리 떨어진 거리를 당길 수 있을까? 당신은 다른 원 안에 위태롭게 놓여 있는 걸지도 모른다. 서로를 외면하며 살고 있는 우리는 지금 잘 살고 있는 걸까. 아무것도 아닌, 그 무엇도 아닌 경계선을 그어놓고 모른 체 살았던 시간엔 결로만 가득 차 있다. 생각해보니 당신이 그은 것도, 다른 사람이 기준을 정한 것도 아니다. 어디론가 자신도 모르게 흘러가면서도 그냥 한곳에서 기다리고 있었다고 착각했다. 나이가 들고 생각할 틈도 없이 살다 보니, 당신과 나는 다른 삶의 영역에서 각자의 방식대로 적응하며 살고 있다. 그렇게 살다가 외로워져 울고 싶을 때마다 기댈 어깨를 찾아보지만, 기대고 싶은 어깨는 먼 곳에 있고 당신의 이야기를 들어줄 사람은 없었다. 우린 똑같이 감추고 속이며 외면하고 살았다. 그렇게 사는 게 쉽다고 아직 우리는 어른이 덜 됐다고 우기며 말이다. 결로가 생기는 것도 모르고.

　당신과 가까워지기 위하여 내 마음의 온도를 올려본다. 필요하다면 낮출 수도 있어야 한다. 서로 다른 세상에서 살고 있는 우리는 한마음이 될 수 있을까? 어떤 노력이 들어가야 차이를 좁힐 수 있을까? 생각 속에 당신의 자리를 만들고 날짜를 세어보며 언젠가 같은 온도를 찾을 수 있을 것이라 믿는다. 그렇게 함으로써 당신과 나의 세계는 다시 활기를 되찾는다.

14. '문'은 닫혀 있을 때는 벽과 다를 바 없다

　인간관계가 원만한 사람은 타인과의 소통에서 실패를 겪지 않는다. 그들은 자신과 타인의 다른 점을 인정하고 그들에게 꾸준히 신뢰를 주기 위하여 노력하기 때문이다. 키르케고르는 "행복의 90%는 인간관계에 달려 있다."라고 말할 정도로 소통의 중요성을 강조했다.

　당신이 '은둔형 외톨이'처럼 바깥세상과 소통을 끊고, 문을 걸어 잠근 채 살 것이 아니라면 싫든 좋든 타인과 관계를 맺으며 살아야 한다. 하지만 그럼에도 자기만의 무인도에 갇혀 사는 사람이 있다. 그들은 스스로 외부와의 접촉을 단절하는 삶을 선택한다.

영화《김씨 표류기》에서는 불운을 거듭 겪었던 한 남자가 한강에서 자살을 시도하지만 그것도 실패하여 결국 밤섬에 갇힌다는 우스꽝스러운 설정으로 이야기가 시작한다. 119에 전화를 걸어 구조해 달라는 남자의 말에 상담원은 "나오세요."라는 허무한 말 한마디만을 남긴다. 남자가 갇힌 것은 작은 밤섬이 아니라 세상으로부터 소외당하고 단절된 커다란 무인도이다. 그리고 그를 무심히 관찰하는 한 여자. 그 여자 역시 세상과 담을 쌓고 은둔형 외톨이로 산다. 두 사람은 각각 자신의 방이라는 도피처에 숨어 있지만 문을 열고 나오고 싶다. 기존의 틀에서 안주하려는 인간, 하지만 문을 깨고 세상으로 나오려는 인간의 이중성을 그린 영화가《김씨 표류기》다.

섬에 갇힌 주인공과 집 안에 버려진 여자와 우리가 다른 점은 무엇일까. 어떤 감정의 벽에 갇힌 채 나오지 못하는 우리도 영화의 주인공과 다른 처지는 아니지 않을까? 우리는 문 바깥세상을 그리지만 나오지 않고 경계한다. 매일 익숙한 것만 고집한다. '나갈 수 있을까'라는 생각보다 의심이 먼저다.

'지금 문을 열면 미지의 세상으로 나갈 수 있을까?', '좁았던 시야를 넓힐 수 있을까?'와 같은 갇힌 상상만 하다 선택을 뒤로 미룬다. 당신은 낡은 생각에 갇혀서 문을 부수고 나올 용기가 없는 것이다. '문'은 '드나들거나 물건을 넣었다 꺼냈다 하기 위하여 틔워 놓는 곳'이다. 또한 '거쳐야 할 관문이나 고비'라는 뜻도 있다. 우리는 인생을 살면서 숱한 고비를 맞는다. 고비를 넘긴다는 것은 죽을 만큼 고통을 우리에게 안긴다. 문턱 앞에서 수없이 주저앉는다. 주저앉다가 다시 일어서는 것을 반복하면 마음의 문을 여는 열쇠도 다듬을 수 있다. 그 열쇠는 만능이라서 어떤 어려움과 고난도 넘어갈 수 있는 힘이 된다.

틀을 깨기 위해 먼저 해야 할 일은 내면에 묶여 있던 빗장을 푸는 일이다. 갇혀 있던 방, 스스로 창조한 울타리 안에서 바깥세상으로 나가고 싶다면 용기 하나면 충분하다. 그리고 따뜻한 손을 내밀 수 있는 가족이 있는가? 함께할 수 있는 친구가 있는가?, 그들은 당신의 결정을 응원할 것이다. 당신이 한 발짝 내밀 때 길을 함께 나설 지원군이다.

당신은 가끔 자신감을 잃는다. 성공보다 실패한 경험이 많았기 때문이다. 당신에게 행운이란 것은 한 번도 찾아와 주지 않았다. 그렇다고 포기하고 있어야 할까? 당신의 인생에도 한 번쯤은 빛이 방문하지 않을까? 그 시간은 노을 지는 저녁 무렵일까? 소외된 당신을 구원하기에 적당한 시간, 낙담에 빠졌던 자아를 탈출시키기에 적당한 시간은 언제일까? 아무것도 하지 않고 자신을 가두어두면 안 된다. 자신의 그릇을 갈고닦아야 한다. 언젠가 자유가 주어졌을 때 그것을 당신의 그릇에 담아야 하기 때문이다.

당신에게 자유란 어떤 의미였던가? 자유를 꿈꾸며 희망찬 미래를 그리고 싶지만 그것은 자꾸 멀어져 가기만 했던가? 빛도 당신도 어둠 속으로 저물어 사라질 것처럼 보이지만, 해는 다시 아침에 뜬다. 그것이 세상이 순환하는 이치다. 물론 설렘도 당신과 거리를 벌릴 것이다. 낯선 것을 받아들이기만 하다 당신의 마음이 굳어버릴지도 모른다. 당신의 삶에서 온기를 빼어내는 것은 존재의 완벽한 소멸을 뜻하지 않는다. 당신은 잠시 참았다가 다음 기회를 향하여 충분히 도약할 수 있다.

당신의 손을 잡아준 가족이 있지 않은가.

당신은 믿는다. 사랑을 향해 불같이 타올랐던 순수한 열정을, 영롱했던 영혼을. 그 자유로운 영혼이 빛바래지 않았으면 한다. 뜨거운 심장과 무엇이든 던질 수 있는 각오가 있다면, 세상 어느 곳이든 뛰어들 수 있다. 당신은 세상으로 탈출을 시도한다. 시간은 불안정하며 변화무쌍한 삶도 여전하다. 하지만 문을 나서면 누구든 만난다. 당신은 세상을 향해 무던히 걸어가 소통만 하면 된다. 그 어떤 세상에서도 당신은 혼자가 아니다. 무너질까 근심하지만, 당당하게 당신의 길로 걸어가면 된다. 당신이 용감할 수 있는 것은 두려움이라는 단어를 이제 기억하지 못하기 때문이다.

과거의 소심한 당신과 이별을 고한다. 머나먼 길, 당신의 여정 속에서 두려움, 열등감, 상처 따위는 머나먼 과거 속으로 던진다. 그리고 기도하라. 후회하지 않도록. 당신이 걸어갈 길을 앞두고, 모든 과거의 기억과 상처를 주고받았던 사람들조차 미래를 만들어갈 자양분이자 삶의 거울이 된다. 당신을 향해 일관된 목소리를 속삭였던 내면을 깊이 새겨보라. 내면의 소리에 주의를 기울여라. 지나쳤던 과거의 한순간, 정지된 시간이 당신을 다졌고, 내면과의 깊은 대화를 통해서 동경하던 미래가 열리고 있다. 결정의 순간이 찾아올 때, 기회가 찾아올 때, 문을 박차고 나가는 용기가 당신에겐 있다.

15. 말을 하기 위한 전화에서 발전된 스마트폰이 '말'을 없애다

　나는 스마트폰에 최적화된 인간이다. 스마트폰이 없는 것을 상상할 수 없는, 그 편리함에 완전히 중독된 인간이다. 길을 찾기 위해 지도 앱을 실행하고 책을 읽기 위해 이북을 실행하고 떠오른 아이디어를 적기 위해 노트 앱을 쓴다. 잠을 자다가 중간에 스마트폰의 알람 소리에 눈을 뜬다. 어제 올린 글에 누군가 반응을 했을까, '좋아요'를 보내준 사람이 누구인지 살펴본다.

　'스몸비Smombie'라는 신조어가 얼마 전 탄생했다. '스마트폰Smart Phone'과 '좀비Zombie'의 합성어로 스마트폰에 집중된 나머지 먹고 자고 걸어다닐 때까지 그것을 손에 놓지 못하는 사람들을 일컫는다.

　우리는 줄곧 컴퓨터 시스템과 네트워크가 만드는 소우주의 지배를 받고 살았다. 90년대부터 컴퓨터가 일반인과 가까운 자리를 차지한 이후로 일상에서 컴퓨터의 도움 없이는 살기 어려운 세상이 되었다. 스티브 잡스의 도움으로 컴퓨터가 아주 작은 모양으로 바뀐 것이 스마트폰의 탄생 역사다. 형태와 크기가 다소 바뀐 것일 뿐, 사실 근간이 되는 내부 시스템은 달라진 것이 없다. 다만 사이즈가 손 크기에 딱 맞도록 바뀐 만큼 이제는 일상생활에서 더 유용하게 활용되고 있다고 할까?

　앞에서 언급한 대로 스마트폰은 편리함을 추구하는 사람과 성격이 급한 사람들에게 안성맞춤이다. 마치 개인비서와 같이 다니는 기분이다. 질문을 하면 적절한 대답까지 찾아준다. 오늘 날씨가 어떤지, 맛

집이 어디에 있는지, 당신과 어울리는 음악까지 살뜰하게 찾아준다.

영화 〈Her〉에서는 인공지능과 사랑에 빠진 남자가 등장한다. 인공지능의 이름은 사만다로 여성의 성별을 가지고 있다. 남자 주인공은 고독한 삶을 산다. 아내와 별거 중인 남자는 대화를 나눌 상대가 없다. 그러다 우연히 인공지능 운영체제인 사만다를 만나 감정을 공유하고 사랑에 빠진다. 만질 수도, 가질 수도 없는 컴퓨터 시스템과 말이다. 고독한 현대인의 미래를 그 남자에게서 보았다.

스마트폰은 사람과 사람 사이에 존재하던 대화를 지운다. 스마트폰이 대중화되면서 수런거리던 사람들의 풍경은 차츰 사라져간다. 사람들은 자신만의 세계를 구축하기 위하여 더 독립적인 공간에 매몰된다. 무의식적으로 폰을 꺼내고 원하는 화면을 기계적으로 띄운다.

우리는 무언가 연구하는 학자라도 된 것처럼 스마트폰에 정신을 쏟는다. 검색하고 읽고 쓰고 찾기를 반복한다. 당신과 나의 시간은 스마트폰 사이에서 정지된다. 스마트폰은 우리에게 호기심과 재미를 안겨주지만, 대신 사람 간의 거리는 더 멀어지게 한다. 덕분에 대화는 자연히 사라졌다. 우리는 스마트폰에 깊이 중독된 채, 그것을 꺼내 들고 어디론가 끌려가는 사람처럼 네트워크 속으로 빨려 들어간다. 중독된 상태라는 것을 알면서도 빠져나올 방법이 없다. 더 깊이 가상의 세상 속으로 여행을 떠난다. 사람이 아닌, 다른 시스템과 연결하기 위해서 말이다. 이렇듯 스마트폰은 소통을 닫고 이웃 간의 만남을 차단한다.

100만 원이 넘는 스마트폰은 얇은 주머니 사정을 무시하고, 우리를 집착의 바다에서 표류하게 한다. 외로움을 덜어내기 위해 스마트폰

세상으로 항해를 떠나지만, 망망대해를 떠돌아다니다 고독이라는 무인도에 버려지기도 한다. 그래서일까? 옆에 앉아 있는 친구, 연인 또는 누군가와의 사이는 더 멀어져만 간다. 그 사람이 가까운 사람이건 그렇지 않은 사람이건. 사람은 이제 낯선 대상, 관계를 맺고 싶지 않은 멀고 먼 섬의 형태로만 존재한다.

스마트폰이 없던 시절엔 무엇을 했을까? 상사의 흠집을 잡기 위해 동료와 실컷 욕이라도 퍼붓고 있었을까. 혹은 책 한 권이라도 읽어보자며 글이란 것에 심취하고 있었을까. 옆 사람이 소곤거리는 이야기에 귀를 쫑긋 세우기도 했던 것 같다. 재미있는 이야깃거리를 찾기 위해, 다른 사람의 희로애락에 집중하기도 했다. 스마트폰이 없던 시절엔 말로 나누는 재미가 있었다. 이제는 질문을 던지면 스마트폰이 먼저 대답한다. "무엇을 도와드릴까요?"라고 말하는 스마트폰이 더 친절한 친구라도 된 것 같은 착각이 든다. 그래도 살아있는 사람과 말이란 것을 주고받고 싶다. 아직까지는.

스마트폰은 시간을 배려하지 않는다. 잠시의 빈틈도 허락되지 않는 시공간에서 우리는 시야를 모은다. 지나가는 누군가의 말이건 그리운 사람에 대한 생각이건 지나가는 인파 속에 묻히고 잊혀야 한다.

정신을 차려보니 친구가 옆에 앉아 있다. 스마트폰에 중독이 된 나머지, 동료가 옆에 앉아 있다는 사실도 잊고 여러 시간을 지나쳤다. 동료는 나를 물끄러미 바라보고 있었다. 같은 시간의 선상에 있지만 다른 곳을 보고 있던 나는 말문을 닫고 스마트폰이라는 블랙홀에 빠진 인간이었다.

생각은 스마트폰이라는 세상 속으로, 네트워크 속으로 조금씩 뜯긴다. 아주 서서히, 당신도 모르는 사이에 말이다. 스마트폰이야말로 신형 바보상자는 아닐까? 분명 그럴 것이다. 그렇다고 이대로 시간을 무의미하게 내버려 둘 수는 없다. 친구와 말이라는 수단으로 대화를 나누기 시작한다. 그래 우리 인간은 말을 할 수 있는 존재다. 말은 꼬리에 꼬리를 물고 이어진다. 그리고 잊히고 사라질 법한 것들을 다시 붙든다. 말은 사람과 사람 사이를 이어주는 튼튼한 다리다. 스마트폰 속에서 헤엄치는 것보다 친구와의 대화가 훨씬 유익하다는 사실을 새삼 깨닫는다.

16. 살아있는 '음악'이
우리를 살아 숨 쉬게 하다

오래전 베를린으로 여행을 떠났다. 빡빡한 일정을 쫓아다니다 반나절의 빈틈이 찾아왔다. 일행들은 각자 방문하고 싶은 곳에 대하여 묵혔던 소리들을 꺼내기 시작했다. 한 사람은 브란덴부르크로, 한 사람은 오래된 르네상스의 건축 양식을 체험하러 대성당으로, 어떤 사람은 쇼핑이나 진탕 즐기다 가자고.

스마트폰이 없던 시절, 우리는 방대한 지식을 보유한 사람에게 의지할 수밖에 없었다. 백과사전과 닮았던 그가 침묵 끝에 말문을 열었다. 호텔에서 그리 멀지 않은 곳에 '베를린 필하모닉 콘서트홀'이 있다는 정보였다. 베를린에서 '베를린 필하모닉'의 연주를 듣는다. 왠지 죽기 전에는 다시 경험하지 못할 절호의 기회라는 생각이 들었다.

콘서트홀에 도착하자마자 우리는 공연보다 인증 사진에 여념이 없었다. 그곳에 존재했다는 걸 기억하겠다는 것보다 남들에게 보여줄 기억을 남기기 위해서였다. 콘서트홀 내부는 고풍스러운 박물관 그 자체였다. 공연장에는 디지털 시스템이 전혀 없었지만, 악기에서 나오는 작은 '소리' 하나까지 놓치지 않도록 치밀한 건축 기법이 사용되었다.

살아있는 음악이란 무엇일까? 관객과 연주가가 가까운 곳에서 호흡을 나눌 수 있는 공연장이 최고가 아닐까? 음악은 사람을 움직이게 한다. 얼어붙은 마음을 녹이기도, 불같이 달아오른 마음을 진정시키기도 하는 것이 음악이다. 우리가 공연장을 찾는 것은 그 살아있음을 만끽하기 위해서다. 관객과 연주가는 함께 무대를 연출한다. 공연장에서 우리는 그런 감정을 느낀다. 자신이 연주가가 된 것 같은, 아니 어떤 경계를 초월하여 모두가 하나가 된 것 같은 감성을 느끼는 것이다.

음악, Music의 어원은 고대 그리스어로 'mousiké'라고 한다. 'mousiké'라는 단어는 고대 그리스의 여신 중 음악을 담당했던 'Muse'이며 과학이나 기술을 담당하는 'Technique'에서 파생된 'Techne'가 합쳐져 생성된 단어가 바로 mousiké, 오늘날의 'Music'이다.

음악은 누구나 귀로 듣는다고 생각한다. 하지만 음악은 귀로 듣는 것이 아니라 작곡가의 감정, 연주자의 기술적 기교, 이야기의 전개, 역사적 배경, 시대적 흐름, 예술적 감수성 등을 신체의 감각기관에 각인시키는 과정이다. 우리는 그 순간 작곡가, 연주자와 하나가 되어 바다를

항해하기도, 프랑스 남 프로방스의 작은 동네인 '아를르'로 여행을 떠나기도 했다. 순수 음악의 힘으로 말이다.

콘서트에는 비제의 작품인 〈카르멘〉과, 〈아를르의 연인〉이 연주되었다. 알퐁스 도데의 소설로 영감을 받아 작곡한 〈아를르의 여인〉의 플루트의 연주가 몸을 감싸고 심연까지 스며들었다. 프레데릭의 열렬한 사랑과 비극적인 결말을 생각했다. 어릴 적 접했던 알퐁스 도데의 소설을 다시 읽는 기분이 들었다.

지겹지는 않을까 우려했던 우리는 졸지도 않고 작은 소음조차 내지 않았다. 음악의 힘이란 실로 위대했다. 짧은 시간 동안 꿈을 꾼 듯했다. 객석 구석구석까지 찾아오는 플루트의 선율에 취하다, 화가 빈센트 반 고흐를 생각했다.

《행복의 충격》에서 김화영은 반 고흐가 그린 프로방스의 작은 마을인 아를르를 이렇게 표현했다. "가장 행복하고 가장 비극적인 수년을 프로방스에 와서 보낸 북유럽의 반 고흐의 소용돌이치는 태양, 그의 인상주의는 이 고장에서 받은 행복의 충격을 표현한 것이었다."라고 말이다. 음악은 소리뿐만 아니라 어떤 장면을 우리에게 선물한다. 과거의 행복했던 시절을 떠올리게도 하고 아를르와 같은 낯선 마을로 여행을 보내기도 한다.

괴로운 소리가 들끓는 삶에서 잠시 떠날 수 있었다고 한다면 지나친 과장일까? 음악의 힘은 그러한 것이다. 일상도 잠시 내려놓을 수 있는 힘을 가지고 있는 것이 음악이다.

음이 살아 숨 쉬는 현장에서 심장이 다시 강하게 뛰는 감동을 느낄 수 있을까? 물론 콘서트 현장에서만 음악을 느낄 수 있는 것은 아니다. 언제 어디서나 음악은 우리와 가까이 있다. 음악으로 삶이 달라질 수 있고, 마음을 달리 먹을 수 있다고 한다면 비약일까? 우리는 늘 음악과 함께 살고 있다. 음악으로 위로받고 있고 다시 일어설 수 있는 힘을 얻기도 한다. 당신의 경우는 어떠한가? 음악이 늘 가까이 있나. 그렇지 않나.

17. 포기와 망각의 습관이
당신의 '가치'를 집어삼키다

요즘을 'Personal Branding' 시대라고 한다. 이제는 당신이 창작자가 되어 직접 이름을 알려야 하는 세상이다. 그렇다면 당신이 생각했을 때, 당신을 상징하는 구체적인 이미지는 무엇인가? 당신을 상품으로 포장하여 시장에 내놓는다고 가정했을 때, 당신이라는 브랜드는 어느 정도의 가치가 있고, 누군가의 지갑을 열 만큼 구미가 당기는 존재인가.

자신의 가치를 빛낼 수 있는 기회를 찾고 싶다면 먼저 '브랜드'를 키워야 한다. 이 말은 모두가 이미 아는 말이다. 그렇다면 알면서도 실천하기 어려운 이유는 무엇일까? 첫 번째는 경험이 덜 축적되어 어떤 선택을 해야 할지 모르기 때문이다. 판단은 전적으로 자신에게 유리한 대로 내리면 간단한 일인데, 그 쉬운 문제에 사람들이 어려움을 겪는 이유는 스스로를 신뢰하지 않는 탓이다. 그렇다면 자신을 신뢰하지 못하는 까닭은 무엇일까? 내면과의 대화에서 어려움을 겪는 탓이 아닐까? 자신이 좋아하는 것이 무엇인지, 어떤 것에 몰입할 때 즐거운지 그런 것조차도 모르기 때문은 아닐까? 이런 마음은 스스로를 파괴시키려 하는 열등감에서 기인한다. "나는 해도 안 될 거야."라고 단정 짓는 버릇 때문이며, 그로 인해 과거의 실패에서 해방되지 못하게 된다.

두 번째는 귀찮은 탓에 가치의 달성을 나중으로 미루는 습관이다. 내 가치야 언제든지 찾을 수 있다고 천천히 해도 된다고 여기는 것이다. 지금은 생존 자체가 중요하니 원하는 꿈을 이루기 위한 과정은 미래로 연기해도 된다고 생각한다. 문제는 그 시간이 바라는 만큼 쉽게 찾아오지 않는다는 것이다. 물론, 가치를 찾는 방법에 성공한 사람보다는 실패한 사람이 더 많다. 나 역시 한때는 다른 사람이 걸어가는 길을 따라다니는 삶만 살았다. 무엇이든 부딪히고 충돌하는 것에 두려움만 앞선 나머지 안전한 길만 찾으려 들었다.

그렇다면 나는 변화했을까? 변화했다면 어떤 힘이 나를 이끌고 있을까? 단번에 원하는 가치를 찾은 사람은 그리 많지 않다. 그런 사람이 많다면 이 세상엔 성공한 사람들로만 가득 차 있어야 한다. 만약 어떤 사람이 자신의 가치를 바로 찾는 데 성공했다면, 그 사람에게 가치를 찾는 과정은 가을비처럼 촉촉한 것만은 아니었을 게다.

가치란 것은 꾸준한 노력과 자신과의 치열한 승부 끝에 찾아온다. 갖가지 색으로 칠해진 옷들이 나에게 어울리는지는 직접 입어봐야 알 수 있다. 진열대에 전시되어 있는 옷을 구경하고 있다고 하여 그 옷이

나와 맞는지는 알 수 없다. 또한 책장에 꽂혀 있는 책의 제목을 읽는다고 저절로 경험이 축적되는 것도 아니다. 중요한 것은 실패를 무릅쓰고 시도하는 것이며 시행착오 끝에 얻어지는 다양한 경험의 결과이다. 이것저것 무엇이든 내 안으로 입력시키면서 시행착오를 겪어야 제대로 출력이 나오는지 판단할 수 있다.

자신과 어울리는 가치를 찾는 것은 우리가 닿고자 하는 이상적인 세계보다, 의무적으로 해야 하는 일터에서도 찾을 수 있다. 채사장은 《우리는 언젠가 만난다》에서 이런 말을 했다.

> 별 모양의 지식을 얻으려면 어떻게 해야 할까요? 별 모양의 지식이 담긴 책을 읽으면 될까요? 한 번에 읽으면 안 될 것 같으니 여러 번 반복해서 읽어보는 거죠. 하지만 그렇지 않습니다. 이런 방법으로는 별이라는 지식을 얻을 수 없어요. 지식은 그런 방법으로 얻을 수 있는 게 아닙니다. 다른 책을 펴야 해요. 삼각형이 그려진 책, 사각형이 그려진 책, 원이 그려진 책. 이런 책들을 다양하게 읽었을 때, 삼각형과 사각형과 원이 내 머릿속에 들어와 비로소 별을 만드는 것입니다.
>
> – 채사장의 《우리는 언젠가 만난다》 중에서

우리가 원하는 세계는 쉽게 열리지 않는다. 어떤 지식을 얻겠다고 하여 표적 독서만으로 원하는 것을 깨달을 수 없듯이 이것저것에 충돌할 때 비로소 영감도 얻어진다.

당신이 원하는 가치는 무엇인가? 그 가치를 위해서 어떤 노력을 하고 있는가? 어떤 경험을 수행 중이며 당신에게 도움을 줄 수 있는 사람은 누구인가. 그리고 가치를 향하여 지속적으로 정진하고 있으며 목표 지점을 정확히 알고 있는가? 별을 얻겠다고 갖가지 모양의 별 모양만 수집하고 있지는 않는가?

원하는 가치와 연관성이 높은 곳에 집중 투자하면 무조건 가닿을 수 있을까? 나는 그렇게 생각하지 않는다. 가치를 찾는 길은 지름길보다 멀리 돌아가는 것인데, 생각했던 가치에서 다소 떨어질 각오도 해야 한다. 다만 당신이 기억했던 가치를 잃지 않는다면, 어떤 일을 경험하든지 내부에서 가치와 연관성이 있는 길을 찾을 수만 있다면, 관문은 언제나 열려 있다. 그리고 당신이 지금 엉뚱한 길로 어긋나고 있는 것이 아니라 가치를 향해서 꾸준히 계속 나아가고 있다는 것도 깨닫게 된다.

그런데 가치는 인생을 살면서 계속 바뀐다. 뭔가 현실적인 것으로 눈높이를 낮추고, 그것에 만족하는 것이 최선의 길이라 바닥에 주저앉고 만다. 포기하는 것도 습관이다. 망각이란 병에 걸려 가치를 잃는 것도 습관이다. 습관 때문에 주저앉아야 할 것인가? 딛고 일어나 꿋꿋하게 걸어가야 할까. 가치는 어려운 가운데에서도 찾아진다. 자신만의 독자적인 브랜드를 찾기 위해서 지금 당신이 투자하고 있는 가치란 무엇인가?

18. '실수'는 손에 쥐고 있는 무언가를 잠시 놓친 것일 뿐

실수는 마음에 스크래치를 남길까?

인생은 탐구하면서 살아가는 것이 아니라, 살아가면서 탐구하는 것이다. 실수는 되풀이된다. 그것이 인생이다….

– 양귀자의 《모순》 중에서

'실수'라는 한자어는 잃을 실失, 손 수扌를 쓰는데, '조심하지 아니하여 잘못함, 또는 그런 행위'라고 설명한다. 한자를 말 그대로 해석하면 '손에 쥐고 있던 것'을 놓친다는 뜻이다. 작은 손 하나에 얼마나 많은 것을 들 수 있을까? 그것은 욕심이다. 붙들려고 하여도 놓칠 수밖에 없다. 따라서 실수는 쉽게 일어난다.

인간은 신처럼 완벽한 존재가 아니라서 실수를 저지른다. 그렇다면 인간을 초월한 신은 실수를 범하지 않을까? 글쎄, 이런 나약한 인간을 창조한 신이 과연 완전무결完全無缺 하다고 말할 수 있을까?

인간은 가끔 신을 넘보는 꿈을 꾼다. 신의 영역을 넘본다는 상상은 실수를 줄여, 보다 완벽한 인간이 되고 싶다는 욕망이 아닐까? 하지만, 인간은 구조적인 결함을 가지고 있다. 지금 이 순간 실수를 저지르고 있고 앞으로도 그러할 것이다. 우리가 할 수 있는 것이라곤 실수의 원인과 결과를 분석하여 실수가 일어날 확률을 줄이는 방법뿐이다.

실수의 원인은 조심성 부족에서 온다. 정해진 틀에서 벗어났을 때 실수할 확률이 높아지는데, 인간의 뇌가 정형화된 규칙에 익숙해져 있다고 할까? 예측하지 못했던 상황이 일어나면 해결책을 찾으면 되는데 생각이 경직되어 있어서 결함을 다시 반복하는 악순환에 빠지는 것이다.

《과학자의 생각법》이라는 책에서 저자인 로버트 루트번스타인은 인간의 뇌가 나이 들수록 무작위성이 소진된다고 말했다. 정해진 방식대로 판단하도록 오랫동안 뇌가 굳어져 있기 때문에 변화에 민감하게 대응하지 못한다는 뜻이다. 뇌는 새로운 정보의 입력을 더 이상 받아들이려 하지 않고 통찰력도 얻지 못한다고 한다. 우리의 사고가 어느 정점에 오른 후, 과거의 결정이 만들어낸 유형에 갇히거나 생각의 틀에 사로잡혀 있다는 뜻이다.

실수를 쉽게 이겨내거나 웃으면서 툭툭 털어내는 사람도 있고 그렇지 않은 사람도 있다. 자신에게 관대한지 아닌지의 따라서 실수에 대처하는 유형이 달라진다. 마음이 약한 사람들은 실수가 일어났을 때 결과를 수습하려고 행동하기보다, 실수의 사슬에서 벗어나지 못한다. 그런 깊은 고민을 하다 책임을 남에게 전가시키거나 같은 실수를 반복할까 두려워 스스로의 행동을 제약하기도 한다. 우리는 그러한 상황을 '강박증'이라고 진단한다. 자신이 저지른 실수를 생각하고 또 같은 실수를 다른 사람 앞에서 저지르는 건 아닌지 두려워 자신을 감옥에 가둬 두는 것 말이다.

야구에서는 10번 중에서 3번 이상 안타 치는 사람을 칭찬한다. 10

번 중에서 7번은 실패한다. 그런데 어떤 사람들은 10번 아니 100번 중의 단 한 번의 실수 때문에 스스로를 실패자라 낙인을 찍는다. 영원히 탈출할 수 없는 창살에 자신을 가두어버리는 거다.

새로 이사 온 아파트 바닥에 물건을 떨어뜨린 사건이 있었다. 새 원목 마루에 큰 상처가 나버리고 말았다. 깔끔하게 쓰고 싶었는데 조심한다고 각별히 신경을 썼음에도 불구하고 방심한 순간에 실수를 저지르고 말았다. 아내는 별일 아니니 신경 쓰지 말라고 했으나 완벽주의적인 성격 탓일까? 실수에서 벗어나지 못하며 자책을 했다.

우리는 새 물건을 대할 때 상처가 나면 어떡하나 각별한 신경을 쓴다. 그렇지만, 시간이 지나면 물건에는 세월의 때가 묻는다. 그것이 세상의 이치일 터. 새것처럼 유지시키기 위하여 관리를 열심히 한다 하여도 시간 앞에 장사는 없다. 어떤 물건이든지 낡은 것이 될 수밖에 없다. 실수도 언제든 일어나고 상처도 언제든 입는다. 후회하고 자책하는 것보다는 개선하는 일이 더 유익하다. 실수를 저지른 사고 상황에서 벗어나 어떻게 사고를 수습할 것인가, 그것이 먼저고 그다음은 같은 실수를 저지르지 않을 방책을 마련해야 한다. 자신에 대한 책망이나 책임을 남에게 전가시키는 행동은 어느 누구에게도 유익하지 못하다.

시간은 과거로 돌릴 수 없다. 실수를 번복할 수도 없다. 우주에 존재하는 에너지는 미래로 흐르는 것이 법칙 아닌가? 실수는 그냥 일상적인 것이다. 고수는 실수를 안 하는 것이 아니라 실수하는 간격이 남들보다 길 뿐이다. 실수에 대한 두려움, 강박증은 도전 자체를 막는다.

생각을 조금 바꿔보면 걱정, 근심, 피곤함도 잊힌다. 문제가 일어나더라도 그냥 자신에게 괜찮다고, 사건은 수습하면 된다고 위로의 말을 건네자. 나쁜 생각, 실수에 대한 두려움은 건전한 생각으로 덮어버리면 그만이다. 아무것도 아니라고 사소한 실수는 일어날 수밖에 없는 일이라 생각하면 그뿐이다. 대부분의 실수들은 중대한 것이 아니라 사소한 것이다.

인간은 과거의 실수를 계속 되풀이한다. 소를 잃었으면 외양간이라도 제대로 고쳐야 한다. 과거의 실수가 이어지지 않도록 강박 관념에서 벗어나야 한다. 우리는 얽히고설켜서 도저히 풀 수 없는 숙제들과도 섞여서 나란히 가야 한다. 과거에 범한 실수도 담대하게 용서해야 한다. 인생은 실수와도 더불어 살아가는 게 아닐까.

19. 오늘 할 일은
반드시 내일 한다는 '미루다'의 법칙

동사 '미루다'는 '정한 시간이나 기일을 나중으로 넘기거나 늘이다'라는 뜻이다. 오늘 해야 할 일을 내일로 넘기거나, 어떤 결정을 연기할 때, '미루다'라는 단어를 사용한다. 미루는 것은 좋은 버릇이 아니다. 일을 미루게 되면 처리해야 할 일들이 계속 쌓이기 때문이다. 나중에는 어떤 일부터 먼저 처리해야 할지 혼란이 찾아오기 때문에 당기는 습관을 가지는 게 좋다.

커피 한 잔을 내리기 위하여 탕비실을 찾았다. 머그컵을 씻기 위해 싱크대 앞에 섰는데, 씻지 않은 머그컵들이 산을 이루고 있었다. 누군가 설거지를 하지 않고 싱크대 위에 방치해둔 것이다. 눈살이 찌푸려졌다. 이용했으면 바로 설거지를 해야 하는데, 한두 사람이 슬쩍 올려놓으니 뒷사람들도 똑같은 행동을 반복한 듯했다. 문제는, 아침에 쌓여 있는 머그컵을 씻는 사람이 당번처럼 정해져 있다는 것이다. 한두 번이라면 상관없지만, 그런 일이 되풀이되다 보면 짜증이 나지 않는 사람은 없다.

'왜 나만 매일 설거지를 해야 하지?'라며 쌓여 있는 설거지 거리들을 보면 이런 말이 나올 수밖에 없다. "그냥 내버려 두면 누군가 하겠지."라는 말도 어쩌다 듣는다. 물론, 설거지가 대단한 일은 아니다. 회사에서는 설거지보다 훨씬 가치 있는 일들이 많다. 하지만, 가치 있는 업무가 중요한 사무실에서도 지켜야 할 예의는 있다. 다음 사람을 배려하기 위하여 미루어두면 안 되는 일도 많다. 이를테면 공용 머그컵을 사용한 후 바로바로 씻는 것이나, 회의실을 사용한 후 깔끔하게 정리정돈을 한다든가, 커피를 내리고 다음 사람을 위해 원두를 다시 채워 넣는다든가, 뭐 그런 사소한 일들 말이다. 그런 대수롭지 않게 여겨지는 일들도 서로를 배려하기 위하여 지켜야 할 원칙은 아닐까?

팔을 걷어붙이고 내 것을 씻는 김에 다른 것들도 같이 설거지를 하기 시작했다. 내가 설거지를 한다고 하여 임원이라는 명칭이 바닥에 떨어지는 일은 없다. 누군가 지나가다 이 광경을 보고 한마디를 했다. "위대하십니다. 위원님."이라고 말이다. 글쎄, 설거지가 그리 위대한 일인가. 아무도 하지 않은 일을 직급 높은 내가 벌이고 있어서일까? 누군가 미루어둔 일을 지금 내가 당겨서 처리하면 다음 사람은 조금이라도 편안함을 누릴 것이 아닌가? 지저분한 것들이 매끌매끌한 때깔로 다시 태어나는 것을 보니 잠깐 투자한 시간이 더 보람 있다는 생각이 들었다.

우리는 해야 할 일들을 나중으로 미루는 습관이 있다. "이번 달에는 꼭 다섯 권의 책을 읽고야 말겠어"와 같은 다짐은 "아직 시간이 많이 남았네. 이번 주말에 몰아서 다 읽으면 돼"라는 말로 바뀌고, 결국 마지막 날에 "결국 실패했지만 괜찮아. 다음 달에 다시 몰아서 읽으면 돼"와 같은 자기합리화로 바뀐다. "이번 달에는 10킬로그램을 감량할 거야"라는 다짐은 "오늘 야근했더니 너무 힘들어. 내일부터 운동하자"와 같은 말로, 다시 "이번 달은 시간이 너무 없었어. 다음 달부터 다시 시작하면 돼"와 같은 자기 위안의 말로 변질이 된다.

인간은 본성적으로 사실 베짱이처럼 기본적으로 게으른 건 아닐까? 해야 할 일을 나중으로 미루어두는 것은 인간이기 때문에 어쩔 수 없는 한계 같은 건 아닐까. 마음에 각인시키기 어려우니 무엇이든 뒤로 미루는 게 아닐까? 건강검진 이후에 건강에 적신호가 켜졌다는 충격을 받으면 운동을 시작하게 되듯이. 그런 어쩔 수 없는 상황이 만들어져야 마음과 몸이 비로소 반응하는 건 아닐까?

지금 당장 해야 할 일이라고 심리적으로 강한 자극을 주어야 하는데, 보통 미루어두는 일들은 지금 나에게는 굳이 필요 없는 일, 나중에 하더라도 상관없는 일이기에 습관적으로 미루는 걸지도 모른다. 그 문제는 극복하고 싶지만, 대다수가 늘 실패하는 프로젝트다. 미루지 않고 바로 마음을 당기기 위해서는 무엇이든 지금 당장 해야 한다고 자신을 속여야 한다. 그래서 하지 않게 될 경우 닥칠 미래의 불이익과 실패한 상황을 가정해야 한다. 그런 식으로 내가 실패자가 되어 삶이 그대로 끝나버리는 최악의 그림을 가정하면, 마음을 조금이라도 움직여 볼 수 있지 않을까?

미루는 일은 지금 당장 해야 할 일이 아닌 경우가 많거나, 다른 재미있는 일들에 우선순위가 밀리는 경우가 많다. 의식적으로 미루는 일이 즐거운 일이라 생각하면 좋겠지만, 마음 바꾸는 것도 쉽지 않다. 거창한 목표, 달성하기 힘든 목표보다는 실천하기 쉬운 일부터 해보는 것이다.

나중으로 미루어둔 일들을 미래가 아닌 현재로 만들 수 있는 방법은 무엇일까? 그렇게 하려면 추상적인 계획보다는 구체적인 안을 세워야 한다. 생각은 머릿속에서 잠시 머물다 곧 지워진다. 다이어리에 계획을 기록하는 것이 별것도 아닌 것처럼 보일지 모르지만, 내가 해야 할 일을 생각하고 그것을 나열하는 단계부터 생각이 습관으로 발전하는 게 아닐까?

생각만 하다 실천을 뒤로 미루어두는 낡은 습관에서 벗어날 수 있는 길은 기록하고 매일 그것의 실천 여부를 체크하는 것이다. 나중에도 할 수 있는 일을 지금 당겨보는 것이다. 보잘것없는 일을 실천하고 그것이 습관이 되면 더 이상 미루는 행동은 자연스레 없어진다. 우리는 어려운 일부터 도전하기 때문에 지치고 포기하는 경우가 많다. 작은 일이 산처럼 쌓이면 마음에 동기를 부여해줄 수 있지 않을까? 그래서 더 큰일도 해낼 수 있는 자신감도 생기고 무언가를 미루는 나쁜 습관도 사라지지 않을까? 생각해본다.

20. 사람은 늙지만 '사랑'은 늙지 않는다

남녀는 서로 만나서 사랑하고 때로 결혼이라는 결실을 맺는다. 남녀는 희망찬 미래를 약속하며 함께 꿈을 펼쳐 나간다. 근데 과연 함께 한다는 것은 무엇일까? 서로만 바라보고, 서로에게 무한한 지지를 보내고, 서로를 깊이 신뢰하고, 서로에게 의지가 되는 것이다. 어떤 우연이 겹치고 겹쳐 인연이 되고 사랑의 결실까지 맺게 하는 걸까? 사랑한다고 하여 무조건 결혼에 골인하는 것은 아닐 터. 짧게 주어진 우리의 삶을 생각할 때, 가족이라는 울타리를 맺은 서로의 존재가 더욱 각별하지 않은가?

결혼 생활의 참 모습은 무엇일까? 이런저런 생각을 하다, 우연히 아내와 함께 접한 디즈니의 애니메이션이 있었다. 영화 〈Up〉이다. 모험가를 꿈꾸는 칼과 엘리는 소꿉친구였다. 둘은 함께 자라 성인이 된 후 결혼까지 인연이 이어졌다.

행복과 아픔을 겪으며 늙어간다는 이야기를 담은 도입부의 짧은 5분. 이 압도적인 오프닝에 인생의 모든 희로애락이 담겨 있었다. 5분에 압축된 장면은 결혼한 사람이라면 언젠가 감당해야 할 운명이었다. 그들은 가진 것은 별로 없었지만, 따뜻한 축복 속에 단란한 가정을 꾸려나갔다. 그들은 모든 순간을 함께했다.

그들의 손으로 집을 직접 깎고 다듬다 입주하게 되었을 때, 나와 아내가 힘겹게 얻은 첫 집의 기억이 떠올랐다. 우리 역시 그들처럼 알뜰살뜰 아껴가며 집을 장만했다. 바닥을 쓸고 창문을 닦으며 가슴에 피어올랐던 행복의 기억을 회상했다. 잠들 수 없던 첫날 밤, 우리는 희망찬 미래를 설계했다. 비가 오고, 눈이 오더라도 서울 하늘 아래 편안히 쉴 수 있는 우리만의 공간이 있는 것에 감사하며 말이다.

세월은 차츰 흘러갔지만, 두 사람의 사랑은 변치 않았다. 짧은 인생이었지만, 서로 함께 시간을 공유하고 생각을 나눌 수 있었기에 칼과 엘리는 행복했다. 오후의 한가로운 시간, 그들은 같은 공간에서 숨을 쉬고 같은 미래를 꿈꿨다. 그들은 아이를 원했다. 아기를 위한 공간을 함께 준비했다. 그런데 예기치 않은 불행이 그들에게 엄습했다. 아내에게 의학적으로 문제가 있는 것인지, 아이를 가질 수 없다는 진단을 받았다. 남편은 실망할 수밖에 없었지만, 좌절할 수도 없었다. 아내는 남편의 실망보다 더 큰 좌절을 겪었기 때문이었다. 힘든 아내를 남편이 말없이 안아주는 장면이 특히 인상 깊게 남아 있다.

그 장면에서 남편은 아내에게 두 사람이 소꿉친구였을 때 공유했던 추억 보따리를 선물했다. 그것은 《My Adventure Book》이라는 공동의 꿈을 담은 책이었다. 그 책에는 두 사람이 어릴 적 꿈꾸었던 '파라다이스 폭포의 모험' 계획이 담겨 있었다. 두 사람은 사랑의 힘으로 위기를 헤쳐 나갔고 다시 힘을 얻었다. 사랑은 어떠한 고난에서도 쓰러지지 않는 힘을 선물했다. 두 사람은 다시 새로운 꿈을 꿨다.

작고 투명한 유리병에 동전을 함께 모았다. 동전은 두 사람이 그리는 미래였다. 동전은 땅에서 하늘로 점차 높이를 쌓았다. 유리병이 꽉 찰 때쯤 두 사람은 목표했던 곳으로 모험을 떠날 예정이었다. 하지만 세상이 마음먹은 대로 돌아가는가? 예측할 수 없는 사고가 쉴 새 없이 터졌다. 칼과 엘리는 그래도 실망하지 않았다. 그 어떠한 고난이 닥치더라도 두 사람은 용기를 잃지 않았다. 두 사람의 사랑은 더 깊어 갔다.

세월은 말없이 흘렀다. 두 사람은 청춘을 지나 어느덧 할아버지와 할머니가 되었다. 하지만 절대 늙지 않는 것이 하나 있으니 그것은 그들의 변치 않는 사랑이었다. 두 사람이 황혼 아래서 키스를 나누는 장면이 지금도 생생하다. 머리가 희끗해지도록 나이를 먹었지만, 약속을 잊지 않았다. 그들은 아이들에게 풍선을 나눠주며 꿈을 잃지 않으려 했다. 재즈가 흘러나오는 밤, 거실에서 두 사람이 춤을 추는 장면이 로맨틱했다. 하지만 그 옆에서 힘을 잃어가는 촛불, 그것이 의미하는 것은 무엇이었을까? 우리의 삶이 영원할 수 없다는 것을, 언젠가 수명을 다할 수밖에 없는 촛불과 같은 운명이라는 것을 보여주고 싶었던 건 아니었을까?

그들은 여전히 함께하며 꿈을 잃지 않기 위해 노력했다. 칼은 마지막 모험을 위한 티켓을 구매하고 늦은 꿈을 이루려 했다. 하지만 엘리는 큰 병을 앓게 됐다. 그것은 그들의 마지막 이별을 뜻했다. 엘리는 말없이《My Adventure Book》을 칼에게 돌려줬다. 자신은 이제 생을 다하여 떠나야 하지만, 칼은 꿈을 잃지 말고 계속 나아갈 것을 부탁했다. 칼의 볼을 어루만지는 엘리의 손을 보며 또다시 눈시울이 뜨거워졌다. 엘리의 손을 꼭 잡아주는 칼의 애틋함이 마음에 고스란히 전달됐다. 그렇게 칼은 엘리에게 마지막 입맞춤을 선물했다. 어두컴컴한 장례식장에 홀로 앉아 있는 칼의 모습과 외롭게 떠있는 풍선이 내 가슴을 더욱 미어지게 했다.

부부는 결국 꿈을 이루지 못했다. 언젠가 이룰 꿈을 위해 열심히 살았지만, 꿈은 그저 잊힐 과거로 사라졌다. 칼은 마지막 풍선 하나를 부여잡고 집으로 쓸쓸히 퇴장했다. 그리고 세상과의 소통을 닫아버렸다. 칼은 과연 엘리와 꿈꾸었던 모험을 혼자 떠났을까?

영화는 초반 5분 동안 부부의 인생을 압축해서 보여줬다. 인생은 짧다. 두 사람이 사랑한 순간도 언젠가 막을 내릴 수밖에 없다. 마지막 순간에 후회하지 않으려면, 우리가 당장 해야 할 일은 무엇일까? 더 사랑하고 아끼고 좋은 말만 해야 한다. 서로에게 상처를 주는 험한 말을 하지 말아야 한다. 그리고 사랑을 잃지 말아야 한다. 나와 아내가 함께 꾸는 꿈은 무엇일까? 소박한 행복을 바라는 우리 부부는 남들과 비교하여 더 많은 것을 갖는 헛된 꿈을 꾸지 않기로 했다. 지금보다 조금은 더 유쾌하고 즐겁게 살자고, 물질적인 소유욕이 행복을 좌지우지하게 내버려 두지 말자고 말이다. 지금 이 순간의 행복을 위해 살아야 한다. 미래에게 행복을 양보하는 삶을 살지 말자.

제3부

감정의 방향을 바꾸는 바상반된 단어

01. 타인에게 시선이 머무를 때 '우월'과 '열등'이 탄생한다

'우월'이란 '다른 것 또는 사람보다 나음'을 의미한다. 한자로는 넉넉할 우優와 넘을 월越을 쓴다. 누군가와 높이를 두고 경쟁을 펼치다 그 사람을 넉넉하게 넘긴다, 즉 경쟁에서 우위를 점한다는 뜻이다. 그런 생각은 결국 타인을 자신의 밑에 둔다는 선민의식에서 출발한다. 이러한 경쟁에서 패배한 사람은 스스로를 열등하다고 여긴다. '열등'이란 '특정한 수준이나 등급보다 낮음'을 의미한다. 우월과 열등은 서로 반대편에 서있다. 스스로를 무가치하게 여기는 마음이 바로 열등이다. 세상을 살아가다 보면 자신도 모르게 우월과 열등으로 편을 가른다. 물론 열등한 위치보다는 우월한 위치에 서고 싶은 것이 사람의 마음이다.

어느 날 아내가 중부 시장에서 사온 견과류(땅콩, 아몬드, 호두 등)를 정리하고 있었다. 아내는 좋은 것을 골라 선물해줄 사람이 있다고 말했다. 옷을 갈아입고 아내가 정리하는 풍경을 가만히 들여다보다 도와주기 시작했다. 아내는 땅콩 중에서도 모양이 예쁜 것과 찌그러진 것, 알이 굵고 튼실한 것과 그렇지 않은 부류를 따로 분류했다. 열성의 유전자를 가진 견과류가 완전히 버려지지는 않겠지만 어쨌든 선호도 측면에서 한 단계 밀렸다는 얘기이다. 정리를 도와주면서 아내의 선택 과정이 인간의 외모 지상주의와 닮아 있다는 느낌을 지울 수 없었다.

인간은 생물학적으로 뛰어난 외모에 끌리게끔 진화했다. 잘생기고 예쁜 외모에 집착하는 것은 우리의 의도보다는 오랜 역사에 걸쳐서 그렇게 되도록 유전자 지도에 각인된 증거일 뿐이다. 자손을 번식시키기 위해는 우월한 유전자가 선택받을 확률이 높다고 한다.

아내에게 나는 우월한 유전자냐고 물어보았다. 음, 아내는 대답이 없었다. 문명이 발전함에 따라 인간의 본능도 지적인 흐름으로 진화하고 있다. 생존으로서의 욕구는 언젠가 멈춰버릴지도 모른다. 진화라는 것은 생존하기 위해 환경에 적응하는 과정인데, 약한 자는 자연적으로 도태될 수밖에 없다. 물론, 인간의 세계에서는 약한 자도 선택을 받을 수 있는 다른 길이 있어서 다행이다. 그래서 나와 같은 열성 유전자도 선택을 받을 수 있었다. 가령 남자의 경우는 사냥에 필요한 기술이나 강인한 근육이 발달하지 않아도 살아남을 수 있다는 것이다. 낮에는 프로그래밍을 하고 밤에는 글을 쓰며 먹고사는 신체적으로 열등한 인간에게 참으로 희소식이 아닐 수 없다.

인류가 문명을 지적으로 발전시킬수록 더 이상 생존의 문제는 중요한 가치가 아닐 수 있다. 머지않은 미래에는 과학기술의 발전으로 영원한 생명을 얻는 시대가 온다고 하니, 나와 같은 열성의 유전자에게도 유전자를 후대에 남길 수 있는 기회가 온 것이다. 가령, 내 머릿속의 세상이 서버에 업로드 되어 가상현실에서는 더 멋진 유전자를 가진 남자의 몸으로 다시 태어날지도 모르는 일 아닌가. 가상현실과 실제 세상을 구별할 수 없는 기술이 눈앞에서 실제 구현되고 있으며 일반인이 쉽게 쓸 수 있는 세상도 머지않았다. 인간이 연구 중인 과학 기술력은 생존의 문제를 완벽하게 극복할 수 있으리라 기대한다.

인간의 외모가 짝짓기에 유리하고 후손을 남기기 위해 유리한 요소라면, 열등한 유전자는 자손을 남기지 못하고 도태되어야 정상이다. 수려한 외모를 가진 사람만 살아남아야 정상인데 실상은 그렇지 않다. 인간에겐 동물이 없는 인격이란 것이 존재하고 이성적으로 사고할 수 있는 능력이 있다. 문명사회에서 선택받는 기준이 외모보다는 훨씬 다양하고 복잡한 양상을 보인다는 얘기다. 물론 과학 기술이 아무리 발전하여도 우월과 열등에서 벗어나기는 힘들다. 그런 감정은 여전히 인간과 인간을 또 다른 대립으로 몰고 간다. 그렇다면 우리는 우월한 존재인가? 열등한 존재인가? 아니면 중간자적인 위치인가?

이진우의 《니체의 인생 강의》에서는 우월한 감정을 강자와 약자로 설명한다. 우리는 삶을 자신의 의지대로 살아갈 수 있는 자유를 가지고 있다. 그 자유는 바로 '권력에의 의지'를 설명한다. 이 세상은 약자와 강자 두 가지의 집단으로 분류가 된다. 강자는 주인 도덕, 약자는 노예 도덕이라는 유형으로 분류가 된다고 니체는 설명한다. 강자라 할 수 있는 그들은 자신이 약자에 비해서 우월하다는 쾌감을 느꼈으며, 자신들의 지위를 유지하기 위해 그들만의 질서를 만들었다. 그러나 약자들은 억압받고, 늘 고통을 받는다. 그들은 주인을 전복시키기 위하여 온갖 궁리를 하지만, 주인은 너무나 강력해서 아무것도 넘볼 수 없다는 무력감만 느낀다. 그들은 결국 정신적으로 반란을 꾀할 수밖에 없었는데 이러한 감정을 '원한 감정'이라고 한다. 약자는 자신의 열등한 위치를 인정받기 위하여 다음과 같은 말을 생산했다.

"네 이웃을 사랑하라."

"부자가 천국에 들어가는 것은 낙타가 바늘구멍에 들어가기보다 어렵다."

무력한 사람들이 자기 자신의 약한 처지와 무능력으로부터 나오는 가치를 우월한 가치로 포장하고 위장함으로써 살아남고자 하는 계략을 '무능의 간계'라고 말합니다.

— 이진우 《니체의 인생 강의》 중에서

자신이 무능력하기에 그것을 감추기 위하여 우월한 것처럼 포장한다는 뜻이다. 하지만 그런 위선이 오래갈 수 있을까? 겉으로 보이는 모습이 언제까지 유지될 것이라고 생각하는가? 불안할 것이다. 불안한 마음은 열등을 더욱 키울 것이다.

심리학자 아들러는 열등이라는 감정에 대하여 다음과 같이 설명했다. 인간은 과거의 원인을 통하여 현재의 나의 상태를 설명하는 것이 아니라, 현재의 목적을 변명하고 이루기 위하여 과거의 원인을 스스로 만들어낸다는 것이다. 인간은 누구나 열등감을 가지고 있다. 그 열등감을 현재의 무기력하거나 행동해야 할 마음의 병과 같은 우울증의 상태를 벗어나기 위하여 긍정적인 초월 또는 우월감으로 극복해야 한다.

열등감은 인간의 인격을 쉽게 왜곡한다. 감정을 파괴하며, 우울함이나 상실감으로 빠져들도록 유혹한다. 열등감 속에 빠져서 허우적대고 변명이나 하고 있어야 할까? 아니면 그것을 극복할 수 있는 방법을 연구하고, 새로운 에너지를 통해서 열등감을 긍정적인 면으로 승화시켜야 할까? 선택은 개인에게 달려 있지만, 인간은 발전하고 성취하고자 하는 목적이 있기 때문에 누구나 과거의 원인론, 즉 열등의식에서 벗어날 수 있다고 믿었다.

아들러의 이론이 우리 사회에서 조명을 받았던 것은, 그만큼 우리가 고민하고 있는 "지금 행복한가?"라는 질문에 근거하고 있다. 타인과 비교해서 자신의 처지를 비관하거나 열등해하는 마음은 자기 스스로가 만들어낸 주관적인 감정이기에 스스로 충분히 극복하고 초월할 수 있다고 주장한다.

호모 사피엔스는 우월이나 열등의 감정을 느끼는 것조차 사치였다. 그들은 생명의 위협과 맞서 싸워야 했기 때문에 살아야 한다는 본능 외에 다른 감정은 느낄 수 없었다. 현대인에게는 살아남기 위한 고민을 하지 않아도 생명이나 생식 기능을 잃을 걱정이 없게 되었다. 그만큼 풍요로운 세상이 되었다는 얘기가 아닐까? 삶은 비교적 안정되었지만 경쟁이 시작되면서 우리는 우월과 열등의 감정을 알게 되었다. 아내는 울퉁불퉁한 땅콩을 한쪽에 계속 올려놓았다. 나는 그 열등한 땅콩을 하나 집어 들어 껍질을 벗겨보았다. 쉽게 벗겨지지 않아 짜증이 좀 났다. 못생긴 게 고집도 세다고 녀석에게 핀잔을 줬다. 하지만, 보기에는 좋지 않게 생겨도 맛은 괜찮다며 먹어보라며 아내는 내 입에 땅콩 한 개를 넣어줬다. 음… 맛은 언급하지 않겠다. 대신 나는 우월해 보이는 녀석을 하나 골랐다. 역시 맛이 참 좋았다.

02. 인생의 속도가 '빠르면'
행복은 '느리게' 온다

야구 유망주였던 소년이 있었다. 소년은 동년배 아이들보다 재능이 뛰어나다고 생각했고 무엇보다 야구에 대한 열정이 뜨겁다고 믿었다. 나름 빠른 볼이 소년의 장기였다. 돌직구로 타자를 윽박지르고 싶었지만, 제멋대로 날아가는 제구 때문에 타자들은 공을 피해 다니는 일이 더 많았다. 정식 야구공이 아닌 테니스공임에도 맞으면 어지간히 아팠을 게다. 제구가 칼날처럼 원하는 곳으로 팍팍 꽂히는 날은 여간해서 점수를 주지 않고 잘 버텼지만 그런 날은 거의 없었다. 단순히 빠른 속도만으로 타자를 제압하겠다는 생각에 한계가 생긴 것이다.

'빠르다'라는 단어의 의미를 되새겼다. 그것의 의미는 '어떤 동작을 하는 데 걸리는 시간이 짧게 소요된다는 것'을 의미한다. 우리는 빠른 문화의 포로다. 무엇이든 빨리 처리해야 마음이 놓인다. 오래전 필리핀에서 봉사활동을 했을 때, 그곳에 널리 알려진 첫 번째 우리말은 다름 아닌 "빨리빨리"라는 단어였다. "안녕하세요?"도 "감사합니다."도 아닌 "빨리빨리"라는 말, 그들은 한국 사람과 함께 살며 '빠른' 문화에 먼저 익숙해졌다.

세월이 흐른 어느 날 아내와 함께 인사동에 들렀다. 바쁜 사람들의 틈 속에서 아기자기한 소품을 구경하다 '투구 속도 측정 장치'가 눈에 띄었다. 나는 호기 있게 공 하나를 집어 들어 힘껏 던져보았지만 기대만큼 속도가 나오진 않았다. 호언장담했던 130은커녕 겨우 95km이라니 실망감이 컸다. 팔을 고쳐 들고 다시 힘껏 뿌려보았지만, 속도는 95km 이상을 넘지 못했다.

속도에 대하여 생각했다. 우리는 늘 최고의 속도를 갱신해야 한다는 부담감에 둘러싸여 있는 건 아닐까? 몸속에 에너지가 얼마나 남아 있는지 모른 채 욕심만 부리고 사는 건 아닐까? 벼락같이 달려가야 한다는 강박증에 우리는 시달리고 있다. 많이 차지하고 말겠다는 소유욕, 회사에서 속히 달성해야 할 실적, 빨리 배우고 싶은 것, 빨리 성공하고 싶다는 욕망, 빨리 몸매를 날씬하게 만들어 수영장에서 뽐내고 싶다는 욕구, 우리는 자신의 기록을 단시간에 깨고 싶어 한다. 정점을 달성하고도, 또 다음 과제를 생각한다.

더 빨리… 더 많이… 새해가 시작되면 직장에서는 새로운 목표를 요구한다. 새해 벽두부터 이런 얘기도 듣는다. "올해는 어느 해보다 위기 상황입니다. 나라 안팎의 경제 여건이 좋지 않으니 모두들 심기일전하고, 기민한 마음으로 위기를 탈출하도록 합시다." 직장생활 시작한 지 20년이 넘었는데, 위기 상황이 아닌 적이 없었고, 비상 경영 체제하에서 벗어난 적이 있었던가? 경기는 언제나 어려웠고, 체감온도는 언제나 싸늘하지 않았던가? 서민에게 겨울이 아니었던 적이 있던가? 그럼에도 문제는 게으른 탓이라고 판단하거나 더 빠른 속도, 누적된 기록을 경신하도록 뛰어야 한다고 강조한다. 하지만 나이를 먹을수록 신진대사에 문제가 생긴다. 빠르게 살고 싶어도 몸의 시계는 느리게 흐른다. 기록을 경신하기엔 민첩성도 모자라고 지구력도 떨어졌다. 모든 감각이 퇴화되었지만 버티는 능력은 더 좋아졌다. 그래서일까?

이제 속도에 연연하는 것보다는 느림을 추구한다. 동적인 것을 벗어나 정적인 것을 찾는다. 천천히 생각하고 느리게 걷는 것이 좋다.

　우리를 괴롭히는 잣대는 더 많은 시간의 투자와 그 속에서 얻어지는 타인의 만족 그리고 신기록의 달성 여부다. 새해의 시작과 더불어 마음은 더 조급해지고, 완수해야 할 목표를 달성하기 위하여 올해는 또 얼마나 많은 야근과 속도를 내며 몸을 상하게 해야 할까? 팍팍한 삶, 그것에 적응하기 위하여 얼마나 시간을 단축시켜야 하며, 얼마나 빠른 속도로 달려야 할지 가늠이 되지 않는다. 직장은 모든 걸 결과로 판단하기 때문에 '느림의 미학'은 없다. 침착하게 업무를 배우고 철두철미한 자세로 난제를 해결할 시간은 보장되지 않는다. 궁극에 존재하는 목표만이 살아서 우리를 재촉한다. 실패 사례를 면밀하게 분석하여 다음 기회를 준비할 시간은 무시되고 빠른 속도로 성과를 낸 사람만이 강자가 되는 세상이다. 속도의 한계는 당신이 제일 잘 안다. 몸을 풀고 준비 동작을 한다 해도, 팔을 움츠렸다가 있는 힘껏 휘둘러도 자신의 제한 속도 이상은 낼 수 없다.

　그래 '빠르다'에서 벗어나 이제는 '느리다'에 몰입할 때다. 느리다는 '어떤 동작을 하는 데 걸리는 시간이 길다'라는 것이다. 당신이 낼 수 있는 속도의 한계는 명확하다. 능력의 한계를 제대로 깨닫지 못하고 억지로 빠른 속도를 내려고 한다면 몸이 망가질 것이다. 속도를 진정 올리고 싶다면 꾸준히 근육의 힘을 키우고, 반복적인 훈련으로 신체를 단련해야 할 것이다. 처음부터 마지막까지 똑같은 마음가짐을 유지하며 꾸준하게 반복하다 보면 자신도 모르게 속도는 향상될 것이다.

이제는 느림이 중요한 시기가 왔다.

인생은 속도가 중요하다고, 남들보다 빨리 목표에 골인해야 한다고 우리를 긴장상태에서 빠져나오지 못하도록 한다. 삶의 진정한 가치는 자신이 낼 수 있는 속도의 한계를 인식하는 것이다. 그 가치는 바로 행복과 연결되어 있다. 행복은 속도와 전혀 상관없다. 탈 벤 사하르는 《행복을 미루지 마라》에서 "인생의 속도를 높이면 행복은 멀어진다."라고 했다. 빠르다고 무조건 좋은 게 아니다.

다짐해보자. 몸을 다치게 할 정도로 속도를 끌어올리지 말자고. 조급하게 움직여 경솔한 판단을 하지 말자고. 조금은 느리더라도 원하는 목표에 차근차근 다가서기 위해 한 걸음씩 그것에 스며들자고. 기대 이상의 속도를 요구하는 사람의 비합리적인 강요를 당당히 거부하자고. 올해는 느리더라도 제구에 충실하자고 말이다.

03. '갑'과 '을'의 무게추를 흔드는 방법

당신은 '갑'인가, '을'인가? 우리는 가끔 이러한 질문에 대답을 머뭇거린다. 사전에서 '갑'을 찾으면 '두 개 이상의 사물이 있을 때 특정 대상의 이름을 부르는 말'이라는 뜻도 있지만 '차례나 등급을 매길 때 첫째를 이르는 말'이라는 뜻도 있다. '갑'은 보통 주인의 역할을 설명한다. 인생을 살면서 우리는 수많은 인간관계를 맺고 산다. 관계를 맺을 때마다, 무의식적으로 누가 유리한 위치에 있는지 판단을 하고 타인보다 더 나은 자리를 선점하기 위하여 쟁탈전이 벌어지기도 한다. '갑'만 맛볼 수 있는 무소불위한 맛이 있기 때문이다.

갑은 자신의 힘을 과시하기 위하여 을에게 '갑질'이라는 무력을 행사한다. '갑질'은 '을'보다 유리한 위치를 가지고 있는 사람이, 자신의 권력과 부를 이용하여 상대방을 자신에게 추종하도록 강제하는 모든 행동을 의미한다.

1971년 심리학자인 필립 짐바르도 교수는 스탠퍼드 대학교에서 심리학 실험을 강행했다. 그 실험이 바로 유명한 '스탠퍼드 교도소 실험'이다. 짐바르도 교수는 실험 참가자들을 상대로 '교도관'과 '죄수'를 무작위로 나누고, 교도소에 가둔 채 무리한 실험을 했다. 아무런 지시도 받지 않은 두 그룹의 사람들은 각자의 역할에 충실했다. 교도관은 '갑'이라는 위치를 이용하여 죄수에게 폭력을 휘둘렀고 죄수는 '을'이라는 위치의 한계 때문인지 저항하지도 못한 채, 갑의 권위에 복종했다. 그리고 그 때문에 고통에 시달려야 했다. 이 실험에서 우리는 유리한 위치를 보유한 자가 상대방에게 폭력과 같은 어떤 '갑질'을 행사할 수 있는지 역할에 따른 인간의 잔인성을 엿보았다.

부당한 '갑과 을'의 역할을 보여주는 곳은 바로 회사다. 회사에서는 그러한 현상이 더 두드러진다. 상사의 감정 쓰레기통이 된 직원의 하소연을 쉽게 접한다. 위계질서에 따라 을의 처지에 놓인 직원은 상사의 무례한 언행과 인격적인 모욕까지 감수해야 한다. 을의 위치에서 고통을 참기만 했던 사람은 자신이 받은 스트레스의 깊이를 깨닫지 못한 채, 마음의 병을 만성으로 키우고 있다.

'스탠퍼드 교도소 실험'처럼 권력을 쟁취한 자는 '갑'의 힘을 과시하기 위한 수단으로 '을'을 굴복시키려 한다. '을'에게 공포를 안기는 것으로 갑은 쾌락을 느끼지만, 지속적인 스트레스에 노출된 을은 결국 무력증에 빠진다. 아무런 삶의 의욕도 느끼지 못하고 살아갈 희망도 버린 채, 목숨을 스스로 버리는 극단적인 현상도 쉽게 본다. 육군 작전사령관의 갑질로 인하여 공관병이 자살을 시도한 사례와 우체국 갑질로 인하여 집배원이 자살한 사건이 그것이다.

10년 전, 정부 과제에 참여했다. 주관기관의 A 교수는 첫 만난 자리에서 서로 동반자 관계임을 강조했다. 일이 시작되고 프로젝트가 중반을 넘기고 있었으나 업무협조가 잘 이루어지지 않았다. 대충 설명하면 찰떡같이 알아들어 줄 것이라 기대했던 모양이었다. 교수는 프로젝트 종료 몇 달을 앞두고 진행된 결과물을 갑의 위치에서 난도질했다. 협력관계가 갑과 을의 관계로 변질된 순간이었다. 교수는 프로젝트의 문제점을 우리에게 돌렸고 평가하는 것은 원래 갑의 권리라 했다. 당시에 우리가 을이라 생각하지 못한 것이 큰 실수였지만, 관계에 있어서 중요한 것은 누가 갑의 위치를 선점하느냐, 특권을 소유한 사람이 더 우선한다는 진리만 깨달았다.

법정 스님은 《산에는 꽃이 피네》에서 '수처작주隨處作主'라는 사자성어를 설명했다. 수처는 '조건과 상황에 따라 변하는 삶의 일터'를 말하고 작주는 '스스로가 인생이 되어 살아라'는 뜻이다. 두 가지 단어가 합쳐지면 '당신이 어느 곳에서 살든 주인으로서 살아가면 진리가 된다'는 내용이다. 외부 환경에서 갑의 자리를 찾겠다고 다툼을 하는 것이 중요한 게 아니라, 마음 안에서 '갑'부터 찾는 것이 중요하다는 이야기다. 마음의 주인이 되면, 세상에서 갑과 을이 어떻게 펼쳐지건 상관없다. 괴로움이라는 것은 상대방과의 관계에서 우위를 차지하지 못했다는 박탈감이나 열등감에서 온다. 불가능한 자리를 차지하기 위하여 시간을 허비하는 것보다 인생의 주인, 갑은 바로 '나'라는 사실을 깨달아야 한다.

《라틴어 수업》에서 한동일 교수는 이런 말도 했다. "남에게 인정받고 칭찬받으며 세상의 기준에 자기 자신을 맞추려다 보면 초라해지기 쉬워요. 하지만 어떤 상황에 처하든 스스로를 위로하고 격려하는 일을 멈추지 않을 때 자기 자신을 일으켜 세울 수 있습니다."라고 말이다. 우리가 갑과 을의 관계에 정신을 쏟는 것은 결국 다른 사람에게 잘 보이려고 신경을 쓰기 때문이다. 자기 자신을 사랑하고 마음의 주인으로서 자신의 생각을 주체적으로 이끌어간다면 '갑과 을'의 폐해는 더 이상 나타나지 않을 것이다. 당신에게 말한다. 당신이야말로 당신의 삶에 있어서 주인공, 바로 '슈퍼갑'이다.

04. 물질적은 것은 '버려야' 하고
정신적인 것은 '지켜야' 한다

"여러분들 나이 정도 되면 외제차 모실 만하지 않으세요?"

"요즘 젊은 사람들 전세 살아도 외제차는 필수로 타고 다니던데 말이죠."

며칠 전 팀원들과 함께 택시를 탔다. 어른 서너 명이 우르르 이동하는데, 기사가 뜬금없는 말 한마디를 던졌다. '외제차'라는 단어가 비위를 살짝 건드렸다. 겉으로 풍기는 어떤 이미지를 보고 말을 건넨 거 같은데, 택시 타고 다니는 우리가 외제차 몰 만한 능력이 없다고 평가했던 것일까? 기사의 표정으로 보아서는 그냥 실없이 던진 농담인 것 같았으나, 기분이 썩 유쾌하지는 않았다.

우리는 다른 사람의 시선에서 자유롭지 못한 삶을 산다. 타인에 비치는 내 모습이 어떨지 신경을 곤두세우기도 한다. 나의 가치를 스스로가 아닌 타인에게 맡기는 삶, 그들에게 인정받고자 하는 마음이 우리를 원하지 않는 모습으로 포장하게 한다. 프랑스의 철학자 사르트르는 "타인의 시선은 지옥이다."라는 말을 했다. 하지만, 벗어나고 싶어도 그럴 수 없는 것이 타인의 시선이기도 하다. 우리는 다른 사람과 더불어 살아가는 사회적 동물이기 때문이다. 철학자는 명언을 남기고 나서 깨달음을 얻어, 타인의 시선에 의존하던 틀에서 벗어났을까? 택시 기사의 '외제차' 농담과 그것이 우리를 지목한 것이라고 오해한 나는 여전히 타인의 시선을 의식하는 인간에 불과했다.

우리는 다양한 사회에서 어떤 축을 지탱한다. 각자의 위치에서 첫발을 내디뎠던 시절이 있었을 것이다. 나 역시 직장에 입사했던 첫날의 흥분과 설렘을 아직 기억한다. 우리는 열심히 일만 하고 살았다. 우리는 생존하면서도 꿈을 잃지 않기 위하여 도전하기도 했으며 실패도 여러 번 거쳤다. 노력과 그 끝에 찾아올 달콤한 열매의 맛을 생각하면서 어떤 분야에서든 살아남기 위해 노력하고 또 노력한다. 하지만 그렇게 살다 보면 지킬 것과 버릴 것에 대한 구별 능력이 사라진다. 인생에 중요한 가치가 무엇인지 우열을 가리기가 어렵게 된다.

자신에게 어울리는 가치란 무엇일까? 사원부터 사장까지 오르기 위해 투자해야 할 양적인 노력만큼, 우리는 미래에 찾아올 사회적 지위와 경제적인 혜택을 기대한다. 그래 고생하며 살아야 한다면, 그만큼의 고생을 감수해야 한다면 끝에 외제차 정도의 보상은 아무것도 아닐지도 모른다. 그렇게 누려도 합당할 만큼 당신은 열심히 살 것이기 때문이다. 하지만 적어도 나는 그런 일반적인 사회적 통념과 반대로 살고 싶다. 넓은 평수의 아파트, 번지르르한 외제차, 명품 브랜드 옷, 금으로 두른 시계와 같은 값비싼 장신구, 남에게 과시하기 위한 자본주의의 상징에서 멀어지고 싶다.

물질적인 것은 내면을 파괴한다고 믿는다. 물욕에 집착할수록 인간은 물건 자체에 영혼을 빼앗기고 더 많은 소유를 위하여 끊임없이 새로운 욕망을 수집한다. 그것은 영원히 끊을 수 없는 사슬로 이어진다. 한번 빠지면 절대 끊을 수 없는 매듭이 된다. 이것은 내면과의 투쟁에서 패배한 증거다. 사사이 후미오의 《나는 단순하게 살기로 했다》에서는 삶의 불필요한 것들을 과감하게 버려 집착에서 벗어날 것을 권한다.

'버리다'는 동사는 '가지거나 지니고 있는 것들 중에서 필요 없는 물건을 내던지거나 쏟는 것'이라고 한다. 물건이라는 것은 인간을 얽매이게 하는 성질을 가지고 있어서 자유로운 사고를 위해서 그것부터 먼저 버리는 삶을 실천하라는 뜻이다. 그리고 인생에 있어서 반드시 필요한 것만을 적게 소유하여, 몸과 마음을 자유롭게 하라는 뜻이다.

버리라는 뜻은 결국 집착에서 자유로워질 것을 원한다. 단순하게 사는 것의 궁극적인 목적은 자유를 찾는 것인데, 그것은 필요 없는 것들을 버리는 것부터 시작된다. 대신 지킬 것에 주목한다. '지키다'는 '재산, 이익, 안전 따위를 침해당하지 않도록 보호하고 감시하는 것'이며 중요하다고 생각하는 '가치, 생각, 예의, 약속을 어기지 않고 실행하는 것'이라고 한다. 버릴 것은 쓰레기 버리듯 과감하게 던져 버려야 한다. 대신 지켜야 할 것들은 더 소중히 아껴야 한다. 이를테면 가족을 사랑하는 마음, 타인에 대한 존중과 배려, 친구와의 약속, 동업자와의 의리, 사회적 규범과 같은 것들이다.

물질을 소유하려는 욕망은 내면이 아닌 타인의 시선에서 비롯된다. 물건은 사람의 마음을 번잡하게 한다. 타인에게 과시하고 싶은 욕구, 겉으로 보기에 사회적으로 성공한 듯한 모습으로 치장하고 싶은 욕망, 부의 가치로 존경받고 싶은 허영심은 버려야 할 것들이다.

스콧 니어링 부부의 간소하고 질서 있는 생활, 법정 스님의 무소유, 미니멀리즘을 보며 버릴 것을 생각했다. 버리고 떠나야 한다는 마음과, 부에 대한 집착은 끊임없이 서로 충돌한다. 그 싸움에서 우린 자주 패배한다. 그럼에도 버리라고 마음에게 주문한다. 물건과 마음이 연결되어 있지 않다고 착각하지만, 물건은 우리의 마음을 반영하는 거울이다. 물건을 쌓아두는 것은 우리가 과거의 생각으로부터 지배당하고 있다는 사실을 알려줄 뿐이다. 우리 부부는 작년 새 집으로 이사했다. 이사 오면서 대부분의 가구와 물건을 버리는 실천을 감행했다. 물건에 대한 집착을 버렸음에도 집엔 물건이 여전히 많다. 하지만 우리는 물질에게 내면이 파괴되지 않도록 검소한 미래를 계속 꿈꾼다.

타인의 시선에서 자유롭고 싶은 생각은 여전히 우리를 괴롭힌다. 주변에서 외모나 복장을 보고 사회적인 위치를 평가하려는 프로불편러와 같은 사람이 더러 있기 때문이다. 그들은 말한다. 그 나이 정도 되면 골프도 좀 치고 외제차도 폼 나게 몰고 다니고 명품도 몇 개 보유하고 있어야 하지 않느냐고.

나는 외제차는 물론 자동차도 소유하지 않는다. 그런 값나가는 것이 나이에 걸맞다고 말하는 사람들의 통념에 동의하지 않기 때문이다. 자동차 한 대쯤 몰 능력이 없냐고 질문한다면, 그것의 대답은 여러분들이 상상하기 나름이다. 소유할 가치가 없다고 판단했기에 구매하지 않았으며, 지하철과 버스를 이용해도 충분히 편리하므로 불필요한 지출은 삼갔다. 그리고 명품 브랜드의 액세서리나 의류에도 집착하지 않는다. 남들에게 보일 브랜드의 상징성에 의미를 두지 않기 때문이다. 버릴 것은 버리고 지킬 것은 지키는 삶을 실천하고 있지만, 우린 아직도 멀었다. 내공을 더 쌓아 타인의 시선에서 자유롭고 싶은 열망이 크다. 백화점에서 구입한 비싼 명품이 기쁨을 준다는 환상에서 깨어나야 한다. 물건이 주는 행복의 유효기간은 지극히 짧다.

물건은 물건일 뿐이다. 물건은 인간의 사상을 지배하지 못하며 행동에 제약을 줄 수 없다. 단지 불편하지 않은, 가진 물건들을 좀 아껴서 오래 쓸 수 있는, 그런 것들 때문에 행복과 불행이 교차하는 삶은 살지 말자. 자신을 돌아보면서 삶의 진정한 가치가 무엇인지 생각해보자. 물질적인 것은 당신에게 위로를 줄 수 없다. 물건에 지배당할수록 정신은 폐허가 된다. 영혼은 물욕에서 자유롭다.

05. '주연'인 당신을
스스로 '조연'이라 폄하하는 우를 범하다

당신은 '인생이라는 무대'에서 주연인가? 혹은 조연인가? 다른 말로 다시 한 번 묻는다. 성공한 사람들, 즉 주연이 설계한 인생을 따라하려는 당신은 현재 조연에 머물러 있지만 언젠가 주연이 될 것이라는 믿음이 있는가? 그들의 습관을 모방하다 보면 당신에게도 주연이라는 운이 하늘에서 뚝 떨어질 것이라 믿어 의심치 않는가? 미안하게도 당신과 나에게 그런 행운이 찾아올 확률은 극히 미미하다. 우리 대부분은 조연으로 살다 죽을 확률이 훨씬 높다.

'주연'이라는 단어는 임금 주主와 펼 연演 자를 쓴다. 주연은 임금의 자리처럼 '중요한 역할을 행한다는 것'을 뜻한다. '조연'이라는 단어는 도울 조助와 펼 연演 자를 쓴다. 조연은 주연을 돕는 역할이다. 주연이 멋진 연기를 펼칠 수 있도록 보이지 않는 곳에서 주연을 떠받치는 역할이 조연이다. 자기계발 서적에 포장된 멋진 말들은 대부분 주연의 말을 옮긴 것이다. 당신을 아무리 그곳에 끼워 맞추려 한다고 한들 타인의 경험은 당신의 이야기가 될 수 없다. 타인의 성공은 그 사람에게 맞도록 맞춤 설계된 것이다. 운 좋게 그 사람에게 성공이란 것이 주어진 것뿐이지, 그의 경험을 조명하거나 그의 인생을 답습한다고 해서 내 것이 될 수 없는 이유다. 하지만 세상은 우리에게 주연이 될 수 있을 것처럼 광고한다. 노력하면 주연이 될 수 있다고 당신에게도 그런 기회가 주어질 것이라고 사탕발림을 이야기한다. 하지만 그런 달콤한 말은 소수의 사람들이 인류를 지배하기 위하여 만든 논리이다. 우리는 그 거짓에 속아서 주연이라는 헛된 꿈을 좇을 뿐이다.

켄 로치 감독의 영화 〈나, 다니엘 블레이크〉에서 다니엘 블레이크는 나이 들고 가난하며 아프다는 이유만으로 사회에서 소외당한다. 단지 가진 것 없고 병들고 늙은 서민이라는 이유로 부당한 취급을 당한다. 아무도 그가 겪었던 억울함에 대하여 들으려 하지 않는다. 낙오한 사람의 재활을 도울 복지 시스템조차 시스템을 위해 존재할 뿐이다. 주인공은 사회에서 조연만도 못한 밑바닥 인생 취급을 당하지만 '자신의 인생에서 만큼은 주연'이라는 주체성과 인간으로서의 존엄성은 흔들리지 않는다. 당당하게 저항하며 자신의 말을 하며 말이다.

인간이 낼 수 있는 한계는 어디까지일까? 우리는 자신의 성능을 시험하며 사는데 삶이 바로 그 시험 무대이다. 운을 찾아 뛰어다닌 시절이 있었다. 겁 없이 성공을 찾겠다고, 주연이 되어보겠다고 불구덩이에 뛰어들었으나, 그 녀석이 마음 한가운데로 들어오지는 않았다. 무엇이든 잡겠다고 용기도 내봤다. 노력하면 반드시 보답이 어떤 형태로든 찾아올 거라는 믿음도 있었는데, 그 이유로 신을 찾은 날도 있었다. 진심으로 기도를 한다면 이루어질 것이라 막연한 생각을 했었다.

어느 날, 니체의 '신은 죽었다'와 같은 충격적인 문장을 접하고 허무주의에 빠지기도 했다. 일상은 그런 마음조차 사치에 불과하다며 정신을 번쩍 뜨게 했다. 신이 없다고 가정한다면 답은 몇 가지로 결정이 된다. 삶을 포기해버리거나, 적극적으로 살아갈 다른 방법을 모색하는 것이다. 그 무엇도 아니라면 아무것도 하지 않은 채 삶을 흘려버리는 거다. 인간은 원래 게으른 천성을 가지고 있는 걸까. 스스로 정신을 차려야 내 가족이든 친구든 위로라도 해줄 수 있다. 자신도 돌보지 못하는데 그 누구를 챙길 수 있을까?

우리는 각자의 삶에서 주연으로 산다. 다른 사람에게 의지하거나 본질에서 도망 치려 하지 말고 삶을 주체적으로 이끌어야 한다. 다른 사람이 정한 규칙대로 따르려만 하지 말고 관습처럼 굳어진 생각, 이론, 진리, 질서를 타파해야 한다. 안일한 생각을 버리고 스스로의 선택을 믿어야 한다. 그것이 니체가 말하는 초인Übermensch의 개념이다. 이진우 교수의《니체의 인생 강의》에서는 초인을 다음과 같이 정의한다.

"형이상학적 가치, 천상의 가치를 부정함으로써 새로운 가치를 만들어낼 능력을 가진 자가 초인이에요."

초인은 주연이 만든 질서를 의심한다. 모두가 사실이라고 정의하는 보편적인 현상조차 부정한다. 사실을 부정함으로써 초인은 자신에게 맞는 새로운 질서를 창조한다. 우리는 모두 초인이 될 수 있다. 초인은 스스로를 뛰어넘으며 위험 앞에서도 비굴하게 도망가지 않는다.

지성과 지혜를 동시에 겸비한 초인은 평범한 인간과 차별을 둔다. 무엇이든 뛰어넘고 한자리에 머무르려 하지 않는 초인, 우리에게 주어진 삶이 무한하지 않기에 지금 이 순간, 현재에 안주하려는 자신을 뛰어넘어야 한다. 인류라는 커다란 무대에서 조연이 아닌 당신의 인생에서 주연으로 말이다.

나는 글을 쓰면서 피로와 고통을 맛보고 있지만 결코 포기하지는 않았다. 글쓰기는 자신을 위로하는 방법이며 남들에게까지 위로를 안길 수 있는 수단이다. 작심삼일이라 할지라도 자신을 믿어야 한다. 결심과 나태, 작심과 게으름이 반복되었다. 그런 날이 쌓이고 쌓여 몇 년이 흘렀다. 재료가 없으니 '나'로부터 이야기를 시작했다. 쓰기 시작하고 그것이 습관이 되자, 삶 자체가 글이 되었다. 무차별적으로 실천을 하자, 어느 순간 특이점이 찾아왔다. '나'라는 한계에서 벗어나 세상을 바라보는 관점이 생기기 시작했다. 창작은 고통을 낳기도 했지만 내면을 주연으로 안내했다.

우리는 여전히 질척한 일상을 보내고 있다. 직장의 실적이든 학교에서의 성적이든 아내, 남편으로서의 역할이든, 자신을 뛰어넘어야 하는 과제는 여전하다. 같이 가야 하는 사람을 붙잡고 가야 할 숙제도 있다. 인간은 각각 인생이라는 독립 무대에서 주연을 맡는다. 수없이 반복하고 노력해도 습관으로 굳어지는 길은 쉽지 않다. 몇 년 동안 자신과 집요하게 싸움을 해야 한다. 내 인생의 조연이 아닌 주연을 향해 말이다. 우리는 모두 고유의 영역에서 주연이라는 사실을 잊지 않기 바란다. 당신이라는 무대에서 초인, 즉 주인공으로 말이다.

06. '희망'은 당신의 것,
   '절망'은 포기하는 자의 것

'절망'의 뜻은 한자어로 끊을 절絶과 바랄 망몇 자를 쓰는데 '바라볼 것이 없게 되어 모든 희망을 끊어 버린 상태'를 말한다. 철학적인 의미로는 극한 상황에 직면한 인간이 자신의 존재 가치를 잃어버린 상태, 즉 허무에 빠지는 감정을 뜻하기도 한다.

빅터 프랭클 박사는 지옥 같은 아우슈비츠 죽음의 수용소에서도 목숨을 지켰다. 죽음을 목전에 두면, 대부분의 사람들은 절망에 빠진다. 하지만 프랭클 박사는 인간성이 상실되고 극도의 공포와 두려움만이 가득한 상황에서도 희망을 잃지 않았다. '희망'이라는 단어는 바랄 희希와 바랄 망몇 자를 사용한다. 절망과 똑같이 '바랄 망' 자를 사용하지만 희망에는 바란다는 글자가 두 개나 있다.

희망은 바라고 또 바라는 것이다. 그만큼 희망은 쉽게 얻는 가치가 아니다. 바라고 구하고 소원하고 그런 마음을 쌓고 쌓아 올리다 보면 닿을 수 있는 가치이다. 희망은 '어떤 일을 이루거나 하기를 바라는 마음'이다. 그리고 앞으로 잘될 수 있을 거라는 가능성을 의심하지 않는 생각이다. 아우슈비츠 수용소는 삶과 죽음의 경계선이 맞닿아 있었다. 죽음이 가까이 있다는 사실은 오히려 인간을 겸허하게 한다. 굳이 자살로 자신을 위로하지 않더라도 가스실은 늘 옆에 있기 때문이다.

절망과 희망의 조각들을 이어 붙인 형상이 삶이다. 알베르토 자코메티는 걸어가는 인간의 모습을 죽음으로 묵묵히 걸어가는 형상으로 표현했다. 인간은 모두 죽을 수밖에 없기 때문에 탄생은 그 자체로 기적이라고 말했다. 자코메티는 삶을 조각한다고 작품에서 보여주지 않았는가? 아름답든 그렇지 않든 삶을 조각하는 우리도 예술가인 셈이다. 인간은 사유할 수 있어서 삶을 돌아보고 시간을 끊임없이 이어 붙인다. 주어진 시간이 무한하다 여기면 '지금 이 순간'의 소중함을 모른다. 그러나 우리는 가끔 현재의 행복을 양보하고 미래만을 바라본다. 지나버린 과거를 가끔 후회하면서…. 후회하는 이유도 외적인 탓보다 내적인 불만이 더 크다. 노력해도 가야 할 길은 멀어 보이는 게 현실, 그것 때문에 절망한다.

"불광불급不狂不及 : 미치지 않으면 미칠 수 없다."

'미쳐야 한다'는 소리가 세상에 가득하다. 공부에 미치고, 일에 미치고, 성공에 미쳐야 하는 '광기 시대'에 우리는 산다. 제정신이 아니면 살 수 없는 사회, 편안하게 잠들 수 없는 사회에 우린 놓였다. 그래서 자존감이 바닥이다. 무너지지 않기 위하여 비굴한 삶도 받아들여야 하기에.

가치 있는 삶이란 무엇일까? '어떻게 살아야 할까?', '왜 미치도록 스스로를 혹사 시켜야 하는 걸까?' 우리는 삶의 현장에서 과부하 상태로 방치되어 있다. 빛나기 위하여 끊임없이 자신의 존재 가치를 증명해야 한다. 밸런스를 맞추기 위해 격렬한 싸움이 벌어지는 현장이 바로 삶이다. 삶의 무게는 절망을 안기기도 희망을 안기기도 한다. 우리는 그래도 빛나는 미래를 기대한다. 언젠가 올 순간을 위해 열심히 갈고닦는다.

우리는 절망에 쓰러져도 다시 일어선다. 소설《마션》의 주인공인 와트니는 화성에서 불의의 사고를 당하여 혼자 버려진다. 고립무원의 상황에서도, 도저히 희망을 찾을 수 없는 상황에서도 그는 절망하지 않는다. 그는 낙담하지도 않고 실망하지도 않았다. 어떻게 살아갈 것인가, 현실적인 고민은 생존의 방법을 찾도록 유도했다.

최악의 상황에서도 용기를 잃지 않고 위기를 견뎌내는 사람들은 대체 어떤 사람들인가? 빅터 프랭클이나 와트니 같은 사람은 일부 선택받은 사람들인가? 나 역시 군 복무 시절 가혹한 환경을 버텨냈다. 그곳은 아우슈비츠 수용소 이상의 공포를 안겼다. 인간 이하의 취급을 당하던 나와 동료들은 죽음이 가까이 있다는 현실을 받아들이고 그곳에서 생존할 방법을 모색했다. 물론 절망을 받아들이지 못하고 삶을 포기한 동료도 있었다. 하지만 대부분의 사람들은 절망 속에서도 희망을 찾았다.

어떻게 사는 것이 올바른 방법인가. 생존의 해답은 각자가 찾아야 한다. 세상은 스스로의 힘으로 살아갈 수밖에 없다. 자신만의 세계관을 세우고 미래를 설계해야 한다. 계획을 꾸준히 실천하고, 어려울 때는 친구나 주변의 조언도 받아 가면서. 자신만의 시야를 넓히는 것이 세계관의 생성 과정이다. 존재에 대한 끝없는 사유, 물질에 대한 욕망에서 멀어지기, 선한 마음을 유지하기, 이것이 우리가 얻어야 할 세계관의 본질이다. 희망은 삶을 개척하기 위한 당신에게 윤활유가 된다.

시간은 지름길로 빨리 가도, 멀리 돌아가도 언제나 흐르고 만난다. 부정하여도, 회피하여도, 미래는 누구에게나 공평하다. 미래는 공정하게 찾아온다. 다만 희망이 있다면 삶이 힘들어도 버틸 수 있는 힘이 되지 않을까?

"가기 싫어도 가야 하는 길이야. 넌 선택권이 없다." 주어진 현실에서 희망을 찾고 무엇보다 즐겁게 살아야 한다는 진리를 깨닫는다. 그것을 찾기 위해 지금도 모험을 멈추지 않는다. 언제까지 찾아야 할지 모르지만, 평생 구해야 할 숙제다. 다만 그곳에는 생존하기 위한 무기가 필요하다. 현재, 하는 일에 충실하고, 새로운 희망에 대한 가능성을 찾는 것은 열린 미래로 우리를 이끈다. 미래에서 삶의 의미를 찾는 것은 희망을 잃지 않는 사람에게 주어진 과제이다.

감정은 파도처럼 일렁인다. 부정적인 신호에 묻혀 상실감이 몰려오는가 하면, 희망을 가슴에 품고 힘을 내기도 한다. 절망을 한 아름 안고 있다가 분노를 한꺼번에 토해내기도 하는데, 그것은 자신에게 도움이 되지 않는 일이다. 절망은 희망을 끊어버리는 최악의 상태이기 때문이다. 우리는 죽음 앞에서조차 희망을 찾는다. 우리는 고난을 이겨낼 수 있는 내적 힘이 있다. 미래는 예견된 채로 흘러가지 않는다. 희망을 품은 사람과 함께 평행하게 흘러갈 것이다. 우리는 미지의 공간을 탐험하는 개척자이다. 희망은 당신의 것, 절망은 포기하는 자의 것, 시간을 다스리는 희망 전달자가 되어보는 것은 어떨까? 희망의 선상에 우리가 있다. 희망을 꽃피우기 위해 오늘도 미래를 심어야 한다.

07. '하고 싶은' 일과
'하기 싫은' 일의 기로에서

'하고 싶다'는 '하다'라는 동사와 '싶다'라는 보조형용사가 결합된 문장이다. '하다'는 사람이 어떤 행동이나 작용을 이루다는 뜻이고, '싶다'는 앞말인 '하다'가 원하는 마음이나 욕구가 실현됐으면 하는 것을 나타낸다. 반면에 '하기 싫다'는 '싫다'라는 동사가 형용사 '하다'와 같이 쓰여 마음에 들지 않은 것에서 회피하고자 하는 욕구가 들어 있다. 인생은 하고 싶은 것과 하기 싫은 것의 싸움이다. 우리는 '하고 싶은 것'을 마음대로 할 수 있는 미래의 자유를 얻기 위해서, 지금 '하기 싫은 것'을 하며 살고 있다. 우리는 현재의 행복을 담보로 미래를 꿈꾼다.

하기 싫은 것은 사실 생존 문제와 관련이 있다. 하기 싫은 것은 먹고살기 위해서 해야 하는 '직장인의 운명'과 같은 형태이기 때문이다. 물론 일이 보람되고 목표를 실현하는 것에서 즐거움을 찾는 사람도 더러 있다. 하지만 일을 함으로써 얻어지는 돈의 맛에 길들여진 우리는 '하기 싫은 것'의 더 깊은 포로가 된다. 인생을 살면 살수록 하고 싶은 것은 사치가 되고, 하기 싫은 것에 어느새 쉽게 적응이 되어 간다.

김영하 작가는 "하고 싶은 일을 한다는 것이 사치"라고 말했다. 또한 "기성세대는 현재에 안주하지 말고 새로운 도전을 하라고 쉽게 말하지만 요즘 세대는 현재에 머물러 있기도 힘들다."고도 말했다. 김영하 작가의 말대로 하기 싫은 일만 죽도록 하다 인생이 끝날 확률이 더 높다. 노력하면 성공하는 시대는 과거에 이미 끝났다. 삶은 아무리 절실한 마음을 먹고 노력을 한다 해도 변하지 않는다는 이야기이다.

하지만 대부분의 성공한 사람들은 김영하 작가처럼 이야기하지 않는다. "당신도 한번 해봐.", "어렵지 않아, 하면 되는 거야.", "나만 따라오면 돼."라고 유혹한다. 단지 그들에겐 우리에게 없는 운이 더 따랐을 뿐이다. "그들이 우리보다 더 노력을 했다? 그들은 준비된 사람들이다?" 이런 이야기는 모두 그들의 성공한 결과를 두고 과거를 추적하여 현재에 끼워 맞추는 행동에 불과하다. 성공하지 못한 결과를 개인의 책임으로 돌리고 더 시간을 투자하면 될 것처럼 속삭이는 성공인의 이야기가 싫다.

'하고 싶은 것'에 대하여 다시 이야기를 해보자. '하고 싶은 것'은 즐거움과 재미를 보장한다. 하지만 자본주의 사회에서 생존할 수 있는 무기인 부와 함께하기는 좀 어려울 것이다. '하고 싶은 것'이 진정으로 빛을 발하기 위해서는 '하기 싫은 것'을 거부하지 않고 맞서는 삶이어야 한다. 직장에서, 가정에서, 학교에서 어떤 곳이든 자신의 역할에 충실한 삶을 살 때, '하고 싶은 것'은 빛을 잃지 않고 우리를 기다려준다.

문제는 자신이 '하고 싶은 것'이 무엇인지 모를 때다. 그것이 우리의 문제라면 맞을지도. 그래서 어떤 노력이든, 방법이든 따라다니고 배우고 또 찾아다닌다. 그것이 자신에게 맞는 길이라 착각하고 자본과 시간을 쏟아붓는 것이다. 우리는 그래서 여러 가지 욕망을 동시에 건드린다. 자신이 슈퍼히어로처럼 멀티로 뛰어도 끄떡없다고 과신한다. 그리고 자신은 넓은 도메인 지식을 가졌다고 자랑한다. 그럴 때마다 욕심은 과다한 용기로 포장이 되는데, 어느 한 가지도 놓치기 싫다는 마음만 앞서게 된다. 그것은 여러 우물을 파보는 기질과 비슷하다. 한 가지만 팠다가 망하면 어떻게 될까라는 두려움이 앞서기 때문이다. 그래서 한 가지 분야의 장인이 된다는 것보다 여러 가지를 건드려서 그중에 하나라도 걸렸으면 하는 바람을 갖게 된다.

나도 그런 사람이다. 동시에 여러 가지를 할 수 있는 재능을 지녔다고 믿었지만, 실제로는 한 가지에도 집중하지 못하는 성격인 것이 더 맞다. 그럼에도 그런 단점을 알면서도 바꾸지 못한다. 인간은 대부분 바뀌지 않기 때문이다. 자신의 기질을 버리고 자꾸 무엇으로 바뀌어보겠다고 시도할 때마다 '나'라는 존재는 희미해진다. 나라는 존재가 희석되고 죽을 것 같기 때문에 결국 못 바꾸는 것이다.

소프트웨어 개발 방법론에 '애자일Agile'이라는 기법이 있다. 과거에는 하나의 소프트웨어를 만들기 위해 처음부터 너무 거창한 목표를 세우다 보니 그에 맞게 계획과 개발 방법도 복잡할 수밖에 없었다. 지나치게 자세한 개발 방법과 즉흥적인 개발 방법론의 사이에서 타협점을 찾기 위해서 나온 것이 애자일 기법이다. 애자일 개발은 실현하려는 목표를 점진적으로 완성한다. 한꺼번에 완성하려는 것이 아니라 작은 모델부터 만들어보고 문제점이 있다면 수정하여 그다음 단계로 다시 진행하는 기법이다. 하고 싶은 것을 계획하고 실천하는 것도 애자일 기법과 비슷하다. 커다란 목표부터 욕심내려 하지 말고 작은 것부터 하나씩 단계를 밟아가는 것이다. 하고 싶은 것만을 하며 살 수는 없는 세상이다. 하기 싫은 일도 때로 웃으며 해야 하는 세상이다. 다만 과정에는 고통이 따를 것이다. 두려워하거나 뒤로 물러설 필요는 없다.

한 단계씩 진행하면서 하고 싶은 것을 자신의 삶에 조금씩 스며들도록 해야 한다. 그렇게 살다 보면 하기 싫은 것보다는 하고 싶은 것으로 삶이 더 채워지지 않을까?

이제는 하고 싶은 것을 하자는 추상적인 생각보다 구체적으로 자신에게 맞는 일을 찾아보자. 그래서 그것들에 집중하고 버릴 것은 버리자. 이것도 선택과 집중이다. 인생은 선택과 집중의 연속이니깐, 그렇게 살아보는 것도 나쁘지 않겠다. 이 책을 읽고 있는 당신도 당신의 세계에서 몰입할 수 있는 가치를 찾기 바란다. 그것이 내가 하고 싶은 이야기다. 삶을 살다 보니 하기 싫은 리스트가 여백을 꽉 채운다. 나이가 들수록 하고 싶은 일보다는 하기 싫은 운명에 더 익숙해져야 함을 깨닫는다. 마음에 여유를 좀 채워야 한다. 우리는 모두 하고 싶은 것, 하기 싫은 것을 저울에 매달고 이리저리 재는 삶을 산다. 다만 당신은 지금 후보를 벗어나 주전이 되기 위해 균형을 맞춘다. 아슬아슬 무너지지 않기 위해 어떤 것은 단념하고 어떤 것은 가슴에 품기도 하면서. 그리고 천천히 말이다.

08. 어느 별에서 왔든 '남자의 언어'와 '여자의 언어'는 분명 다르다

'언어'란 '생각, 느낌 따위를 나타내거나 전달하는 데에 쓰는 음성, 문자 따위의 수단. 또는 그 음성이나 문자 따위의 사회 관습적인 체계'라고 한다. 물론 언어는 남자와 여자에 상관없이 일반적으로 쓰이지만, 가끔 받아들이는 관점에서 오해가 발생한다. 남자와 여자는 같은 말을 하지만 가끔 서로 다른 말로 해석하는 오류를 범한다. 남자와 여자의 다른 뇌구조에서 오는 현상일까?

미국 필라델피아 대학교 연구에 따르면 남녀의 뇌 영상을 분석해 보면 뇌구조는 뚜렷한 차이를 나타낸다고 한다. 여자는 대뇌 좌측과 우측을 오가는 연결 구조가 발달한 반면 남자는 그렇지 않다고 한다. 이 말은 여자는 양쪽 뇌를 효과적으로 이용하지만, 남자는 한쪽 뇌를 더 효율적으로 이용한다는 연구결과이다. 근본적으로 구조가 서로 다르기 때문일까? 나도 남자이기 때문에 여자의 언어를 이해하기 위하여 오랫동안 훈련이 필요했다. 아내와 20년 넘게 살고 있지만, 한때는 아내의 언어를 제대로 해석하지 못해서 곤란을 겪은 경우도 많았다.

남자의 언어는 직설적이고 단순하다. 여자는 복잡하고 미묘하며 섬세하다. 그러한 생물학적 차이가 서로 충돌을 일으킨다. 여자는 공감을 원한다. 예를 들어, 같은 말을 하더라도 남자는 여자의 언어 속에 감춰져 있는 속뜻을 발려낼 줄 알아야 한다. 곧이곧대로 여자의 언어를 직역하면 안 된다는 뜻이기도 하다. 여자는 상대방에게 직접적으로 의사를 전달하기 힘들어한다. 부끄러워하거나 쑥스러워하기 때문이라고 한다. 그래서 확실한 의사표현은 하지 않지만, 숨은 의도를 상대방이 이해해주길 바란다. 여자는 문제가 일어난 원인을 분석하고 앞으로 어떻게 행동해야 할지 구체적인 아이디어가 필요한 것이 아니라, 위로받고 공감받고 싶어 하는 것이 크다.

남자는 논리적이다. 상대방이 말하는 것을 들으면서 바로 분석하고, 이야기의 요점을 파악하려 든다. 사람과 사람 사이에서 일어나는 여러 사건의 본질을 규명하여 관계를 개선해야 한다. 남자는 사소한 일보다 거시적인 그림을 그리고 싶어 한다. 구구절절 이야기들을 털어놓고 위로를 얻고 싶어 하는 여자의 방식을 이해하지 못한다. 남자는 여자의 시시콜콜한 이야기까지 따지고 분석하려 덤벼든다. 소통 방식이 근본적으로 다르다.

또 하나의 문제점은 남자가 이해하는 방식이다. 남자는 여자가 말하는 사실을 그대로 믿는다. 이를테면, "오늘 날씨가 참 좋네."라고 말하는 여자의 말을 듣고, "그러네. 오늘 날씨 최고야."라고 대답한다. 사실 여자가 원하는 것은 오늘 날씨가 좋으니 같이 나들이라도 떠나자는 이야기인데 여자의 언어를 파악하지 못한 남자는 저렇게 답변을 한다.

남자의 뇌는 이성적인 사고를 하도록 좌뇌를 주로 이용한다. 반면 여자는 이성적인 사고보다 감성적인 사고를 주로 한다. 따라서 여자는 우뇌를 40% 가까이 더 사용한다고 한다. 여자는 남자보다 좌뇌와 우뇌를 연결하는 '뇌량'이라는 것을 더 쉽게 이용한다고 한다. 이성적인 사고를 하면서도 감성적인 사고에 유연하다는 뜻이다.

그냥 흘려들으면 안 되는 말이 있다. 예를 들어, "괜찮아. 걱정 안 해도 돼."와 같은 말이다. 이 말에 숨은 뜻은 지금 엄청나게 안 괜찮으니깐, 당장 와서 위로를 해주던지, 도와달라는 뜻이다. 정말 괜찮다고 믿고서 가만히 있다간 나중에 큰일 치른다. 남자는 어떤 문제로 여자가 골치를 썩고 있는 건 아닌지 자상하게 물어봐야 한다.

"이거 어때?"는 가끔 아내가 나에게 묻는 말이다. 이런 말을 그냥 흘려버리면 안 된다. 이 말에 숨은 뜻은 옷이 괜찮은 것 같은데, 한번 입어보고 싶다는 뜻이니 잘 봐달라는 의미다. 또한 남자에게 옷을 사 달라는 표현일 수도 있다. "나 살찐 거 같아, 나 못생겼어." 이렇게 말 하는데, "어 그러네. 요즘 살 좀 쪘네."라고 말했다가는 당장 이별을 통 보당할 수 있다. 실제 살이 쪘어도 그렇게 직선적으로 말하면 안 된다. "지금 딱 좋아, 살 하나도 안 쪘어."라고 적당하게 거짓말도 할 줄 알아 야 한다. "속상한 일 있었어."는 여자 편을 들어달라는 얘기다. 속상한 일에 대해서 소상하게 들어주고 여자의 편에 서서 속상하게 만든 사람 을 생각으로 두드려 패줘도 된다. 당신이 완전히 여자의 입장에 서있 음을 피력해야 한다.

남자에게 "괜찮아. 걱정 안 해도 돼."라는 정말 괜찮은 것이니 신 경 안 써도 된다는 거다. 내 잘못이야, 라고 말하는 남자의 말도 마찬가 지다. 실제 나에게 잘못이 있으니 스스로 반성한다는 뜻이다. "나 살찐 거 같아."라는 말에는 그럼 "운동 열심히 해."라고 해결책을 말해주는 것을 훨씬 좋아한다.

남자라는 동물은 '동굴' 속으로 들어가고 싶어 한다. 아내에게 혼 나서 내 방으로 쫓겨 가는 것이 아니라 자발적으로 동굴로 들어가는 것이다. 갇힌 공간에 굳이 집착하려는 이유는, 남자는 나를 억압하는 모든 환경에서 떠나고 싶어 하기 때문이다. '내 동굴'은 나에게만 주어 진 소유의 의미다. 나만의 한정된 공간에서 보내는 삶은 내가 원하는 취미, 되고 싶은 것, 배우고 싶은 것을 지속적으로 누릴 수 있는 특별한

시간을 제공한다. 존 그레이의 《화성에서 온 남자 금성에서 온 여자》
에서는 남자들이 기분이 좋지 않을 때, 말하기를 거부하고 자기 '동굴'
속으로 들어가서 혼자 문제를 해결하려는 경향을 설명한다.

한국 남자들에게 절대적으로 필요한 것은 사회적 역할을 떨어내고 차분히
앉아 생각할 수 있는 배후 공간이다.

– 김정운 《가끔은 격하게 외로워야 한다》 중에서

남녀는 서로 다른 것이지 틀린 것이 아니다. 서로의 사고방식이
무조건 옳다고 주장만 하지 말자. 다만 서로 다른 것을 인식하는 것에
서 소통은 출발한다. "당신은 틀렸어, 당신이 먼저 나에게 맞춰야 해."
라고 말하는 것은, 서로 다르다는 것을 인정하는 태도가 아니다. 먼저
상대방을 이해하고 인정하려는 태도가 중요하다. 다름을 인정할 때 남
녀는 서로의 세계를 받아들이고 사랑할 수도 있다.

09. '차가운' 마음에 건네는
흰색의 '따뜻함'

계절 중에 겨울을 첫 번째 손가락으로 꼽을 만큼 사랑한다. 겨울
은 무엇이든 덮거나 감출 수 있는 흰 바탕에서 시작한다. 삶은 흰색으

로 조명되고, 순수함은 세상을 순결하게 화장이라도 할 듯이 선물로 찾아온다. 겨울바람은 순수하지 않은 생각으로 물들어버린 마음을 날려주고 더럽혀진 것들을 씻는다. 수줍은 마음은 부서지는 겨울 낙엽처럼 바스락거리다 바람에 날아간다.

흰색은 새로운 가능성이자 기회이다. 겨울 아침은 도화지가 되어 세상에 존재하는 거짓, 울분, 타락, 모순, 노여움, 배신, 슬픔의 얼굴을 쓰다듬고 다시 그린다. 우리에겐 무엇이든 그릴 수 있는 자격이 있고 의식의 흐름을 따라 세상을 스케치한다. 무거운 붓을 들 수도 있고 가벼운 펜을 들 수도 있다. 그것은 당신의 취향이자 자유 의지다. 색칠을 시작한다. 재주는 필요 없다. 실패해도 상관없다. 그림이 실수로 범벅이 되어도 하늘이 다시 흰색을 충전해준다. 따라서 무엇으로 채워지지 않아도 상관없다. 여백이 있으니 말이다. 눈을 감고 사람을 생각하다 이야기를 건져 올린다. 잊고 새로 시작하면 된다고, 가능성은 열려 있다고 다짐한다.

그냥 다 잊고 걸어도 된다. 폭설이 쏟아진 새벽, 아무도 지나가지 않은 순백의 길, 당신의 향기를 따라 발자국을 내며 지나가본다. 뽀드득 소리에 귀를 한번 기울인다. 당신과 세상 사이에 불협화음이 나고 있지는 않은가. 마음의 문을 안에서 걸어 잠그고 있지는 않나. 길을 따라 걷다 지루해지면 뒤를 돌아봐도 된다. 남긴 발자국의 흔적에 시선을 흘리거나 문득 외로움에 빠져도 된다.

눈이 오는 겨울밤엔 백석 시인이 생각난다. 그러면 그가 사랑했던 여인도 같이 따라 온다. 그에겐 사랑했던 나타샤(자야)가 있었다. 사랑하는 여인과 이루어질 수 없었던 야속한 밤, 야윈 눈동자, 냉기로 가득 찬 시인의 입술을 생각한다. 그리고 푹푹 산처럼 쌓여가는 무심한 눈, 백석의 황량한 밤을 그리워해 본다.

가난한 내가

아름다운 나타샤를 사랑해서

오늘 밤은 푹푹 눈이 나린다

나타샤는 나를 사랑을 하고

눈은 푹푹 날리고

나는 혼자 쓸쓸히 앉아 소주(燒酒)를 마신다.

— 백석의 〈나와 나타샤와 흰 당나귀〉 중에서

사랑하는 남녀가 있다. 눈이 쌓인 평원이 끝없이 펼쳐져 있으며, 두 남녀는 손을 잡고 눈밭에 발자국을 꾹꾹 남기며 지나간다. 남자가 장갑을 벗어 여자의 맨손을 어루만진다. 눈은 계속 쌓여 무릎 아래가 속절없이 눈 속에 빠지고 걸음은 휘청거리지만 설원에는 두 사람이 전부다. 남자의 손은 충분히 뜨거워서 차가운 여자의 손에겐 봄의 햇살 같다.

남자의 온도는 서서히 내려가고 여자의 온도는 급격히 올라간다. 사랑에 임계점은 있을까? 한 사람의 마음이 불이라면, 마음과 마음이 손바닥 어딘가에서 만나 그 온기를 주고받을 수 있을까? 세상은 그걸로 완벽히 아름다울 수 있지 않을까? 두 줄의 발자국이 생겨 새로운 길이 이어지고 시간이 지나면 다시 사라지고, 유한한 인간의 삶처럼 누군가는 사라지고 빈자리는 채워지는 운명이 이어진다. 눌린 발자국 속에서도 사랑은 피어나고 또 무심히 쌓여간다.

오늘 마음대로 걸을 수 있다면 얼마나 갈 수 있을까? 멀리 보이는 설산에 가닿을 수 있을까? 멈출 수도 없고 돌아갈 수도 없는 하루는 곧 어둠속으로 물러난다. 아무도 없는 밤을 대비해야 한다. 혹독한 어둠을, 생기 잃은 어둠을, 혼자서는 견디기 힘든 밤을 말이다.

겨울은 잿더미에서도 꽃을 피운 아픈 상처를 기억하고 있다. 이제 얼음장처럼 차가워진 그리움에 꽃을 피울 시간이다. 따뜻한 안방에 앉아 겨울을 펼쳐 놓고 또 읽고 있지만 눈은 곧 녹을 테고 마을도 길도 사라질 것이다. 하얀 겨울을 포장하여 당신에게 선물하고 싶은 밤이다.

창밖에는
겨울이 열리기 시작했습니다
들여다볼수록 점점 옅어지는
아침의 열매는 아직도 시립니다

나는 분주한 아침에서 물러나
잠시 당신을 마주합니다

손님 같은 햇살이 찾아와
창틀에 맺히기 시작하면

당신은 몸을 부스럭거리다

서늘히 가라앉은 아침에 눈인사를 합니다

말라가는 슬픔 하나

두고 온 기억 둘

맡을 수 없는 냄새 셋

아침 풍경을 다림질합니다

햇살은 무엇이든 찾아가 비춰줍니다

이를테면

뻣뻣한 것

주름진 것

구겨진 마음 같은 것들 말입니다

그리고 그리움조차….

그때

겨울 방울이 떨어져 창틀에 맺혔습니다

창밖을 바라본다. 집 앞, 공원이 언제나 기다린다. 지난겨울 헐벗고 굶주리다 이제 공원은 제 모습을 찾아간다. 계절은 변한다. 봄을 넘어서 이제 여름을 향해 간다. 변해가는 내 마음만큼 나무도 이파리도 꽃잎도 제 빛깔을 찾는다. 그래, 변해간다는 말보다는 자신의 성질로 돌아간다고 보자. 그래도 내가 보는 공원의 풍경은 매일 변하는 것이라 생각하기로 한다.

어제의 녹색보다 오늘은 더 싱그럽다. 푸르름은 향기를 더하고 나는 연두색과 녹색의 사이에서 어떤 마음의 동기를 유발한다. 오늘은 생동하는 자연의 기운을 담아, 눅눅했던 마음을 넓게 펴보리라 다짐한다. 마음만 먹는다면 어두운 마음도 밝게 변할 수 있을 거라 의심하지 않는다. 몸을 먼저 움직인다. 그리하면 마음도 따라오게 될 것이다.

10. '아는' 것을 '모르는 척'해야 편한 것은 맞습니다만

가끔은 알고 있는 사실이라도 모르는 척하는 게 유익하다. 드라마 〈나의 아저씨〉에서는 아내의 외도 사실을 알고도 모른 척하는 남편과 그 사실을 불편해하는 아내와의 갈등 장면이 폭발하는 내용이 있다. 남편은 알고도 모른 척 살아야 하는 어른의 본능에 충실했고 가정이 해체되는 것이 두려워 모른 척해야 하는 힘없는 중년의 역할에도 충실했다. 이렇듯, 아예 모르는 것이 편할 때가 많다. 알고도 모른 척하는 것은 내면을 거짓으로 황폐화시키기 때문이다.

하지만, 우리는 인생을 살아가면서 때로 거짓 삶, 거짓 태도를 취한다. 그런 면에서 '척'이라는 의존명사는 거짓 태도에 썩 어울리는 상대다. '척'은 '어미 은, 는과 더불어 사용되는데, 그럴듯하게 꾸미는 거짓 태도나 모양'을 나타낸다. 어미에 대하여 부정하는 뜻으로 해석하면 된다. 예를 들어, "애써 태연한 척을 하다.", "잘난 척을 하다.", "대표는 내 말을 들은 척도 하지 않았다."와 같은 문장처럼 사용한다. 즉 실제로 '태연하지 않으며, 잘난 사람도 아니며, 말을 듣지도 않는' 반대 의미로 해석하면 된다.

우리는 이런 두 가지 상황에 가끔 직면한다. 첫 번째로, 자신을 애써 좋은 모습으로 포장해야 할 때, 거짓으로 자신을 위선하는 것이다. 그럴 때마다 '척'은 효과적으로 활용된다. '가진 척, 아는 척, 배운 척, 잘난 척, 자신 있는 척, 똑똑한 척, 멀쩡한 척' 등 셀 수 없이 많은 거짓을 생산하여 전면에 그것을 내세운다. 왜 그렇게 행동할까? 모르는 것이 부끄러운 일이 아닌데 우리 사회는 그 모름에 대하여 관대한 모습을 보이지 않기 때문이다. 두 번째로, 알고 있음에도 불구하고 자신을 일부러 낮춰 꾸미는 경향도 있다. '모르는 척, 건방진 척, 비겁한 척, 무식한 척' 등 일부러 나쁘게 행동하는 모습을 취한다. 이렇게 하는 이유는 자신의 능력이 보람 없이 소비되는 것을 경계하기 때문이다.

우리는 때로 알고 있는 것이 독이 된다는 사실을 안다. 단지 알고 있다는 사실만으로 여기저기 차출되어 남보다 많은 희생을 감수해야 하는 경우가 있으며 그런 사람의 노고는 인정하지 않는 사회적인 분위기 때문이다. 그래서 몰라도 아는 척하는 허세를 부리기보다, 차라리 알아도 모르는 척 행동한다. 자신이 보유한 에너지를 조금이라도 아끼기 위해서 말이다.

지하철에서는 수많은 모른 척의 시선을 본다. 그날도 피곤한 출근

지하철에 몸을 실었다. 자리를 차지하기 위해 맷집으로 밀어붙이는 사람들. 그 치열한 틈바구니 속에서도 한자리를 겨우 차지했다. "휴…." 라는 한숨이 저절로 새어 나왔다. 나도 이제 나이를 꽤 먹은 건가. 편안한 자리 하나에 집착하는 중년의 나이, 역시 세월을 거스를 수 없었다. 수십 명의 사람들, 반면에 숨 쉬는 소리조차 들리지 않는 고즈넉한 공간, 지하철은 소음도 내지 않고 달렸다. 다음 역에서 할머니 한 분이 승차했다. 둘러보았으나 빈자리는 없었다. 할머니는 아무렇지도 않은 표정으로 젊은 사람들 틈에 같이 서있었다. 나도 모르게 반사적으로 자리에서 일어나 자리를 양보했다. 도저히 모른 척할 수가 없었다. 그러나 할머니는 예상과는 다른 말을 했다.

"젊은이 괜찮아요. 내가 금방 내려요. 그냥 앉아 있어요."

그 말엔 시대의 막을 내리는 마지막 황혼의 빛과 여전히 힘을 잃지 않는 희망의 빛, 두 가지가 동시에 담겨 있었다. 미안한 마음이 서려 있었을까? 아는 척과 모르는 척, 두 가지 경계에 서있는 쇠락한 영혼이 보였다. 자리를 양보할 때마다 흔하게 마주치던 지하철의 뻔뻔함은 보이지 않았다. 그러나 그 영혼은 어떤 영혼보다 밝았다.

"아닙니다. 앉으세요."
"고마워요. 젊은이. 가방이 무거워 보이는데, 이리 줘요"
"아닙니다. 하나도 안 무겁습니다. 괜찮습니다."

할머니의 미소와 말엔 인품이 담겨 있었다. 세월의 때가 아닌 고결한 광채가 빛났다. 더군다나 오래간만에 어른에게 들어본 존댓말이었다. 나이란 것은 누군가에게는 벼슬이 되기도 한다. 함부로 사용해도 되는 세월의 보증 수표 같은 거 말이다. 하지만, 어떤 노년에게는 그렇지 않기도 하다. 아무렇게나 하는 그런 막무가내를 묵인하는 사회, '너희들보다는 많이 살아왔으니까', '이 정도는 문제없겠지', '내가 양보받는 건 당연한 거야'와 같은 꼰대적 성격의 나이듦을 연상케 하는 장면은 없었다. 피곤한 아침이었지만, 그 순간에 원인 모를 힘이 생겨났다. 그리고 한동안 얼굴이 달아올라 어쩔 줄을 몰랐다.

목적지 역에 도착하여 지하철 출구를 빠져나왔다. 입구를 나오자마자 '모르는 척'이 다른 형태로 즐비하게 늘어서 있었다. 귀가 떨어질 듯한 칼바람, 굳게 다문 입술, 처진 눈동자, 깊숙이 감춰둔 두 손, 두툼한 옷자락과 목도리. 그리고 다른 모른 척의 세계가 길을 열고 있었다. 그것은 전단지를 떠받치는 할머니들의 위태로운 손길, 그것을 외면하고 모른 척 지나가는 청춘의 행렬이었다. 차갑고 뜨거운 경계 어디쯤 서있던 몇몇의 사람들은 희생하듯 할머니의 손을 잡았다. 그들의 손에는 바람에 날리던 종이 한 장이 있었다. 뒤에서는 끝없는 전단지들이 색종이처럼 물결을 쳤다. 인사하듯 가벼운 색종이를 모아 차곡차곡 포개어 갔다. 물론 나와 동참한 사람들은 극소수에 불과했다. 아는 척하는 것이 이렇게 어려운 것이었을까? 눈이 시렸다.

많은 것을 바라보고 관심을 두고 살아야 하는 우리는 외면과 양보를 겪는다. 이러한 것들은 모른 척하고 살아도 되는 건지, 어느 선까지 관심을 가져야 하는 건지, 또 나만 양보하고 사는 건 아닌 건지, 그런 쓸데없는 생각이 들기도 한다. 어느 것이 정답인지 누가 힌트라도 줬으면 좋겠다. 아는 척과 모르는 척 여전히 어려운 문제다. 사무실에 도착하여 직원들과 아침 인사를 나눴다. 모른 척하는 사람들은 이곳에도 있다. 자신의 자리를 지키려 했던 지하철의 모른 척들. 전단지 한 장 드는 것을 모른 척했던 지하철의 직장인들. 마지막, 사무실에서도 인사조차 나누지 않으려 하는 모른 척이 더러 있었다. 거짓된 태도로 살지 말고 이제는 분명하게 살아보는 건 어떨까? '척'이라는 명사는 이제 그만 써도 되겠다.

11. 철판을 깐 '새치기'와
철판에 쓰여진 '차례 지키기'

암사역 4번 출구에서는 아침마다 씁쓸한 광경이 펼쳐진다. 직장인들을 잔뜩 실은 버스가 정류장에 도착하면 김밥 옆구리가 터지듯 속살들이 비집고 나온다. 4번 출구에는 내려가고 올라가는 에스컬레이터가 하나밖에 없기 때문에, 버스에서 내린 사람들은 아무리 바빠도 줄을 지어 내려갈 차례를 기다려야 한다.

차례는 버금 차次와 법식 예例를 쓴다. '순서 있게 구분하여 벌려 나가는 관계, 그 구분에 따라 각각에게 돌아오는 기회'라고 사전에 정의되어 있다. 차례 지키기는 아침 시간의 직장인이 지켜야 할 암묵적인 규율이다. 앞사람이 출구로 들어서면 그다음 사람이 순서대로 아래로 내려가는 질서 말이다.

내가 씁쓸하다고 말했던 것은 반대편에서 걸어오는 사람들의 무질서한 '새치기 현상' 때문이다. '새치기'란 '순서를 어기고 남의 자리에 슬며시 끼어드는 행위'를 말한다. 몇 달 동안 사람들의 행동 양식을 가만히 지켜보았지만, 반대편 줄 끝으로 이동하는 사람은 백 명 중의 한 사람 정도였다. 한 사람이 차례를 무너뜨리면 뒤의 사람들도 마음 편하게 새치기를 했다. 무엇보다 짜증나는 것은 새치기하는 사람의 뻔뻔한 얼굴이다. 눈앞에서 차례를 기다리고 있는 사람들의 기다란 행렬을 보고서도 몰염치한 사람들은 '새치기'를 반복했다. 새치기하는 사람은 기다리지 않아도 되는, 남들보다 몇 발자국 앞서갈 수 있는 '무질서'라는 혜택을 선물 받았다. 그 사람의 양심은 길가에 무참히 버려져 뭉개졌지만 말이다.

한두 사람이 규칙을 깨니, 연달아 질서가 무너지는 장면이 연출됐다. '나 한 사람 정도야 뭐 괜찮지 않겠어?'라는 안일한 생각이 비양심적인 행동을 주도한다. 단순한 생각이 간단한 질서마저 무너뜨린다. 물론, 개인의 자유가 보장되는 것은 맞다. 하지만 자유라는 명목으로 주어진 권리가 타인에게 피해를 안겨서는 안 된다. 그것은 자유가 아니라 방종이다. 묵묵히 차례를 기다리던 사람들은 '내 것을 빼앗는 자'들의 행태를 가만히 지켜봐야 했다. 기다리는 사람이 바보가 되고 규율을 무너뜨리는 사람이 똑똑한 취급을 받는 희한한 물결이 지속됐다. 이러한 질서를 무너뜨리는 얌체족들의 행태는 지하철에서 끊임없이 이어진다. 스크린도어가 열리자마자 앞사람을 밀치고 달려드는 사람들. 빈자리가 생겨 자리에 앉으려는 틈에 어딘가에서 날아오는 가방들. 새치기는 사람과 사물을 막론하고 펼쳐지고 있지만 대안은 사실상 없다.

오래전 백화점 지하 푸드코트에서도 비슷한 사건이 벌어졌다. 식사를 마친 후, 물 한 잔을 마시기 위해 정수기 앞에 줄을 서고 있었다. 내 순서가 되었을 때 갑자기 옆에서 아저씨 한 분이 새치기를 하는 것이었다. 어이가 없던 나는 한마디를 내밀었다. 뒤에 기다리는 사람들 많은데 아이에게 부끄럽지 않느냐고 말이다. 하지만 그 아저씨는 오히려 더 큰 화를 냈다. 새치기를 할 수도 있지 사람 많은 데서 어린놈이 별소리를 다한다는 적반하장의 태도였다. 어린 사람은 잘못한 사람에 대하여 정당한 말을 못 하는 것이냐며, 나도 나이 먹을 만큼 먹었다고 말했다. 그리고 창피한 줄 알라고 했으나, 그 아저씨는 자신이 벌인 짓의 잘못을 이해하지 못하는 것 같았다. 오히려 더 크게 삿대질을 하고 큰 소리를 치면 자신의 잘못이 정당화된다고 생각했던 모양이다. 주위 사람들이 말려 사건이 무마되었으나, 때로는 바른 소리를 해봤자 그런 소리도 먹힐 사람에게만 통한다는 사실만 깨달을 뿐이었다.

멀리 보이는 줄 끝으로 이동하여 자신의 순서를 기다리는 행동이 다소 귀찮을 수도 있다. 끼어드는 사람에게 불가피한 이유가 있었다고 한다면 인정할 수도 있다. 하지만 출근 시간에 바쁘지 않은 사람이 있을까? 기다리며 질서를 지키는 것을 좋아하는 사람이 있을까? 기다림을 중요하게 생각하는 사람, 질서를 소중하게 생각하는 사람을 존중한다면 새치기와 같은 얄팍한 행동은 하면 안 된다.

더 큰 문제는 그 순간에 끼어들기 하는 사람을 아무도 막지 못했다는 것이다. 나 역시 속으로 답답해하며 분노만 삭이고 있었을 뿐, 시원한 말 한마디조차 쏘아대지 못했다. 아침부터 거친 단어가 오고 갈지도 모르는 분란에서 회피하고자 했던 것이 마음의 전하는 속사정이었다. 가끔은 법률 조항을 그들에게 외치고 싶기도 하다. 실제 경범죄 조항에는 공공장소에서 승차, 승선, 입장을 위한 행렬에 새치기나 떠밀기를 하여 질서를 어지럽힌 사람에게는 10만 원 이하의 벌금이나 구류에 처할 수 있다고 정의되어 있다. '나 하나쯤이야'라는 이기적인 생각을 버리고 작은 질서부터 지키려고 노력하자. 더 이상 부끄러운 사람이 되지 않기 위하여 말이다.

특정한 상황에서 관습적으로 지켜야 하는 규칙이 있다. 그 약속은 어른으로서의 간단한 소양을 요구할 뿐이다. 화가 나지만, 그 짜증스러운 장면도 곧 잊어버리고 살아야 하는 것이 우리의 숙명이기도 하다. 어디, 질서 무너지는 광경이 아침의 지하철역뿐이겠는가. '나 혼자라면 문제없겠지', '하찮은 일인데, 뭐'와 같이 우습게 여기는 일에서부터 삶의 균열이 생기기 시작한다는 생각만 잊지 않았으면 좋겠다. '새치기, 끼어들기, 뺏기, 제치기'와 같이 타인과의 약속을 무너뜨리는 무례함보다는 '차례 지키기, 기다리기, 참기'처럼 예의를 지키는 마음이 우선했으면 한다.

12. '철없던' 아이들은
모두 '철든' 어른으로 되었을까?

'철'은 순우리말로서 '사리를 분별할 수 있는 힘'이라고 한다. 여기서 사리라 함은 일의 이치, 논리를 말한다. '철들다', '철이 든다', '철이 나다'와 같은 문장들은 세상의 이치를 깨닫고 옳고 그른 것을 분별할 수 있는 나이가 되었다는 것이다.

철에 담겨 있는 다른 의미로 계절이라는 해석도 있다. 우리나라의 사계절은 뚜렷하다. 겨울이 지나면 꽃이 피는 봄이 오듯 계절은 시간에 따라 순환한다. 시간이 흐르면 가을이라는 계절이 찾아와 곡식이 여물듯 사람의 머리도 여문다는 뜻으로도 해석할 수 있다. 철의 어원을 찾아보니 '차례'와 '얼'이 만나서 변화된 형태라는 설도 있다. 차례는 때를 기다리는 순서이고, 얼은 정신의 줏대, 즉 영혼을 말한다. 결국 철이 든다는 것은 얼이 성숙해질 때를 기다린다는 뜻이 아닐까?

철이 든다는 것은 세상의 원리를 깨닫고 '나'라는 인간이 어떻게 살아갈 것인가 알아가는 과정이라고 생각한다. 인간은 혼자서 살아갈수 없다. 이기적인 마음으로 자신만 옳다고 생각하는 관점을 벗어나 타인과 소통하고 관계를 맺는 시기가 아닐까? 사랑이라는 감정을 이해하고 부모의 희생에 대하여 감사하고 자기가 몸담은 곳에서 어떤 역할을 해내는 나이를 의미하는 것이다. 그래서 자기 나이에 떳떳하고 맡은 일에 책임을 다하는 시기가 '철이 드는' 것이라고 생각한다.

우리 조상은 자식이 잘못을 저지를 때, 철들게 하기 위하여 혼을

냈다. '혼'이란 위에서 언급한 '얼', 즉 우리를 떠받치는 마음의 기둥이다. 마음의 기둥이 바로 서도록, 흔들리지 않도록 꾸지람을 내곤 했는데, 그럴 때마다 '혼쭐을 낸다', '혼을 낸다'와 같은 표현을 썼다. 우리의 얼에 바른 정신이 깃들도록, 혼이 빨리 철을 찾아가도록 말이다.

초등학교 시절의 이야기다. 수업이 끝나고 집으로 향하는 길이었다. 꽤 먼 거리를 학교에서 집까지 걸어가야 했는데, 같이 동행하는 친구들과 농담을 주고받다 보면 시간 가는 줄도 몰랐다. 한참을 걸어가면서도 힘든 줄도 몰랐다. 철없던 그 시절, 대부분의 기억은 꽤 유쾌하고 즐거웠다, 단 한 가지만 제외하면 말이다. 그 시절은 학교생활도 친구들과의 관계도 나쁘지 않았다. 단지 우리 집이 넉넉하지 못했다는 거, 아니 무척 가난했다는 거, 그거 하나가 불만이라면 불만이랄까.

한창 걸어가던 중, 낯익은 얼굴이 눈에 들어왔다. 엄마였다. 화장품 판매사원으로 일하던 엄마였다. 엄마는 화장품이 담긴 큰 수레를 끌고 우리가 걸어가던 방향으로 오고 있었다. 순간 그 그림이 너무 창피하다고 생각했다. 갑자기 걸어가던 길을 되돌아갈 수도 없는 노릇, 엄마는 점점 우리에게 가까워졌고, 갑자기 친구들과 떠드는 척하며 엄마의 시선을 외면해버렸다. 하지만, 친구들과 실컷 떠들면서도 내 시선의 한쪽은 엄마를 향했다. 엄마는 내 마음을 이해하는 것처럼 행동했다. 엄마는 나를 못 본 듯했다. 일부러 못 본 척 지나가는 그 마음을 느꼈지만, 아는 척, 할 수도 없었다. 친구들에게 우리 엄마는 화장품 판매사원이라고 자랑스럽게 말할 자신이 없었기 때문이다.

어떤 직업이든 창피한 것은 없다. 직업에 귀천도 없으며 어떤 직업이든지 부끄럽지 않다는 사실도 알고 있었지만, 그럼에도 철없는 짓을 벌였다. 그래서 지금까지 그때의 철없는 생각과 행동을 잊지 못하고 있다. 스스로 벌였던 행동을 아무리 생각해도 이해할 수 없었기 때문이다. 짧은 시간이 왜 그렇게 길기만 한지, 엄마의 수레가 우리 곁을 지나가서 한없이 멀어지고 있는 중간에도 머릿속엔 복잡한 생각만 가득 찼다. 얼마나 멀어졌을까? 시선을 잠시 뒤로 돌렸더니 수레는 힘없이 굴러가는 듯했다. 마음을 볼 수 없어도 낙심한 마음을, 사라지는 희망을, 상한 마음을 알 수 있었다.

철이 없었다. 철이 없어도 너무 없었다. 왜 당당하지 못했을까? 자신 있게 우리 엄마라고 왜 친구들에게 말하지 못했을까? 철없는 아들에게 받았던 상처는 지워지지 않고 엄마의 역사에 남는다. 물론 내 역사의 한 축에도. 나는 그 시절의 후회를 머릿속에서 지우지 못하고 계속 번민한다. 그날 밤 사건에 대하여 엄마에게 사과를 했었다. 아무 말 없이 나를 안아주던 엄마는 내가 그 시간에 그럴 수밖에 없었음을 이해하는 듯했다. 하지만, 그날 밤 소리 없이 우는 엄마를 보았다. 철없는 나에게도 고통이 찾아왔다. 엄마의 사랑이란 그런 걸까? 철없는 자식의 행동까지도 모두 이해하고 품어줄 수 있는 것 말이다. 그래도 오랫동안 나의 행동을 용서하지 못했다. 당시의 잘못은 꾸준히 내 머릿속에 살아서 후회스러운 짓을 벌일 때마다 반성을 유도했다. 이제 나는 꽤 성장한 어른이 되었다. 어른으로서 품위를 갖추었다고 스스로 믿는다. 다들 내가 철이 든 나이가 되었음을 부정하지 않는다. 그런데 아직 부족함을 느낀다. 얼마나 더 철이 들어야 엄마의 사랑을 이해하고 감사할 수 있을까.

나는 요즘 말쑥한 인격을 차려입은 사회의 지도층이라도 된 사람처럼 철들어가고 있지만, 여전히 마음속에는 철없는 소년과 달뜬 꿈이 끓는다. 그 불은 영원히 꺼져서도 안 되고 오랫동안 동력을 받고 달려가야 하는 운명이다. "사람은 성장을 멈추지 않는다."라고 누군가는 말한다.

어른이 되어 철이 들어도 성장은 이어진다. 어른이 된 우리에게 성장호르몬은 여전히 영향을 미친다. 성장호르몬은 신체를 건강하게 유지하도록 근육을 생성하고 피부의 노화를 방지하여 젊음을 유지하는 에너지를 공급한다. 그럼에도 어른이 되면 더 이상 키는 자라지 않는다. 철이 들기 시작하면 성장호르몬은 다른 역할을 우리에게 주문한다. 부모로부터 독립하고, 정신적으로 더 강해지고, 어제보다 나은 어른이 되어 간다.

톨스토이는 오늘보다 내일 다른 사람이 되어가는 것, 끊임없이 나은 사람이 되어 갈 것을 강조했다. 변화하는 것은 힘들다. 하지만 변화하도록 노력하는 사람은 내면이 성장하는 것을 본다. 그것이 철이 드는 과정이다. 사람은 부끄러울 줄 알아야 한다. 과거의 삶을 돌아보고 후회하는 것은 부끄러움을 느낀다는 것이다. 그런 부끄러움은 우리가 성장하도록, 철이 들도록 작용한다. 지나간 세월을 성찰하고 변화하려는 사람은 젊음을 유지한다. 철이 들었지만, 마음은 더욱 젊어진다. 철없던 그 시절의 나를 다시 생각한다. 어린 시절의 나는 지금쯤 철이 든 어른이 되었을까?

13. '좋은' 생각은 책이고
   '나쁜' 생각은 좀벌레다

  건강보험 검진 결과를 받았다. 생각했던 것보다 그리 충격적이지는 않았다. 여전히 주의를 요하라는 몇 가지 항목 외에는 이미 낯익은 지표들이다. 남이 정해놓은 기준에 따라 내 몸이 평가를 당하는 기분이 들어 유쾌하지는 않았지만, 그렇다고 무시할 수도 없는 숫자들이다.

  문제는 나쁘다고 강조하는 'LDL 콜레스테롤'의 수치였다. 콜레스테롤은 혈관 속에서 살고 있는 지방과 비슷한 물질이라고 한다. 나쁜 콜레스테롤은 혈액 속에서 덩어리로 굳어서 고지혈증, 심근경색, 뇌경색과 같은 질환을 유발한다. 좋은 콜레스테롤인 HDL은 LDL의 비율을 상대적으로 낮춰준다. 이 정도 상식은 웬만하면 누구나 다 안다. 운동을 열심히 하면 나쁜 콜레스테롤을 줄일 수 있다고 믿었다. 하지만 운동으로는 나쁜 콜레스테롤이 사라지지 않는다고 한다. 그렇다면 운동을 중단해야 할까? 운동은 좋은 콜레스테롤을 올려주는 역할을 한다. 좋은 것이 늘어나면 나쁜 것이 설 자리는 자연스럽게 줄어들게 된다. 이것이 운동을 꾸준히 하고 음식을 가려 먹어야 하는 이유이다. 나쁜 콜레스테롤을 줄이려는 실천들, 꾸준한 운동, 소식, 긍정적인 생각 등은 건강한 삶을 유지하도록 대비하기 위한 활동인 셈이다.

  살다 보면 나쁜 콜레스테롤만큼이나 해로운 말을 귀로 먹었다. "넌 안 될 거야.", "어차피 불가능한 목표인데, 뭐 하러 도전해.", "그냥 포기해."와 같은 나쁜 말을 출발할 때부터 듣고 살았다. 그런 말에 지배를 당하지 않으리라 지겹도록 다짐했지만, 나쁜 말은 마음과 몸을 이어주는 조직 어딘가에 뿌리를 내리고 근간을 흔들었다. 의지는 쉽게 무너졌다. 그리고 그 뿌리는 마음의 한 축으로 성장했고 나쁜 생각은 몸까지 마음대로 조종했다.

우리는 외부에서 유입되는 나쁜 말을 마음에 계속 쌓아두고 살아야 할까? 사람은 부정적인 말을 쉽게 잊지 못한다. 그것은 마음에 상처로 남아 오랫동안 치유가 되지 않는다. 우리는 환경에 적응하고 생존하기 위하여 부정적인 말에 길들여진 채 진화했다. 우리의 뇌는 생존을 위하여 위험을 감지하는 능력을 발달시켰다. 나쁜 말에 민감하게 반응하는 것은 뇌를 활성화시켜서 위험에서 벗어나기 위함이다.

내 몸의 수치가 나쁜 경계에 집중되어 있다는 것은 그만큼 생존하기 위하여 치열하게 살았다는 방증은 아닐까? 이제는 자신을 보호해 달라는 몸의 신호다. 부정적인 신호에 시선을 둘 필요가 있다. 삶을 외부의 공격으로부터 지켜야 하기 때문이다. 하지만 치열한 삶도 언젠가 끝이 난다. 영원히 치열하게 살다 갈 수는 없다. 가끔은 마음에 여백이 필요하다. 지금 필요한 것은 좋은 말이다.

'좋다'는 '대상의 성질이나 내용 따위가 보통 이상의 수준이어서 만족할 만하다'라는 뜻의 동사다. 더 노력하지 않아도 가끔은 지금 이 대로의 상태만으로도 충분하다는 뜻이다. 나쁘다고 생각하면 한도 끝도 없이 삶은 추락을 거듭한다. '나쁘다'라는 좋다의 반대말이다. 좋은 것은 눈에 잘 드러나지 않지만, 나쁜 것은 쉽게 두드러진다. "나쁜 소문이 빨리 퍼진다."는 속담도 있지 않은가? 삶에는 좋고 나쁜 것이 이어진다고 하지만, 나쁜 성적표는 희망을 떨어뜨린다. 그럼에도 불구하고 딛고 일어서야 하는 것이 삶이기도 하다.

생각대로 마음을 다루기가 힘들다. 긍정적인 생각을 하자고 마음을 굳게 먹어도 흔들리는 날이 더 많다. 살을 빼겠다고 음식을 줄이거나 운동을 며칠 하다가도 과거의 안 좋은 습관으로 돌아가듯이 나도 모르게 마음도 예전으로 복귀한다. 중요한 것은 흘러가는 것을 가만히 지켜보고 있을 것인지, 흐름을 바꿀 것인지 선택이다. 내 의식의 하부를 들여다보는 것에 재주가 생기면 부정적인 말과 긍정적인 말이 유입되는 순간을 파악할 수 있다. 내 마음에 여과기를 올려놓고 '좋은 것과 나쁜 것'을 걸러낼 수 있는 내적 힘이 생긴다는 얘기다. 나쁜 말을 늘어놓을수록 삶은 부정적인 것에 이끌린다. 나쁜 말은 마치 자석과 같아서 나쁜 표정, 나쁜 생각, 나쁜 행동을 낳는다. 더 심각한 것은 나쁜 생각이 급속도로 사람에게 전염된다는 사실이다. 또한 스스로를 병들게 한다. 불안한 마음을 만들고 사람으로부터 자신을 고립시킨다. 마음의 감옥에 갇혀서 타인과의 소통의 창구를 닫아버린다. 하지만 좋은 말은 내면의 근육을 키운다. 좋은 말을 세상에 보내면 돌고 돌아 자신에게 꼭 돌아온다. 물론 나쁜 말도 마찬가지다. 입 밖에 꺼내어 놓는다고 남의 것이 되는 것이 아니다. 내가 생산한 말들은 나의 자식들이다. 좋은 말은 좋은 생각과 행동이라는 열매를 맺는다.

좋은 말은 바깥에서 찾으려 하는 것보다 마음 안에서 키워야 한다. 독서를 하거나 음악을 듣는 행위는 나로부터 출발하는 주체적 치유의 행위들이다. 세상의 지식과 나의 지혜가 합쳐져서 미래의 가치를 생산하는 과정이기도 하다. 그 과정을 통하여 나쁜 에너지를 태우고, 삶의 의미를 얻으려고 하는 것이 우리가 사는 목적이기도 하다. 나쁜 말이 마음을 화석으로 만들도록 내버려 둘 것인가? 나쁜 말은 부수고 깨뜨려야 한다. 썩은 뿌리에 붙잡힌 선한 마음을 탈출 시켜야 한다. 굳어버린 사고에서 벗어나는 것은 마음을 여는 관문이다. 우리는 새날을 꿈꾸어야 한다. 무기력에 빠진 어깨를 부축하고 한 발을 내디뎌야 하기 때문이다. 여전히 열정이 불꽃처럼 타오르는 당신. 시작하는 것을 주저하지 않을 것이다. 마음의 변혁이 찾아온다.

14. '자기' 만족으로 향하는 길,
술도 안 먹었는데 왜 '대리'로 갈까?

그야말로 대리만족의 시대다. 대신 원하는 것을 들어주겠다는 사람이 문전성시를 이루고 그 소망이 성취되는 걸 목격함으로써 의뢰자는 포만감을 느낀다. 하고 싶지만 능력이 안 되어서 타인의 성공을 관전하는 것으로 대리만족하고, 살찔까 두려워 다른 사람의 '먹방'을 보는 것으로 대리만족하고, 여행 떠날 시간이 없다고 '여행 관련 예능 프로그램'을 시청하는 것으로 대리만족하고, 느리게 사는 삶이 부러워 '슬로우 라이프' 관련 영화를 보는 것으로 대리만족을 느낀다.

도대체 자신의 것은 무엇인가? 먼저 '만족'이라는 글자를 살펴보자. '만족'은 찰 만滿과 발 족足을 쓴다. 무언가에 '마음이 흡족하다'는 뜻이다. 직역으로는 '발이 가득 차다'라는 뜻인데, 이 뜻은 목적하는 곳을 찾아다니며 많이 배웠음을 의미하는 것이 아닐까? 그만큼 자기 발로 이곳저곳을 찾아다니며 견문도 넓히고 경험도 쌓아야 진정한 만족이라는 생각이 든다. 하지만 '대리'는 '남을 대신하여 일을 처리한다는 뜻'이다. 내 경험이 아닌 타인의 것을 빌린다는 뜻이다. 타인이 느낀 감정이 과연 내 경험이 될 수 있을까?

〈리틀 포레스트〉라는 일본 영화를 봤다. 시끌벅적한 도시를 떠나 자연과 벗하며 살아가는 주인공의 삶을 보며 나 또한 언젠가 그런 삶을 살 수 있을까, 라고 잠시 꿈에 잠기며 대리만족을 느꼈다. 하지만 그런 감동은 내 것이 아니었다. 감동과 여운의 시간은 유효기간이 짧았다. 곧 현실은 냉정하게 다가왔다. 삶은 더욱 허무해졌다.

꿈꾸는 이상과 현실의 간극이 벌어질 때, 대리만족에 대한 욕망은 더 강하게 세상을 향한다. 그리고 그것이 서로 단절될수록 삶이 불행해진다고 믿는다. 대리만족은 멋지게 전시된 작품을 보는 것과 비슷하다. 예술작품을 보며 깊은 감흥을 느끼는 것은 내가 도달할 수 없는 불가능한 세계에 대한 동경이다. 대리만족의 부정적인 면은 주체성이 없이 다른 사람의 삶을 그대로 흡수하기만 한다는 것이다. 자기 주관이 분명하지 않은 상태에서 일방적으로 전달되는 정보를 자기 것이라 착각한다. 박수를 쳐주고 응원을 보내다 보면 TV 속의 연예인이나 유튜브의 주인공과 자신이 한 사람이 되거나 친밀한 관계가 된 것처럼 생각한다.

무대가 끝나면 허무가 찾아온다. 은막 뒤의 주인공에는 열성적인 관객이 있지만, 관객에게는 자신 이외에 아무도 없다. 문득 알맹이 없는 현실로 돌아오는 순간이 찾아온다. 허무는 새로운 자극을 찾아야 사라진다. 보는 것에서 끝나지 않고, 자신이 원하는 콘텐츠가 아니라 하여 불편한 시선을 들이댄다. 먹방 스타에게 악성 댓글을 남긴다. 더 많이, 더 빨리, 더 새로운 걸 먹어 치우라고, 내가 원하는 방법으로 끝내라고 강요한다. 대리만족을 위해 보다 자신과 맞는 기준을 억지로 요구하기 시작한다.

힘들 때마다 오기가미 나오코 감독의 영화 〈안경〉에 집착한 시절이 있었다. 영화의 내용은 별다른 게 없다. 섬을 찾은 주인공과 섬 주민들 사이에서 벌어지는 사소한 사건을 통해서 느린 삶의 의미를 조명하는 것이 영화의 전부였다.

현실과 영화 속의 주인공이 추구하는 이상향 사이엔 좁힐 수 없는 괴리감이 있었다. 일상은 늘 조급함과 속도가 지배했다. 그것에서 탈출하고 싶은 욕망이 영화를 찾던 이유였다. 영화가 끝나면, 불만족스러운 현실이 냉정하게 다가왔다. 주인공이 욕심을 버리고 떠난 것처럼 결정을 내린다는 건 여러 가지 장벽이 가로막고 있어 쉽지 않았다. 똑같은 일상이 반복되고 그 흐름에 지쳐, 불안한 마음이 찾아오면 다시 마약처럼 영화를 찾는 날이 반복됐다. '나'는 없고 다른 사람만 가득 찬 삶이 이어졌다. 이면에 숨겨진 어두운 모습을 보려 하지 않고, 겉에 드러난 화려한 치장에 물들어 간다. '노력해도 삶은 바뀌지 않아', '어차피 정해진 운명으로 사는 것이 삶이야', '직접 도전해봤자 안 되는 게 뻔하다. 다른 사람의 성공 스토리에나 부러워해'와 같은 대리만족에 열광하며 말이다.

대리만족은 도전하겠다는 열정을 추락시키고 지켜보는 것만으로도 마음에 위로가 될 것이라 착각하는 구조에서 시작된다. 인생은 자신이 직접 경험해야 한다. 마음에 담을 쌓아 놓고, 가능성과 결별하며 살면 안 된다. 다른 사람의 행복해 보이는 겉모습에 취해서, 실패와 도전을 직접 경험하며 생기는 성취감을 유보해서는 안 된다. 대리만족을 구하려는 사람은 실천이 두려운 사람이다. 용기가 부족하여 다른 사람에게는 응원을 부추기지만 스스로의 가능성은 억압하는 사람이다. 누군가의 드라마틱한 성공을 포장한 미디어 상자에서 탈출하여 내가 할수 있는 작은 일부터 직접 실천해보는 건 어떨까? 삶은 생각하는 것으로부터 시작하는 것이 아니라 작은 실천으로부터 시작한다고 믿는다.

오늘부터는 어떤 일이든 직접 부딪혀보는 건 어떨까? 이제는 타인에게 자신의 꿈을 맡기는 것이 아닌 스스로 무엇이든 경험하자고 나서자. 그래서 여러 가지 옷을 입어보며, 어느 옷이 자신에게 잘 맞는지 맞춰보자. 실패를 하면 할수록 더 나은 선택을 할 수 있는 가능성이 높아진다. 자신이 꿈꾸던 세상과 더욱 가까워질 것이다.

15. '복종'하라는 사회에
'불복종'의 펀치를 날리다

'복종'이라는 단어는 옷 복服과 따를 종從 자를 쓴다. 남의 옷을 그대로 따라 입는다는 의미는 그의 명령이나 의사까지 그대로 좇음을 의미한다. 과거 선비들은 자신의 의지를 굽히는 것이 죽음과 같다고 생각했다. 조선시대에는 어른이 되면 누구나 상투를 틀고 머리가 흐트러지지 않도록 장신구를 사용했는데, 그것의 이름은 '동곳'이었다. '동곳을 빼다'라는 관용어가 있다. 상투를 동여맨 동곳을 풀고 머리를 조아리는 짓은 죄인이나 하는 짓이었다. 상대방에게 복종하지 않으려면 동곳을 잘 지켜야 했다.

하지만 그런 귀중한 동곳을 뺏으려 하는 귀신의 이야기가 있다. 터럭손이라는 이름이 붙은 흉측한 괴물은 거제도 앞 바닷가에서 배를 타고 지나가는 사람을 노렸다. 그 괴물은 사람의 동곳을 빼앗으려 했는데, 그 이유는 동곳이 남자의 자존심과 같은 존재이기 때문이다. 동곳을 빼앗긴다는 것은 상대방에게 자신의 영혼을 빼앗기는 행위였다. 아마도 자신의 기개를 지키려 하는 우리 조상의 굳은 의지가 동곳에 반영된 것이 아닐까?

반면에 '불복종'이라는 단어는 복종에 아니 불不 자를 사용하여 '명령이나 결정 따위에 대하여 그대로 따라서 좇지 아니함'을 말한다. 불복종과 관련하여 유명한 그리스 신화가 있다. 프로메테우스는 그리스 로마 신화에 등장하는 신으로서 다른 어떤 신보다 인간을 사랑했다. 타이탄 전쟁 이후 인간과 올림푸스의 신은 서로를 등지게 되었다. 그러던 어느 날 제물로 바칠 소의 어느 부위를 차지할지 선택하는 일이 벌어졌다. 프로메테우스는 인간에게 유리하도록 속임수를 사용하여 제우스에게 선택을 맡겼다. 제우스는 알고도 속아주었지만, 훗날이 사건을 두고 인간과 프로메테우스에게 보복을 가한다. 제물로 바쳤던 살코기를 더 이상 구워 먹지 못하도록 '불'을 빼앗았다. 그리고 제우스는 불사신이었던 프로메테우스에게 매일 독수리에게 간이 쪼이는 형벌을 가했다. 게다가 인간에게는 '판도라'라는 여자를 보내 인간이 스스로 타락하도록 망치는 원인을 제공했다.

프로메테우스를 불복종이라는 사례로 언급하는 이유는, 그가 제우스에게 벌을 받을 것을 알면서도 인간에게 지혜를 주려 노력했다는 사실 때문이다. 고통을 받을지언정 절대자 앞에서도 소신을 굽히지 않고 자신의 주체성과 믿음을 지키려는 프로메테우스의 선한 의지를 전달하기 위함인 것이다.

이번에는 개인적인 불복종 또는 반항의 사례를 소개하려 한다. 첫 직장에 입사한 지 며칠이 되지 않은 날이었다. 새로운 환경에 적응한다는 생각을 하지 않아도 재빨리 조직사회에 녹아들 수 있었던 까닭은 관료주의 탓이었다. 그렇다, 낡은 군대 문화 말이다. 오랫동안 부모님의 신세만 지던 날에서 벗어나 나도 이제 사회에 이바지할 수 있는 신분이 된 기분이 들었다. 하지만 그런 낭만적인 생각은 며칠을 가지 못했다. 직장은 마치 군대처럼 명령 중심으로 움직였다. 어느 날, 대리 한 명이 긴급 호출을 했다. 어떤 프로그램이 작동이 안 된다며 전화로 고래고래 소리를 질러댔다. 그것이 그가 늘 반복하는 패턴이었다. 엘리베이터를 타고 39층으로 올라가는데, 오만가지 생각이 들었다. 매일 이렇게 복종만 하다가는 정신이 해체될 것만 같았다. 대리는 나를 보자마자, 삿대질부터 시작했다. 문서를 다 날려먹었느니, 빨리 와서 고쳐줘야지 왜 이제야 나타나냐며 난리 법석을 떨었다. 계속 참고 참다가 이쯤에서 한 번쯤은 반항해주는 것이 앞날을 위해 좋겠다 싶었다. 책상 위에 있던 종이 한 장을 꺼내 두 손으로 구겨버리곤 있는 힘껏, 아니 세상에 없던 힘까지 모아 집어 던졌다. 뭉친 종이는 딱 야구공 정도의 크기였는데, 야구공을 그대로 바닥에 패대기쳤다. 옆에 서있던 과장 한 명이 자신도 모르게 스트라이크를 외쳤다. 대리는 이 상황에서 무엇을 해야 할지 나한테 KO 펀치 한 대를 맞더니 어안이 벙벙한 듯 보였다. 나는 한번 해볼 테면 해보자는 태세로 평상시에 하고 싶었던 말들을 속사포처럼 쏘아댔다.

대리의 얼굴은 내가 던진 A4 종이만큼이나 하얗게 질렸다. 세상에서 가장 하얀 얼굴의 소유자가 된 것 같았는데, 그는 곧 말없이 자리에서 퇴장하려 했다. 그리고 구경꾼들을 모조리 쫓아냈다. 잠시 후 그도 어디론가 사라졌다. 퇴사라도 한 것일까, 나는 통쾌한 생각을 했다. 그래 내가 대리 한 명 보내버렸구나. 입사한 지 며칠 안 되었는데 벌써 스타라도 된 기분이 들어 어깨가 으쓱했다. 모두들 나를 우러러보는 느낌이 들어 기분이 썩 나쁘지는 않았다. 나는 승자의 여유를 만끽하며 7층으로 슬슬 내려갔다. 그런데, 겁이 나기 시작했다. 호기롭게 일을 벌이긴 했는데, 수습을 어떻게 해야 할지 감이 서지 않았다. 나도 도망을 가야 하는 건 아닐까, 입사한 지 며칠 만에 초고속으로 퇴사를 하겠구나 생각했지만, 모두들 나를 영웅으로 떠받들어 주는 마당에 그럴 수는 없었다. 아무렇지도 않은 척 하루를 보내기란 참 힘든 일이었다.

사실 내가 벌인 짓은 단순한 반항이라기보다는 내면에 응축된 불만이 폭발한 것이라고 보는 게 맞겠다. 내성적인 성격이었고 사내에서도 조용한 사람이라고 평판이 자자한 사람이 벌인 행동치고는 지극히 극단적이었다.

그런데 우리는 이러한 상황에서 종종 복종을 선택한다. 불의에도 참고, 자신의 주체성이 무시되는 상황에서도 아무 말을 하지 못한다. 그 상황에서 벗어나는 가장 쉬운 방법은 첫 번째는 그냥 참는 것이고, 두 번째는 장소에서 도망가는 것이라 생각한다. 무엇이든 비겁한 행동이다. 타인의 말과 행동에 대하여 그것이 무례하거나 예의가 없음에도 불구하고 그의 위치가 나보다 높다고 하여 복종만 하는 것은 비겁한 삶을 사는 것이다. 물론 복종이 안기는 편안함이 있는 것은 사실이다. 책임을 자신이 지지 않아도 되기 때문이다. 하지만 복종만 하는 사람은 리더가 될 자격이 없다. 복종만 하는 삶을 사는 사람은 자신의 주체성이 무엇인지 생각하지도 못할뿐더러, 타인에게 의지하는 게으른 삶만 살기 때문이다.

인류의 역사는 불복종으로 시작되었다고 해도 과언이 아니다. 자신이 진보하고 싶다면 복종의 역사를 끊어야 한다. 복종은 진리라고 믿는 사실에 의심을 하지 않는 것이다. 모두가 사실이라고 믿는 사실에 대해서 한 번쯤은 반대의 입장에 설 필요가 있다. 조지 오웰의《카탈로니아 찬가》를 읽었다. 스페인 내전에 참전했던 조지 오웰의 이야기를 담은 내용이다. 그의 소설을 읽으며 카탈로니아 사람들의 자유와 저항을 이해했다. 카탈로니아는 내전을 겪었지만 아직도 독립하지 못하고 있다. 카탈로니아의 평화적 불복종 선언에도 불구하고 중앙정부는 의회를 해산시키고 각료들을 해임했다. 그럼에도 카탈로니아의 시민 불복종은 그치지 않을 것이다. 우리의 촛불 혁명이 그러했듯이 말이다.

16. '시어머니'와 '며느리'는
갑을관계가 아닌 가족이다

'며느리'는 '아들의 아내를 일컫는 친족 용어'라고 사전에 정의되어 있다. 한자어로는 자부子婦라고 쓴다. 일부는 며느리의 뜻이 아들에게 기생하는 여자라고 주장하지만 정설은 아니다. 기생한다는 뜻의 며느리는 나중에 생겨난 말이다. 중세 국어에서는 '며날 + 이'로 기록된 것이 발견되었으나 단어를 구성하는 형태소에 대하여 아직까지 파악하지 못하고 있다. 서정범 교수는 '며날'은 모두 사람이라는 뜻으로 며날이 며늘, 며느리로 진화됐다고 주장하기도 했다. 며느리의 뜻이 부정적으로 해석되는 것은 그만큼 시어머니에게 당하기만 했던 부당한 역사를 증명하는 건 아닐까? 그런 면에서 어쨌든 한국 사회에서 며느리는 시어머니와 상극이다.

모든 며느리가 처음부터 시어머니와 관계가 틀어졌던 것은 물론 아니었다. 원래 며느리가 될 여자는 사랑하는 남자와 함께 그의 시어머니도 가족으로 받아들이고 싶었다. 하지만 시어머니와 며느리가 바라보는 시선에 간극이 있다는 것을 며느리만 몰랐다. 한쪽은 슈퍼갑의 위치고 다른 반대편은 을이라는 현실을 깨닫지 못한 것이 모든 고부갈등의 출발이라면 과연 그것을 비약이라 말할 수 있을까.

한국에는 며느리를 일꾼으로 대하는 전통이 있다. 시어머니에게는 그 사상이 오래도록 마음에 새겨져 있는 것 같다. 그런 사상이 유전자에 각인되어 있는 마당에 새 식구를 향한 마음이 처음부터 순수했을까?

내가 이런 결론을 단정적으로 내리고 있지만, 그 상황은 내가 직접 경험했고 주변에서 쉽게 찾아볼 수 있는 흔하디흔한 이야기이다. 그 이야기는 보통 이런 식으로 전개된다. 남자 집에 여자가 인사하러 오는 첫날을 그려본다. 아직 며느리 신분이 아닌 여자는 전적으로 남자 집안에서 귀중한 손님이다. 손님을 어떻게 대접해야 할까? 한국의 전통적인 손님을 대하는 문화를 떠올리지 않아도 손님을 어떻게 맞아야 하는지는 초등학생도 안다. 그런데 교과서에도 나와 있는 예의란 것은 단 몇 분 만에 허물어진다. 여자는 점점 마음이 불안해진다. 가만히 앉아서 차를 마시고 과일과 농담을 곁들여도 되는지 좌불안석이 된다. 여자는 그런 스트레스를 그저 견디기만 해야 하는 방식으로 진화된 것일까? 무책임한 대답이다. 이기적인 남자는 여자의 어머님이 차려주었던 상다리가 부러질 듯한 환대를 잊는다.

차를 마시던 단란한 풍경이 끝나면, 곧 부담스러운 그림자가 덮친다. 일어나서 설거지라도 해야 하는 건 아닌지, 부담감에서 벗어날 수가 없다. 당장 팔을 걷어붙이고 싱크대 앞으로 나서야 할 것 같다. "어머니 설거지는 제가 할게요."와 같은 말과 "아니야, 앉아 있어."라는 영혼 없는 말을 주고받지만, 그 말이 진심이 아니라는 것은 곧 시어머니

쪽에서 실토하고 만다. "그래? 그럴래."와 같은 말과 함께 주도권이 바뀌기 시작한다. 그래 이 상황을 견딜 수 있는 강심장이라면 장차 벌어질 시월드의 주도권 싸움에서 유리한 입장을 차지할지도 모르겠다. 하지만 대부분의 경우에는 말이다. 장차 며느리가 될 여자는 이 상황을 잠자코 받아들여야 한다. 큼지막한 고구마 한 개를 목구멍으로 삼켜가며 말이다. 자, 며느리는 이제 주도권을 빼앗겼다. 앞으로 어떤 일이 벌어지게 될까? 어떤 불리한 말이 며느리에게 향하게 될까? 얼마나 많은 억울한 일이 펼쳐질 것이며, 얼마나 많은 양보를 하며 희생의 삶을 살아야 할까?

미안하지만, 나 역시 남편의 입장에서 아내의 희생을 방관하던 시절이 있었다. "명절 일 년에 기껏 며칠에 불과하잖아. 참아주면 안 될까?" 이런 무책임한 발언을 하며 말이다. 그래, 입장을 바꿔서 한번 생각해보자. 당신이 남자라면, 만약 군대를 갔다 왔다면 말이다. 일 년에 단 며칠뿐이라도 그곳을 다시 가야 한다고 말한다면 웃으면서 "그래."라고 말할 수 있을까? 이런 예는 과장이 아니다. 남자는 군대를 벗어나도 가끔 그곳으로 돌아가는 악몽을 꾼다. 꿈에서 깨어나도 그 상황을 생각하는 것만으로도 어마어마한 스트레스를 받는다. 그런데 며느리에게 그런 날을 정기적으로 겪어야 한다고, 며칠만 참으면 안 되겠냐고 말한다면 여자는 무조건 긍정해야 할까. "그래 걱정 마, 단 며칠인데. 뭐 괜찮아."라고 말하는 아내가 있다면, 그녀는 천사다. 평생 복종하면서 떠받치고 살아야 한다. 그만큼 그녀는 고통스럽지만, 남편을 지극히 사랑하기에, 가정을 지키고 싶기에 그저 참고 있을 뿐이다. 속은 시커멓게 타들어가고 있으면서도….

　보통은 며느리를 딸로 생각하지 않는, 어쩌면 일꾼이라고 생각하는 관습에서 악몽이 시작된 걸지도 모른다. 며느리도 어느 집안의 귀한 자식이다. 분위기 파악도 안 된 상태에서 낯선 집안의 며느리가 되어 험한 꼴을 보고도 그것을 감내해야만 할까? 고통스러운 것을 단지 을의 입장이라는 이유로 받아들여야 할까? "며느리 늙어 시어미 된다.", 라는 속담이 있다. 과거에 시어머니에게 당했던 고통은 며느리에게 다시 못된 시어머니라는 반복을 안길 뿐이다. 중간의 위치에서 방관만 했던 남편은 반성해야 한다. 며느리와 시어머니가 서로의 선을 넘지 않도록 중재해야 한다.

　오래된 시스템을 바꾼다는 것은 갈등을 만들 수밖에 없다. 하지만 그런 갈등을 겪어야 관계도 개선될 수 있다. 당신의 아내가 언젠가 또 다시 며느리를 조종하는 갑으로 변신할 수 있기 때문이다. 나를 포함하여 이 땅의 모든 불성실한 남편은 반성하자. 명절에 전이라도 꼭 부쳐주겠다고 떠들어놓고 안방에 들어가 낮잠이나 자면서 상황을 더 악화시키지는 않았는지. 시어머니가 아내에게 던지는 막말을 못 들은 척 하지는 않았는지 말이다. 며느리도 가족이다. 한 명을 타깃으로 지정하여 책임감을 강요하는 것은 가족으로서 할 짓이 아니다. 대접을 받으려고 며느리를 맞겠다는 생각도 가족을 대하는 방식이 아니다. 그래서 우리는 앞으로라도 아내의 책임을 조금이라도 덜어주어야 한다. 온갖 핍박과 시어머니로부터 날아오는 화살을 막아서는 방패가 되어 주어야 한다.

17. '일'을 해야 한다는 강박에 '쉼'표를 찍다

    단어에는 저마다 독특한 맛과 개성이 있는데, 그것을 '말맛'이라고 한다. 특히 '쉼'이라는 단어의 말맛은 기가 막히게 달다. '쉼'은 '피로를 풀려고 몸을 편안히 두는 상태나, 잠을 자는 상태'를 말한다. 자신이 현재 하고 있는 '일'에서 잠시 떨어진다는 뜻이다.

    쉼은 숨이라는 글자와 비슷하다. '숨'은 살기 위해서 산소를 몸 안에서 순환시키는 행동이다. 쉼은 '숨'과 '쉬다', 즉 숨을 쉬다가 합쳐진 명사이지만 동사적 행동을 가지고 있다. 숨을 쉰다는 것은 우리가 살아있음을 세계에 증명하는 것이다. 반면, '일'은 본능적인 '쉼'이라는 단어와 목적이 다르다.

    일은 보통 직업과 관계가 있다. 일은 물리적인 행동과 정신의 노력을 모두 원한다. 그 결과에는 달콤한 돈의 맛이 따른다. 쉼이 의미가 있는 이유는 일을 하며 그 결과 보상으로 다가오는 돈 때문이다. 쉼의 말맛이 더 단 이유는 우리가 열심히 어딘가에서 일을 하며 쓴맛을 보며 살기 때문이다. 일을 하지 않고 매일 놀기만 한다면 '쉼'의 달콤한 맛을 알지 못한다. 직장 생활을 하는 한, 적어도 퇴사를 감행하기 전까지는 '쉼'이라는 마약에 취해 살게 된다. 퇴사하지 못하고 있는 우리에게 어쨌든 휴일은 달기만 하다. 하지만 달콤하던 휴일도 월요일을 맞아야 한다. 휴일은 왜 이렇게 짧은지 야속하기만 하다.

    휴일이지만 기분은 편안하지 않은 분주한 아침이었다. 직원의 결혼식이 있어서 여느 날처럼 침대에 누워 늑장을 피울 수는 없었다. 억지로 잠이 깨고 나서 잠시 멍하게 앉아 있다가 몸을 움직이려는데, 지난밤이 생각났다. 어제저녁에는 겨울치곤 꽤 많은 비가 내렸다. 오후쯤이었을까, 사무실에 앉아 있는데 의자 너머 창문 밖에서 빛이 어느 순간 사라졌다. 사무실에 앉아 있으면 시간감각에 무딘 사람이 된다. 여기저기 인공조명 투성이 아닌가. 아침부터 밤까지 똑같은 빛이 우리를 따라다닌다. 이런 환경에서 어떻게 시간의 흐름에 예민할 수 있을까. 그래도 오래간만에 찾아온 겨울비 덕분에 공중의 먼지는 쓸려 나갔다. 귀찮지만 우산 하나를 한 손에 쥐어야 했고 질척거리는 바닥을 밟아야 했으나, 그래도 세상이 투명해져서 많은 걸 볼 수 있어 좋았다. 깨끗한 공기를 가득히 가슴에 불어넣으며 큰 숨을 쉬어보았다. 지난밤의 퇴근길은 지친 마음보다, 보고 싶던 사람을 오래간만에 만나는 기분이 들었다.

'왜 쉬는 날에 결혼식 따위는 해야 하는 걸까?'라는 낯선 생각이 찾아와 어깨를 끌어당겼다. 환기라도 시키기 위하여 창문을 열었더니 지난 며칠 동안의 봄기운이 아닌, 차가운 햇살이 얄미운 표정을 지었다. 언제 그랬냐는 듯 하늘은 지난 막바지의 가을빛을 띄었다. 세상이 어떤 그림이었느냐 하면, 짧은 가을이 막 끝나 긴 겨울로 고독한 여정을 떠나는 마지막 풍경이었다. 스치듯 걸어가던 나는 봄이 아닌 가을을 만끽하는 남자였다.

정시에 예식장에 도착했다. 다행히 집에서 멀지 않은 곳에 식장이 있었다. 지도 앱을 켜서 잠실역 7번 출구의 약도를 살폈다. "이런 멍청

한 앱 같으니라고…." 업데이트하고 나서 기능이 영 시원찮아진 것 같다. 나도 그런 불만을 가진 사용자가 되었고, 잠시 후 더듬더듬 길을 찾아야 했다.

왜 어떤 것들은 과거보다 더 쓸모가 없어지는 걸까. 더 낫게 만든다고 노력을 쏟아붓지만, 지난 시절이 더 좋았다고 느끼는 건 왜일까? 새로운 경험에 대한 거부감은 아닐까? 적응하기 싫어하는 감정의 게으른 탓일지도 모르겠다. 신랑과 신부를 보았다. 그리고 직원들의 생경스러운 얼굴도 보았다. 화려한 치장을 하고 나온 그들은 무엇을 보여주기 위함이었을까? '왜 결혼식장에서는 다들 멋있어지는 걸까'는 실없는 생각을 한번 해봤다. 누가 주인공이고 손님인지 잠시 혼란스러웠다. 그리고 형식처럼 인사를 주고받다 연회장을 찾았다. 우린 빨리 먹고 빨리 사라져야 하는 사람들이 아닌가?

도시의 시간은 꽤 분주하게 흐르는 편이다. 이곳에서는 '쉼'을 생각해도 우리의 현실과는 괴리감이 있어 보인다. 미국의 한 학자는 도시와 자연의 쉼을 비교했다. 시끄러운 도시에서 '쉼'을 갖는 것과 숲속을 거닐며 얻는 쉼을 비교한 것이다. 결과는 놀라웠다. 도시에서 쉼을 갖은 사람은 피로가 회복되지 않았고 숲속에서 산책하며 쉼을 선택한 사람은 기억력이 20% 넘게 향상되었다는 보고였다. 도시는 우리를 긴장 속에 빠뜨린다. 긴장과 멀리 떨어질 때 우리는 피로에서 벗어날 수 있지만, 도시엔 긴장을 불러일으킬 만한 요소가 가득 차 있다. 길을 걸어가면서도 버스나 지하철에서도 우리는 긴장을 멈출 수 없다. 스마트폰을 습관적으로 꺼내고 어떤 정보라도 캐낼 듯이 금광을 찾아 헤맨다.

자발적 고립을 선택한 연예인들의 삶을 엿보았다. 나영석 피디가 연출한 〈숲속의 작은집〉이라는 프로그램이었다. 출연자는 도시에서의 삶을 잠시 뒤로한 채, 제주도 외딴 작은 집에서 고립을 선택한다. 작지만 확실한 행복, '소확행'이라는 주제를 생각하며 행복의 가치는 과연 어디에 있는가, 라는 주제를 우리에게 던진다. 우리는 그 방송을 보며 알 수 없는 쉼을 만끽한다. 시간이 멈추어진 것 같은 느낌을 받는다. 숲 속에서 시간을 천천히 보냈던 그들의 삶을 구경하는 것만으로도 우리는 쉼을 간접 체험할 수 있다.

창의적인 아이디어는 쉬는 순간에 찾아온다. 마음이 수축과 팽창을 거듭하며 쉼 없이 사는 우리에겐 잠시 멈출 수 있는 기회가 필요하다. 이유도 모른 채 무작정 걸을 수 있는 시간이 찾아오면 정체된 생각은 사라지고 삶을 즐겁게 살아갈 수 있는 아이디어가 떠오른다. 세상을 살아가려면 일을 하지 않을 수 없다. 일과 일 사이에 쉼이라는 단어를 놓으면 일은 삶을 이끌어나가는 활동이 된다. 일과 쉼의 균형이 무너지면 부정적인 생각이 삶을 지배한다. 어느 연구에 따르면 긍정적인 생각을 하는 사람은 타인과의 관계에서도 긍정이 영향을 미치지만 부정적인 생각은 전염성이 더 큰 영향을 미친다고 말했다. 따라서 일과 쉼을 적절하게 배치하는 것은 매우 중요하다.

쉴 때는 생각을 비우는 것이 중요하다. 머릿속에 가득 찬 생각들은 몸이 쉬는 것처럼 보이게 하지만, 뇌는 계속해서 움직이고 있기 때문에 피로는 더 가중된다. 사람들이 먼 곳으로 여행을 떠나는 것은 일에서 완전히 분리되려 함이다. 일과 쉼이 서로 뒤섞여 있는 상태에서는 쉼을 맛볼 수 없다. "열심히 일한 당신 떠나라."는 말이 괜히 있는 게 아니다. 일에서 멀리 떨어져 쉼을 완벽히 보장받으라는 이야기다. 삶을 재충전하고 돌아오면 일의 맛도 쓴 것이 아니라 단맛이 될 수도 있다. 일만 하고 살았던 당신, 이제 쉼표를 한번 찍어보자.

18. 아래로 흐르는 겸손한 '물'과 위로 타오르는 거만한 '불'

고대 그리스의 철학자 탈레스는 만물의 근원을 '물'이라고 믿었다. 우주가 형성된 과정을 설명하며 탈레스는 지구가 물 위에 떠있다고 생각했다. 따라서 우주를 둘러싸고 있는 근원은 물이며 결국 생명의 탄생도 물로부터 시작된다고 보았다.

물은 지구에서 대부분을 차지한다. 인간을 지탱하는 대부분의 물질도 물이다. 물이 없이 생명체는 살아갈 수 없다. 그런 물과 상극이 바로 '불'이다. '상극'은 서로 어울리지 않고 늘 충돌하는 사이라는 뜻이다.

순우리말 중에 '비각'이라는 단어가 있다. 비각은 '물과 불처럼 서로 상극이 되어 용납되지 아니하는 일'이라는 뜻인데 상극이라는 한자말 대신 순우리말인 비각을 사용하는 것을 추천한다. 물이 만물의 근원이라고 하여서 불이 없으면 될까? 물과 불이 비각의 관계라고 하는데, 사실 두 가지는 상호 보완하는 관계가 더 맞다.

아침이면 아내가 따뜻한 물 한 잔을 나에게 끓여준다. 차가운 물

한 잔을 데우려면 적당한 불이 필수다. 물이 혼자 끓을 수는 없지 않은가. 우리 몸은 36.5도의 따뜻한 체온을 유지하고 있는데, 그것의 역할은 물이 담당한다. 불이 데워준 따뜻한 물 한 잔을 마시고 몸이 건강해지는 것이다. 그리고 우리의 장기는 끊임없이 불처럼 타오르다 차가워지는 것을 반복하며 몸에 긍정적인 작용을 한다. 심장은 정기적인 박동을 통하여 따뜻한 혈액을 온몸에 퍼뜨리는 중추적인 역할을 담당한다. 모든 작용에는 물이 핵심적인 기능을 한다.

물은 맑고 순수한 속성을 가지고 있으며 한곳에 고여 있지 않고 흐른다. 그리고 서로를 품어주는 아량을 지니고 있는 것이 물이다. 반면, 불은 자신뿐만 아니라 주변의 목숨까지 빼앗는다. 조급한 성미를 감추지 못해 모든 것을 태워버리고 마는 성질을 품고 있는 것이 불이다. 물과 불은 섞일 수가 없는 관계이지만, 불을 진정시킬 수 있는 것은 오직 물만이 가능하다.

아내는 물처럼 맑고 순수한 사람이다. 아내는 다른 사람보다 느린 시계를 가지고 있는데, 시냇물처럼 마음이 천천히 움직인다. 반면, 내 성격은 불처럼 조급하고 모든 결정을 일사천리로 진행하는 편이다. 이 부분 때문에 결혼 초기에는 적잖은 충돌이 있었다.

오래전 주말 아침이었다. 모처럼 외출을 하기로 정한 상태였고 그것을 위하여 아침부터 서둘러야 했다. 나에게는 약속 시간이 정해지지 않아도 시간에 얽매이는 증상이 있다. 아내의 여유를 보니 과연 제시간에 나갈 수 있을지 불안했다. 반드시 정해진 시간에 나가야 할 이유도 없는데 쫓겨다니는 사람처럼 아내를 재촉했다. 내 서두름 때문에 아내는 이것저것을 빠뜨리는 실수를 했고 문을 나섰다가 잊은 것을 다시 챙겨오느라 들락날락해야 했다. 그 행동을 몇 번 반복하며 지체되는 것을 지켜보던 나는 결국 불같이 성질을 내고 말았다.

성격이 조급했던 나는 늘 먼저 해치우고 아내를 기다렸는데 마치 전쟁이라도 할 듯한 태세였다. 나는 참을성을 다루는 재주가 부족했는데, 그 버릇은 군시절부터 비롯되었다. 오래 몸에 밴 습관은 고치기가 정말 어렵나 보다. 나도 모르게 아내를 재촉했던 걸 생각하니 더 그렇다. 불같이 조급했던 성깔은 그날 터지고 말았다. 시간에 쫓기는 사람처럼 불을 조심히 다루지 못하고 그것을 밖으로 폭발시켰다. 문제는 신혼 초기부터 시작된 만성적인 타성조차 모두 받아주던 물 같던 아내가, 그날은 유독 불같이 화를 나에게 되돌려줬다는 사실이다. 결국, 참고 참았던 인내가 빅뱅을 일으키고 말았다. 불과 불이 만났지만, 그 사건을 통하여 내가 불처럼 늘 긴장된 상태에서 살고 있었다는 사실을 깨달았다. 그리고 아내는 금세 잔잔한 파도가 되어 불같던 내 화를 식혔다.

사건이 벌어진 이후로 불같은 성격과 매사에 채찍질만 했던 행동을 돌아보게 되었다. 확실히 깨달은 것은 내가 불같은 사람이었다는 것이다. 웬만하면 참지 못하고, 생각했던 것은 무조건 저지르고 보는 대책 없는 사람이었다는 말이다. 그렇게 된 것은, 어떤 원인이었을까? 내면에 내재되어 있던 사회에 대한 불만이었을까? 지옥 같은 현실에서 빨리 벗어나고 싶다는 욕망 탓이었을까? 빨리 성공하고 싶다는 의지 탓이었을까? 불같이 타오르는 화를 도무지 누를 수 없다는 것이 문제였다.

아내의 장점은 흐르는 물처럼 서서히 어디로든 번져간다는 점이었다. 물은 맑기 때문에 무엇이든 깨끗하게 닦을 수 있다. 아내는 조급하게 달려가기만 하는 시간을 차분히 응원해주었고, 격렬히 타올랐다가 이내 식어버리고 마는 내 마음을 누그러뜨렸다. 체하지 않도록 서서히 마음을 아프지 않게 돌보며 말이다. 아내 덕분에 주변을 살필 수 있게 되었고, 내면에는 불이라는 속성뿐만 아니라 물도 함께할 수 있다는 사실도 깨닫게 되었다. 내가 생각하는 물의 장점은 느린 속도다. 삶을 즐길 줄 아는 물의 여유로움과 바다를 향해 꿈을 포기하지 않는 물의 끈기를 아내에게 배웠다.

치열한 삶의 현장에서는 느린 걸 용서하지 않는다. 하지만, 일상에서 일어나는 문제의 원인은 조급하게 결정하는 것, 생각이 필요한 사람에게 여유를 허락하지 않는 습관으로부터 출발하는 건 아닐까.

오기가미 나오코 감독의 영화 〈카모메 식당〉에서 여주인공은 모국을 떠나 핀란드로 삶을 옮긴다. 아무도 아는 이 없는 곳에서 주인공은 식당을 열고 그만의 방식으로 가게를 운영한다. 조금은 느리고 조금은 이상한 방식으로 사람들과 소통하며 관계를 맺는다. 삶은 조급한 것에서 멀어질 때, 행복이 찾아온다는 것을 일깨워준 영화였다. 주인공은 자기만의 방식과 철학으로 삶을 지탱했다. 그것이 성공인지 실패인지는 타인의 기준이 중요한 것이 아니다. 불같이 열정적인 삶을 사는 것이 정답인가, 물처럼 잔잔하게 흘러가 보는 것이 정답인가, 그것에 대한 질문은 우리에게 주어졌다. 삶은 물처럼 느리다. 치열한 삶에서 생존하기 위해 온갖 불씨를 긁어모아 불을 지피고 있지만, 지금 태우고 있는 열정이 무엇인지 질문이 필요할 때는 아닐까. 당신에게 물어본다. 당신은 물처럼 불을 다스릴 줄 아는 지혜가 넘치는 사람인가. 불처럼 조급하게 타오르다 재로 사라지는 사람인가.

19. 회식, '스스로' 또는 '억지로'

'회식會食'은 여러 사람이 모여 함께 음식을 먹는 것을 말한다. 한자는 모일 회會와 먹을 식食 자를 사용한다. 회식이 자주 벌어지는 곳은 주로 직장이다. 사실 회식이라는 단어를 접할 때마다 부정적인 뉘앙스가 앞선다. 억지로 마셔야 하는 술, 2차, 3차, 4차로 끝없이 이어지는 술자리, 상사의 고약한 술주정이 가장 먼저 생각난다.

직장인 중에 회식을 반기는 사람은 별로 없다. 특히 술을 좋아하지 않는 사람은 더더욱 그렇다. 게다가 금요일에 벌어지는 회식은 워라밸Work & Life Balance을 한순간에 무너뜨린다. 일과 가정의 균형을 찾고 싶어 하는 직장인이라면 더욱 금요일의 회식이 달갑지 않다. 하지만 회식은 꽤 강제적이다. 참석하지 않으면 인사상 불이익을 당할 것 같고 중요한 정보를 얻지 못할 것 같은 불안감이 든다. 그래서 스스로 원하지는 않지만 억지로라도 회식자리로 발길을 옮긴다. 직장은 다양한 사람이 모이는 곳이다. 술을 좋아하는 사람이 있는가 하면 조용한 커피숍에서 나누는 대화가 더 좋은 사람도 있다. 모든 사람을 하나의 관습으로 일치시키려는 문화는 전체주의가 낳은 산물이며 회사가 구사하는 약자에 대한 폭력이다.

하지만 그러한 낡은 문화도 조금씩 변화의 조짐을 보인다. 뉴스에서 회식에 관한 이야기를 보았다. 직장의 낡은 문화 가운데에서도 선두를 달리고 있는 회식 문화를 타파해야 한다는 내용이었는데, 그것의 골자는 다음과 같다. 첫 번째, 모든 회식은 9시 이내에 종료하는 것을 원칙으로 한다. 9시 이후에 결제되는 건에 대해서는 개인의 부담으로 한다. 공식적인 회식은 1차에 한하며, 2차 이후의 참여 사항은 강제 사항이 아니다. 두 번째, 회식의 참여 자체도 강제하지 못한다. 누구든지 참석하고 싶지 않다면, 또는 개인적인 약속이 있다면 회식에 불참해도 된다.

충격적인 내용이었다. 다른 것은 바뀌어도 회식 문화는 영원할 것이라 짐작했는데, 기사는 직원 입장에서 굉장한 희소식이었다. 우리 회사도 그렇게 되면 얼마나 좋을까, 라는 상상을 한번 해본다.

누구나 정시 퇴근을 원한다. 우리는 낮 동안 일에 집중하고 저녁에는 가족들과 시간을 보내고 싶어 한다. 그런 사람에게 회식은 때로는 혐오스러운 행사가 된다. 회식 자리는 대개 불필요한 경우가 많다. 더군다나 업무의 연장선상인 경우가 많아서, 하루 종일 들었던 회사의 이야기를 재방송으로 시청해야 한다는 것은 직원에겐 악몽일 수밖에 없다. 당신이 한가하거나 집에 가도 별 볼 일 없는 흔한 부장이라고 하여, 팀원들의 자유시간까지 희생을 강요한다면 정말이지 나쁜 상사다. 나도 임원이지만 이런 것은 정말 바뀌어야 하는 문화라고 생각하는 부류 중에 하나다.

사실, 회식이 꼭 저녁에 행해야 한다는 통념에도 반기를 들고 싶다. 요즘엔 점심에 회식을 하는 회사가 늘어나는 추세라고 한다. 삼겹살이나 치킨에서 벗어나 유럽풍의 파스타나 스테이크를 즐기는 회식은 어떨까? 시간도 부담 없는 점심에 말이다. 어떤 회사는 점심에 회식을 하고 오후에는 단체로 영화나 뮤지컬을 즐기는 회사도 있다고 하니 참 부럽다.

회식은 일방적인 것이다. 회식의 날짜도 한 사람의 의견으로 결정되며 무엇을 먹을지도 보통 상사의 선호도를 따르게 된다. 술을 좋아하지 않는 당신으로서는 회식 자리 자체가 낯설다. 술을 강권하는 문화도 싫고 회식이 끝난 후 몸에서 나는 찌든 고기 냄새도 싫다. 무엇보다 가장 싫은 것은 2차, 3차로 이어지는 또 다른 술자리다. 이를테면, 치킨집, 노래방, 맥줏집에서 다시 삼겹살집으로 이어지는 순환 구조가 너무나 싫다. 술 좋아하는 주류의 사람들에게 이끌림을 당하는 기분이 들었는데, 참석하기 싫은 자리이다 보니 싫은 표정을 감추기도 어려웠다.

우리의 직장은 변화하고 있다. 낡은 회식문화부터 타파하자. 술자리에서는 좋지 않은 폐해들이 일어나지 않는가? 요즘 미투 운동이 사회적으로 이슈가 되고 있다. 회식자리에서 가장 많은 피해를 당하는 것은 여성이다. 다양한 고발이 이어지고 있고 남자는 가해자의 입장에서 벗어날 수 없다. 술자리를 가장한 회식을 건전한 문화로 바꿔야 하는 이유로 충분하지 않은가? 우리도 이제 변화할 때가 되었다.

20. '시작'은 끝으로 생을 마감하지만, '끝'은 다시 시작을 잉태한다

봄이 오면 마음에 생기가 돌고 엉덩이마저 들썩거린다. 자연의 움직임에 동화되려는 본능이 다시 일어서는 것이다. 인생은 시작과 끝을 끊임없이 반복하는 구조다. 시작이 끝을 낳지만 끝이 다시 시작을 불러일으키기도 한다.

'시작'이라는 단어를 검색했다. 시작은 '어떤 일이나 행동을 처음 하는 단계'라고 설명했다. 시작은 반드시 끝을 낳는다. 성공이든 실패든 상관없이 마지막은 온다. 다만, 실패라는 낙인을 마지막에 찍었다고 하여 절망할 필요는 없다. 다시 시작하여 다른 끝을 만들면 그뿐이니 말이다. 따라서 자신의 본능을 믿고 움직여보는 것도 좋다. 무거운 마음은 본능을 억누른다. 젊음의 끓는 마음을 주저앉게 하는 속성을 가지고 있는 것은 어둡고 묵직한 생각이다. 계절의 변화를 몸과 마음으로 받아들이고 그 흐름에 따라 마음을 가볍게 들썩이는 것도 좋다. 변화를 예민하게 받아들이라는 것이 아니라 생명이 싹을 틔우는 순간에 동참해보라는 뜻이다.

《하버드 마지막 강의》를 읽다 괴테의 문장을 접했다. 그것은 "그대가 할 수 있는 것, 꿈꾸는 것이 있다면 시작하라. 그 자체가 천재성이고 힘이며 마력이다."는 문장이었다. 시작은 괴테의 말처럼 우리를 들뜨게 한다. 시작조차 하지 못하는 마음을 모두 하나씩을 가지고 있을 터. 이제는 그런 미약한 마음을 벗고, 굳은 땅을 뚫고 새싹이 햇살을 향하여 고개를 내밀듯, 우리도 시작과 만남을 가져보자. 그렇다, 봄이 오면 생명이 다시 시작하듯 우리의 꿈도 다시 시작할 수 있을 것이라는 믿음을 가져본다.

해마다 봄이면 꽃은 피는 것을 시작하고 끝을 맺는다. 꽃이 지면 새로운 잎사귀가 생명을 시작한다. 자신의 역할을 다하고 끝을 맺는 꽃은 찬란한 아름다움을 뽐내고 멋진 생을 마치는 것이다. 꽃이 언제 시작되었는지 길가에 줄을 지어선 행렬에 감탄만 하다 보니 문득 시간이 저만치 흘러간다. 그 순간에 어떤 생각을 품고 있었는지, 어떤 인생의 활기를 찾고 있었는지 모를 정도로 시간은 바삐 흐른다. 생명의 시작과 끝을 보며 인생이 무상함을 느낀다.

꽃은 우리를 기다려주지 않는다. 다만 찾아와서 자신을 바라보며 시간의 허무함을, 계절의 빠른 변화에 잠시라도 머물기 바라는 마음을 품었을지도 모른다. 그래서 우리는 꽃으로 발길을 돌린다. 먼발치에서 바라보기도 하고 가까이에서 꽃의 탄생과 죽음을 묵도하기도 한다. 우리는 생과 사의 관전자가 되는 것이다. 오늘 아침에도 많은 벚꽃이 졌다. 바닥엔 죽음이 남긴 상처들이 즐비했다. 인간은 무심하게 벚꽃 더미를 밟고 지나갔고 빠르게 흔적을 지웠다. 나는 올해도 기회를 놓쳤다. 들썩이는 청춘의 기상을 강제로 누르고, 일상에서 부산한 삶을 대신 때웠다. 다만 어떤 소리에 귀를 기울일 수 있었다. 생명이 막 탄생하려는 소리를, 죽음이 토해내는 마지막 소리를, 사람들의 심장이 들썩거리는 소리를….

봄이 오면 새날이 매일 시작된다. 얼마 전, 지난 일 년의 '끝'을 마무리했고 오늘부터 새로운 '시작'을 다시 써본다. 다른 날보다는 더 활기차고 역동적인 생명이 도처에서 깨어난다. 이 순간 내가 존재하고 여전히 젊은 생각을 유지할 수 있는 것에 감사하다. 맑고 생생한 공기를 한껏 들이마시며 출근하는데 여러 무리의 학생들이 마치 바람을 타고 날아가는 것처럼 보였다. 청춘이 아름다운 것은 저마다 발산하는 개별적인 빛깔보다, 서로를 향하여 어우러질 때 나타나는 생김새 때문이다. 청춘은 지난겨울 동안 감추어 두었던 파란빛의 시작을 밖으로 세차게 밀어낸다.

영화 한 편이 생각났다. 〈라라랜드〉의 주인공인 미아는 오디션에서 숱한 탈락을 거듭함에도 불구하고 자신의 빛깔을 잃지 않는다. 그를 대표하는 상징은 파란 드레스에 스며 있다. 파란 빛깔을 사랑한다는 것은 우리가 청춘이라는 것과 맥락이 닿아 있다. 영화의 한 장면을 생각하는 우리는 파란 하늘 아래에서 움 트는 시작의 기운을 얻는다. 월요일은 새로운 페이지를 맞이하는 날이다. 지난주의 찌들었던 아픔들과 이별을 고하자. 이제 맑은 하늘이 다시 시작될 테니 아쉬운 마음보다는 설레는 마음을 더 품어보자. 봄을 재촉하고 싶은 마음과 갑자기 차가워진 아침 공기도 청춘의 끓는 소리를 막지 못하리라.

당신과 나의 옷차림은 지난겨울 무렵으로 돌아가고 싶었던 걸까. 가벼워지려다 제법 무거워졌다. 옷장 뒤편에 몰아두었던 두꺼운 패딩을 다시 꺼내 들었다. 그것은 무엇을 보호하려는 걸까. 마음일까, 몸일까? 막 시작되려는 봄의 아지랑이일까? 세상은 때로 가시밭길로 우리를 내몬다. 가시에 찔린 우리는 더 이상 상처받기 싫어서, 그 상처가 살

갖을 뚫고 깊은 곳까지 내려가는 것이 두려워 몸과 마음을 방어한다.

추위라는 건 그런 거 같다. 실제 춥다는 감정보다는 마음속에서 먼저 공포를 꺼내어 그것을 회피하려는 의도 같은 거 말이다. 오늘은 봄이 왔지만 다소 더 춥다. 버스 정류장에 서서 다음 버스 도착시간을 기다린다. LED 표지판에 '7'이라는 숫자가 찍혀 있다. 기다릴 시간을 알 수 있어서 나는 그 시간을 어떻게 활용해야 할지 잠시 공상을 한다. 얼마나 오래 기다려야 할 것인가, 라고 시간을 재촉하다, 스마트폰을 꺼내어 화면을 본다. 그리고 어젯밤에 읽던 전자책의 어느 페이지로 이동한다. 시간이란 것은 그 감각을 잃어버리면 정지되기도 하고 더 빨리 흘러가기도 하는데, 잠시나마 책에 집중하는 시간 동안 나는 주변의 소음과 차단된다. 시간의 흐름도 길에서 잠시 멎는다.

주변에 서있던 사람들이 물결을 치기 시작했다. '그래, 버스가 도착하고 있구나' 생각 없이 지나칠 뻔한 시간 동안 꽤 집중했고, 제법 많은 페이지를 읽었다. 덕분에 아무것도 아닐 뻔했던 시간은 나에게 그 무엇이 되어주었다. 우르르 몰려가는 사람들의 뒷모습을 바라보며 천천히 버스에 올라, 빈자리에 앉는다. 다시 책을 읽기 시작한다. 지나가는 시간에 쫓겨다니지 않기 위하여…. 그래 모든 '끝'에는 시작이 있다. '시작'은 다시 '끝'을 낳는다. 시작과 끝은 단절된 것이 아니라 순환 구조처럼 서로 연결되어 있다. 당신이 새롭게 마음을 다질 수 있다면, 그 순간은 '끝'이 아닌 '시작'으로 이어진다.

제4부

나를 단단하게 만드는 단어

01. 생각하는 '명사형' 인간,
행동하는 '동사형' 인간

당신은 명사형 인간인가? 동사형 인간인가?

여기, 세상을 바라보는 두 가지 관점이 있다. 그것은 명사형과 동사형 사고이다. 명사형 사고를 중시하는 관점은 모든 사물이 가지고 있는 존재, 그것의 본질에 의미를 둔다.

예를 들어, 눈앞에 '사과'가 하나 있고, 그 사과를 통하여 시 한 편을 쓰는 상황을 가정해보자. 우리는 사과를 오랫동안 들여다보아야 할 것이다. 어떻게 생겼는지, 어떤 모양인지, 색깔은 어떤지, 어떤 물질이 사과를 이루고 있는지, 어느 곳에 놓여 있는지, 어떤 과정으로 사과가 생산되어 내 눈앞에 나타나게 되었는지, 온갖 상상에 공상까지 더할 것이다. 이러한 관점, 즉 사물을 중심으로 하여 그 사물이 생성된 원리와 이치를 연구하는 관점이 '명사형 사고'라 할 수 있겠다.

명사는 사물의 존재 자체에 가치를 부여한다. 사물이 생성된 원리와 과정에 주목한다. 서양 철학은 그래서 존재를 규명하는데 오랫동안 철학이라는 학문을 동원하여 연구하는 과정을 거쳤다. 파르메니데스, 칸트, 마르크스, 니체, 하이데거와 같은 철학자는 '존재'의 의미를 깨닫기 위하여 많은 시간을 투자했다. 특히 하이데거는 인간의 이성적 사고를 통하여 존재의 의미를 규명할 수 있다고 보았다. 이성할 수 있는 유전자는 우주에서 인간이 유일하다. 인간이 존재한다는 사실은 스스로의 사유를 바탕으로 한다.

사전에서 명사 하나를 검색했다. 존재 중에서도 가장 의미 있는 '인간'이라는 단어를 말이다. '인간'이라는 명사를 검색하면 인류, 사람, 인품, 생명, 삶 등의 관련 단어가 나온다. 검색된 단어들은 서로 어떤 관계를 맺고 있을까?

동사는 인간이라는 명사와 다른 명사들을 규합하고 연결한다. 동사는 명사라는 축을 지탱하기 위한 거대한 엔진이다. 이런 면에서, 명사는 정적이고 축약적이고 폭넓은 대상을 설명하는 포괄적인 개념이라면 동사는 구체적인 행동을 유발한다는 측면에서 역동적인 에너지를 가지고 있다. 개별적인 명사들의 가교 역할을 담당하는 것이 동사이다.

정체되어 있지 않고 계속 변화하는 에너지를 가진 것이 동사의 특성이다. 동사에는 움직임이 담겨 있다. 우리나라 말처럼 동사가 다양하게 변화하는 언어가 또 있을까? '쓰다'라는 동사를 한번 살펴보자. 기본형인 '쓰다'는 '쓸까, 쓰지, 쓰면, 써서, 쓰겠다. 쓰자, 쓰고, 써라, 쓰시고, 쓰시오, 쓰라, 쓰여, 쓰이다, 써지다, 썼다'와 같이 다양한 형태로 분화한다. 이런 탓으로 외국인이 한국어를 처음 배울 때 동사 때문에 애를 먹는다고 하는 이야기가 충분히 이해가 간다.

글을 쓸 때는 동사의 활용이 중요하다고 한다. 김정선은《동사의 맛》에서 글을 맛깔스럽게 쓰는 방법으로 동사의 중요성을 강조했고, 조승연은《플루언트》에서 "영어는 주어의 선택이 제한적이고 동사가 방향을 결정한다."라고 영어에서의 동사의 중요성을 강조했다.

동사형 인간은 개별적으로 존재하는 것보다는 타인과 관계를 맺으면서 성숙해간다. 성숙하기 위해서 인간은 어떻게 서로에게 연결이 되어야 할까? 나는 그것이 감정을 기반으로 한다고 믿는다. 인간이 주고받는 감정 중에 삶에 가장 큰 영향을 미치는 것이 바로 '사랑'이다. 사랑은 명사의 형태를 지니고 있지만, '하다'라는 접미사가 붙어 동사로 변화할 때, 나를 떠나 타인과 관계를 맺는 뜻으로 확장이 된다. 명사와 명사 사이를 이어주는 '사랑하다'라는 동사는 서로 떨어질 수 없는 불가분의 관계다.

동사형 인간은 행동을 우선한다. 한곳에 머무르는 것보다는 늘 변화하려고 노력한다. 새로운 도전을 멈추지 않고, 실패하더라도 다른 꿈을 찾아 도전한다. 반면, 명사형 인간은 내가 어떻게 살고 어떻게 행동해야 할지 그것보다, 현재 나의 상태를 더 고민한다. 정체된 인간은 자신이 놓인 상태만 생각하고 어떻게 발전해야 할지 행동하지 않기 때문이다. 신중하게 판단한다는 미명하에 구체적으로 길을 찾는 행위를 소홀히 한다.

명사형 인간은 철학자나 연구자가 맞다. 생각하는 것에서 머무는 명사형 인간보다 행동하려는 동사형 인간이 더 좋지 않을까? 동사형 인간은 난관이나 고비가 닥쳐도 주저앉지 않는다. 가능한 모든 방법을 찾으려고 노력한다. 아무것도 하지 않고 기다린다고 하여 문제가 저절로 해결되는 일은 절대 없기 때문이다. 무엇을 만들려고 궁리하는 것보다 그것을 어떻게 활용해야 할지가 우선이며, 현재 내가 누구인지 근원적인 질문에 해답을 찾기보다 앞으로 어떻게 살아야 할지 구체적인 행동이 우선이다.

회사에서도 연구 중인 제품에 대한 질문을 간혹 던진다. 우리는 고객에게 무엇을 제공할 수 있는가, 그것보다 고객의 마음을 어떻게 움직일 수 있는가, 라는 질문 말이다. 마음이 동한다는 것은 고객에게 만족을 넘어선 감정이 움직이도록 유도한다는 뜻일 것이다. 하지만, 그것은 누구나 찾을 수 없다. 찾을 수 없기에 그만큼 쉽게 성공하지 못하는 것이다. 우리는 누군가의 마음을 움직이는 사람일까? 그것을 위하여 어떤 동사적인 사고를 하고 있을까? 당신은 동사형 인간인가?

02. 태생이 다른
'자존심'과 '자존감'

말도 많고 탈도 많던 청소년 시절, 불평불만이 늘 가득했다. 철이 들기 시작하면서 제일 먼저 눈에 들어온 것은 우리보다 경제적으로 풍요로운 다른 집들이었다. 그때부터 남들과 나를 비교하기 시작했다. 내가 가진 것과 다른 사람이 가진 것의 차이를 하나둘 알기 시작하자 부모에 대한 원망과 불신은 더 깊어갔다. 결국 아무리 노력해도 안 된다는 자포자기의 심정은 삶을 열등감으로 채웠다. 가난은 마음을 무너뜨렸지만 가진 것이 없다는 것을 인정하고 싶지 않았기에 위선으로 자존심을 포장했다. 겉으로 센 척 자존심이라는 녀석을 앞장 세웠으나 속으로 나란 존재는 아무런 의욕도 없는, 그저 아무 곳에 나 자신을 방치하는 '자존감이 무너진 삶'을 살았다. 그런 삶이 안정적이라고 착각하며 살았다.

맷 데이먼이 주연으로 출연했던 〈굿 윌 헌팅〉이라는 영화가 있다. 천재였지만 불우한 가정환경이 자신의 탓이라고 생각했던 '윌(맷 데이먼)'은 피해 의식과 열등감에 눌려 자신의 천재성을 무시한 삶을 살았다. 윌은 다른 사람에게 상처를 받지 않는 길은 마음을 걸어 잠가버리는 것이라 판단했다. 겉으로는 자존심이 센 척 행동했지만, 그의 의식은 어릴 적 부모에게 상처받았던 나약한 시절로 방치되어 있었다.

'숀 맥과이어(로빈 윌리엄스)' 교수는 그런 윌을 치유하려 다가섰다. 윌은 자신이 정신적으로 문제가 없으며 더 강한 사람인 척하려 했다. 윌도 자신의 삶이 나름 안정적으로 흘러가고 있다고 생각했기 때문이다. 하지만 결국 숀의 진심에 마음을 열게 되고 자존심을 버린다. 그리고 스스로 가치 없는 존재라 생각했던 딱딱한 껍질을 깨고 세상 밖으로 나온다. 자신을 사랑하게 되자 다른 사람도 사랑할 수 있는 삶을 살게 된 것이다. 이것이 영화가 전달하는 자존감의 메시지였다.

우리는 늘 타인과 자신을 비교한다. 좋은 것을 소유하고도 더 나은 것을 소유한 사람을 부러워한다. 자신이 보잘것없는 존재가 되는 순간 자존심은 바닥을 친다. 그런 상황을 회피하기 위하여 타인보다 우월한 위치를 찾는다. 타인과 처지를 비교하는 것으로 자신의 만족을 찾으려 하기 때문이다. 하지만 애를 써도 올라갈 수 없는 위치가 있다. 그것 때문에 삶은 우울해진다.

'자존심自尊心'의 사전적인 뜻은 '타인과 자신을 비교하는 상대적인 기준을 세우고, 자신의 처지를 높이려고 하는 감정이다'라고 한다. 추락한 자존심을 세우려 하지만 꺼진 당신의 품위는 회복되지 않아 마음을 계속 괴롭힌다. 자신과 타인이 비교당할 때, 차라리 약자가 되어 보살핌을 받는 것을 선택한다. 그것은 상대적인 박탈감에 대한 불복을 표시하기 위함이다.

'자존감自尊感'은 사람을 대표하는 품성, 성격, 인격 등 자신의 가치를 소중히 여기는 감정이다. 자존심과 자존감이 서로 다른 핵심은 '비교'이다. '자존심'은 타인과 자신의 다름을 인정하지 않는 것에서 나오는 상대적인 감정이고, '자존감'은 타인의 가치와는 상관없이 스스로를 사랑하고 인격을 지키는 감정이다. 자존감이 높은 사람은 사람 간에 발생한 갈등의 원인과 그것의 해결 방법을 먼저 자신에게 찾는다. 하지만 자존심이 높은 사람은 문제의 원인을 내가 아닌 '타인'에게서 비롯된다고 믿는다.

자존감이 높다는 것은 인간으로서 성숙하다는 뜻이다. 스스로를 사랑하고 아끼는 사람이 상처를 잘 받지 않는다. 또한 자신을 방어하기 위하여 분노하거나 자책하지도 않는다. 현재 자신의 위치를 그대로 인정하기 때문이다. 자존감이 낮은 사람은 자신을 사랑하지 않는 사람이다. 그 사람은 열등감이라는 감옥에 갇혀 있어서 늘 공포에서 벗어나지 못한다. 두려움을 가짜 용기로 포장하고 자신이 강한 것처럼 마음으로 포장한다. 그래서 자존심이 강한 사람들은 열등감을 감추기 위해 상대방의 마음을 허락하지 않는다. 상처받은 나약한 마음을 감추기 위해서다.

열등감의 화신으로 생긴 자존감은 인간관계에서 상처를 남긴다. 받은 상처는 마음속에서 열등감이라는 감정으로 폭발하고 만다. 신영복의《담론》에서는 "자신을 먼저 알아야 다른 사람과의 관계에서 동일성을 교환할 수 있다."고 했다. 자신을 안다는 것은 자신의 존재의 가치를 소중하게 생각하라는 뜻이다. 자신이 소중하다면 하찮은 말 따위에 흔들릴 이유는 없다. 우리는 그만큼 소중한 존재이기 때문이다. 자존심이 낳은 열등감에 객관적으로 다가서려고 노력해야 한다. 원인을 바라보고, 표출하는 감정이 지나치지 않는지 알아야 한다. 분노의 대상과 자신의 사이에서 필요 이상으로 열폭했던 과거와 대화를 나누는 것이 현명하다.

사람은 변해야 한다. 어제의 당신과 오늘의 당신이 달라져야 한다. 당신의 적은 타인이 아니라 낡은 어제인 것이다. 자존심을 버리고 자존감을 키우면 생각은 변화의 파도를 일으킬 것이다. 지난 열등감을 돌아보자. 자존심이 무너지는 상황은 예측하지 못한 상황에서 닥치지 않았는가? 의도가 없는 발언에 자존감이 추락하는 상황은 우리의 마음이 준비가 덜 되었기 때문이다. 마음을 키워야 하는 이유는 이곳에 있으며 마음을 키우는 힘의 바탕은 자존감에 있다.

마음속에 담고 있는 상처는 서로에 대한 기대가 큰 관계일수록 치명적이다. 대부분의 사람들은 자신이 타인과 화목하게 지내지 못해서 불행해졌다고 생각한다. 하지만 진실은 타인이 아닌 자기 자신과 화해하지 못했기 때문에 다른 사람과 불화도 겪는 것이다. 그래서 우리나라에 혼밥, 혼술처럼 혼자 노는 문화가 유행하는 건 아닐까? 타인에게 휘둘리기는 싫어 선택한 삶의 방식이지만 어찌 마음이 뜻대로 될까. 우리를 압박하는 외부의 상처들이란 우습기 짝이 없는 것들이 대부분이다. 그 티끌 같은 존재들 때문에 자존감이 흔들려서는 안 된다. 오늘도 단단히 일어서기 위하여, 상처를 받고도 다시 일어날 수 있는 용기를 위하여 자존심보다는 자존감으로 삶을 채워야 한다. 당신의 존재는 보석보다 아름다우며, 어마어마한 확률을 뚫고 이 세상에 태어난 사람이기 때문이다. 이것만으로도 당신은 충만한 사랑을 받을 자격이 있다.

03. '인연'이 짐이 되면 '악연'이 된다

사람과 사람이 만나게 되는 것은 저마다 특별한 이유가 있어서이거나 그저 우연일 수도 있다. 어떤 이유 때문에 우리가 만나서 인연을 맺게 되는지는 인간의 지평으로는 설명할 수 없다. 알 수 없는 기운에 의하여, 우주가 창조하는 혼돈 속에서 공통의 질서를 발견하는 과정이 인연은 아닐까. 끊어진 조각을 서로 맞추어보다 자신과 잘 맞는 짝을 찾는 것이 인연인 것이다.

'인연'의 뜻은 사람들 사이를 맺는 관계라고 사전에 정의되어 있다. 인연이라는 단어를 설명할 때, 흔히 사용하는 속담이 있다. "옷깃만 스쳐도 인연"이라는 문장 말이다. 사람들은 인연을 옷깃이라는 단어를 사용하여 쉬운 만남으로 치부한다. 하지만, 옷깃이 어느 부위에 해당하는지 자세히 알아볼 필요가 있다. 옷깃은 한복의 목 부근에 위치한다.

사람과 사람 사이에 옷깃 스칠 정도의 인연이 되려면 최소한 포옹을 해야 한다는 것으로 해석이 되는데, 그런 소중한 인연을 어찌 쉬운 만남으로 설명할 수 있을까? 물론, 다른 의견도 있다. 이 속담은 불교에서 유래가 되었는데, 소매가 옷깃으로 잘못 구전되었다는 설도 있다. 어느 설이 맞는지는 중요하지 않다. 중요한 것은 인연을 시작할 때, 스쳐 지나가는 만남일지라도 가벼이 여기지 말라는 게 더 맞지 않을까?

고등학교 수업시간, 피천득 선생의 《인연》이라는 수필을 읽었다. 피천득 선생은 아사코와의 로맨틱했지만 인연으로 연결되지 못한 추억을 소개했다. 마지막 문장은 다음과 같았다. "그리워하는데도 한 번 만나고는 못 만나게 되기도 하고, 일생을 못 잊으면서도 아니 만나고 살기도 한다. 아사코와 나는 세 번 만났다. 세 번째는 아니 만났어야 좋았을 것이다." 그리워서 만나고 싶어도 그럴 수 없는 것이 인연이기도 하고, 만난 것을 못내 후회하기도 하는 것도 인연이다. 선생에게 세 번째 인연은 피했으면 더 좋았을 것이다. 선생의 에피소드가 오래도록 마음속에서 회자되는 것은 그런 아련한 경험을 인생을 살다 보면 누구나 겪는 일이기 때문이다.

세상에 좋은 인연만 있으면 좋겠지만, 좋지 못한 인연도 있다. 그것을 우리는 '악연'이라고 부른다. 인생을 살다 보면 다양한 사람과 관계를 주고받는다. 소중하게 시작했으나 아무것도 아닌 관계로 끝나는 보잘것없는 인연도 있고, 의도와는 달리 결말이 좋지 못한 인연도 있다.

그런 인연은 필연적으로 악연이 된다. 인연이 때로 짐이 되는 것이다.

만난 것을 후회하고 그런 사람과 시간을 같이 보냈다는 것 자체를 돌이키고 싶어 한다. 불가 용어에 시절인연時節因緣이라는 말이 있다. 모든 인연에는 오고 가는 시기가 있다는 뜻이다. 굳이 원하지 않아도 만나는 인연이 있고 아무리 애를 써도 그럴 수 없는 인연이 있다는 이야기이다. 인연이 악연이 되는 것은 급하게 서두른 탓이 아니라 그 사람과 당신이 다만 시절인연이 맞지 않은 이유가 더 크다.

당신이 어떤 사람인지가 중요하다. 소중한 연을 맺기 위해선 먼저 선한 사람이 되어야 한다. 연緣이라는 한자는 불교에서 원인이 있으면 그것을 도와 결과를 낳는 작용이라고 설명한다. 땅에 씨를 뿌려 결실을 맺으려면 기다림도 중요하지만 적당한 장소에서 서로 만나는 것도 중요하다는 것을 설명한다. 서로 어울리지 않는 만남은 아름다운 열매를 맺지 못하도록 유도하는데, 그것이 악연이라는 설명이다.

다만 우리가 성숙하지 못하여, 덜 여문 인격체인 상태에서 인연을 진실한 것으로 성숙시키지 못함은, 그와 내가 때가 맞지 않은 탓이다. 그리고 악연으로 변질되는 이유는 그와 우리의 마음이 맞지 않은 탓이 큰 것이다. 따라서 잘못된 인연을 돌이키려고 애쓰거나, 원하지 않는 인연을 계속 유지하려는 것도 부질없는 짓이다.

우리가 마주하는 모든 인연은 소중하지만 때로는 버려야 할 인연도 있다. 그 이유는 무엇보다 당신이 소중하기 때문이다. 나도 당신도 여러 인연을 맺고 산다. 그 인연 중에서도 가족이 제일 먼저이다. 사랑하는 사람과 화목하게 사는 것이 지금의 시절인연을 지키는 길이다.

그렇게 하기 위해서 나부터 좋은 사람이 되어야 한다. 좋은 사람에겐 좋은 인연이 나타나게 된다.

04. 나쁜 감정을 '태운' 후에는, 희망의 불꽃을 '태우고'

한 인간의 마음 안에도 좀스러움과 위엄스러움, 악의와 선의, 증오와 사랑이 나란히 자리 잡고 있음을 너무도 잘 안다.

– 헤르만 헤세 《싯다르타》 중에서

체감 온도 영하 20도 이하의 강추위가 맹위를 떨치고 있다. 여러 겹의 옷을 껴입고 출근길에 올랐다. 한참을 걸어서 버스 정류장에 도착하니 배차 시간을 알려주는 LED 전광판이 마침 고장 나 있었다. 며칠 내에 고장 난 부품을 교체하겠다는 문구만 자랑스럽게 붙여져 있었다. 불편했다. 얼마나 기다려야 하는지 아무런 정보도 없는 상태에서 애간장만 '태울' 노릇이었다.

'타다'라는 동사는 다양한 뜻을 가지고 있다. '탈것에 몸을 얹다', '어떤 기회를 이용한다', '불이 붙어 번진다', '돈이나 물건을 받다', '어떤 기운의 영향을 받다' 등 수십 가지의 뜻으로 활용된다. 특히 '애간장'에서의 '애'는 창자의 옛말로 간장 간肝, 창자 장腸를 강조하기 위해 쓴다. 애간장을 태운다는 것은 장기가 전부 녹을 정도로 몹시 안타깝다는 것을 설명한다.

그만큼 당연하다고 믿었던 일상의 편리함들은 그것이 부재 상태가 되면 더 절실해진다. 있을 때는 존재 가치에 의미를 두지 않던 것들이 막상 사라지니 큰 불편을 감수할 수밖에 없는 것이다. 세상에 존재하는 모든 물질은 제각각의 수명이 있다. 주기적으로 관리해주고 아껴쓴다고 하여도 영원할 수는 없다. LED는 그날 고장 날 운명을 '타고'난 것이고 하필이면 내가 그 순간에 불편을 감수해야 하는 운명을 '타고'난 것이다.

귀가 시리고 발가락이 얼 것만 같았다. 기다려도 오지 않는 버스를 기다리며 회사에 지각하게 될 공상을 하니 마음만 더 '타들어갔다'. 시한폭탄 하나가 가슴속에서 심지를 '태우기' 시작한다. 그 순간에 내가 할 수 있는 것은 기다림뿐이었다. 얼마를 기다렸을까, 온몸이 꽁꽁 얼어붙었을 때, 버스가 도착했다. 버스를 '타며' 생각했다. 기다려서 지쳤다는 원망보다는 추위를 피할 수 있어서 다행이라는 생각을. 그것이 그날 내가 첫 번째로 '탄' 복인 셈이었다.

물론, 사람들이 나처럼 낙관적인 생각을 했던 건 아니었다. 나이가 지긋해 보이던 노신사는 버스 기사에게 짜증을 내며 이렇게 말했다. "아니 전광판이 고장 났으면 제때 고쳐놓아야지. 얼마나 오랫동안 기다렸는지 알아? 내 속이 시커멓게 '타들어'갔어."라고 말이다.

누군가는 마음에 가득 찬 울분, 화, 노여움과 같은 감정을 주체할 수 없어서 엉뚱한 사람에게 그것을 화풀이한다. 나쁜 감정을 안에서 잘 다루는 사람, 참을 수 없어서 밖으로 배출하는 사람, 세상에는 여러 종류의 사람이 존재한다. 물론 화는 적당히 풀어주어야 한다. 화풀이의 대상이 화의 원인과 상관없는 애먼 사람에게 전이되도록 놔두어서는 안 되기 때문이다. 하지만 인생이란 술에 물'탄' 듯 물에 술'탄' 듯 그렇게 흐르도록 놔두는 게 정답 아닐까? 작은 일에까지 자극을 받다 보면 마음이 늘 널뛴 것처럼 흥분상태로 살아야 한다.

'화'는 마음속에서 작은 점으로 시작한다. 여러 개의 화가 뭉쳐 결속력이 강해지면 점에서 덩어리로 몸집을 키우는데, 결집된 화는 외부에서 유입된 다른 나쁜 감정을 '타기' 시작하며 한층 기세를 떨친다. 마음이라는 공간을 압박하다 더 이상 세력을 확장할 수 없을 때, 빅뱅이 일어난다. 태초의 우주가 응축된 한 점에서 대폭발이 일어났듯이 화가 뭉쳐진 마음속도 비슷한 과정을 '타는' 것이다.

화와 같은 나쁜 감정을 다루기 위한 기술이 필요하다. 부정적인 감정이 어디서 유입되고 있는지, 원인이 무엇인지 알아야 한다. 마음속에서 부피를 늘리기 시작한 점을 방치하다간 그것이 언젠가 폭발하고 마는 파국을 맞게 될 것이다. 결국 남게 될 것은 블랙홀처럼 구멍 난 상처뿐이다. 블랙홀은 모든 것을 빨아들이는 성질을 가지고 있다. 좋은 것이든 나쁜 것이든 모조리 먹어 치워 없애버린다.

최악의 상황을 막으려면, 나쁜 감정이 마음에 들어오는 것을 먼저 알아야 한다. 좋은 방법은 즉시 그것을 밖으로 튕겨버리거나 '불에 태워버리는 것'이지만, 마음에 탄력이 부족하다면 그 방법도 쉽지는 않다. 다른 방법은 내 마음을 보는 것이다. 본다는 것을 눈으로 밖의 세상을 관찰하는 것으로 생각하지만, 마음을 느끼는 것도 보는 것의 다른 형태이다. 마음을 본다는 것은 자신에게 관심을 가지는 것으로 출발하여 자존감까지 다질 수 있는 길이다. 내 안에서 자라나는 나쁜 감정이 '세력을 타고' 영토를 확장하지는 않는지, 그것이 주변의 다른 부정적인 감정들과 합쳐지지는 않는지, 제대로 보아야 한다.

마음이 부르는 조난신호에 귀를 기울여야 한다. 마음을 본다는 것은 눈으로 볼 수 없는 대상이 전하는 소리에 오감五感을 여는 행동이다. '마음이 무엇을 보여주는가?', '어떤 소리를 내고 있는가?' 눈과 귀, 필요한 감각을 모두 열어야 할 것이며, 필요하다면 선善을 위하여 악惡과 싸워야 한다. 마음이 부정적 감정에 침몰되지 않도록 말이다. 마음에게 '탈' 것을 선물하자. 분노와 노여움의 감정은 마음속에서 태워버리고 가슴에 희망의 불꽃을 태워보자.

05. '신중'함이 없는 '신속'은 실속이 없다

'신속'이라는 단어는 '매우 날쌔고 빠르다는 뜻'이다. 한자는 빠를 신迅과 빠를 속速을 쓴다. 얼마나 급하면 빠르다는 뜻의 한자를 두 개나 사용하는 것일까? 순간 순우리말인 '빨리빨리'가 생각났다. 한국 사람은 대체로 성격이 급하다. 유행이 한번 불기 시작하면 급속하게 퍼지는 현상을 보면 알 수 있다. 그리고 열기는 다시 급격히 식는다. 이러한 사회적 흐름을 '냄비 현상'이라고 부르기도 한다. 신속하게 처리하는 것의 문제는 신중한 마음이 빠져있다는 데 있다.

'신중'하다는 뜻은 삼갈 신愼과 무거울重 중을 쓴다. 어떤 일을 행할 때 먼저 생각을 깊게 하고 조심스럽게 행동하라는 뜻이다. 우리 속담에 '새도 가지를 가려서 앉는다'는 말이 있다. 새조차도 어딘가에 앉을 때 주의하여 고르고 또 고른다는 뜻이다. 어떤 결정을 할 때, 제일 먼저 해야 할 것은 신중한 생각이다. 급한 결정을 하면 나중에 되돌리기 힘들다. 신중한 생각과 신속한 행동, 두 가지가 이어지는 것이 가장 자연스러운 게 아닐까?

전쟁에서는 가끔 신속한 행동이 벌어진다. 그것은 기습작전이다. 기습작전은 상대의 약점을 찌르고 돌파한다는 점에서 예측 불허의 상황에서 펼쳐지는 경우가 많다. 신속하게 치고 빠지는 전술인데, 아군의 피해는 최소화하고 적군에게 큰 피해를 입힌다는 측면에서 판세가 불리한 진영에게 효과적인 작전이라고 하겠다. 전쟁 드라마 〈밴드 오브 브라더스〉 에피소드 8편에서는 강 건너편에 강력한 진지를 구축하고 있던 독일군을 공격하여 포로를 생포하기 위한 기습작전이 야간에 펼쳐진다. 사실, 종전終戰이 다가오고 있는 상황에서 굳이 수행할 필요가 없는 소모성 작전이었다.

사관학교를 졸업한 신참 소위는 의욕은 앞섰지만, 전투 경험이 아주 없었기에 작전 수행능력이 떨어졌다. 야전 경험이 풍부한 병사의 도움을 받아 포로를 생포하는 데는 성공했지만 결국 전사자 한 명을 남기고 기습작전은 막을 내린다. 과연 그 작전은 성공이었을까? 먼저 적진의 분위기를 파악하여 작전을 신중하게 펼쳤어야 했는데 신참 소위는 무모한 용기를 먼저 앞세웠다. 신참 소위에게 필요한 것은 신중한 판단이 우선이었다.

신속한 작전의 묘미는 상대방이 방심하고 있던 순간에 적진을 느닷없이 덮치는 데 있다. 예측하지 못할수록 작전의 성공률은 올라간다. 그렇다면, 성공을 위해서 필요한 요소는 무엇일까? 작전 수행 능력과 경험이 제일 중요하다. 두려움을 떨쳐낼 수 있다는 자신감, 죽음에도 굴하지 않는 용기도 있어야 한다. 하지만, 신속한 작전의 묘미는 단한 번뿐인 기회이다. 작전의 성공을 위해서 정말 필요한 것은 수없이 많은 반복 훈련이 아닐까?

치밀하지 못한 사람들은 작전의 성공, 실패만을 떠올린다. 보이지 않는 곳에서 진행되어야 할 작전의 구상, 치밀한 계획, 적절한 장비의 보급, 유능한 인재, 리더십 등 자원을 어떻게 운용해야 할지는 고려하지 않는다. 사실 성공을 위해서 무엇보다 중요한 것은 '신중한 생각과 실전과 같은 연습'이다. 아군의 계획대로 행동하려면 적군의 동선을 사전에 파악해야 하는데, 사소한 실수라도 범하지 않으려면 신중한 정세 판단과 연습밖에 다른 대안은 없다. 또 다른 문제는 자신이 늘 불리하다고 잘못 진단하는 데 있다. 상대의 힘은 제대로 분석하지 않고 무조건 자신의 형세가 나쁘다고 짐작한다. 적도 제대로 알지 못하고 자신의 수준도 모르는 상태, 그야말로 가장 위험한 상태에서 기습 작전 카드부터 꺼내 드는 사람이 우리를 가장 무섭게 한다.

신속한 작전처럼, 속도가 우선이라고 여겨지는 사회에서는 기습

작전 외에는 다른 아이디어는 기회를 받지 못한다. 작전 수행 날짜를 조급하게 결정하고 빠듯한 일정에 급급하여 자원도 균등하게 배치하지 못한다. 나름 체계적인 절차를 밟은 것이라 그것이 최선이라 진단한다. 사전에 자주 시뮬레이션을 경험하여 일어날 수 있는 모든 예외 상황을 예측해야 하는데, 시간이 부족하다는 변명, 비용이 모자라다는 변명 때문에, 몇 단계의 시뮬레이션은 생략된다. 그런 상태에서 작전이 펼쳐지게 될 경우 어떤 상황이 벌어질까? 결과는 불 보듯 뻔하다. 작전에 실패하여 전사자는 속출될 것이며, 엉뚱한 사람이 책임을 져야 하는 상황이 펼쳐질 것이다.

불확실한 결과를 벗어나기 위한 방법은 다양한 실험을 통하여 예측 불가능한 변수를 상수로 바꾸는 과정이다. 변수는 예측할 수 없는 값이며 상수는 어떤 상황에서든지 변하지 않는 값이다.

상수는 그냥 얻어질까? 타인에게 적용된 값이 나에게 공짜로 적용이 될까? 우리는 아직 들뜨고 급한 마음에 취해 있는 것 같다. 여전히 과정보다는 결과 지상주의에 빠져 있다. 어떤 과정을 겪었든지 간에 성공적인 결과만 내면 문제없다는 착각에도 빠져 있다. 과정 중간 중간에 허술한 것을 그럴싸하게 포장해놓았는데, 오류를 내지 않고 무사히 넘어갔다고 안심하고 있다. 하지만 대충 봉합해놓은 오류가 막상 본 작전을 감행했을 때 툭 불거진다면 어떻게 해야 할까? 기습 작전을 포기할 수도, 후퇴할 수도 없는 상황에 직면한다고 하면 어쩌겠는가. 아까운 목숨만 소모해야 할까?

급한 불을 끄느라 정신없었던 한 주를 넘기면 우리는 주말에 빈틈을 찾는다. 새벽에 기습 작전하듯이 일상으로 침투하고 야반도주하듯이 직장이든 아르바이트든 학교든 그곳을 탈출하여 집에서 기숙寄宿 하길 바란다.

신속한 것에 몰두하는 삶, 조급함이라는 강박증에서 그만 빠져나와야 하지 않을까? 신속함보다는 느리지만 확률이 높은 작전이 먼저다. 그리고 어떤 일을 하기 전에 차분하게 생각을 해야 한다. 깊은 생각, 차분하게 준비하는 것이 먼저고, 그런 작업이 끝난 후에 날렵하게 움직여야 한다. 신중한 생각, 그리고 신속한 판단과 행동 이것들은 서로 떨어져 있는 가치가 아니라 연결함으로써 힘을 낸다.

06. 어쩌면 가장 경계해야 할 '가족' 같다는 말

가족家族의 의미는 '주로 부부를 중심으로 한, 친족 관계에 있는 사람들의 집단, 또는 그 구성원으로 이루어진다'고 사전에 정의되어 있다. 한 핏줄을 공유하는 혈연관계로 맺어진 구성원을 가족으로 한정하기도 하지만, 넓게는 똑같은 목표를 향하여 서로 행복을 주고받는 집단을 의미하기도 한다. 가족은 사랑으로 맺어진 관계다. 사랑은 모든 허물을 덮고 상처를 치유한다. 가족은 우리가 언제든지 의지할 수 있는 든든한 보호막이다. 우리는 그런 가족을 생각하며 힘든 세상도 버틴다. 가족은 마음이 머무는 집이다.

〈즐거운 나의 집〉이라는 동요가 있다. "즐거운 곳에서는 날 오라 하여도 / 내 쉴 곳은 작은 집 내 집뿐이리 / 내 나라 내 기쁨 길이 쉴 곳도 / 꽃 피고 새 우는 집 내 집뿐이리 / 오 사랑 나의 집 즐거운 나의 벗 집 내 집뿐이리" 아무리 힘들어도 마음을 놓일 수 있는 집(가족)이 있어서 우리는 행복하다.

가족 같다는 말은 그만큼 친밀한 관계임을 설명한다. 하지만 가족이라는 보호망을 누군가 나쁜 목적으로 이용한다. 혈연이 아닌 관계로 만들어지는 가족은 대부분 문제를 일으킨다. 예를 들어, 회사 구인 공고에 흔히 등장하는 문구를 살펴보자. "우리 회사는 가족처럼 정이 넘치는 환경입니다."와 같은 감정에 호소하는 문장이 담긴 공고 말이다. 솔직히 말해보자. 회사에서 직원과 사장이 한 가족이 될 수 있을까? 서로 만나본 적도 없고, 대화를 주고받은 적도 없는 남남과 어찌 가족이 될 수 있단 말인가. 더군다나 우리는 그 회사에 대한 아무런 정보도 없는 상태다. 과연 광고를 곧이곧대로 믿을 수 있을까? 우리가 의심 병인 것이 아니라 가족 같다는 말을 지나치게 강조하는 이상한 구인 문화가 문제인 것이다. 그 회사에는 정말로 한국의 고유 정서인 정情이 언제나 차고 넘칠까.

그래, 그런 말을 철석같이 믿은 날이 있었다. 그래서 시키는 일이라면 가족이니깐 의심 없이 했다. 여러 번 당하다 보니, 가족 같다는 말에는 다른 숨겨진 뜻이 있다는 것을 알게 되었다. 그들은 절대 우리를 가족이라고 생각하지 않는다는 것이다. 단지 우리를 홀리기 위해 그런 광고를 이용했다는 점이다.

가족 같은 대우를 보장하겠다는 사장의 진심을 알고 싶다면, 직원에게 돌아가는 복지나 권한 같은 것을 역으로 물어보면 된다. 직원에게 충성심만 강요하는 것은 아닌지, 발생하는 이익을 얼마만큼 직원과 공유하고 있는지, 몇몇 사람에게만 비밀이 공유되고 있는 건 아닌지 말이다. 최악의 근무 환경, 이익이 아닌 고통만 분담하는 회사, 착취가 난무하는 회사에서는 가족은 공허한 말뿐이다. 이 질문에 대해서 사장이 만약 머뭇거린다거나, 일만 열심히 하면 언젠가 가족이 될 수 있다고 외친다면, 그 회사는 떠나는 편이 좋다. 물론 편안하고 안락한 분위기에서 보호받는 것이 필요하긴 하다. 게다가 같이 성장까지 할 수 있다면 더할 나위가 없겠지. 하지만 가족 같은 분위기를 강조하는 집단에서는 개인의 희생과 고통만 강요한다. 언제 찾아올지 모르는 행복을 위하여 현재를 버려야 하는 문화가 지배하는 곳이 회사인 셈이다.

가족의 의미를 살펴보게 된 영화가 한 편 있다. 오기가미 나오코 감독의 영화 〈그들이 진심으로 엮을 때〉는 해체된 가족의 이야기를 다룬다. 엄마의 잦은 가출로, 그럴 때마다 외삼촌인 '마키오', 삼촌에게 맡겨지는 아이 '토모', 그리고 외삼촌의 트랜스젠더 애인 '린코', 세 명은 어쩌다 가족을 형성하고 같은 집에서 부대끼며 살아가며 진정한 가족이란 무엇인지 그 의미를 깨닫는다. 이 영화의 주인공들은 각자대로 사회적 편견에서 자유롭지 못하다. 바람피우는 아버지에게 버림당한 토모의 엄마 히로미는 엄격한 훈육 환경에서 자랐고, 그런 엄마에게 버림을 대물림 받는 토모는 매일 주먹밥으로 끼니를 때우고 있고, 일반적이지 못하다는 이유 때문에 핍박과 조롱을 당하는 성소수자 린코는 진정한 여성의 삶을 꿈꾸고, 그리고 그런 린코를 사랑하는 마키오, 그들은 모두 주변 사람들의 편견 때문에 갈등을 겪지만 가족보다 훨씬 서로를 이해하고 사랑한다.

"일반적이 아니잖니."

"일반적은 뭔데?"

"일반적은 일반적이지 이상하지 않은 것."

위의 대사는 성소수자를 바라보는 일반인의 편견이 담긴 대사다. '일반적'이라는 뜻은 과연 무엇일까? 모든 사람의 시선에서 문제가 없으면 일반적인 것이고, 보이지 않는 것은 문제가 있는 것인가. 보편적이라는 판단의 근거는 누가 내리는 것인가. 그 말은, 대다수가 공감하는 가치만이 오직 진리라 주장하는 인간이 만들어낸 종교적인 맹신, 그것으로부터 나온 폭력이 아닐까. 하지만, 영화에서 주인공들은 사회적 편견을 딛고 가족이라는 울타리 안에서 서로를 따뜻하게 안아준다. 그들은 가족을 만들어간다. 서로 완벽하지 못한 인간, 빈자리를 가족을 통해서 만들어간다. 그런 면에서 본다면, 가족이란 서로 모자라는 부분을 채워주는 관계가 아닐까?

대통령은 2018년도 신년사에서 "가족이 행복해야 나라가 행복하다."라고 말했다. 직장, 가정, 어떤 집단에서도 그 가족에 속한 구성원이 행복해야 집단도 같이 행복해질 수 있다. 서로 아껴주고 고맙다는 말에는 서로의 상처를 보듬어주는 역할까지 들어있다. 그런 역할을 수행하는 집단이야말로 진정한 가족이 될 수 있지 않을까?

가족은 든든한 울타리이다. 험한 세상에서 힘을 내기에 아직 모자란 우리를 보호해주는 듬직한 틀이다. 가족은 우리에게 보모保姆다. 틀 안에서 우린 자유를 보장받는다. 울타리는 쓰러지지 않는 굳건한 등대와 같은 존재로 우뚝 서있다. 우리는 울타리 안에서 성장하고, 외부의 고난에도 쓰러지지 않는 존재로 살아간다. 그렇지만, 가족과 함께하는 시간은 늘 부족하다. 출장 가느라, 야근하느라 우리는 여전히 바쁘다. 지금 이 순간 행복하기 위하여 가장 많은 시간을 할애할 곳은 어디일까? 가족과 함께하는 가정이 아닐까? 가족의 희생을 당연시하는 문화에서 조금 벗어날 때가 되었다.

07. '팔자'와 '운명'은
해석하기 나름

'운명'이란 '인간과 세상을 지배하는 초인간적인 힘 또는 그것에 의하여 이미 정하여져 있는 목숨이나 처지'라고 사전에 정의되어 있다. '초인간적인 힘'을 가진 존재는 누구일까? 인간이 아님은 분명하다. 그렇다면, 우주를 초월하는 무한한 존재, 절대적 가치를 넘어서는 상상 너머의 존재, 그 본질이 가진 힘의 원리가 인간에게 어떻게 작용하는지 궁금하다. 하지만, 그 이유 때문에 인간에게는 허무가 찾아온다. 인간으로서 그 원리를 이해할 수 없기 때문이다.

초인간적인 힘을 가지고 있는 존재는, 왜 우주를 창조했고 미미한 인간의 운명까지 통제할까? 운명을 거부할 수 없는 것이라면, 우리가 내리는 결정은 내 생각인가? 신의 계획된 의도인가? 어느 생각이 맞는지 인간은 모른다. 다만, 매 순간 우리가 내리는 선택은 자유로운 의지와 관계가 있다고 생각해보는 건 어떨까? 보이지도 않는 존재에게 의존하며 사는 것은 공허한 마음을 주기 때문이다. 설사 운명이 큰 틀에서는 계획되어 있다고 할지라도, 세부적인 모양은 스스로 조각하며 살아가는 게 맞는다고 믿는다.

'운명'이 세상을 지배하는 거대한 힘이라고 한다면, '팔자'는 '사람의 한평생의 운수'를 설명한다. 내 뜻대로 삶이 돌아가지 않을 때, 아무리 노력해도 결과가 보이지 않을 때, 삶이 진흙탕처럼 질척거리기만 할 때, 우리는 "팔자가 사납다"고 한다.

'팔자'八字, 이 글자에는 '8개의 글자'가 들어 있다. 사람이 태어난 해, 달, 시간, 날을 간지로 나타내면 여덟 글자가 되고, 그 속에 인간의 운명이 들어 있다는 뜻이다. 팔자는 운명과 달리 부정적인 뜻이 강하다. "사람 팔자 시간문제라더니 졸지에 거리에 나앉게 될 줄 누가 알았겠나?", "팔자가 기구하다.", "팔자가 사납다."처럼 주로 나쁜 결과를 두고 이 단어를 쓴다.

삶은 정말 복잡하고 풀기 어려운 수학 문제다. 쉽게 풀릴 것 같으면서도 자꾸 꼬이는 경우가 많다. 그럴 때마다 내 팔자가 사납다고 신세한탄을 한다. 그런데, 사나운 팔자조차 바꿀 수 있다고 말한다. 마음먹기에 따라서 삶의 관점이 달라지듯, 팔자를 좋은 것으로 고치는 것은 개인의 몫이라고 한다. "팔자 고친다."는 관용구도 있지 않은가.

불가능하다고 포기했던 수많은 낮과 밤이 이어진 것이 세월이다. 풀기 어려운 숙제와 사투하느라 몸과 마음이 만신창이가 된 날도 수없이 많았다. 그리고 여전히 남아 있는 괴로운 것들에서 벗어날 수 없다고 자책하고 있을 수도 있다. 자신의 팔자가 기구하다고 세상 탓만 할 게 아니다. 팔자는 기구한 상태로 남아 있는 것이 아니라, 당신이 움직이는 것으로부터 달라지는 것이다. 운명은 개척하는 사람에게 열매를 분명 보여준다. 운명은 스스로 개척해야 한다. 어려움과 고난이 닥칠 때마다 팔자 탓을 탓하고 쓰러지는 것보다, 운명에 한 발짝 다가서려는 용기가 필요하다. 인간은 한 치 앞도 보지 못하는 불안 속에서 산다. 불안에 휩싸여 삶을 포기하지 말고 자신의 운명을 만들어가야 한다.

예언가 노스트라다무스는 《운명의 초법칙》이라는 책에서 미래가 불안하고 삶이 암담하다고 생각하는 사람들에게 희망을 일반적인 것과는 다른 방식으로 제시한다. 미래를 희망하려면 오히려 원하는 희망이 달성하지 않을 순간을 상상하며 위험에 대비하라고 한다. 실패의 순간을 상상하게 되면 절망에서 벗어나기 위한 처절한 본능들이 깨어난다고 말한다.

얼마 전 고객에게 신제품을 시연했다. 시연 전, 운명의 초법칙을 생각하며 잘못된 상황을 시뮬레이션 했다. 최악의 경우에는 회사가 무너질 수도 있는 상황이었다. 시연에 실패하여 좌절하는 광경을 상상하며 꼭 성공해야겠다는 생각을 하니 최악의 상황을 벗어나기 위한 전략과 아이디어가 머릿속에서 속출했다. 적당한 긴장감과 위기의식은 정해진 운명을 거스르겠다는 생각으로 이어졌다. 팀은 하나로 뭉쳤고 원하는 결과도 얻었으며 위기에서도 벗어날 수 있었다.

《운명의 초법칙》의 핵심은 미래를 두려워 벌벌 떨기만 하는 것보다, 최악의 경우를 상상하되 그에 대한 준비를 철저히 행하는 것에 초점을 맞춘다. 그렇게 하면 안 좋은 상황이 닥쳐도 난관을 스스로의 힘으로 극복할 수 있다고 이야기한다. 단순한 긍정으로 희망을 세뇌시키는 것보다, 부정적인 상황을 가정하고 준비를 철저하게 하는 방식이 더 의미 있다는 것이다. 긍정과 부정의 묘하게 어우러지는 조합이었다.

인생은 정해진 대로 흘러가는 걸까? 사주팔자가 정해져 있느냐는 어느 공시생의 질문에 법륜스님은 다음과 같이 말했다. "세상일은 자신이 마음먹고 보는 관점에 따라 다르고, 어떻게 보느냐에 따라 달라진다. 사람에 따라 사물을 왜곡시켜서 보기도 하는데, 똑같은 대상을 놓고도 사람마다 생각하는 관점이 다르다."라는 얘기였다.

삶은 정해진 대로 흘러가는 것처럼 보일 수도 있지만, 내가 지금 판단하고 결정하는 것에 따라서 달라질 확률도 그만큼 같이 올라간다. 그 과정에는 가끔 우연이라는 요소가 작용하는데, 그것이 바로 '운'이다. 운은 삶의 변칙적인 요소다. 그 운이란 것이 자신에게 다가왔을 때 놓치지 않고 휘어잡으려면 준비가 되어 있어야 한다. 그것이 바로 삶의 지혜가 아닐까? 그렇지만 지혜란 것은 쉽게 길러지지 않는다. 오랫동안 머릿속에 축적된 지식이 정제되고 재조합될 때 나타나는 것이 지혜인 셈이다.

지금 팔자가 안 좋다고 실망하지 말자. 우리에게도 언젠가 운이 찾아와 미소를 지어줄지도 모를 일이 아닌가. 실패의 상황을 머릿속에 그리고, 할 수 있는 것은 대책을 마련하는 것이 먼저다. 그러면 최악의 상황은 일어나지 않을 것이며 일어나도 마음의 준비가 되어 있을 것이고, 어떤 위기든지 헤쳐 나갈 수 있을 것이다. 과거처럼 팔자가 만든 불행을 탓하며 살거나, 부질없이 그것을 되씹던 습관에서 벗어나야 한다. 스스로 운명을 개척하겠다는 각오가 더 중요한 순간이다.

08. 치유하는 '글'쓰기는 '말'에서 시작된다

전시회에서 고객과 상담하는 역할이 주어졌다. 내 업무가 주로 컴퓨터 언어와 씨름하는 일이기 때문에 사람을 만나 말로 설득을 한다는 게 생소한 일이기도 했고, 여간 부담스러운 일이 아니었다. '세상일이 마음먹기에 달려 있다는 말'을 생각하고 한번 부딪혀보자 다짐했지만 말과 달리 몸이 의도대로 움직이지는 않았다. 말은 생각의 거울이라고 한다. 당장 연습을 한다 해도 달라질 것도 아니고, 특별하게 연습할 이유도 아니려니와, 머릿속에 입력되어 있는 생각을 정리하여 상황에 맞는 말로 포장하면 된다고 생각했다.

고객들을 만나 속사포처럼 말을 쏟아댔다. 밀려왔던 사람들이 썰물처럼 사라지자 갈증을 느꼈고, 옆에 있던 아이스커피를 단숨에 들이켰다. 시원했지만, 현기증도 불청객처럼 찾아왔다. 생각과 말이 충돌을 일으킨 걸까. 순간 말이란 것은 '아이스커피처럼 차갑고 빠른 성질을 가지고 있어서 금세 사라지고 마는구나'는 생각이 들었다.

머릿속에 충분한 지식이 없다면 상황은 다르다. 재치 있는 입담으로 유명한 방송인 김제동은 말을 잘하는 비결로 "말은 단지 혀에서 나오는 것이 아니라 가슴, 감성에서 올라와 머리, 지성과 결합해 혀로 나오는 것"이라 했다.

어릴 적부터 책을 무척 좋아했다. 초등학교에 갓 입학했을 무렵이었다. 아버지 손을 잡고 교보문고에 갔다. 고작 1미터도 되지 않는 아이에게 서점은 마치 경이로운 우주를 감상하는 것 같은 착각에 빠지게 했다. 몇 시간이고 한자리에 앉아서 책을 읽었다. 그러나 자라나면서 여유 없는 환경 탓에 책을 멀리했고, 직장에서는 살기 위해서라는 명목으로 책을 더 멀리했지만, 40 중반을 넘기고 삶이 조금 여유로워지고 나서야 책을 다시 찾았다. 생각해보니 책은 억지로 내용을 머릿속에 입력하는 것이 아니다. 김제동의 말처럼 가슴으로 읽다 보면 작가의 말이 내게 스며든다. 그 원리는 글을 쓰면서 터득했던 가치였다.

직장에서는 내 능력을 과시하기 위한 발표 자리가 은근 있었는데, 그때마다 유려한 말솜씨가 필요했다. 스티브 잡스의 명연설을 지켜보며 '나도 저렇게 말을 할 수 있을까?'라는 생각을 하며 연습했다. 하지만, 사람들 앞에서 긴장하지 않고 물 흐르듯 발표한다는 것, 날카로운 질문 앞에서 떨지 않아야 한다는 숙제는 연습만으로 해결되지는 않았다. 그 문제는 발표할 때마다 꾸준히 나를 괴롭혔다. 미리 각본을 만들고 그에 따라 수없이 연습을 되풀이하는 것도 해보았지만 외운 것을 읽기만 하는 건 사람들에게 울림을 주기 힘들었다. 나도 가슴에서 우러나온 감성과 지성을 결합하여 사람들에게 깊은 감동을 주고 싶었다. 하지만 말로 감동을 주는 일은 어려웠고 오히려 말로 상처를 주는 일은 쉬웠다.

나는 생각이 많은 사람이라 어떤 결정을 할 때마다 남들보다 더 많은 고민을 한다. 말이라는 것은 사람들과의 관계를 형성하는 관문이다. 입을 떠난 말은 다른 사람의 귀로 흘러 들어가 화학적인 반응을 일으킨다. 감동을 주기도 하지만 독화살처럼 내면에 상처를 입힐 수도 있다.

그래서였을까? 아버지는 될 수 있으면 말을 하지 말라고 했다. 남자는 모름지기 입이 무거워야 한다고 누누이 강조했다. 말을 많이 하게 되면 실언을 하게 되고, 그 실수는 자신의 치명적인 약점을 외부에 노출하기 때문이라고 말이다. 내가 던진 말들은 다른 사람에게 어떤 의미였을까. 끊임없는 생각을 정리하기에는 말로는 부족하다. 다른 수단이 필요하다.

글을 쓰는 이유는 내면을 들여다보고 싶기 때문이었다. 원하는 대로 살고 있는지, 좋아하는 것은 무엇인지 그런 것들을 늦게나마 되찾고 싶은 이유였다. 글은 저장강박증에 걸린 나의 욕구를 만족시키고 새로운 아이디어를 수집하고 사라질지 모르는 순간의 감정을 기록하기 위한 장치였다. 하지만, 생각을 정리하고 글로 옮기는 데 어려움이 많았다. 나는 특별한 기술을 가지고 있지도 않았으며 생각을 번역하는 방법에도 서툴렀다.

글을 쓸 때마다 아내는 따뜻한 커피 한 잔을 내려준다. 가을은 무르익어 가는 열매처럼 생각도 깊어가는 계절이다. 깊어가는 가을 끝에 앉아서 커피의 향기와 아내의 배려를 음미한다. 조급함에 들뜬 마음을 가라앉히기 힘든 계절도 있지만, 지금은 천천히 나아간다. 남들보다 뒤처졌다는 생각, 새로 밟아야 할 길이 무수히 많다는 생각을 놓는다. 지금 필요한 것은 커피의 맛을 음미하는 기다림이다. 마음은 지금 따뜻한 커피와 같다.

말과 글은 모두 설득의 수단이다. 아리스토텔레스의 의하면 고대 그리스에서 소피스트들은 의뢰인을 변호할 때 자신이 주장하는 사실을 배심원들에게 설득시키기 위하여 '로고스', '파토스', '에토스'의 개념을 사용했다고 한다. 로고스의 어원은 라틴으로 통나무라는 뜻인 'Log'에서 왔는데, 글자를 처음 기록할 때 통나무에 기록했다고 한다. Logos의 뜻은 말, 단어로 파생이 되었는데, 상대방을 논리적으로 설득시키기 위한 방법이다.

파토스는 감성, 심리, 호소의 방법을 이용하여 상대방을 감동시키는 방법이다. 에토스는 설득하는 사람이 품고 있는 인격, 품격, 도덕성을 통하여 화자를 신뢰하게 하는 것이다. 이렇듯, 나는 글이라는 수단을 사용하여 당신을 설득한다. 말은 손짓, 발짓, 표정, 감정을 보여줄 수 있기 때문에 자신의 의견을 쉽게 전달한다. 글이 어려운 이유는 말에서 사용하는 비언어적 의사소통 방법을 이용할 수 없기 때문이다.

말과 글은 서로 연결되어 있다. 한쪽에 치우칠 것이 아니라 말과 글 모두를 적절하게 사용해야 함을 깨닫는다. 글은 자신의 내면과 대화하는 말의 다른 방식이다. 그리고 나아가서 글은 다른 사람과 소통하게 한다. 만나지 않아도 감성을 전할 수 있고, 공감할 수 있는 것이 글의 장점이다. 다만 다가서는 방식은 말이 기반이 된다. 글은 말이 생각과 합쳐진 좀 느린 표현 방법이다. 느리게 음미하고 생각할 수 있는 시간을 주는 글쓰기는 말의 정적인 나열인 셈이다. 지금 두 가지를 생각한다. 멋들어지게 말을 하고 싶다고, 아니 멋들어지게 글을 쓰고 싶다고 그리하여 사람들에게 울림을 주고 싶다고….

09. '사고'는 그만치고, 멋진 '사고'를

세상을 살아가다 보면 평범하지 않은 사람과 마주할 때가 있다. 특히 그런 사람과 같이 일을 하게 되면 부담감 때문에 크고 작은 사고를 치는 경우가 다반사다. 천재 프로그래머와 함께 일을 한 적이 있다. 그는 전산학과 관련이 없는 분야를 전공한 후, 독학으로 프로그래밍을 마스터했다. 비전공자였지만 전공자보다 기초가 튼튼하여 알고리즘, 자료구조, 아키텍처 등 모든 분야에 대하여 풍부한 지식을 갖추었다.

그와 함께 작업을 할 때마다 출중한 능력 앞에서 좌절할 수밖에 없었다. 평범한 세계에 사는 사람이 비범한 세계에서 온 사람을 이길 수 없었다. 마치 '모차르트와 살리에리'의 관계와 비슷했다. 하지만 그의 눈높이를 맞춘다는 것은 사실상 불가능했다. 평범한 인간이 어찌 천재의 발상과 논리를 이해할 수 있겠는가?

그는 업무에 돌입하기 전에 사고思考를 중시하는 타입이었다. '사고'란 한자어는 생각 사思 자와 생각할 고考를 붙여 사용하는데, 무엇인가를 생각하고 궁리한다는 일반적인 뜻을 가지고 있다. 또한 심리적으로는 '어떤 문제를 해결하려는 마음의 작용'을 뜻하기도 하며, 철학적으로는 '개념, 판단, 추리를 행하는 인간의 이성 작용'을 뜻하기도 한다.

그의 업무 스타일에 항상 맞추어야 했는데, 그것은 오래된 습관을 버려야 하는 일이었다. 그는 해결해야 할 문제에 대하여 직접 파고들기 전에, 몇 시간이던 마음속에서 생각을 정리하는 것이 먼저였고, 구체적인 순서가 결정되면 일사천리로 작업을 끝냈다.

나는 신중한 생각보다는 먼저 사고事故부터 치고 나서 뒷수습을 하는 타입이었다. 생각을 오래 하게 되면 실행해야 할 의지를 잃어버리기 때문이다. 사고事故란 한자어는 일 사事 자와, 연고 고故 자를 사용하는데, '사람에게 해를 입혔거나 말썽을 일으킨 나쁜 짓'이라고 사전에 정의되어 있다.

물론 생각에 오래도록 시간을 투자하는 것이 나쁘지는 않지만, 보통 그 후에 따르는 낮은 실행력과 떨어지는 생산성이 문제였다. 그는 머릿속에서 해야 할 일을 체계적으로 정리하고 작업을 할 때는 일사천리로 끝내야 한다는 지론을 가지고 있었다. 그는 생각한 만큼 실제 성과를 냈지만 나는 그것을 따라가기가 너무 힘들어 사고만 치고 다녔다. 그 사람은 생각하고 궁리하는 데 투자를 많이 했지만, 나는 일부터 저지르는 성향이었기에 같이 일을 할 때마다 부딪히는 일이 많았다. 하지만 그가 내 상사였기에 스트레스가 온전히 내 몫이었던 것이 문제였다.

천재와 같이 일한 사람들이 겪었던 일화가 있다. 천재였던 스티브 잡스와 같이 일했던 직원들은 그에게 '현실 왜곡장'이라는 별명을 붙여줬다. 그와 같이 일을 하게 되면 불가능해 보이던 일들도 현실이 된다는 이론이었다. '현실 왜곡장'은 영화 〈스타 트랙〉에서 나온 말이다. 외계인들이 자신의 정신력으로 원하는 대로 세상을 바꾸는 것처럼 그도 자신의 믿음을 바탕으로 단시간에 성과를 거두는 일이 많았다는 이유 때문이었다. 어떤 목표이든 그가 일을 시작하면 밤을 새우든지 주말에 일을 하든지 수단과 방법을 가리지 않고 결과를 낸다는 말인데, 내가 접했던 천재도 그와 별반 다르지 않았다.

천재가 일하는 방식은 다음 같은 것이다.

– 일을 할 때, 책상이건 주변 환경이건 말끔하게 정리 정돈을 한다.

– 자신의 업무를 완벽하게 이해하고 완성해야 할 일을 머릿속에 늘 그리고 있다.

– 타이머를 설정하여 업무에 소요된 시간을 추적한다. 예측했던 시간과 실제 작업에 소요된 시간을 비교하여 본인의 생산성을 분석한다.

– 실제 작업을 시작하면 식사조차 거부한 채 일을 끝날 때까지 책상에서 벗어나지 않는다.

– 주변의 작은 잡음까지도 절대 허용하지 않는다.

– 머릿속에 모든 지식이 담겨 있으며 구현하려는 생각대로 만들어버린다.

– 실수를 극도로 혐오한다. 한 번의 실수는 절대 반복되어서는 안 된다. 같은

실수는 하수나 하는 짓이다.

– 문제가 풀리지 않을 때는 자리를 떠나 외부로 산책을 나간다. 문제에서 멀리 떨어지면 고정된 사고에 빠져있던 뇌가 다시 작동을 시작하여 해결법을 찾는다.

– 자신의 성향을 절대 굽히지 않는다.

– 지극히 이기적이다. 다른 사람의 생각과 의견은 관심 없다.

– 생산성을 중요시하며, 간결한 스타일을 좋아한다.

그는 한국에 몇 없는 천재 개발자였다. 천재와 같이 일을 하려면 일반인은 그의 성향을 맞추어야 한다. 천재는 다른 세상에서 온 사람이라고 생각해야 한다. 일반인이 생각하는 방식과는 차원이 다르다. 몇 단계 앞을 그리는 천재의 움직임을 어찌 일반인이 따라가겠는가. 일반인은 천재 앞에서 그동안 쌓아올린 경험과 지식이 보잘것없다는 것만 깨닫는다. 같이 작업을 하면 우리의 정신은 해체되고 다시 재조립된다.

그런 천재를 따라 하려는 생각은 가랑이가 찢어지는 고통만 남길 뿐이다. 평범한 개발자들이 천재 앞에서 굴욕을 당했고 퇴사를 반복하는 것을 목격했다. 퇴사하고 싶은 생각에서 벗어날 수 없었지만, 그와의 싸움에서 물러나는 것은 싫었다. 자존심에 생채기가 나는 것 따위는 중요하지 않다고, 배우는 입장이라면 그깟 치욕스러운 감정이 무슨 대수란 말인가, 라는 생각을 했다. 천재와 함께 일하는 것은 정신적으로나 육체적으로 고되겠지만, 온갖 수모를 견디며 세월을 참아내자 사고 친 날 만큼이나 실력도 쌓였다.

어떤 고통이라도 적당히 걸러내는 자기만의 기술이 필요하다. 천재에게 배운 습관들은 훗날 어떤 방식으로든 업무에 도움이 되고 무기도 된다. 무기란 사고 치지 않거나 실패 없이 저절로 획득되는 것이 아니다. 고생스럽고 치욕스러운 경험조차 생각하기에 따라서 무기가 될 수도 있고 자신을 지켜낼 방패가 될 수도 있다. 당신도 어쩌면 주변의 천재와 같이 일을 하고 있을지도 모른다. 천재에게 상처받고 자신이 보잘것없다고 생각하는 것보다, 천재의 작은 습관 하나라도 배워서 그것을 나의 신무기로 장착한다는 긍정적인 생각을 해보는 건 어떨까? 당신도 이제 더 이상 사고만치는 인물이 아닌 사고하는 사람이 될 수 있지 않을까?

10. '약한' 상자가 아닌 '강한' 상자에 나를 담다

'~것 같다'는 형용사를 양태라고 한다. 양태 표현은 어떤 사실을 설명할 때, 그것에 대한 이론이 불충분하거나 판단할 수 있는 근거가 부족함을 의미한다. 자신감이 없을 때 흔히 사용하는 간접화법의 한 종류이다. 문제는 양태 표현이 문장의 설득력을 떨어뜨린다는 데 있다. 이야기를 듣는 사람에게 믿음을 줄 수 없기 때문에 삼가야 하는 표현이다. 아래와 같은 문장이 우리가 흔히 사용하는 양태 표현들이다.

"좋은 것 같아."

"가능할 것 같아."

"행복한 것 같아."

이유를 알 수 없지만, 가끔 자신감을 잃어 기분이 처지는 날이 있다. 잘하던 것도 이상하게 어렵고, 실수를 거듭한다. 익숙한 것이었는데, 처음 보는 눈으로 쳐다보는 경우가 있다.

건강한 몸은 건전한 생각에서 출발한다고 하는데, 마음이 힘을 잃으면 몸에서 이상 징후들이 이차적으로 나타난다. 어깨가 축 늘어지기도 하고, 눈꺼풀이 무거운지 시야를 덮고, 심장이 있는 부근이 묵직해지기도 한다. 우리가 자신감을 상실하는 원인은 여러 가지가 있겠지만, 의욕적으로 새 출발을 시도함에도 불구하고 금세 자신감을 잃고마는 이유는 무엇일까? 용기가 모자란 탓일까? 동기부여가 부족했을까? 아니면 생각만 앞세웠을 뿐이지 준비가 덜 된 탓일까? 만약 준비가 모자라다면 우리가 당장 해야 할 것은 무엇일까? 미안하지만, 우리는 '노력'이라는 단어에 여전히 집중해야 한다. 단순히 강해지겠다는 마음으로는 곤란하다. 현실적인 목표를 정하고 하루 10분이라도 그것을 실천해야 한다. 실천이 쌓여 습관이 되고, 기울인 노력이 내 상품이될 때까지 쉴 새 없이 배우고 실천해야 한다. 그래서 그 노력이 삶의 철학이 될 때, 약한 마음, 나약한 정신, 자신감도 회복된다.

마음이 약해지면 덩달아 말도 기운을 잃는다. 양태 표현을 말과 글 속에서 생각 없이 남발하게 된다. "~ 것 같다."로 끝나는 힘없는 문장 말이다. 함께 있는 사람에게 힘을 주는 말, 무엇이든지 자신 있다는 말과 글을 보여주고 싶은데, 나도 모르게 말과 행동이 움츠러든다. 이런 확신이 없는 말은 원해서 나오는 말이 아니라 마음 깊은 곳이 왜소해져서 습관적으로 튀어나오는 말이다.

말과 글은 그 사람의 인격을 반영하는 거울이라고 하는데, 자신 없는 말투는 마음속의 기반이 약한 것을 나타낸다. 자기주장에 확신도 없고 근거도 불확실하니 모호한 말투로 마무리를 맺는 현상이 발생한다.

'같다'는 말을 일상에서 자주 쓰고 있지는 않나. 활력을 잃어서, 아니면 주어진 일에 자신감을 상실해서, 도저히 해낼 자신이 없어서, 타인과 비교하니 내 능력이 한없이 모자란 것만 같아서 습관적으로 쓰지 않나? 나약한 말투들이다. 말뿐만이 아니다. 글에서도 자신 없는 투가 고스란히 드러난다. 말끝마다 색깔이 흐려진다. 하긴 해야 하는데 타인이 시켜서 억지로 하는 느낌, 나중으로 미뤄두면 안 되는 건지. 그런 소극적인 생각이 앞서다 보니 말이 뒤에 숨어 있거나 다른 말의 뒤꽁무니만 쫓아다니게 된다.

억지로 자신감을 가져야 한다는 생각보다, 마음속에 뭔가를 길러보자. 독서든, 글을 쓰는 것이든, 취미로 무언가를 배우는 것이든. 마른 하늘에서 벼락이 떨어지거나, 갈라진 땅에서 새싹이 갑자기 돋아나는 일을 보기 힘들 듯, 사라진 자신감이 저절로 솟아나는 일은 없다. 시간을 가지고 변화시킬 힘을 키워야 한다. 스스로 자신이 약하다고 생각하지는 않는가? 약하다고 자신을 단정해버리는 것은 마음을 위축시킨다. 시도하지도 않았는데 포기부터 먼저 내리는 격이다.

캐나다 밴쿠버에 거주하는 채프먼 씨는 유방암 투병으로 몸이 약해졌다. 어느 날, 아이들과 산행을 나섰다가 폭포 아래에 갇힌 소년들을 목격했다. 재미 삼아 다이빙을 했다가 올라갈 방법을 찾지 못했다. 채프먼 씨는 밧줄을 자신의 몸과 나무에 묶고 네 명의 아이들을 차례차례 구출했다. 항암 치료로 자신의 몸도 약한 상태에 놓여 있었지만, 몸을 상하면서까지 포기하지 않고 아이들을 구했다. 채프먼 씨처럼 어떤 사람에겐 약한 것이 문제가 아니다. 자신에게 의지만 있다면, 실천할 용기만 있다면 채프먼 씨가 했던 것처럼 길은 열려 있다.

자신을 약하게 둘 것인가, 아니면 강하게 단련시킬 것인가. 그것의 해답은 우리에게 주어진다. 어떤 행동을 하든지 실패할 생각을 먼저 하거나, 결과가 좋지 않을 것이라 단정하지 말고 부딪혀보는 것이다. 스스로를 믿는다면, 자신의 가능성을 의심하지 않는다면 결과가 당장 자신이 원하는 대로 펼쳐지지 않을 수는 있겠지만, 원하는 미래에 조금씩 가까워지는 계기가 된다. 따라서 스스로 나약하다고 내버려두거나, 자신 없는 "~것 같다"와 같은 추측성 멘트는 그만 사용하자.

인생은 어차피 강자와 약자로 구분 지으려 하는 범주 사이에서도 꿋꿋하게 살아가야 하는 것이다. 안 된다고 생각하지 말고, 배우고 익히고 내 것으로 만드는 반복 훈련을 통하여 되도록 만들어보자. 당신이 원래 자신 없는 사람이라고 변명하는 말투보다는, 당당한 당신의 존재를 증명해보자. 언젠가 자신감이 꼭 붙을 것이다. 다시 말하지만, 자신감 없는 말투는 행동을 제한하고 변화하려는 용기를 떨어뜨린다. 강제로 바꾸기엔 아직 내면의 근육이 부족할 수 있으니, 서서히 자신감을 채울 방법을 찾아보자.

11. 당신은 '관심'이라 쓰고
나는 '오지랖'이라 읽는다

'오지랖'이라는 단어는 '이 일 저 일에 관심도 많고 참견도 많이 하는 사람을 가리키는 말'로서 '오지랖이 넓다'는 말로 주로 응용한다. 오지랖은 한복 윗부분의 앞자락을 말하는데, 오지랖이 넓다는 뜻은 '옷의 앞자락이 넓다는 뜻'으로 그만큼 품을 수 있는 공간이 커진다는 것을 뜻한다. 어떤 일이든지 쉽게 참견하고 간섭하려는 사람을 비유하여 흔히 오지랖이 넓다고 말한다. 그런 사람은 마음의 앞자락이 넓어 무엇이든 그 속에 담아 가지고 다닐 것처럼 허풍만 떨며 욕심을 낸다는 것이다.

반면에 '관심'이라는 단어는 관계할 관關 자와 마음 심心 자를 사용하여 '어떤 것에 마음이 끌려 주의를 기울인다'는 뜻으로 정의한다. 오지랖은 상대방에 대한 배려나 신중한 생각이 없이 참견만 하려는 수작이고 관심은 실제 대상에 진심을 기울인다는 점에서 차이를 보인다.

아래는 오래전 추석에 겪었던 소설 같은 이야기다.

취업하고 1년 만에 보는 친척 식구들이다. 오늘은 또 어떤 오지랖으로 마음을 들쑤실지 걱정이 한 가득이다.

"야, 너 엄청 살찐 것 같은데, 체중 관리 좀 해야 하는 거 아니니?"

"졸업도 안 하고 용케 취업이 됐네? 회사 이름이 뭐야? 매출액은 어느 정도고, 넌 어떤 일하니?"

"그 회사가 그리 큰 회사였니? 좋은 회사 들어갔구나?"

잠시 후 친척 어르신은 어처구니없는 말을 계속했다.

"너는 우리 집에만 오면 말이 없니? 형이나 누나 봐라. 얼마나 활발하고 좋니? 친구들하고 있을 때도 그렇게 말이 없어? 왜 그렇게 내성적인지 모르겠다. 야······"

"이제 결혼도 해야 할 텐데 사귀는 여자는 있어?"

속으로 부아가 치밀어 오른다. 한숨이 토란국 속으로 처박힌다. 따발총처럼 따다닥 퍼부어 버리고만 싶다. 그들이 나를 걱정해서 하는 말인지, 놀리려고 하는 말인지 솔직히 분간할 수 없다. 어서 이곳을 벗어났으면 하는 마음뿐이다.

명절이 찾아오면 우리는 평상시 만날 기회가 없던 먼 친척과 대면한다. 그것은 일 년에 몇 번 벌이는 일종의 이벤트성 행사다. 오랜만에 만난 그들은 돈독한 사이가 아니면서도 단지 친척이라는 이유로 가까운 사이처럼 아무 말이나 마구 던져댄다. 상처가 되는 말이나, 상대방의 입장을 고려하지 않은 말을 던지고 만다.

가령, "취직 안 해?", "결혼 안 해?", "아기는 왜 안 낳아?", "연봉 얼마나 받아?", "반에서 몇 등 하니?", "왜 이렇게 살은 쪘니?" 등 가까운 사이라 할지라도 쉽게 내뱉을 수 없는 오지랖들을 늘어놓는다. 마치 품평회라도 하듯이 말이다. 평상시에는 연락조차 없을 정도로 관심을 두지 않으면서 명절만 되면 없던 오지랖(호기심)이라도 갑자기 폭증하는 걸까? 재미있는 것은 몇 년이 지나도 늘 같은 질문과 대답이 이어진다는 것이다. 평상시 서로 연락도 주고받지 않으니, 그만큼 정보가 없는 상태라는 것은 이해한다. 대면 대면한 사이에서 서로 공감할 수 있는 이야깃거리가 없다는 것도 이해한다. 하지만 다른 사람의 인생에 개입하여 도움을 줄 것이 아니라면 그런 말들은 지나친 간섭일 뿐이다. 마음에 상처만을 남기는 명절은 서로에게 도움이 되지 않는다. 차라리 회사에서 야근을 하거나 출장을 가는 편이 마음이 편하다.

친척이 던지는 '좋은 직장'처럼 누구나 더 편하고 좋은 환경에서 일하고 싶어 한다. 스펙 쌓고, 자격증 따고, 유학 다녀오고, 석박사 밟고, 결혼하고 집도 사고 아이도 낳아 잘 살고 싶다. 친척이 던진 '아무 말 대잔치'는 자신이 꼰대라는 것을 스스로 증명하는 행위이다. 잘못된 시스템은 생각하지 않고 사회의 문제를 개인에게만 떠넘기는 무책임한 탓을 친척이 한다. 일 때문에 지치고 힘들어 마음까지 심란한데 그런 말까지 들어야 하겠는가?

더욱더 의심이 드는 것은, 친척이 우리를 진심으로 걱정하느냐는 문제다. 어쩌면 그들이 원하는 바는 자신의 자식들과 우리의 처지를 비교함으로써 그들의 삶이 더 우월한 것임을 과시하고 싶은 의도는 아닐까? 단순히 걱정이 되어 안부를 묻는 것이라는 그들의 주장은 우리의 가슴에 비수가 되어 꽂힌다. 특히 감추고 싶던 열등감까지 드러내는 순간 우리의 자존감은 바닥이 된다.

그렇다면 친척의 오지랖으로부터 대처할 수 있는 방법들은 어떤 것들이 있을까?

① "그러게요." 기법
묻는 말에 그저 "그러게요."라고 무미건조하게 대답하거나, 상대방이 질문에 대하여 역으로 똑같이 질문을 해주자. 예를 들어 "결혼 왜 안 해?"라고 하면 "좋은 사람 좀 소개해 주세요."라고 하는 거다.

② 반박 스킬
잔소리한 사람에게 반박하는 방법이다. "이모 딸은요?"라고 하며 격하게 반격을 가하는 방법이다. 그러니까 너나 잘하라는 말이다.

③ 점잖은 대화
대화에서 조용히 회피하는 기법이다. "나름대로 체계적으로 미래를 준비하고 있다."라고 얘기한다.

④ 동정받기

"제가 못나서 부모님 속 썩여 드리고 있습니다." 등의 어투로 슬픈 감정에 목이 메는 투로 대답한다.

⑤ 회피하기

 과제가 있어서 학교에 나가야 한다고 친척과의 만남 자체를 회피하는 기법이다. 직장인이라면 바쁜 프로젝트 때문에 출근해야 한다고 자리를 회피하는 것도 좋다. 많은 직장인들이 명절에 출근해서 일하는 것이 마음에 편하다고 얘기할 정도다.

적당한 관심은 애교로 봐줄 수 있다. 지나친 오지랖은 그만했으면 좋겠다. 관심은 자신과 타인의 선을 유지하면서도 마음의 훈수만 두는 행위다. 삶에 개입할 생각이 없으면 가벼운 조언이라도 하면 안 된다. 그냥, 힘든 부분에 공감해주거나 가끔 관심만 가져줘도 된다. 자꾸 남의 삶을 바꾸려고 오지랖을 부리니 문제가 생기는 거다. 민감한 부분에 대해선 거론하지 않았으면 좋겠다. 잘 알지도 못하면서 오지랖은 그만하고 적당한 관심만 가져줬으면 좋겠다.

12. 여름과 겨울 사이에 낀
'가을'의 인생

가을과 겨울이 마주하고 있는 경계에 서있다. 걷다 뛰다, 속도를 줄일 수 없어 멈춰 서다 다시 걷고 있다. "어디쯤에 있나?"라고 질문을 던지는데, 가을은 질문에 답을 내릴 적당한 계절이다. 일상에서 잠시 물러서 계절에 숨어 있는 또 다른 품격을 찾고 있다. 찾겠다고 마음먹으면 찾을 수는 있을까? 찾고 있는 것이 무엇인지 지나간 계절이 생각난다.

가을은 더위에 싫증이 날 때쯤 찾아오고, 슬며시 겨울에게 자리를 내어준다. 가끔 이유 없이 슬픔에 빠지곤 하는데, 이번 가을도 예외는 아니다. 왜 이맘때쯤이면 먹먹한 감정에 사로잡히게 되는 걸까. 그리고 이유 없이 눈물도 흘리는 걸까. 계절의 시작과 끝 사이에 잔상처럼 스며든 삶과 죽음의 교차 때문일까? 가을은 생명이 끝나는 것이고 겨울은 새로운 생명을 잉태하는 징조일까? 인간은 나약해서 얽히고설켜 있던 감정을 정리하다 보니 약한 감정에 빠지는 걸까. 새싹을 피우려던 희망이 완전하게 꽃을 피우지 못해 지는 탓일까.

가을이 보다 매력적임은 극(여름)과 극(겨울) 사이, 중간쯤 끼어 있기 때문이다. 그 모습은 어느 곳에도 끼지 못하는 초라한 인간의 얼굴을 닮았다. 가끔 한쪽으로 치우친 결정을 하도록 강요당하는데, 이를테면 "너는 누구 편이야?", "좋은지 싫은지 분명히 말해"와 같은…. 그런 고리타분한 질문 말이다. 그런 낡은 질문에서 벗어나고 싶을 때에도, 가을은 불분명한 인간의 정체성마저 포근히 안아준다. 대답하지 않아도 문제없는, 어느 쪽에도 기울어지지 않아도 되는 속성을 가을이 가지고 있기 때문이다. 뜨거운 것이든 차가운 것이든 그 무엇도 아닌 미지근한 상태에 물들어 있어도 문제없는, 차분한 위안을 주는 것이 가을이라는 계절이다. 겨울을 생각하며 쓴 자작시 한 편을 소개한다.

겨울이 되고
내 마음은 얼어붙기 시작합니다

계절의 문이 열리고
내 시절은 투정만 부리다 인기척에 잠이 깹니다

아침은 여전히 깊은 잠에 빠져있으나
나는 고단한 오전과 커피를 섞어 볶습니다

낮은 한숨이 창가에 기대서고
눈을 감아도 하늘은 맑습니다

나는 피로했으나
무언가를 수집하며 들떠 있기도 합니다

창가의 고소한 시간에 서서

당신의 안부가 떠있는 커피 한 잔을 마십니다

그리고 어두워진 책상에 앉아

냉소 섞인 말들과 거친 싸움을 합니다

백지 한 장을 펼쳐놓고

혼돈, 욕망, 저항, 자유와 같은 글자를 늘어놓지만

글자 하나의 무게는 여전합니다

끊을 수 없는 사슬은 더 팽팽합니다

무엇이라도 남기고 싶어서

나는 때를 찾고 있을 뿐이야, 라고 써봅니다

지나간 가을의 신음이 들려와

정수리를 차갑게 식힙니다

나는 붕괴되는 냄새

생명이 태어나는 냄새를 동시에 맡고

시간을 정지시킵니다

마음속에서 불쑥 치밀어 오르는 것을 잠시 들여다보고 느끼는 것
도 가을의 정취라고 할까? 우리는 그 매력과 한철 깊은 사랑에 빠졌다
헤어진다. 그리고 다시 내년 어딘가에서 그(그녀)를 기다릴 예정이다.

그때까지 만나고 헤어지는 인연은 반복될 것이다.

살아있음은 신비롭고 황홀한 경험이다. 이런 감정을 느낄 수 있다는 게 내가 살아있다는 증명이 아닐까? 인생은 가을을 지나 겨울을 향하고 있지만 언젠가는 같은 자리로 돌아올 것이라는 믿음으로 살아간다. 겨울이 지나면 또 봄이 찾아오겠지. 가을 같은 차분한 감정이 길게 이어졌으면 좋겠다.

가을을 고무줄처럼 길게 늘어뜨렸다 줄어뜨렸다 해보는 건 어떨까? 삶의 무게에 따라서 때로는 팽팽하게, 때로는 느슨하게 살았으면 좋겠다. 긴장한 상태보다는 조금 풀어져서 살아보면 좋겠다. 지나가는 계절의 순환도 느끼고 그 사이 머물던 존재도 생각할 수 있도록 말이다. 그리고 포근한 사람과 사람 사이에 기대어 살아보면 좋겠다. 조급함에서 벗어나려면 가을을 생각하는 것이 제격이다. 그리고 짙어진 가을의 열매를 맺기 위하여 일상에서 조금 떨어진 집 앞 공원이라도 산책을 나가보련다. 가까이 가려 할수록 멀리 달아나 버리기만 했던, 무엇을 준비해도 완벽하지 않았노라 움츠러들었던 그 가을과 함께 말이다. 가을은 내 가슴에 가득 차 있다.

인생이란 무엇인가 거창한 목적을 달성할 때 얻는 기쁨보다는 바람이 불어와 가슴에서 잠시라도 가을을 느낄 수 있음에 감동한다. 찰나의 순간이지만 집안일을 땀나도록 내달리고, 선선한 가을바람을 만끽할 수 있음에 감사한다. 잠시 일상에서 떠나, 시간의 흐름을 관조할 수 있어서 흐뭇하다. 늘 쫓기듯 사는 삶, 빈틈이 잠시 주어졌을 때, 편안한 기분을 느낄 수 있는 것은 그만큼 우리가 절실한 삶을 살았다는 방증일지도 모른다. 가끔은 바쁘게 흘러가는 흐름에서 벗어나보자.

13. 일방통행은 도로에서만, 인간관계에서는 '주고받음'으로

친구와 커피를 마시며 대화를 주고받던 어느 날이었다. 쓴 커피를 찬찬히 들이키던 그 친구는 난데없는 고충 하나를 털어놓았다. 푸념은 A라는 팀원에 대한 이야기였다. 친구에게 종종 커피를 얻어 마시던 A는, 친구가 늘 계산해줄 것이라 믿은 나머지 어느 날부터는 거리낌 없이 비싼 메뉴부터 고른다든가, 아예 편한 자리부터 고른다는 것이었다. 친구는 황당했지만, 옹졸한 사람이 되기 싫어 그냥 키다리 아저씨가 되기로 했다고 푸념을 늘어놓았다.

이야기를 듣고, 그 친구가 짠돌이라고는 생각하지 않았다. 원만한 인간관계를 유지하기 위해서는 '주고받다'라는 행위가 같이 따라다녀야 한다. 인간의 감정이란 것은 일방적이지 않다. 한쪽에서 친근함을 표시하는데 상대방이 아무런 의사도 내보이지 않으면 혼자서 북 치고 장구 치는 것 같은 느낌이 드는 것이다. 왠지 자신만 손해 보는 느낌이라고 할까? 특히 돈이 걸려 있을 때는 더 그렇다. 이 친구가 불만인 것은 커피 한 잔을 사줬으니 그걸 기억했다가 나중에 똑같이 대갚음하라는 얘기가 아니다. 그가 원했던 것은 10번 정도 얻어먹었으면 직장 상사라 할지라도 한 번 정도는 사야 예의가 아니냐는 말이었다. 그렇게 해야 원만한 인간관계가 성립되지 않을까?

'주고받다'라는 동사를 생각했다. 비슷한 단어는 '교환하다'이다. 신기하게 주다와 받다는 서로 다른 뜻을 가지고 있지만, 한 단어로 합쳐서 활용한다. 희한한 것은 주고받다는 두 개의 동사 사이에 띄어쓰기를 사용하지 않는다는 규칙이다. 영어의 경우는 어떨까? '주다의 Give'와 '받다의 Take' 역시 독립적으로 존재하지만, 사용할 때 'give and take'로 한글과 비슷하게 한 문장으로 사용한다. 서양이나 우리나라의 관습이 서로 비슷한 셈이다.

주다와 받다는 서로 따라다니는 형태다. 한쪽이 주면 받고 다시 받으면 주는 관계로 일방향이 아닌 양방향의 관계를 의미한다. 우리는 살면서 여러 가지를 주고받으며 산다. 좋아하는 사람과 관심을 주고받고, 사랑하는 사람과는 믿음, 헌신, 신뢰, 배려의 감정을 주고받는다. 서로가 통하도록 마음에 길을 트기 위해선 감정이 일방적이어서는 안 된다. 한쪽이 주기만 한다면 관계는 열매를 맺을 수 없다. 사람과 사람이 맺어진다는 것은 함께 감정을 주고받으며 속 깊은 세계까지 교감하는 과정이 아닐까. '주고받다'라는 동사는 이렇듯 일방적인 흐름으로는 사람과 사이를 통하게 할 수 없다는 것을 방증한다. 소통의 기반, 신뢰 관계의 구축은 무엇이든 주고받는 것으로 출발한다.

'주고받는다'는 등가의 법칙을 생각하며 출근하던 아침이었다. 분주한 생각 때문이었을까, 차분함을 잠시 내려놓은 채, 버스 정류장으로 발길을 서둘렀다. 아침마다 마주치는 낯익은 사람들의 서성임, 그럼에도 불구하고 여전히 싸늘한 공기와 좁혀지지 않는 낯선 사람 간의 멀찍한 거리가 있었다. 버스가 도착했고, 오르던 찰나의 순간. "안녕하세요?", "네 안녕하세요."라고 나도 모르게 기사와 인사를 주고받았다. 어색했지만, 마음의 따뜻한 기폭 장치가 반응한 걸까. 딱딱하게 굳은 내 표정에 습기가 스며들었고, 붙어 있던 먼지까지 떨어져 가벼운 기분이 들었다.

가라앉아 있던 마음속 어딘가를 살짝 건드린 걸까? 이전과는 사뭇 다른 사람이 되었다. 경직된 아침이 환하게 떠올랐다. "안녕하세요?" 한마디의 위력은 실로 컸다. 날카롭게 각을 세우고 나 이외의 일과는 무관심하게 살았던 나도 주고받을 줄 아는 인간미가 있는 사람이었다.

재미있는 생각이 순간 들어, 기사 뒷자리에 자리를 잡아보았다. 사람들의 반응을 가만히 지켜볼 요량이었다. 기사는 여전히 인사를 승객에게 반복했고 가끔 대답 없는 메아리를 받기도 했지만 멈추지 않았다. 사람들의 얼굴에 시선을 고정했다. 버스에 오르기 전, 분명 굳은 표정이 비쳤으나 기사의 인사와 함께 눈 녹듯 녹아내리는 것을 목격했다. 그들도 나처럼 인사를 주고받았다. 생각보다 많은 사람들이 기사의 아침에 동참했다. 사람으로 붐비던 평범한 아침 버스였는데, 인사와 미소를 주고받다 보니 시간이 성큼 지나가 있었다. 무거운 생각은 아침 공기를 타고 먼지와 함께 날아가 버렸다.

우리는 세상을 살아가며 사람들과 관계를 맺는다. 관계란 아침 버스에서의 인사처럼 묘하게 찾아오기도 한다. 주고받는 것이란 서로 호감이 있는 사람끼리만 일어나지 않는다. 버스기사와 나처럼 누군가 인사를 내밀면 그것에 화답하듯이 주고받는 것이란 아주 사소한 행위이다.

삶은 우리를 인사까지 어색하고 냉담하게 대하도록 유도한다. 하지만 우리는 그런 인색한 삶을 살지 않도록 해야 한다. 얼마 전 판문점에서는 남북의 역사적인 정상회담이 열렸다. 남북 정상은 서로 만나 덕담을 주고받았다. 오랫동안 분단되어 대화를 단절한 채 살아왔지만 같은 민족이라는 정체성은 남북의 두터운 장벽까지 허물 태세다. 얼마 전까지도 거친 말 폭탄을 주고받던 사이에서 이제는 화해의 말을 주고받는 사이로 관계를 개선하고 있다. 허물어지지 않을 것 같던 남북 사이에 화해의 물결이 치고 있듯, 당신에게도 그 감정이 찾아와 누군가와의 소원했던 관계를 회복하길 바란다. 남북 정상이 신뢰를 주고받았듯이 당신도 따뜻한 인사말이라도 주고받으면서 말이다.

14. '유행'만 좇다가는
방향 잃은 유랑자가 된다

'유행'이라는 단어는 흐를 유流와 다닐 행行을 쓴다. 뜻은 '특정한 행동 양식이나 사상 따위가 일시적으로 많은 사람의 추종을 받아서 널리 퍼진다'는 의미이다. 유행에는 바람을 타고 세계를 누비며 어느 곳이든 날아가려는 역동성이 담겨 있다. 유행은 한곳에 머물러 있지 않고 자신의 성질을 낯선 곳에 퍼뜨리는 에너지를 가지고 있는데, 반면 오래 지속되지 않는 단점을 지니고 있기도 하다. 유행은 발이 없으나 미치지 못하는 장소가 없다는 점에서 어디로 튈지 예측이 곤란하다.

유행은 무엇이든 휩쓸어 버리는 속성을 가지고 있다. 사람들이 선호하는 특성도 가지고 있다. 그것에 몰두하지 않으면 경쟁에서 뒤처질 것 같은 기분을 남긴다. 적어도 따라다니기만 하면 반 이상은 할 것 같은 만족감도 안긴다.

'개성'은 낱 개個와 성품 성性을 쓴다. '다른 사람이나 개체와 구별되는 고유의 특성'이라고 설명한다. 개성은 유행이 일으키는 바람과 역행한다. 바람을 정면으로 맞서는 것에는 용기가 따른다. 안전함에서 벗어나 위험한 길을 개척해야 한다는 부담감도 안긴다. 하지만 세상은 새로운 길을 찾는 사람에게 열린다. 타인이 하는 것을 추종하는 사람에게 더 이상 새로운 발견은 없다. 타인의 뒤꽁무니만 쫓아다니는 것보다는 자신만의 확고한 가치, 즉 개성을 발견하는 것이 우선이다. 경쟁력이란 모방을 떠나서 독창적인 길을 제시하는 것이다. 하지만 대부분의 사람들은 편안함에 머무른다.

전 세계가 인터넷으로 연결되며 유행을 따르지 않으면 도태될 것 같은 위기감이 급속도로 퍼졌다. 인스턴트적인 유행이 이끄는 삶에서 과연 타인의 눈치를 보지 않고 살 수 있을까? 웬만한 강심장이 아니라면 쉽지 않다. 그래서 개성을 살리고 당당하게 주장하는 사람이 멋있어 보인다.

연말이 되면 다음 연도 유행할 트렌드를 분석한다. 세미나를 개최하며 저명한 학자가 구한 결과를 팀원과 공유하기도 한다. 그 이유는 미래에 유행할 기술을 미리 파악하고 배우기 위함이다. 과거로 뒤처질 것 같은 불안한 마음은 유행이라는 카드를 꺼내 든다. 연말뿐이겠는

가. 유행은 사람은 예민하게 하고 불안함 속에 가두기도 한다.

얼마 전 롱패딩이 크게 유행했다. 중고등학생을 중심으로 전염병처럼 여기저기 퍼져 나갔다. 유행을 따르지 않으면 집단에서 낙오를 각오해야 할 정도로 바람을 타고 유행이 번졌다. 집단에서 평균 이상을 유지하려면 유행에 민감하게 반응해야 한다. 속도를 맞추지 못하면 집단에서 왕따 취급을 당하기 때문이다. 유행을 따르며 집단의 평균에 머무를 것인가? 흐름을 거스르는 변절자가 될 것인가 선택은 우리에게 달렸다.

유행은 누가 주도하는 걸까. 적어도 평범한 우리는 아닌 것 같다. 유행은 개성적인 사람이 앞에서 이끄는 행위이다. 우리는 열심히 따라가는 것이고. 그래서 깨어 있어야 한다. 물결을 타기 위해서라면, 흐름을 타고 어디든 여행이라도 함께하고 싶다면 정신을 바짝 차리고 있어야 한다. 그것은 타인에게 이끌려다니는 수동적인 삶의 자세와 닮았다. 주도적이지 못하고 타인의 결정에 휘둘리는 나약한 자존감과 비슷하지 않은가.

쇼핑하러 백화점에 갔다. 철이 지나기 전에, 유행이 완전히 끝나기 전에 막차라도 타고 싶었던 이유였다. 나와는 어울리지 않을 것 같은 디자인을 바라보며 어색한 기분에 둘러싸인 채 롱패딩을 입어 보기는 했다. 옆에서 미소를 간혹 던지던 아내는 사진을 찍어주며 썩 잘 어울린다는 평을 했다. 하지만, 그것을 구매하지 않았다. 대세에 동참하며 만족조차 모방해야 한다는 의무감보다 진정으로 내 멋을 찾는 길이 무엇인지, 나만의 개성을 찾는 게 더 급선무라는 생각이 들었기 때문이다. 장롱 속에는 몇 년 전 구매했던 다른 패딩이 남아 있다. 당시 유행했던 디자인을 충실히 따른 제품이었다. 지금은 선호도면에서 밀린 신세로 전락하고 말았다. 유행을 급하게 좇아갔던 아이템은 급하게 식는다. 아직까지 멀쩡한 옷을 유행 때문에 버려야 할지 난감하기만 하다.

유행의 유효기간은 짧고 시대의 흐름은 자주 바뀐다. 잠시의 만족을 위하여 타인이 선호하는 디자인, 어울리지 않는 옷을 입고 다닐 수는 없는 것이다. 유행을 스스로 창조한다는 것은 창의적인 생각과 실행력이 먼저 달려 나가야 함을 원한다. 항상 타인이 만들어내는 가치만을 추종할 수 없다. 물론 그 행동에는 위험과 고난을 딛고 일어서야 하는 개척자의 부담감이 있다. 부담을 이겨내며 자신만의 개성을 창조하는 사람은 세상을 선도할 리더가 된다.

"사람은 열 번 다시 된다."는 속담이 있다. 인생을 살면서 무엇인가로 자꾸 변해간다는 것을 말한다. 한 가지의 모습으로 살아가는 인간은 없다. 우리는 늘 처해 있는 환경에 적응하도록 스스로를 변화시킨다. 사람의 개성이란 것은 고정된 것이 아니다. 마음만 먹는다면 우리도 개성을 창조할 수 있다. 유행이란 것도 스스로 충분히 만들 수 있다.

대한민국처럼 유행에 민감한 나라가 또 있을까? 유행의 흐름은 전 국민적인 현상이다. 그러나 따라가는 문화가 집단을 평균 이하로 전락시키거나 정신을 몰락시키는 건 아닌지 다시 따져볼 일이다. 얼마 전 젊은 대학생을 중심으로 광풍이 불었던 비트코인이 그랬고, 우후죽순 생겨났다가 사라진 대왕 카스텔라도 마찬가지였다.

어쩌면 이러한 에너지가 새로운 문화를 창조하는 동력이 될지도 모른다. 하지만, 유행을 따라다녀야만 할까? 유행을 맹목적으로 좇을 것이 아니라 자신의 가치를 찾는 게 더 중요하지 않을까. 사람들은 저마다의 개성을 가진다. 각자의 개성은 인간 그 자체로서 빛을 낸다. 다양성을 지닌 인간의 본질에 획일적인 유행을 강요하는 것은 고유한 속성을 파괴시킨다. 타자에게 결정을 의지하는 것은 유행에 민감함을 뜻한다. 타인의 의견이 옳다고 맞춰주기만 하는 사람은 자신의 개성을 잃는다. 스스로의 정체성을 지키는 방법은 자신만의 틀을 찾아 그것을 지키는 것이다. 사람의 개성은 고정된 것이 아니라 언제든 만들고 고칠 수 있다. 스스로를 한번 믿어보자.

15. 당신에게서 꽃'내음'이 납니다

'냄새'는 '어떤 사물이나 분위기 따위에서 느껴지는 특이한 성질이나 낌새'라고 사전에 정의되어 있다. 냄새는 코로 맡을 수 있는 좋거나 나쁜 기운을 모두 포함하지만, 요즘 들어 냄새는 불쾌한 자극을 느낄 때 더 많이 사용한다. 사람은 저마다 고유의 냄새가 있다. 사람의 냄새란 것은 가까이 있을 때 느낄 수 있다. 곁을 허락해야만 맡을 수 있는 것이 냄새다. 반면 '내음'은 옛말인 '내음새'에서 온 것으로 냄새와 의미는 유사하지만 향기로운 기운으로서 주로 문학적 표현에서 많이 쓴다. "당신에게서 꽃내음이 나네요."와 같은 시적인 가사로 쓰이기도 했다. 내음은 '꽃, 향, 향수 따위에서 나는 좋은 냄새'라는 뜻을 지니고 있는 향기와 유사하다.

　퇴근길 버스 안에서의 일이다. 빈자리를 찾다 뒷좌석에 겨우 자리를 잡았는데, 어디선가 메주 뜨는 냄새가 코를 찔렀다. 뒤쪽에 다른 자리가 있긴 했지만 참지 못할 정도는 아니어서 그냥 앉아서 참아보기로 했다. 잠시 후, 다음 정류장에서는 아이와 엄마가 버스에 올라탔다.

"엄마, 여기서 할아버지 냄새 나."
"에이, 그런 말하면 못써."

　나도 아이의 말을 따라 냄새의 원인을 찾아보기 시작했다. 냄새가 나는 쪽을 둘러보니 근원지를 얼핏 알 것 같았다. 앞에는 남루한 행색의 할아버지가 앉아 있었다. 등산복을 입은 할아버지는 막걸리까지 한 잔 걸쳤는지, 물큰물큰한 술 냄새와 메주 썩는 냄새가 서로 뒤섞여 있었다. 누군가 손가락으로 지목하지 않아도 냄새의 원인은 앞자리의 할아버지가 맞다는 것을 알 수 있었다. 맨 뒷자리에 앉은 아이는 냄새가 난다고 계속 칭얼거렸다. 빨리 버스에서 내리고 싶다는 그런 아이의 말은 계속 이어졌다. 아이는 아이답게 참는 데 재간이 없었고, 할아버지는 할아버지답게 자신이 작은 소란의 주인공이라는 사실을 인지하지 못하고 있었다. 내 옆자리에 앉은 사람을 보니 그는 아예 코를 틀어막고 있었다.

　'냄새'라는 단어의 뉘앙스가 기분 나쁘게 다가왔다. 나는 어떤 사람일까? 나야말로 좋은 냄새, 즉 내음을 풍기는 사람일까. 아니면 나이를 아주 많이 먹은 사람에게서 나는, 아이가 코를 막는 '냄새'나 풍기는 사람이 되어가고 있는 걸까. 창문을 살짝 열었다. 봄비가 한차례 흩어지더니 들판에서는 봄으로 다시 태어나고 있는 새싹의 냄새와 흙냄새가 잔치를 하고 있었다. 봄꽃과 햇살의 냄새가 콧속에 쏟아져서일까? 어느새 할아버지의 역한 기운은 바람을 타고 날아가 버렸다. 대신 바람에 실려 오는 것은 온갖 자연의 냄새였다. 연인이 속삭이는 소리에 담긴 다정한 냄새, 대지에서 꿈틀하는 새싹의 냄새, 날개를 흔들며 공중으로 비상하는 하늘의 냄새가 가득했다.

작가 이병률은 《바람이 분다, 당신이 좋다》에서 "누군가를 좋아하게 되는 것도 그 사람이 내뿜는 향기와 공기, 그리고 기운들에 불쑥불쑥 반응하게 되는 것"이라고 말했다. 나는 냄새 중에서도 좋은 냄새, 이왕이면 내음이 나는 사람이 되었으면 좋겠다고 생각했다. 어쩌면 세월의 끄트머리 냄새를 풍기던 할아버지는 자신의 일터에서 최선을 다하고 퇴근하던 길은 아니었을까? 고단한 일을 마치고 난 후, 집으로 돌아가는 사람에게서 나는 냄새를 멀리하려는 우리의 생각이 짧았던 것은 아닐까?

우리는 살아가며 각종 냄새에 예민하게 반응한다. 씻는 것에 집착하고 매일 깨끗한 옷으로 갈아입고 때로 향수를 뿌리기도 하면서 내 몸에서 전해지는 어떤 기운이 남들에게 좋은 느낌으로 받아들여지길 기대한다. 사람은 자신에게서 나는 냄새가 어떤 종류인지 모른다. 그래서 아내에게 가끔 물어본다. 나의 냄새는 어떤 형태냐고. 아내는 그럴 때 이렇게 이야기한다.

"오빠한테는 포근한 내음이 나지."

　그 말은 지극히 주관적이다. 아니 서로에게 길들여진 부부가 세월의 냄새를 직감이나 할 수 있을까. 다만, 포근하다는 말, 누군가에게 따뜻함을 전해준다는 느낌은 참 좋다. 사람을 좋아한다는 것은 그가 풍기는 냄새까지 포용한다는 뜻은 아닐까? 아내에게 당신은 꽃과 같은 내음을 뿜는 사람이라고 오늘은 꼭 말해야겠다. 향수를 뿌리지 않아도 근원적으로 좋은 내음을 풍기는 사람이라고 말이다. 그 내음은 외면에서 나타나는 인위적인 냄새가 아니라 마음속에서부터 시작하는 것이었으면 좋겠다고 버스를 내리며 생각했다.

　버스에서 내리자 봄바람을 타고 따스한 내음이 불어왔다. 봄비가 내릴 것 같은 기운이 느껴졌다. 비 오는 날이라면 자연의 냄새에 취할 수 있는 적당한 날이 아닐까. 아내에게 전화를 해야겠다 생각했다. 작은 공원이라도 함께 걸으며 나무 냄새라도 한껏 마셔보자고. 봄비에 젖었던 숲속의 묵은 이야기라도 들어보자고. 촉촉한 잎사귀가 전하는 그리움의 냄새라도 느껴보자고.

16. 물을 '마시지' 못하고
　　물을 '먹어도', 또다시

　무엇이든 맛있고 배불리 먹을 수 있다는 것은 행복한 일이다. 먹는 것이 주는 기쁨은 다른 쾌락보다 더 감각적이다. 음식의 오묘한 맛을 느낄 수 있고 그 즐거움을 언어로 묘사한다는 것은 인간이 가진 특권이기도 하다. 하지만 먹는 것이 음식으로 한정하지 않는다는 게 가끔 문제가 된다. 음식은 '먹는다'라는 표현을 쓴다. 반면, 물은 '마신다'고 활용하는데, 가끔 먹는다는 묘사도 쓴다. 이때 먹는다는 의미는 사전적으로는 물을 마신다는 뜻이지만 관용적으로는 부정적인 의미로 사용한다. 예를 들어, 도전하던 목표에서 실패했을 때, 희망했던 꿈이 좌절됐을 때, 곤란을 겪을 때 흔히 '물을 먹었다'라는 문장을 쓴다.

카카오 브런치라는 플랫폼에서 몇 년째 작가라는 타이틀을 얻고 글을 쓰고 있다. 처음 도전했던 공모전에서 탈락했을 때, 실패한 결과를 두고 '물을 먹었다'라는 제목의 글을 썼다. 이때 먹은 물은 소화가 되지 않는 물이었으며 배출하고 싶은 역한 물이었다. 그 물은 마시고 싶지 않은, 누군가에 의하여 강제로 떠먹여지는 물을 말한다. 억지로 물을 들이켜는 장면을 생각해보자. 바다에 빠져 허우적거리며 물을 먹는 광경이라면 어떨까? 물에 빠지면 물을 먹는다, 라고 하지 마신다, 라고 하지 않는다. 배부르게 물을 먹으면 목숨이 위험할 수도 있다. 폐 속에 물이 들어차면 목숨이 위험하기 때문이다. '물먹다'는 '골탕을 먹다'처럼 부정적인 의미로 곧잘 사용된다.

결과에 대한 기대가 클수록 실망도 크다. 물을 먹었다고 하여 절망한 채 주저앉아 있으면 물이 몸에서 빠져나갈까? 필요 이상으로 먹은 물은 부러 뱉어내든지, 그런 물은 더 이상 마시지 않도록 조심해야 한다. 하지만, 살다 보면 원하지 않지만 물을 먹어야 하는 현상이 제법 일어난다.

공모전에서 실패한 후 한동안 열패감에서 벗어나지 못했다. 도전해도 안 될 거라는 패배의식만 커졌다. 생각해보니 많은 시간을 투자했던 과거가 의미 없는 것으로 묻히는 건 아니라는 생각이 들었다. 원망이나 실망의 감정보다는 추스르고 일어서서 다음 기회를 다시 모색해야겠다는 도전 의식이 더 강하게 들었다.

물은 먹었지만, 물은 어떤 방식으로든 배출시키면 된다. 미비한 계획은 보강하고 더 면밀하게 다음 기회를 찾으면 그뿐이다. 도전 한 번 만에 성공하는 사람이 있겠나. 그렇게 성공한다면 기쁨이 오래 지속되지는 않을 것이다. 낙방하고 다시 도전하고 또 좌절했다가 다음 기회를 찾고, 그런 과정을 반복하다 보면 성공은 하지 못하더라도 내면에는 디딤돌 같은 것이 생겨나지 않을까. 그래서 그걸 밟고 다시 한 단계 더 도약할 수 있지 않을까?

미친 듯이 글을 쓰며 다음 기회에 도전했다. 할 수 있는 노력과 자원을 모두 쏟아부었기에 어떤 결과를 받더라도 상심하지 말자고 했다. 운보다는 노력이 더 크게 작용했기에 두 번째 도전 만에 공모전에서 수상했고, 그 경력은 든든한 디딤돌이 되었다. 나는 작가로서 공연을 하는 사람이다. 여러분도 각자의 영역에서 멋진 공연을 하고 있다. 정기공연을 하고 싶지만, 부정기적인 공연에 그치는 날도 있을 것이다. 현재 하고 있는 일이 기쁨을 주기도 하지만 스트레스를 주기도 할 것이다. 다만 좋아하는 일을 찾아서 그것에 몰입한다면 그것 자체로 즐겁지 않겠나.

자신이 현재 하고 있는 일이 꿈과 상관없는 일일지도 모른다. 어쩌면 대다수는 꿈만 꾸다가 사라지는 운명을 맞을 수도 있다. 어느 위치에서든 성공한다는 건 뜬구름 잡기와 비슷하다. 잡히지 않을 것 같은 구름을 따라 흘러가 보는 건 어떨까? 치열하게 살고 있다고 하여 그 이유만으로 보상받는 것은 옳지 않다. 성공은 먼 얘기일까? 당신의 꿈은 쓰러지지 않는다. 포기하지 않고 무엇이든 극복한다면 그것 자체로 멋지다. 그렇게 마음을 먹을 수 있다면, 성공은 언젠가 자동으로 찾아온다. 혹시 오늘도 물을 먹었나. 그렇다면 이 글이 당신이 먹은 물을 내보내는 데 도움이 될 것이다.

인생을 살다 보면 수없이 '물을 먹는' 이를테면 실패하는 상황이 펼쳐진다. 물을 먹게 되면 일단 누구나 좌절한다. 다시는 용기는 내는 것이 힘들 것 같아서 쓰러진 채 물을 계속 들이켠다. 나중에는 그런 물 먹는 습관에 익숙해진다. 열패감에 휩싸여 열린 마음을 닫아버리게 된다. 하지만 단번에 성공하는 사람은 거의 없다. 그런 사람은 운을 타고 났을 뿐, 우리는 언제나 실패할 확률이 훨씬 높다. 나도, 당신도 대부분의 경우에 물을 먹는다. 그래서 실망할 필요 없다. 언제든 부딪혀보고 쓰러지더라도 또 일어서서 부딪혀야 한다. 그런 경험이 반복되어 쓰라린 경험이 쌓이다 보면 물을 먹더라도 조금만 먹게 될 것이고 자신감이 그런 물 따위는 모조리 배출해줄 것이다.

17. '행복', 기다림의 끝이 아닌
찾음의 시작에서

'행복'이라는 단어는 다행 행幸 자와 복 복福 자를 사용한다. '생활에서 충분한 만족과 기쁨을 느끼어 흐뭇하다'라는 뜻을 가지고 있다. 삶에서 기쁨과 즐거움을 누리고자 하는 마음은 누구나 마찬가지다. 다만 기쁨을 느끼는 감정이 사람마다 다르기 때문에 일반적인 가치로 행복의 기준을 매기기에는 다소 무리가 있다. 당신의 욕심이 높아서, 행복의 가치를 지나치게 높게 생각한다면 그만큼 그것을 얻을 확률은 떨어진다. 삶은 좌절감과 실망감이 따라다닐 수밖에 없는 구조가 아닌가. 그곳에는 성공보다 실패가 훨씬 높은 비율을 차지하기 때문이다. 우리가 행복하고자 하는 마음이 갈수록 높아간다는 것은 그만큼 삶이 고통스럽다는 것을 방증한다.

뉴스에서 행복에 대한 설문조사 결과를 보았다. 20, 30대의 젊은 층에게 행복하냐고 던진 질문이었다. 응답한 사람 중의 극소수만이 행복하다고 했다. 40%에 가까운 사람이 자신의 인생이 불행하다고 답했다. 젊은 층과 마찬가지로 기성세대에게도 동일한 질문을 던졌어도 자신 있는 대답은 못할 것 같다. 나 역시 인생이 불행하다고 느낀 적이 많았고, 느꼈던 행복의 지속감도 비교적 짧았기 때문이다.

행복의 가치는 내가 누리는 감정이지만 타인과 나눌 때 더 확장이 된다. 행복은 나누면 줄어드는 것이 아니라 더 커진다. 행복의 기준을 자신에게 두느냐 타인이 누리는 것과 비교하느냐 저울질을 하기도 하지만, 진정한 행복은 그 감정을 타인과 공유하여 더 키워서 여러 곳으로 전파하는 데 있다. 사피엔스의 뇌 구조는 행복을 공유하도록 진화했다고 한다.

사랑하고 아끼는 다른 사람과 함께 있을 때 행복을 느낍니다. 왜 그럴까요? 그것은 바로 우리의 뇌가 '사회적 뇌'로 진화했기 때문입니다. 좀 더 쉽게 말하자면, 우리의 뇌는 다른 사람들과 함께 공동생활을 하기 위해 최적화된 뇌이고, 그래서 제대로 소통하고 상호작용을 할 수 있는 또 다른 뇌가 있을 때 행복감을 느끼는 거랍니다.

―장동선의 《뇌 속에 또 다른 뇌가 있다》 중에서

행복의 감정은 혼자 느낄 수 있는 것이 아니다. 사랑하는 사람과 감정을 나눌 때, 깊이와 지속성도 비로소 생긴다. 행복의 가치가 단순히 건강하고 오래 사는 것이라고 생각한 시절도 있었다. 하지만 그런 단순한 생각을 넘어서 고차원적인 행복을 원하기도 했다. 남보다 더 많이 벌고, 남보다 더 소유하고, 남보다 더 높은 지위를 갖고, 행복이 단기간의 감정이 아니라 더 오래갔으면 하는, 그래서 행복에 대한 이기적인 집착까지 이어지기도 했다. 행복의 의미를 타인이 소유한 것과 내가 소유한 것을 비교하는 지경에까지 다다르게 된 셈이다.

행복한 감정은 인간의 뇌에 존재하는 수백억 개의 뉴런이 활발하게 작용할 때 발생한다. 그렇다면 뉴런을 임의로 조작할 수 있다면 가까운 미래에는 누구나 행복에 취할 수 있을까? 분명한 것은 현재의 행복은 자신의 마음먹기에 달려 있다는 점이다.

행복을 소유하는 마음의 크기는 사람마다 모양도 다르고 크기도 제각각이다. 어떤 사람은 그것을 소유하기 위해 마음에 커다란 자리를 만든다. 하지만, 무엇이든 닥치는 대로 채워도 포만감은 찾아오지 않고, 작은 행복으로는 만족을 느끼지 못한다. 행복이 충분하지 않다며 더 큰 행복을 찾아 떠난다.

일본의 작가 무라카미 하루키는 예전에 출간했던 수필집에서 신조어를 탄생시켰다. 그것이 바로 요즘 유행하는 '소확행'이라는 단어다. 소확행의 뜻은 일상생활에서 작지만 확실한 행복을 추구하며 살자는 뜻이다. 불확실하고 암울한 미래를 두고 희망을 크게 키워봤자 그것이 달성될 확률은 적으니, 차라리 작은 것에서 만족하고 기쁨을 찾자는 생각이다.

작고 소박한 것에서 행복을 찾자는 말을 듣고 나에게 소확행은 무엇일까 한번 생각해봤다. '주말 아침에 늦잠을 자도 되는 여유, 아내와 함께 소소한 저녁을 누릴 수 있는 시간, 노을을 보며 차 한 잔하며 사색할 수 있는 시간' 등 작지만 확실한 행복은 찾지 않으려 해도 분명 주변에 있었다.

당신의 소확행은 무엇인지 잠시 생각해보는 여유를 가져보자. 행복을 억지로 얻으려고 욕망하기보다는 현재 주어진 삶에 만족하며 산다. 가족을 사랑하고 직장에 충실하며 각자의 영역에서 균형을 맞춘다. 그런 사람에게 찾아오는 행복은 스미듯 마음을 적시는 감정이다.

정신과 의사인 프랑스아 를로르의 소설을 영화화한 〈꾸뻬 씨의 행복 여행〉에서 주인공은 행복을 찾기 위해 떠난다. 정신과 의사인 헥터는 번듯한 직업을 가지고 있지만, 매너리즘에 빠져 자신이 행복하지 않다고 생각한다. 반복되는 비슷한 하루와 지겹도록 만나야 하는 환자들. 무미건조한 말만 환자에게 내뱉는 병든 자신을 본다. 여행은 어떤 의미일까? 일상에 지치다 보면 자신의 존재가 사라지고 있다는 두려움이 찾아와 여행을 선택하게 하는 걸까. 헥터는 행복을 찾으러 여행을 떠나야겠다고 여자 친구에게 말했다. 그 말의 의미는 자신의 주변에는 행복이 존재하지 않다는 걸 의미한다.

그는 왜 행복하지 않았을까? 그는 오래도록 과거의 상처에서 벗어나지 못했다. 신체는 성장했지만, 마음은 소년 시절에 머물러 있었다. 과거의 트라우마가 그를 아이 어른으로 머물게 한 것일까? 헥터는 중국, 티베트, 아프리카, 미국을 거치며 행복의 의미가 무엇인지 깨달음을 노트에 기록한다. 그는 중국에서 여인을 만나 사랑에 빠졌고, 티베트에서는 고승을 만나 행복의 의미를 구했고, 아프리카에서 행복을 찾다 죽을 고비를 넘겼으며, 미국에서는 첫사랑을 만났지만 추억은 과거로 남겨두는 일이 행복한 것임을 깨달았다. 헥터는 결국 마지막에 행복을 찾았을까?

우리도 헥터처럼 단조로운 하루를 산다. 반복되는 하루에도 불확실한 변수 하나쯤은 생겼으면 하는 바람이 있다. 나이가 먹을수록 하루가 아닌 며칠 단위로 시간이 건너뛴다고 할까? 시간이 빨리 흘러간다는 의미는 그만큼 반복적인 일상의 주기가 몸에 익었다는 뜻이다.

우리의 뇌는 기억할 필요가 없는 정보는 흘려버리는 경향이 있다.

매일 비슷하게 반복되는 것들이 뭉텅 사라지니 시간이 빨리 흘러가는 기분이 든다. 우리는 행복한 감정보다 불행을 더 실감한다. 좋은 것은 금방 사라지고 나쁜 것은 오래도록 기억된다. 불안한 마음이 우리가 생존하도록 유도한다. 나만 인생이 불행한 것 같은 기분이 들 때가 많다. 행복한 감정에 휩싸여 있다가도 불행이 찾아올까 두렵다. 그럼에도 행복을 찾는 것은 각자에게 주어진 열쇠가 아닐까? 운명적인 열쇠는 어딘가에 끼워서 맞춰봐야 알 수 있다. 손에 들고 가만히 있으면 행복은 우리에게 오지 않는다.

헥터가 행복을 찾기 위해 여행이라는 열쇠를 들고 떠나는 것으로 행동했던 것처럼, 행복은 구체적인 결정이 필요하다. 헥터에게는 여행이 열쇠가 되었으리라. 행복은 멀리 떨어져 있지 않다. 헥터가 여행을 통하여 행복의 의미를 찾았고, 내가 영화를 감상하며 행복의 의미를 생각했듯이 그것은 언제나 우리 주위에 있다. 서랍 어딘가에 숨겨진 작은 열쇠를 들고 행복의 문을 열어보는 것은 어떨까? 행복은 기다리는 것이 아니라 찾아서 떠나는 것이 아닐까? 당신도 행복을 찾아 떠나기를 바란다.

18. 어리석은 '질문'과 '대답', 현명함은 어디 갔을까?

'코끼리를 냉장고에 넣는 법'이라는 유머가 유행한 적이 있다. 대답은 실로 간단했다. 냉장고 문을 열고 코끼리를 넣으면 된다는 이론이다. 이런 어처구니없는 농담 같은 말이 실생활에 자주 등장한다. 이를테면, "일을 잘할 수 있는 비법은 무엇인가요.", "공부 잘하는 비결은 뭐예요."에 대한 대답은 이런 것이다. "최선을 다해", "열심히 해", "노력만 하면 돼"와 같은 대답 말이다. 어이없는 대답을 할 수밖에 없는 이유는 자신도 질문에 대하여 명쾌한 답을 가지고 있지 않거나 경험이 부족하기 때문이다. '말하기 또는 쓰기' 능력을 갖추고 있어서 답변은 다른 형태로 포장되어 그럴싸할지 모른다. 그런데 듣고 있어도 영 알맹이가 없는 답변 투성이다. 도대체 어떻게 행동하라는 말일까? 열심히 해야 한다면 무엇을 열심히 해야 하고, 최선의 기준이라는 게 도대체 어느 수준인지, 숫자 정도라도 제시해주어야 도움이 되지 않을까? 이런 대답도 있다. 코끼리를 넣는 가장 쉬운 방법은 신입 사원에게 일을 시키면 된다는 농담이었다. '나만 아니면 돼'를 근본정신으로 생각하는 예능프로그램의 이기적인 대답이었다.

어리석은 질문을 해도 현명한 대답을 내밀어야 하는 시대다. 우문현답愚問賢答이라는 단어가 자주 사용된다는 것은 우리 사회가 해결되지 않는 질문에 둘러싸여 있다는 것을 의미하는 건 아닐까? 똑똑하고 현명한 사람들은 사라지고 우둔한 사람들이 대신 권력을 장악하여 잘난 체하는 세상, 그들이 국가를 망쳐놓고 있는 세상, 멍청하고 어리석은 질문에 몸살을 앓고 있는 곳이 바로 우리의 현실이 아닐까?

또한 우리는 동문서답의 시대를 살고 있다. 제대로 질문을 던져도 바른 대답을 얻지 못하고 있으며, 어떻게 질문을 던져야 할지 제대로 아는 사람도 극소수에 불과하다. 권력과 부에 오를 수 있는 성공법에 대해서는 질문이 넘치지만, 자신이 어떻게 생겨서 어디로 가는지는 다들 질문하지 않는다. 그래서 인스턴트적인 삶을 선택할 수밖에 없다. 인간관계도 마찬가지다. 현실에서 뇌주지 못하는 소통을 SNS를 통하여 얻고자 한다. 그곳에 자신을 멋진 모델로 포장해놓고 그 안에서 만들어진 가짜를 자신이라고 믿는다. 물론 그곳에도 우리가 원하는 우문현답은 존재하지 않는다.

우리는 모호한 대답을 듣기 싫어한다. 나도 마찬가지다. 학창 시절 프로그래밍을 처음 공부할 때, 이론적인 이야기만 떠드는 책은 거들떠 보지도 않았다. 《21일에 완성하는 C 프로그래밍》처럼 구체적인 방법과 절차를 이야기하는 작가의 책에 관심이 더 갔다. 서론은 걷어치우고 본론과 결론부터 알고 싶다는 의식이 컸던 탓이다. 바쁜 세상 아닌가? 빨리 먹고 소화시켜서 다음 차례를 준비해야 하지 않나. 살기 위해 언제나 실용적인 태세의 인간이 되어 있어야 하는 시대이다.

우리는 자세하고 구체적인 대안을 원하고 찾는다. 전문가가 경험한 실전을 배우고, 그들을 따라 하다 보면 언젠가 우리도 그들처럼 성공할 수 있지 않을까, 라는 기대 때문이다. 세상은 성공을 부채질한다. 내가 원하는 길인지 분위기 파악도 안 된 상태에서 성공한 사람의 길이라면 일단 따라가야 할 것 같은 불안한 느낌을 준다. 불안은 조급함을 낳고 또 실수를 낳는다. 그래서 어디든 찾아가는 시도를 한다. 자기계발 서적을 읽기도 하고, 배우기 위하여 큰돈을 지출하기도 한다.

경험이 있는 사람이 절실한 사람을 배려해주면 좋겠다. 물론, 그

랬으면 좋겠다는 것일 뿐 강요는 아니다. 자신도 과거에 나약한 시절이 있었음을 기억했으면 좋겠다. 가만히 앉아 있을 테니 밥을 공짜로 떠먹여 달라는 얘기도 아니다. 자신이 경험했던 사실을 조금 구체적으로 전달해주면 된다. 성의 없이 노력만 하라고, 최선을 다하라고 두루뭉술한 말만 할 게 아니라, 어떻게 노력해야 하는지, 하늘에서 성공이라는 벼락을 어떻게 맞았는지, 자신의 그릇을 어떻게 갈고닦아서 지금의 자신이 될 수 있었는지, 그런 경험을 듣고 싶을 뿐이다. 그 이야기는 듣는 사람의 귀를 열 것이고 삶의 지표가 될 것이다.

내가 쓰는 글은 현실에 대한 불만에서 출발한 기폭제였지만, 이제는 꿈을 실천하고 있다. 오래전에 "어떻게 하면 글을 잘 쓸 수 있어요?"라고 선배에게 질문했을 때, 그 사람은 구체적인 방법을 이야기해 주지 않았다. 기자 출신의 그 선배는 그것을 자신만의 노하우나 영업 비밀이라 생각하여 공개하기를 꺼려하는 것 같았다. 나는 책을 구하고 혼자 공부했으나 한계를 느꼈다. 또 많은 시행착오를 거쳐야 하기도 했다. 경험하면서 얻어지는 것도 있었지만, 모르기 때문에 멀리 돌아가야 하는 경우도 있었다. 어려움을 겪었을 때, 실패하여 좌절했을 때, 약간이나마 고난의 길에서 비껴갈 수 있도록 누군가가 손을 잡아주었거나, 잘 따라오라고 이야기 해주었다면 조금 더 빨리 길을 찾았을지도 모른다.

사람들은 자신이 가진 걸 타인에게 공개하기 꺼려한다. 그 사람이 나보다 더 큰 가능성이나 잠재 능력을 가지고 있어서 언젠가 경쟁자가 될지도 모른다는 질투나 두려움이 있어서이다. 하지만, 혼자 전부 가지겠다고 꽁꽁 싸매고 있는 것은 어리석은 짓이다.

내가 가진 걸 공유하면서 파이를 키워보는 건 어떨까? 혼자서 작은 시장을 차지하겠다고 욕심을 부리는 것보다 시장을 크게 만들어서 여러 사람과 이익을 나누는 것이다. 앞으로 누군가 나에게 질문을 던질 때, 일부러 엉뚱한 대답을 하거나, 대충 알려주는 것보다는 직접 경험한 실패 사례와 성공 사례를 알려주어야겠다. 그 사람에게 어울리는 선택을 찾도록 도움을 주는 게 먼저 앞서간 사람이 해야 할 일이 아닐까? 앞서간 사람은 그래서 현명해야 한다. 어떻게 질문해야 할지 모르는 사람을 바로잡아 줄 역할도 현명한 사람이 맡아줄 수 있기 때문이다. 사회가 다양한 질문을 포용했으면 좋겠다. 어리석은 질문이 난무하다 보면 그중에 하나 정도는 건질 수도 있지 않을까? 그 질문 때문에 경직된 사회조차 물음에 화답하기 위하여 말랑말랑해지지 않을까?

19. '쌓다',
 작은 것부터 큰 것으로

'쌓다'는 동사이며 다음과 같은 뜻을 가지고 있다. '여러 개의 물건을 겹겹이 포개어 얹어 놓다'라는 뜻도 가지고 있지만, '경험, 기술, 업적, 지식 따위를 거듭 익혀 많이 이루다'는 뜻도 가지고 있다. 우리는 무엇을 쌓든지 항상 신중해야 한다. 생각 없이 조급하게 쌓아 올릴 경우 기반이 약해 허물어질 확률이 높기 때문이다. 토목 공사를 할 때도 튼튼한 자리를 골라 기초를 작업하고 공사를 시작한다.

군 복무 시절 작은 토목 공사를 했다. 푸르른 오월이 되면 한 명의 열외 없이 모든 중대원들이 진지 공사에 투입되었다. 공사라는 말을 붙이니 굉장히 거창해 보이기도 하지만, 실상은 100여 명이 넘는 장정들이 비포장 산길을 따라서 큰 돌을 지고 날라, 모은 각양각색의 돌들을 동그랗게 산성 쌓듯이 쌓는 단순 작업이 전부였다. 중장비 같은 기계를 쓰면 순식간에 끝날 일인데, 병사들을 동원해서 무식한 방식으로 일을 해야 하는지 통 이해할 수 없었다.

그런 푸념과 한숨 속에서도 작업은 진척을 보였다. 안 할 수는 없는 거니까, 하기 싫어도 해야 하는 일이니까, 시간이 지나갈수록 짜증은 체념으로 바뀌었다. 지금 생각해보면, 그 작업은 실로 단순한 구조였다. 군 조직의 특성을 짐작해보건대, 기계화된 장비를 투입한다는 게 쉬운 일은 아니었을 것이다. 형식적인 시스템, 자유롭지 못한 보고 체계 하에서 그런 일이 가능했을까? 또한 단시간에 작업을 끝내고 다음에 어떤 일을 해야 할지 고민하는 것보다는 차라리 물량을 동원하여 오랜 시간 동안 작업하는 게 시간을 흘려보내기 위한 그럴듯한 전략이었을지도 모른다. 그러니까 그 작업은 특정한 시간을 때우기 위한 물량 작전이었던 셈이다.

재미있었던 것은 부대원들의 심리상태 변화였다. 나를 포함하여 그들의 심리는 짜증 》 분노 》 폭발 》 연소 》 체념 》 해탈로 변화했다. 변해가는 그들의 표정과 함께 말소리도 같이 변해갔다. 어떤 부대원은 웃기도 하고, 어떤 부대원은 작업이 자신의 적성에 잘 맞는다는 듯이 즐거운 비명을 지르기까지 했다.

어느 순간, 묵묵히 작업에 열중하는 장인 한 명을 목격했다. 그는 모양이 제각각인 돌을 이리저리 돌려가며 진지를 구축하고 있었는데, 그 모습이 '돌 깎는 노인'과 꽤 흡사했다. 그 친구는 모난 돌을 다듬거나 적당한 크기의 돌을 고르며 말없이 진지를 쌓고 있었는데, 돌과 돌이 마주하는 경계마다 빈틈이 거의 없이 차곡차곡 메워지고 있다는 사실이었다. 생김새가 다른 돌들을 일정하게 쌓아 올리는 것도 힘든 일인데, 장인은 바람 하나 통하지 않을 정도로 흙과 돌을 빚으며 완벽한 공간을 연출하고 있었다. 나는 감탄하며 장인을 물끄러미 바라보았다. 물론 그러다가 일 안 하고 멍 때린다며 선임에게 뒤통수 한 대를 가격당하긴 했지만.

과거를 상기하다 재미있는 뉴스를 보았다. 취미로 동전을 쌓다 예술가의 지경까지 오른 일본의 장인이었다. 그는 하찮은 동전들을 쌓아 올리는 것은 집중력과 자제력과의 긴긴 싸움이었다고 말했다. 쌓는다는 것은 신중해야 하고 튼튼한 기반부터 다져야 하는 작업이지만, 무엇보다 중요한 것은 자신과의 싸움이라는 것이다. 지루한 과정을 견딜 수 있는 사람은 예술가가 될 자격을 갖는다.

얼마 전 회사에서 군대의 진지 쌓는 공사와 비슷한 작업을 했다. 그 작업도 실로 단순한 반복의 연속이었다. 하찮은 일이라 모두들 입에 불만을 한가득 물고 있었는데, 왜 이런 일을 고급 인력들에게 시키는 것이냐며 당장 퇴사도 불사하겠다는 직원도 있었다. 나도 그들의 심정과 다를 바 없었으나, 짜증을 부린다고 안 할 수도 없는 노릇이라 그냥 작업에 충실하자고 말했다. 그렇게 하는 것이 정신이 황폐해지지 않는 길이라 판단했던 것 같다.

세상일이라는 건 결국 어떤 일이든지 마음먹기에 달려 있는 건 아닐까? 군대 시절의 젊은 장인이 돌을 무심한 마음으로 깎고 쌓으며 예술을 했던 것처럼, 어떤 일이든지 최선을 다해서 하자고 마음먹는다면, 그리고 짜증스러운 일도 즐겁게 몰입하자고 생각을 바꿔본다면 무엇이든 의미 있는 일이 되는 것이 아닐까. 그래서 내가 하찮은 사람이 아니라 주어진 일은 무엇이든 해내는 멋진 사람이 되는 건 아닐까?

유머를 잃지 않아야 한다. 그래야 중간에 고비가 와도 포기하지 않는다. 그리고 단순 작업도 열정적으로 하면 그 분야에 장인이 될 수도 있다. 작은 일이라도 남들보다 잘할 수 있는 기술을 연마하는 것이 더 중요하다. 소크라테스는 "가장 빠르게 덕이 높은 인간이 되기 위한 최선의 방법은 그렇게 되도록 자신의 수양을 쌓는 일이다. 덕이 높은 사람들을 보면 그들은 모두 스스로의 노력에 의하여 위대해졌다는 사실을 알게 될 것이다."라고 하였다.

자기 분야의 수양을 쌓는다는 것은 나만의 능력을 키우는 일이다. 열심히 배우고 또 익혀 자신만의 든든한 성을 쌓기 바란다. 남이 보기에 그다지 훌륭한 일은 아니어도, 성심을 다해서 한다면 그 과정에서 배움을 얻는 사람도 있을 것이다. 누군가에게는 그 일이 그다지 의미 없는 작은 진지를 쌓는 일일 수도, 누군가에는 큰 성벽을 쌓는 의미 있는 일이 될 수도 있는 것이다. 마음 하나만 바꾸면 되는 일이다.

20. 해는 '져도'
달은 '뜨고'

저녁이 되면 해는 지고 달은 뜬다. 하나의 세계가 종말하고 새로운 세계가 시작하는데 그것은 진리다. 두 가지 경계가 만나는 세상에서 우리는 꿈을 띄운다. 흘러내리는 붉은 노을 너머 어스름하게 뜬 달빛을 바라보며 우리는 무얼 찾겠다며 사색에 잠기게 되는 걸까? 삶은 풀기 어려운 수학 문제와도 같다. 풀릴 것 같으면서도 좀체 풀리지 않는다. 다른 사람이 풀어놓은 해석법은 내 것이 아니다. 우리는 우리만의 방식으로 해답을 찾고 싶어 한다. 하늘을 바라보니 무심한 구름만 떠있고 우리의 생각도 떠있다 흘러간다. '뜨다'라는 동사는 '어떤 것이 지면 따위에서 가라앉거나 내려앉지 않고 물 위나 위쪽으로 솟아오른다'라는 뜻을 가지고 있다.

머릿속에서는 늘 꿈같은 생각이 떠다닌다. 행복하게 살아야 한다고, 언젠가 꼭 성공하고 싶다고 말이다. 하지만 산다는 건 말이다, 살기 위해서 시간에 순종하고 겉과 속을 필요에 따라 뒤집었다 폈다 하는 것이다. 모순 같지만 행복의 가치는 변화한다. 또한 행복은 한곳에 떠서 우리를 언제나 기다려주는 해와 같은 존재가 아니다. 그래서 우리는 늘 바쁜가보다.

오래 살 수 있어서 천년이라도 시간이 주어진다면 우리는 완벽해질 수 있을까? 어려운 문제 따위에 얽매이지 않으며, 거스를 수 없는 운명 따위에도 굴하지 않으며, 미워했던 모든 사람들도 너그럽게 용서

해줄 수 있을까? 어쩌면 우리는 원하는 것에 조금 더 가까워진 걸지도 모르겠다. 각자 많은 시간을 보냈으니 말이다. 우리는 옅은 희망 같은 것에 기대어 산다. 그 실낱같은 희망마저 없다면 삭막한 세상을 어떻게 살아갈까?

오랜만에 아내와 저녁에 떠있는 노을을 감상했다. 오늘만큼은 하숙생에서 가족으로 신분을 되찾았다. 소파에 어깨를 기대고 이야기를 주고받으며 하루 동안 쌓였던 그리움을 풀어 헤쳐 보았다. 못다한 이야기들이 창문 너머에 떠있다 바람과 함께 날아갈 때쯤, 엉뚱한 질문 하나를 슬쩍 던졌다. 짧지만 모든 것을 품은 그런 난데없는 질문 말이다.

"우린 무슨 재미로 사는 걸까? 너무 힘들어서 그런가? 요즘은 무슨 일이든지 금방 싫증이 나고 재미도 없네⋯."
"글쎄⋯. 산다는 건 재미도 있어야겠지만 슬픔이나 좌절도 있기에 이런 평범한 시간도 감사하게 되고 재미도 찾게 되는 건 아닐까? 무엇보다 혼자가 아니라서 힘들 때도 감싸주고 위로해줄 수 있잖아. 혼자서 숙제들을 떠안으려 하지 말고 가끔이라도 문제를 같이 풀었으면 좋겠어. 요즘 많이 힘들었지?"

명치끝에 걸려 있던 응어리가 풀린 걸까. 밑바닥에서 바람이 불어와 긴장했던 내 어깨를 감싸 안았다. 아내의 대답은 팥빙수와 같은 말이었다. 거대한 함정 속으로 끝없이 추락하다, 아내의 한마디에 끌어올려졌다. 무언가 붕 떠있던 마음이 진정되고 굳은 표정이 일순간에 허물어졌다. 그리고 누군가에게 분노했던 시간마저도 잊혔다. 몸과 마음이 하나로 박차를 맞추고 하늘에 떠있던 해와 달도 차분한 연주로 화답했다.

'나'란 존재의 의미는 무엇일까? 삶이 존재한다고 하지만 보이지 않기 때문에 배우고 훈련하는 것일까? 그렇다면 기나긴 훈련은 죽음이 오기 전에 마칠 수 있을까? 마지막에는 겸허히 우주의 섭리를 받아들일 수 있을까? 인간이 존재를 인식하기 전부터 인격은 스스로 자라났을까? 그 모습이 지금의 우리로 어떻게 파생된 것인지 알기 어렵다. 어떻게 '나'를 찾아야 할까? 많은 사람들은 무언가를 찾기 위해 고행도 마다하지 않는다.

영화 〈인투 더 와일드〉에서는 명문대학교를 졸업한 엘리트가 기득권을 포기하고 자신을 찾겠다며 고난을 선택한다. 그는 여행에서 집시, 히피, 농부들과 삶을 교감한다. 그가 왜 알래스카를 가야 하는지 이유는 모르지만, 단지 자신이 알래스카에 가면 삶의 정답을 찾을 수 있다고 믿는다. 단순한 믿음 때문이었다. 이렇게 삶은 믿음으로 지탱된다. 그는 알래스카에서 자신이 존재해야 하는 '이유'를 찾았을까?

우리가 선택하는 것은 특별한 목적보다 그 순간에 찾아오는 마음을 따르는 것이다. 문제점을 만들어내고 근거를 찾고, 부정적인 것을 나열하고 이유를 분석하려 하면 할수록 사소한 결정까지 장애를 낳는다. 하고 싶은 걸 버킷 리스트에 빼곡하게 나열하면 저절로 실행할 수 있을까? 시도조차 안 하며, 안 될 가능성부터 늘어놓고 있는데 말이다. 살다 보면 걱정한다고 일이 무사하게 넘어가는 것도 아니고, 준비를 치밀하게 한다고 순탄하게 흘러가지도 않는다는 사실을 누구나 깨달게 된다. 오히려 세상일은 너무 단순해서 무작정 들이밀고 나가는 사람에게 해결할 가능성과 주도할 수 있는 기회를 주는 경우가 많다.

각자의 인생에서 우리는 어떤 존재일지 그 의미를 다시 새겨보아야 한다. 거리낌 없이, 그 질문에 대답을 내밀만큼 우리는 사랑하는 사람이 기대고 의지할 수 있는 사람일까? 우리는 가정을 지키기 위해서 모든 고통을 짊어지고 가야 한다고 믿는다. 하지만, 가족이란 서로 끌어주고 밀어주는 것이며 고통조차 함께 나누는 사이이다.

세상사가 마음먹기에 달렸다고 얘기하지만 그 이론을 누구나 쉽게 적용할 수 있을까? 조급한 생각에서 벗어난다는 것이 이토록 어려운지는 몰랐다. 조금은 여유롭게 생각하고 느리게 결정하고 싶지만, 어딘가에 붙들려 있는 우리의 신분으로서는 어찌할 수 없는 노릇이기도 하다. 어김없이 시간이 되면 해가 뜨고 달이 뜬다. 너무나 당연할 것 같은 이치도 언젠가 무너질 수밖에 없는 구조를 가지고 있다. 우주라고 영원할 수 있겠는가? 스티븐 호킹 박사가 말한 무에서 유를 창조한 빅뱅의 이론처럼 다시 유가 무너져 무의 세계로 돌아갈 수 있는 것이 우주의 원리가 아닌가. 당연하다고 생각했던 가치들을 다시 생각해보자. 떠있던 해는 질 것이고 달은 떠서 자리를 차지할 것이다.

당신에게 빈자리가 주어질까? 안 된다고 생각하지 말자. 당신도 밤하늘에 떠 있는 별과 다름없다. 빛이 가득한 낮에는 별은 모습을 드러내지 않는다. 하지만 때를 기다린다. 언젠가 자신이 빛날 순간이 올 것이라 희망을 놓지 않는다. 우리가 사는 이유는 지금 가라앉아 있더라도 언젠가 뜰 날을 고대하는 것이다. 어떻게 하면 인간으로서 부끄럽지 않은 삶을 살 수 있을까. 인간답게 사는 것이란 무엇일까. 우리는 해답을 찾아야 하는 숙명을 가졌다. 다음에 뜨는 달과 별에게 물어봐야 할까? 이제는 당신 차례가 아닐까?

단어를 디자인하라

미묘한 차이가 만드는 감정의 방향

글 이석현
발행일 2018년 7월 30일 초판 1쇄

발행처 다반
발행인 노승현
출판등록 제2011-08호(2011년 1월 20일)
주소 서울특별시 금천구 가산디지털1로 24 503호
    (가산동, 대륭테크노타운13차)
전화 02) 868-4979   **팩스** 02) 868-4978

이메일 davanbook@naver.com
홈페이지 davanbook.modoo.at
블로그 blog.naver.com/davanbook
페이스북 www.facebook.com/davanbook
인스타그램 www.imstagram.com/davanbook

ISBN 979-11-85264-25-7 03810

다반–일상의 책